春凌

大
方
sight

我的皮村兄妹

袁凌 著

图书在版编目（CIP）数据

我的皮村兄妹 / 袁凌著 . -- 北京：中信出版社，
2024.4
　　ISBN 978-7-5217-6477-2

　　Ⅰ.①我… Ⅱ.①袁… Ⅲ.①纪实文学－中国－当代
Ⅳ.①I25

中国国家版本馆 CIP 数据核字（2024）第 077525 号

我的皮村兄妹
著　者：　袁　凌
出版发行：中信出版集团股份有限公司
　　　　　（北京市朝阳区东三环北路 27 号嘉铭中心　邮编　100020）
承印者：　河北鹏润印刷有限公司

开本：660mm×970mm　1/16　　印张：26.5　　字数：297 千字
版次：2024 年 4 月第 1 版　　　　印次：2024 年 4 月第 1 次印刷
书号：ISBN 978-7-5217-6477-2
定价：69.00 元

版权所有·侵权必究
如有印刷、装订问题，本公司负责调换。
服务热线：400-600-8099
投稿邮箱：author@citicpub.com

2014年9月,"皮村文学小组"正式创立,创立者为志愿者付秋云,刘忱、张慧瑜、师力斌、孟登迎、袁凌等学者、作家担任志愿者。

2012年至2017年春节,皮村"工友之家"连续数年举办"打工春晚",王德志、许多担任导演。

2015年,皮村文学小组第一部作品集《皮村文学》发表,后又有多个集子陆续发表。

2015年春天,诗人陈年喜来到皮村工友之家任志愿者,直到年底离开。其间他写下了大量有关皮村和工友的诗歌,获得首届桂冠诗人奖。

2016年,举办第一届"劳动者的诗与歌"联欢会。

2017年4月25日,《我是范雨素》一文在"正午故事"公众号发表,迅速在朋友圈走红,3天内达到四百万阅读量,皮村文学小组也因此名声大噪。

2018年,举办第一届"劳动者文学奖"。

2019年5月1日,《新工人文学》(电子双月刊)第一期发布。

2022年,皮村文学小组集体创作作品《劳动者的星辰》发表,获第八届"单向街书店文学奖"。

2023年,范雨素长篇小说《久别重逢》发表,获得社会和文学界广泛关注。

2024年,皮村文学小组迎来成立10周年。

目 录

去皮村　　　　　　　　　　　　　　　　　　I

相遇

地下室的舞者（林巧珍，月嫂）　　　　　　　3

月嫂　癌症　老公（史鱼琴，月嫂）　　　　 53

高楼之下（寒雪，保姆）　　　　　　　　　 87

燕子穿梭在库房（晓燕，店员）　　　　　　104

逐光

温榆河上的西西弗斯（小海，店员、诗人）　127

范雨素与陈年喜（范雨素，作家；陈年喜，作家）　175

环形成长（万华山，编辑）　　　　　　　　198

归宿

  不服气的野马（王德志，工友之家负责人）   239

  永远的小付（付秋云，文学之家召集人）   266

  深山里的猛虎（王海军，工人）   289

离开

  皮村过客（张行，民办教师；曹草，工友之家志愿者；

    无心，保洁、作家）   333

  骑自行车的快递员（王春玉，快递员、保安）   357

  泥瓦手艺归隐梦（徐良园，泥瓦匠）   375

  附录：皮村文学小组成员一览   396

去皮村

一

2023年元宵节前三天，我在皮村主街上租了一间600块的房子，实现了我酝酿已久的想法。

第一次去皮村，是在2017年4月，找小冯。

那之前我早就听说过皮村，最初是得知那里有个工友之家，有图书室，有博物馆，还帮助工友维权，觉得新鲜，一直想过去看看，却没有实行。之后曾经有一次，一个朋友告诉我，打工博物馆遇到了消防检查上的麻烦，断水断电，几乎要关闭了，希望我找两家媒体报道。当时我与媒体已经若即若离，这位朋友也是在网上看到信息，并非受工友之家所托。当时经过几届打工春晚的举办，尤其是崔永元的主持，皮村和工友之家已经相当有名，我判断他们并不缺乏媒体渠道，就把自己的感觉告诉了这位朋友。后来事情发酵得相当大，工友之家最终被保了下来。因为没有熟人，我仍旧没有去皮村一探究竟。

直到2017年年初，因为出了一本书，界面文化的记者小武采访我。我们在立水桥附近的一座天桥上见面，采访拍照之余的闲聊中，她提到自己有一位叫做小冯的实习生，从北京一所著名大学毕业之后，没有像一般人那样找工作挣钱，而是去了皮村工友之家做志愿者，在那里似乎找到了服务劳工的终身志业，状态很好。

这再一次勾起了我的兴趣，决定去皮村看看。通过小武，我加上了小冯的微信，打招呼之后向他打听了皮村和工友之家的地址，第三天就坐公交过去了。

去往皮村的公交线路遥远而曲折，先是乘坐5号线地铁倒6号线，到草房之后再换乘306路公共汽车。一个半小时之后，我的双脚终于站在了皮村的街道上。当时它还没有堂皇的门楼，但在外界已相当有名，不到3平方千米面积，户籍人口只有1 800多，外来打工者却多达17 000余人。村民住宅和公寓周围环绕着10倍以上面积的工厂区，早已摆脱当初的糠皮出身，而村中的打工文化艺术博物馆和文学小组，则让它成为全国工友心中的梦想地标。

眼前是一条熟悉而陌生的街道。说熟悉，是因为它和北京诸多城郊村庄的街道没有截然的区别，我本人租住的昌平燕丹村就有一条类似的主街，都是三四层的楼房簇拥着以饮食和出租屋为主的门面，街道和门楣、招牌参差不齐：9块9剪头发，10元内裤，19元睡衣，39元熟食大骨头，40元阿迪达斯，等等。店铺门口晾着大幅当季的海带，笼养着小鸡或鸽子，空中延伸大股黑胶电缆扭曲的线路，遮蔽不严的下水道似乎不久前才告别明沟。说陌生，是因为眼前的街道显然要比其他城中村更为拥挤热闹，"出租公寓"的招牌鳞次栉比，似乎比别的城中村更为超前，头顶频繁低空掠过的航班，又给它带来额外的气质。街面或许赶不上更靠近城区的城中村街道的时尚，却自有一副不事讲究的坦率与繁华。路上来往的人们几乎清一色打工装束，配上村子四围大片毗连的彩钢屋顶，看来正是工友之家最宜栖身的地方。

按照小冯给的地址，我走完了大半条主街后拐上小巷，往北走上一段距离，看到了打工博物馆的铁栅大门，栅栏顶端镶嵌着标志性的红五星。这在皮村显然是一座特异的建筑。铁栅门内院落相当宽大。

由于是下午，没有多少人，我很快找到了办公室，这是一间混杂着堆满了各种杂物和书籍报纸的房间。小冯从一堆不知是什么资料上抬起头来，我跟他打了招呼，移走一张凳子上摆着的杂志和一条随意搭着的毛巾，坐下来和他聊天。

聊天并不顺畅，小冯显得生疏拘谨，和小武描述中的健谈很不一样。我想作为工友事业的亲身投入者，他对于我的"作家"身份及浮光掠影式的来访或许很不以为然。在这里，他担任的是办公室干事，也就意味着与工友有关的什么活都干；报酬介于志愿者和专职工作人员之间，只能叫做微薄。好在工友之家包吃包住，他又没有谈恋爱饭局等社交，一时维持生活不成问题。至于说到长期，"一定会干下去"，他回答的语气很坚定。

但小冯并没有如他设想的那样长期干下去。或许由于性格，或许出于其他因素，他后来离开了工友之家和皮村，去到南方，仍旧为当地的工友做事，一段时间内还惹上了麻烦。他离开皮村后，我们再也没有见过。

那天小冯忙于手头的事务，我走出办公室去打工文化艺术博物馆参观。除了打工春晚，这是工友之家最著名的一张名片，门口大写着那两行著名的标语："没有我们的文化，就没有我们的历史；没有我们的历史，就没有我们的将来。"因为是下午，博

博物馆展品，工友的暂住证

物馆没有什么人参观，我自己走了进去。展厅光线昏暗，大约因为节省没有开灯。我在展厅里走了一通，看到了那几件著名的"打工文物"：王德志的暂住证c、b，徐芳卖煎饼果子的铁架早餐车，以及富士康"十三连跳"事件中唯一幸存者田玉编织的拖鞋。

我正在望着拖鞋出神的时候，一个个头不高、面容亲切的女孩走了进来，开了灯。看样子她是博物馆的工作人员，对于我的自行入内并未责怪，倒是表现出"欢迎参观，是否需要讲解"的意思。我也就安心地参观了一遭，出来时和她微笑道别。后来我知道她叫小付，全名付秋云，称得上是工友之家的灵魂人物。

这次不算成功的拜访之后几个月，一篇叫《我是范雨素》的文章爆红全网。范雨素是皮村文学小组的成员，文学小组的名字，我在跟小冯的交谈中已经知道了。他本人每周末都会参加小组的文学课程学习，这是他打发掉周末时间的方式。文章爆红之初，我并未起意再去皮村探访，不料有天腾讯文化的编辑找上门来，请我和其他几位文学界人士一起去皮村，参加文学小组的活动，有人跟随拍摄视频和写作报道。我答应了活动邀请，后来得知他们那天邀请了好几位作家，有的没兴趣，有的临上车时有事，最后只有我一人前往。

到达皮村之后，得知这次名为"与范雨素对话"的活动实际是参加文学小组的一次学习，而主角范雨素并未到场。当然，这次学习的主题仍是交流对《我是范雨素》的阅读感受。和以往常常只有六七个人参加的文学课不同，这次学习人员骤增，除了日常参加学习的皮村工友们，还增添了很多慕名而来的外村工友、大学生，以及像我这样的"文化界人士"。小小的会议室挤得爆

v

满，五月上旬的天气体感已经闷热，腾讯文化的人好容易为我在长条桌周边人缝里找到了一个位置。学习由小组长期的文学课老师张慧瑜主持，他告诉大家范雨素想静一下，据说躲进了一座深山古庙。

大家轮流发表对《我是范雨素》的读后感，轮到我的时候，我也说了几句，大意是这篇文章打动人心的秘诀在于"怨而不怒，哀而不伤"，符合国人的审美心理。会议室后排坐着几位家政工装束的女人，都是从外村慕名而来，和我一样第一次参加文学小组的学习。轮到她们发言的时候，一位姓施的大姐自报家门是月嫂，爱好文学，她声音高亢，言语滔滔，给我留下了很深的印象。

学习结束后，大家仍旧恋恋不去。我穿过拥挤的人堆走到她们跟前，留下了三位家政女工的微信。其中有史鱼琴和另外一位叫王成秀的育儿嫂，她的微信名叫寒雪。

二

文学小组引起了我的兴趣，过段时间我趁傍晚再次去了皮村，打算参加一次日常的文学课。这次仍旧是先去办公室试图找小冯，他有事不在，但办公室里却有其他好几个人，连同大量的烟——几乎每个人都在吞云吐雾。

就是在那一次，我认识了小海、万华山、徐良园、一口广东口音的莫晓明，以及庄子研究大神张行。当天晚上，文学小组的课上完后，大家又一起去一家叫做"金手指"的东北馆子吃夜宵。这大约是皮村当时最高级的餐饮场所了，席间增添了好几个人,包括苑伟、许多,可能还有工友之家干事王德志。我记住了许多的原因并非因为他是工友之家的发起人之一,而是他的吉他手身份和一头爆炸式的长发。

因为预料到晚上回去会比较晚,赶不上公交和地铁,我预先打通了皮村主街上公寓的招租电话,看了两处之后,定下了一家叫做"公寓"的日租房间,八十块钱。领我去看房间的年轻人说一口外地普通话,显然并非老北京房东,而是二房东。皮村本地居民缺乏资金,二房东出资帮助房东将平房改建为楼房,再装修后出租。二房东拥有一定的经营年限,收入与房东分成,这成为皮村公寓的一种通行投资模式。相比起1100块钱的月租标准来说,这个价钱显得有些贵。

房间里除了一张床和一个床头柜外,一无所有,不过拥有单独的卫浴,并且墙上挂着一部二手空调。年轻人向我演示热水器能使,而空调在这个季节无所谓。后来我知道,和我租住的燕丹村不同,皮村的公寓几乎都没有自家锅炉烧的暖气,空调成为公寓过冬的标配。多数的工友们并不会租住这种新兴的公寓,他们住在几百块钱的老式房间里,靠电热毯和电风扇过冬。村里的电价算作农网,比城市居民用电高出2倍多,很多工友冬天甚至不舍得用电热毯,靠大被子和肉身发热抗寒。小海就是这样一位。我要求年轻人将气味可疑的被子和枕套换过。他交给我房间的钥匙,告诉我回来晚了在大门喊他一声。

就这样,我在文学课结束后没有跟那些急于赶公交的月嫂和工友们一同离开,也没有去蹭讲课者张慧瑜的车,而是没有后顾之忧地在金手指的会餐中待到最后,聆听了众人在啤酒与文学课余温里的高谈阔论。这种高谈阔论和辛苦打工生涯的背景形成奇怪的混合，给了我一种极度真实却又包含虚幻的印象。尤其是诗人小海和庄子研究者张慧的讲述，他们现实中的身份分别是同心二手衣服商店的售货员和工地保安。另外一位积极的发言者是自称"金牌家政哥"的张钰，身为油烟机清洗工的他已经上过央视《开门大吉》等不少综艺节目，并且号称"中国第一位农民工词作家"。显然他已经习惯了抓住一切机会展示自己。

夜宵散场后大家分头离开，我和新认识的莫晓明同行，他的住处和去公寓顺路。回到已经阒寂无人的主街上，我按照手机照片里华联超市旁边的位置找到了那家公寓门口，却开不了大门，又怎么也打不通带我看房的年轻人的电话，手机信号不好，我使劲拍门也无济于事，大约他已经睡死过去。看起来我有流落皮村街头之虞，还好莫晓明邀请我去他那儿住。莫晓明的住处是一间典型的公寓，只是东西比我日租的那间多得多，其中大部分是书，还有一些参会的媒体证件之类。推开四处散落的书籍和杂物，我们在一张床上抵足而眠，隐隐闻见彼此袜子的臭味。

往后的日子里，莫晓明成了我长期的朋友，但我一直没真正搞清他的确切身份。他干过媒体，能说出一些我认识或知道的人名，在房间里有不少参加各种行业会议的参会证件，也在一些文化公司跑过业务。在皮村文学小组的成员里，他似乎不属于任何一类。眼下他租着比一般工友条件优越的公寓，但后来他搬到皮村周边更偏僻的村子里，住着冬天没有暖气夏天只靠风扇的平房，依靠阳光和体温取暖，不以为苦。他不是靠体力活为生的工友，但也不像白领和大学生志愿者。他是个边缘人，但并非没有职业和收入。他爱好文学，在范雨素出名之前就忠实地参加文学小组的课程，但自己不写。由于他始终不愿谈及自己的确切职业和出身，有段时间我甚至有些怀疑他是传说中的江湖骗子，但显然他并不是。

后来莫晓明回到了南方，我们仍然保持着联系，他会偶尔发来佛山或者广州街头的夜市照片，包括有次随足球"粤军"远征陕西渭南的球场情景。在工友之家和文学小组，张行以及后来出现的曲默、小静、曹草、徐怀远也是这样的边缘人。某种意义上来说，他们和真正的工友们一样，都曾经在皮村和文学小组找到了自己的家。

那是我在皮村度过的头一夜。

往后我和工友之家及文学小组的人们渐渐熟了起来。我拜访了那天留下微信名片的史鱼琴、王成秀，以后又认识了同样做育儿嫂的林巧珍。我每隔一段时间就会去小海的店里逛逛，和万华山、小静逐渐熟了起来，也成了给文学小组讲课的老师的一员。在小付的邀请下，我开始参加每年度的新工人文学奖的最终评选，一般负责非虚构类。很难忘记头两年文学奖颁发的场景：破旧的平房会议室里没有暖气或空调，桌面下方冰冷的水泥地让穿着运动鞋的我脚冻僵了，只能不停地跺脚。桌面上却是热气腾腾，拥挤的人群哈出的热气汇成了笼罩的雾霭，人们的面容和声音都在这层雾霭里浮现，带着掩藏不住的兴奋和喜悦。平日纵横的沟壑被抹平，不管是领奖者、颁奖人还是等待者，每个人都似乎在一团理想的光影里浮动，脱离了寒冷坚硬的日常生活地面。这一刻大约就是文学小组存在的意义。

媒体热度的高峰过去之后，范雨素开始回归到文学课的学习中，我因而认识了她，在以后的两三年中渐渐成为朋友，每年会和共同的朋友小海、林巧珍一起玩上几次。疫情前的两年内，定期去皮村找小海、华山、莫晓明闲聊一番，在游逛中消磨掉一个寂寥的下午，几乎成了我孤身北漂的一项固定行程。他们也曾去过我在燕丹村的出租屋玩过两次。当然，通过讲课、文学课学习和参加工友之家的演剧、看电影、元旦晚会之类活动，我也和更多工友渐渐熟悉，了解到他们在底层辗转挣扎的过去、卑微辛劳的日常和在缝隙中曲折生长的梦想——有的关乎文学，有的属于其他。日积月累，我们似乎成了无从分割的一类人。

其间我还把刚从驻印度使馆回国的杨沁带到了皮村，认识了小海、华山等人，后来她辞职到世纪文景出版机构工作，为文学小组的成员们出版了《劳动者的星辰》一书，其中收纳了范雨素、华山、史鱼琴、林巧珍、苑伟等众多小组成员的作品，使得这个群体有了一次整体亮相。

一直到新冠肺炎疫情的中期，我并没有想到整体地写下这个群体，虽说我已经尝试写了其中两三个人的故事，包括史鱼琴和"过客"张行。但在此之前的几年中，皮村和工友之家一直经历着诸多起伏变动。随着有关部门管理收紧，打工博物馆得到外部资助日趋艰难，只能每年在网上发动募捐筹集十几万元的房租。《我是范雨素》爆红之后半年，大兴聚福缘公寓火灾发生，北京开始疏解人口和清查城郊违法建筑，整治"工业大院"。皮村的厂房区遭遇重创，皮村路南边的厂区完全拆光，村庄北部的厂区也大都迁走，成为废墟。许多工友人随厂走，皮村的人口结构发生了很大变化，影响到文学小组的人气，来工友之家的志愿者和参观者少了很多。

2019年年底，工友之家创办的同心学校关闭，此后在关闭打工子弟学校的浪潮中再无恢复机会。因为疫情反反复复，文学小组的活动被迫迁移到线上，皮村数次封闭，工友们难以在现实中见面，一些生计无着的小组成员先后离开了北京，其中有我熟识的好几位。工人剧院和电影院长期关闭，打工博物馆租用的地块也一再传出拆迁风声。

种种迹象表明，工友之家和文学小组的现状不会永远持续下去。为这个群体留下一份记录，是一件需要着手的事情。毕竟虽然已经有了那么多的报道和拍摄，多数工友的人生故事和梦想仍旧处于聚光灯之外。

三

我在皮村租下的房子处于二楼，七八平方米大的房间没有卫生间和厨房，以及暖气空调，一台锈蚀的大电扇用来度夏。其价钱比同样条件的公寓房稍贵一些，原因是楼道里有个公用卫生间，加上挨着主街，光线不错，还有个可以打望皮村主街的小小阳台，这是我租下它的主要原因。

住在这里的第一天晚上，寒气依旧袭人，我裹着衣服站在阳台上，望着主街上红红绿绿的灯火以及熙攘来去的人群，感觉离皮村的生活更近了一些。我去沿街的十元盒饭店和淮南牛肉汤店吃饭，去五金杂货店买插座，去9块9大卖场添置小东西，价格都比城里便宜；偶尔去稍远点的皮村浴池洗澡，有两次是和来上课的工友徐怀远一起。他住在二环里的大杂院，屋里也没有卫浴，来皮村上文学课也是他顺便洗澡的机会。18块一次的价格看似有些贵，但里边包含了简单的桑拿；早晨能在电线杆下的路边摊买到煎饼果子，晚上到12点依旧能在转转小火锅店里看到坐满的年轻人。灯箱招牌彻夜不灭，固执地刺穿我的梦境。

早晨5点，街上的电动车声音就会持续将我唤醒，各条狭窄小巷里的水流汇聚到主街上，环卫、保洁、杂工和去批发市场进货的小贩们开始大队通勤进城，之后小白领们也匆匆拎包出行，时间要比主城区的早高峰早上一两个小时。夏夜街边叠肚子的膀爷喷烟吐痰，路中心下力工人汗透的后背与新近增加的小白领、年轻情侣、流动儿童的身影拥挤穿梭。小巷拐角"集中晾晒区"的标识和"打击卖淫嫖娼"的醒目横幅下，神情暧昧的女人闪烁游动，地下彩票店和黑诊所里永远不乏顾客，无主的猫狗和有主的大狼狗招摇过市。有个疯疯癫癫的姑娘总在街头旁若无人高唱全部跑调过气的情歌，也有小贩在店门口大声控诉怎么被推销的骗子害到血本无归。在疏解清退的大背景下，这里依旧有黏稠得化不开、拥挤得避不开的市井生活。

在租房和去工友处串门中，我也更熟悉了那些所谓公寓的内情：二房东一句"好房、好价钱"包孕了多少工友觅得一处栖身之地的心酸，有的房子完全没有光线，大白天必须开灯，价格却仍旧高攀不起；有的房子只够摆下一张床，人进去几乎没有转身之地。工友租这样的房子只是买洞睡个觉而已，睡觉以外的一切生理需求，都需要到楼道、院子或者大街上去解决，楼道厕所里堆成山的手纸成了我的噩梦，有时更有别人的排泄物需要冲掉。尹各庄和皮村街口曾经的旱厕内情则更是让人大脑一片空白，而这却是小海、苑伟、林巧珍、王海军们每天要面对的。

一段时间之后，由于房东提价，租住在尹各庄的一位育儿嫂退了房，平时依旧住在雇主家，但周末来文学小组上课不方便。由于我并非每天住在皮村，周末就由她来住。她自己另有一副床单、被子和枕巾，住时换上，互不相扰，提高了这间小房的使用率。

我会偶尔去工友之家的仓库帮忙干活，去小海的二手商店消磨时光，打量形形色色的顾客，也喜欢在晚饭后去村旁的温榆河畔散步。有时会约上小海或者王海军、马建东，夏天在河里游过泳划过船，回来时路过打工博物馆，顺便进去看看院子里日渐寥落的人群和同心商店的生意。2023年入夏之后，皮村打工博物馆和对面院落的外墙上刷上了令人不安的"拆"字，如同皮村大片被拆除的厂区一样；接着是打工博物馆关闭，工友之家员工搬家，最后是挖掘机进场拆除。博物馆关闭的前几天，已经沉寂很久的展厅和院子再次热闹起来，人们纷纷从远处赶来打卡留念，打工博物馆负责人王德志坐在门口接待，脸上露出落寞的表情。

博物馆拆除的六月十四日那天，我是拆迁工人之外第一个到现场的人，目击了从上午到下午的全程。正赶上北京最酷烈的夏日，炎阳下仿生学设计的挖掘机利齿酷似哥斯拉的牙口，强行凿开每一块屋顶的头皮、肩脊、骨头和反光的琉璃皮肤，发出重金属一般爆裂且令人难以忍受的噪声，铁额轻触推倒墙壁，化为遍地瓦砾和像麻花一样扭曲的钢筋肚肠，被挖掘机随意牵扯丢弃，腾起的巨大烟尘需要随行的除尘车喷出缭绕水柱镇压，附近的杏树也在震动下颤抖，一切像是某个外星电影的慢动作场景，却又如此真实迅疾。"天下打工是一家"的地标、无数人的心思念想，就在短短的2个钟头内沦为废墟，似乎从未存在过。

只有两棵杏树幸存下来，维持着往日青葱。树上最后一季成熟的杏实，大多被人们在告别博物馆的参观中摘走了。

下午对面的家属院也被拆除，其中有文学小组曾经上了8年

我在博物馆拆除现场留影，当天我是最早到达最后离开的目击者

课的教室。之前它已经和博物馆一样搬空，只留下满地废纸和玻璃，橱柜里还有一尊外地工友没有来领取的文学奖杯。我的拍照和凝视引起了一位监工的注意，他再三催促我离开，转身时我只看见一股烟尘腾起。还好前一段文学小组搬到了同心学校尚存的校园去上课，不至于像博物馆一样无立足之地。

夏天的酷热终成过去，文学小组却过早迎来了寒意。近年来在工友之家经历的寒冬中，文学小组是唯有的一股春意，在反复的疫情中坚持下来，2022 年出版了小组成员的合集《劳动者的星辰》和范雨素的长篇小说《久别重逢》，反响强烈。但在打工博物馆拆除的前后，因为疫情结束之后的经济下行，持续几年的一笔每年 9 万元的个人资助停止了，定期出版纸刊、房屋租金和员工薪酬顿时没了着落，只能靠零星捐赠。99 腾讯公益日那天，小付和张慧瑜在群里发动，大家一起为文学小组募集到了 2 万多元，离 9 万元的目标距离尚远。

2024 年是文学小组创办 10 周年，工友之家及其前身则走过了 20 余个年头。很多工友离开了，又有新的工友到来。对于他们来说，皮村是漂泊人生中的一处灯塔，也是可以暂时栖息的一处岛屿。2025 年，原同心学校校园的租约到期，文学小组和工友之家的前景不知如何，但在打工兄弟姐妹的漂流潮汐中，它已经投射下长年的温暖。而这群来自我离别多年的乡土，栖居在城市边缘仰望星空的异姓兄妹们，也在我的生命里刻下长久的印记。

相遇

地下室的舞者

一

有一次去皮村，我在306路公车上遇到了林巧珍。

正值傍晚时分，草房公交站人头涌动，车子到达时人们汹涌扑向车门，密麻麻的手臂伸向门把手，有时硬挤的人们会卡在车门口进退不得，爆发争吵和厮打。林巧珍是和我一样各自努力上车的，上了车被挤到同一个地方，才彼此看见。

车子开动了，我们戴着口罩在拥挤的人群里聊着天。巧珍手上提着一个女家政工公益组织鸿雁之家的白布袋子，里面是上户如何注意环保的宣传册页。我问她鸿雁还培训你们这个，她说当然，家政工是环保的最初一环呢，比如垃圾要分类，不能乱倒。巧珍这天是上午从雇主家出门，白天在鸿雁之家度过，傍晚赶来皮村参加7点开始的文学课，文学课结束后回温榆河对面的尹各庄休息一夜，第二天一早再赶去雇主家。这是她休息日的固定行程，因此才在尹各庄租了房子。因为疫情，皮村文学小组的线下课程已经停了很久，这天是难得的一次。

聊天中我知道，她总算摆脱了先前一段找工作再三不顺的日子，开始上户了。先是因为疫情，她服务了3年的雇主两口子都居家办公收入下降，过年后委婉地告诉她不用再去了。接下来是几次半途而废的上户经历，其中一家是不给几个月大的婴儿带尿不湿，随处尿随处洗，洗的衣服被子没有地方挂，还弄得巧珍自己一身尿骚味。有一次坐这趟公车，也是像这般挤，周围的人都别着脸皱着鼻子，一脸避让不开嫌弃的样子。第二天回去她就辞了职。这次雇主家中没有小孩子，照顾的是一位独居老人。老人的儿子媳妇都在部委和央企工作，比较讲文明，没有前几家那样苛刻。我问她老年人是男是女，巧珍说，当然是女的，是男的她就不会干。以后我才知道，这来自她照料一位老年男雇主的教训。

比较让巧珍难受的，是这位老太太喜欢唠叨，言语中溢出优越感。尤其是提起儿子媳妇在部委央企工作，吃的用的都是单位拿回来，好像和巧珍比一个天上一个地下，让巧珍来当保姆是恩赐。她自认并不需要巧珍，需要也可以让自己亲戚来干，肥水不流外人田。有时还说，"农村人为啥不待着好好种地，进城来捣乱"。另一方面，老太太却时时要巧珍陪着她，不喜欢巧珍出去，觉得她根本不需要休息日。尤其是对于巧珍去文学小组，老太太觉得不可理喻，"你写东西画画有啥用，难不成还不做保姆？"一会儿又叹息，"有啥呀，没意思，快完蛋了"，不知是说巧珍还是自己。儿媳妇来时劝她别唠叨，她也不听。

巧珍在她的打压之下，常常感到精神上窒息。小海说她在那段时间，"整个变了一个人"，声音也发不出来，也不画画，到了旧衣服店里坐在那里，一遍遍地问，活着有啥意思？

好不容易今天是休息日，巧珍赶紧出来透透气。要不是想到前几次上户都是半途而废，巧珍觉得自己也很难干下去。在这样拥挤的公车上，巧珍通常并不会像众人一样盯着手机看，只是闭上眼睛休息，"像泥塑木雕"，但偶尔听到一首好歌，却会流下泪来，偷偷掩饰着擦掉。

我们的聊天引起了公车安保员的注意。显然对于保姆写东西画画上文学课这类事，来自同一阶层的他也从来没有听过，同时巧珍的装束和身材又比较出挑。他跟巧珍说了两句话，巧珍也平和地回答他。到了皮村西口下车，安保员客气地提醒注意安全，目送着我们。

我和林巧珍第一次见面，是2018年年底在皮村的"劳动者的诗与歌"联谊，张慧瑜老师请客在一家东北馆子的二楼聚餐。窗外气温寒冷，室内氛围热烈。聚餐之后，工友们正开始表演节目，许多的吉他弹唱和"金牌家政哥"张钰的才艺表演将气氛推向高潮。我和身边的寒雪聊天，她指着人群那头一个高个子的女人对我说："那是林巧珍，能写文章，会唱歌跳舞，也很优秀的。"这时林巧珍也正看向我，我感到她转动的大眼睛像要说话，但又并没有说。她穿着红衣服，显得很年轻，加上异常高挑的个子，在簇拥的几位月嫂中显得很扎眼。

后来知道，当时她刚来到皮村不久，听说我是"大作家"，就不敢说话，怕说错，而且不敢加男老师的微信。她在那次晚会上表演了歌唱，但我因为赶路走得早，没有听到。

我们在文学课上又见过两次，但一直没有聊天，直到2021年10月，我去尹各庄找回到北京的史鱼琴。

史鱼琴小屋桌上有两张油彩画作，她说是杨静远老师教她画的，但她怎么也画不好，都挨骂了。"林巧珍画得好"，她说。她把林巧珍也招过来租房子了，就住在这幢楼上对面一排，中间只隔着一道上下的铁梯。

我见过有人发在文学小组群里林巧珍的画，笔画简单，但是传神,也读到过她写的小文章,还有一篇杨沁写的采访她的故事。走下又爬上人字形的铁梯,去了对面房间,林巧珍恰好在。

相比于史鱼琴房间的过分拥挤,这是一间陈设过分简单的小屋,除了对面两张架子床和一张小桌,一个迷你衣架,没有其他东西。窗玻璃有一方被风刮破了,一直没有修补,破裂的还有墙上的穿衣镜,人照在里边缺了一片,巧珍在一首诗里写过。没有暖气,床上连电热毯也没铺,怕费电。虽然房子朝南阳光不错,风透进屋里已经有些冷。和林巧珍同住的杨晶也是一位育儿嫂,和林巧珍一样平时住雇主家,只有周末才回来。

虽然从来没有说过话,林巧珍见了我却很亲热。说起来她是甘肃平凉人,每次出门都要在西安倒火车,和我算是半个老乡。我们几乎是立刻熟起来。巧珍说,她一直想要跟我搭话,但生性过于腼腆,看到有别人在跟前,总是畏缩。

我想看她的画,她俯身从架子床下拖出一只拉杆箱,里面用去友谊医院检查身体的 X 光片袋子装着画作。有的是一位身穿红裙子、身材高挑的女子在碧绿的草地上,身边散落着几朵小花;有的是和小孩在一起,看得出是雇主家的孩子;有的是星空和小河,柔和的柳条。和史鱼琴的画作比要细致许多,看得出灵性。梳着两条辫子、穿裙子的女子画面特别多,一部分是弥补上户期间不能穿裙子的遗憾,这是家政公司培训老师专门告诫她们的。眼前的巧珍穿着黄色裙子,是干了三年活的那家小孩的妈妈给的。第一次到皮村,她穿着白色长裙,走在尘土飞扬的街道上,"大家都看我"。或许因为厌倦北方的风沙,她画了一整排葱绿鹅黄的树木,像是林风眠画笔下透明的西湖风景。我问她这是不是家乡景致,她说"是梦境"。

林巧珍自画像

舞者

雇主家的孩子

一张彩色和一张黑白画上的小姑娘，是她年轻时的形象。之所以画成黑白，林巧珍说是因为"我年轻时可难看，太瘦"。那时她永远穿的是旧衣服，"你看我眼睛小，鼻子长，别人都说我丑"。有一张是"疫情下的千手观音"，画的是疫情期间雇主都封在家里，家政工比平时更累，要干更多的活，做更多的饭菜，受更多指使，而且孩子仗着父母在家比平时不听话，家政工忙得团团转，像是长了千条手的观音。

她说自己就是喜欢画画：从前在农村冬天下了雪，扫院子时会停下来，她拿树枝在雪上画各样东西，惹得老公骂"别人都扫完了，你还在乱画"。一遇到烦心事就画，心里就能平静下来，觉得比文学小组提倡的写文章容易。起先是巧珍偶然画了一张，发到一个家政女工群体鸿雁之家的大群里，被静远老师看到，鼓励她画，买了好多画纸给巧珍。"我不敢在这些纸上画，怕糟蹋纸"，静远说随便画出来都是作品，巧珍才敢放心画了。冬天画画手冷，我看到了她手臂上的皲口。

时近正午，我们去小海的同心二手商店。在高低不平的土路上，我和巧珍继续聊着天，听她讲述身世和被老公家暴的故事。发生在偏僻的甘肃乡下那个小村落里的事情，在虽处于北京近郊却同样荒僻的尹各庄街道上，听起来真实又虚幻，一切都像是我童年亲历目睹的那些故事，却又如此遥远。

此后我们在二手衣服商店消磨了半个下午，傍晚时分巧珍搭乘小海的摩托车一起去皮村上文学课。以后在同心商店的聚会成了保留节目，参加的人除了巧珍和我，有时还会加上范雨素和史鱼琴。相比其他工友，我和林巧珍很快地熟了起来，似乎她就是我老家那些农村女性中的一位，却又是特别的一个。

二

公车巧遇过后两天，林巧珍发来了她写四次找工作不顺的文章。文章挺长，描写特别细致。除了小孩不戴尿不湿那次，其他两家一户是养了一只大狗一只小狗。巧珍小时候被村子里的狗咬过，还被追了半天，实在克服不了怕狗，只好作罢。几次找工作不顺，鸿雁之家的人员给她介绍了一个刚做完微创手术的朋友，照料这个朋友住院。那个女客户对巧珍姐姐长姐姐短，虽说医院不让加床，巧珍只能在小凳子上硬熬了几天几夜，但心里舒坦。不过跟着客户出院回家后，人家的父母年纪刚过六十，家务活不想让巧珍插手，巧珍一碰孩子他们也不高兴，干了几天只好走人。一次有一次的难，不过真正难的是第四次，生生把她逼到了极限。

那是一家高尚住宅区富商的大平层房间，女主人年轻漂亮，不知道是原配还是外室，有一个三岁多的小女孩，加上外婆。房间过大，家务活太多，关键是那个看似管家的外婆太苛刻，从早到晚不让巧珍有一刻停手的机会，似乎觉得这样花了钱才不算吃亏。三百多平方米的地板要跪下来用布擦，落一次灰擦一次，所有衣服上过一次身就要脱下来洗，一天洗几次，连男主人内裤也要巧珍洗。最后两个大阳台晾满了只好搭在红木沙发背上，又招来外婆骂。小女孩不会上厕所，大小便让巧珍用便盆接。喜欢随地扔玩具、撒米和泼颜料、面糊，动辄大哭，骂巧珍是坏阿姨，朝她扔东西，妈妈和外婆都不准巧珍说一句孩子。细面料的衣服被褥都不准使洗衣机，要用手洗，巧珍的两手在一天之内就搓破了。一日三餐，家里每人一个吃法，说法还前后变样，巧珍做完了早餐就接着做午餐，衣服泡在盆里只能抽空去搓洗。这样还招了外婆骂，说是干啥啥不行，比她自己差远了，她却是袖着手只是指挥。到了晚上十点巧珍已经筋疲力尽，给巧珍准备的房是杂物间。一张像小孩睡的钢丝床，安不下高个子的巧珍头脚，刚蜷下去躺下又被叫起来去再清扫一遍屋子，最终躺下时全身骨节像是脱掉了，双手则像火烧一样疼痛，失眠了大半夜。第二天五点多起来忙活了两个多小时的早餐，已经累得发昏，刚想拿一个豆沙包子吃就被管家外婆严厉制止，说只能吃馒头，拿着没吃到嘴的包子，巧珍在那一刻到了极限，眼前一黑昏倒在地。外婆还说她是装死讹诈，打发她匆匆离开。走出那幢西式巴洛克建筑的高大门楼，巧珍恍如从一场噩梦中脱身，置身大街上的密麻麻人群，脑子里忽然浮现出窦唯的《高级动物》……

这篇文章描写很细致，但前面三节篇幅太短，最后一节又太长，有些失衡，一时想不到好的办法。我建议她删去一些过于散漫的絮叨，既然用了第三人称来写，就把自己抽离一些，不要陷在情绪里，巧珍接受了，说好好修改一下。后来这篇文章得了新工人文学奖的年度作品，她发信息来说"感觉有点作弊，亏了你的点评"，我却觉得自己并没有给出什么好建议，仍旧觉得前后段落失衡的事情无法解决。

到后来我终于想出了一个办法，将前三次经历合在一起作为上篇，将第四次经历作为下篇，这样就可以往外投稿了。但这时新工人文学已经按照旧稿发表了，最终这篇故事也没有向外投出去，我一直觉得可惜。

巧珍当家政工的更多经历，我是在尹各庄的小屋里听说的，其中有一次被性骚扰的遭遇。那还是在2012年的银川，一对老年夫妇，老头儿八十九岁，一条腿不行了，随时要人扶，听说连换了几个阿姨，巧珍因为觉得工资高还是去了。老婆婆啥都不管，只是喜欢出门打麻将，老头一见巧珍就高兴，"一直盯着我，口水都流下来"，老太太就说好，"终于等到你满意的了"。老头特别黏她，下楼遛弯随时要紧捏住巧珍的手，到了平坦地方也不放，仍旧靠在身上，巧珍也没有觉得异常。

到了第四天，老太太说要出门打麻将，临走让巧珍可以睡一会儿。巧珍正要回房间，老头让巧珍陪他看电视，两人挨坐在沙发，平素腿脚不便的他竟然忽地站了起来，一下子扑在巧珍身上，"说我喜欢你"。巧珍感觉像被蛇咬，本能地跳起来，说叔叔你要干吗，老头脸蹭过来说，以前的保姆可都听话，你还推我。我腿摔坏了，你赔得起吗。巧珍说，我把你当爸爸一样的，你还这样。老头说，我看上你，你该感恩，以前的保姆难看，白给我都不要。你我可以多给钱。巧珍一阵恶心，推开他噔噔跑下楼，外面下着毛毛雨，心里仍旧咚咚直跳，心想咋办，只好给家乡的老公打电话，老公听说是个快九十岁的老人，说她大惊小怪。巧珍只好打电话给老头的女儿，女儿问她为啥要辞工，巧珍说你自己去问他。在手机上结了账，回头去取行李，老头气急败坏，起初威胁巧珍说你敢走，后来又求巧珍别走，巧珍拿了东西就跑了，没有雨伞，冒雨拉着箱子追赶公交，到中介公司还被骂了一阵，"说我小题大做"。

确实，在家政市场上，这样的情形不在少数。巧珍曾经发给我一份单子，客户是丰台区65岁独居男子，招住家阿姨做饭搞卫生照顾老人，要求阿姨"35岁以内，身高160以上，体态丰满微胖，相貌一般即可，工资每月2万"，这样的单子一看就是不正常的。

以后巧珍再也不敢照料异性老人了。做家政久了，真是啥人都能遇到，"别人只当你需要挣钱，就是没尊严的"。

当然也有好的业主，像她干过三年那家。孩子小可的父母很注意让小可尊敬她，喊阿姨一直很亲热，平时说话都很客气，眼里有了活就自己干，不肯多麻烦巧珍。巧珍的女儿结婚，雇主还送了她四千块的大红包，大儿子结婚时又给了八百。巧珍在石墨文档上写过一篇文章《我城里的孩子》，里面写到小可黑黑的眼睛，鼻子高挺嘴巴小巧，谁见了都夸。这是她从一个多月小脸黑黄、身体瘦弱得像小猫咪一路带大的，见证他长出第一颗乳牙，扶他蹒跚学步，陪他做堆积木玩滚雪球，孩子的欢欣雀跃"像一支空气清新剂"在她周围久久环绕。巧珍长年离别家人在北京的孤单也得以化解。

2019年秋天，巧珍回甘肃为女儿操办婚事，被疫情隔绝在老家几个月，再次见到小可，心里还担心孩子记不得自己了，不料听到孩子的第一句话是"阿姨，你的腿还疼吗""你怎么才回来"时，巧珍顿时感到自己因为家事纷争操劳而坚硬起来的心化掉了，感到他是自己在北京唯一的牵挂。但现实却是巧珍不得不离开，重见即是分手之日。在又一个冬天里，巧珍写下了这篇追忆的文章，说"只要有可能"，自己仍然会用炽热的心，远远地关注他，"即使去了另一个世界"。

我跟巧珍去过一次小可家里。这是一个初代进城打拼的白领家庭，生了小可和在上初中的姐姐。小可父母双方都是延庆农村人，小可父亲是码农，母亲在一家事业单位做文字翻译，十几年努力下来买了中关村附近一套八十来平方米的房子，家里隔出好几个小房间来供孩子、奶奶和巧珍居住，拥挤却看得出布局的用心。父亲常常加班到时近午夜，一早又要起床送孩子去学校和上班。父亲脾气很好，对于请阿姨的看法是双方要建立一种好的关系，而不是说"我拿了钱，就一定要达到某个期望指标"，更不是榨干家政工。母亲性子比较急，但也很爽直，下了班经常和巧珍一起去散步遛娃，跟她聊家长里短。在夫妻双方的偶尔龃龉中，巧珍有一种缓冲阀的作用。奶奶也保有农村妇女的朴实，大多低头在厨房里忙碌，不会把过多的活推给巧珍，以及横竖看不惯。

虽然一年多没有见面，小可跟巧珍还是很亲近，有一种懂礼节的高兴，说起和巧珍相处的快乐，虽然年纪太小细节不清晰，却总会不由自主地嘻嘻笑起来，似乎有一种熟悉的身体记忆。身在幼儿园的小可已经开始上钢琴课，他和巧珍并排坐在琴凳上，教巧珍弹了几个音符。当我们告别出门时，小可从里面自己的小屋子赶出来，拿着最近的彩笔画给巧珍看，巧珍当初带他时并不会画画，没能教他，但他知道现在的巧珍喜欢画画。

和雇主孩子的感情另一面，是对亲生儿女的歉疚。巧珍一共有两个儿子和一个女儿。在鸿雁之家，巧珍和姐妹们一起自己写了一首歌《鸿雁妈妈》，"我是一个妈妈，我有两个娃娃。一个朝夕照料，一个十月怀胎。"当年皮村文学小组举办的"劳动者的诗与歌"线上演出，巧珍演唱了这首歌。唱完歌她说："自从出门打工，我没有给亲生儿女好好做过一顿饭。"

2021年疫情期间，女儿和女婿到了郑州打工，孩子才几个月，巧珍前去照料了一番，几乎承包了从带孩子到做饭洗衣服的所有家务，每天所有人还睡着就起床打扫卫生，似乎是弥补一下从前的亏欠。直到有天她发现小两口产生了严重的依赖，只要她在就躺在沙发上刷手机什么也不干，恍惚间她又成了在北京做月嫂的角色，才不得不最终离开。

大儿子成年后在苏州一家生物制药企业工作，总部在北京大兴。巧珍记述过一次与他的匆匆相见。头一个周前儿子给巧珍来电话说，自己跟公司的领导到北京出差。巧珍喜出望外，一大年没见到儿子了，没想到能在北京见着。一直盼着这事，儿子到了北京却说这次出差很急促，只有两个半天的时间，不过他可以利用晚上来找她。巧珍听了心就乱了，平时重复干的活出了好多差错，主人也奇怪地多看了巧珍两眼。晚上她正在做饭，儿子又来电话说，领导临时给他加派任务，实在抽不出时间了，只能看明天办事顺利不。巧珍让儿子好好办事，"面总有见上的一天"。话虽如此，她却一夜醒来好多次。

第二天早晨起来，收拾卫生喂兔子，做好饭菜等雇主送孩子走了，泡上衣服等到十一点，儿子仍然没有来电话，想必是上午抽不出时间，下午就要坐高铁走了，两母子就见不上面了，和上一次儿子来北京出差一样。想到这里，巧珍的心火烧火燎起来，手都差点连萝卜塞进兔子的三瓣嘴里了，一个念头猛然迸出她脑子，走，去看儿子去，现在雇主家活也做得差不多了，干吗不能去见一面呢？难道母子两人都在北京，真的就不能见一面？她匆匆换上衣服，抓了一个馒头塞包里当作午饭，坐地铁倒公交两个多小时，途中换车都是小跑，终于到了儿子的基地。初秋的天气已有一些凉，巧珍却跑得热汗涔涔。当儿子高大帅气的身影快步跑出大门，来到身边把她紧紧拥进怀里，那一刻所有的奔波都值得了，一大年没见的相思之苦也被融化了，连前两天一个人去做胃镜后隐隐的疼痛也消失了。"妈，你怎么又瘦了许多！头发又添了些白。"巧珍的头发一直不错，身材也长年如此，只有儿子能看出她的消瘦，和发丝中新增的白。巧珍则看见了儿子嘴唇上的一层干皮，看来他话说得口干舌燥，脸上长了痘痘，大概工作累得焦心，也在挂念她吧！头发却是油乎乎的，在外奔波缺乏人照料，可她却在无微不至地照料别人家的孩子，还有兔子。

短短的几分钟相聚中，儿子口袋里的手机一直嗡嗡响个不停，领导在催他回去，儿子说不管，还想找个地方吃饭，巧珍说自己吃过了，你回去吧，别让人家催了，咱面也见上了！儿子还让巧珍进楼房里边等他干完活，巧珍说我也是偷偷跑出来的，要回去了。儿子又把巧珍抱进怀里，手机又响了，巧珍头在他肩膀上靠了一下，就忍住打转的泪水拉开儿子的手，说"去忙吧"，强行笑着转身往外走，一滴眼泪却不争气地坠落地上。她偷偷抬头看向儿子，儿子头扭向一边手遮着脸。巧珍赶忙转过头往外走，过了一会儿才回头，看着儿子一步一回头走进了办公楼，刚才坠落了一小滴的眼泪像瀑布涌出，母子会面就这样实现了，又这样结束了，一切过去得太快，不像是真的，而一分一秒过去的时间却是真实的。她得马上往回赶，一路小跑着赶公交进地铁换线路，在地铁里一直后悔不该落泪，本来见面是多高兴的事情，却惹得儿子伤心。

越想越难过，晕乎乎出了地铁口才发现错了方向，一看手机已经下午四点多，接雇主家孩子要迟到了，只好一路狂奔往回跑。总算接到孩子回家，兔子已经在笼子里饿得乱窜，添了食水清理了笼子，浇好花喂好鱼，挂好洗干净的衣服，在监控的镜头

17

下干完了撂下的一切活，才想起自己出去四个多小时，竟然一口饭没吃一口水没喝，背包里的馒头和水杯都白带了。

晚上收到儿子的信息，已经在回苏州的高铁上，而巧珍正在哄着雇主家的孩子入睡。

三

临近春节的一天，疫情松了一点，我和巧珍约好去鸿雁之家看看。

天气有些阴沉，地面上有残雪。巧珍一大早就从雇主家中赶过去了，我按照她发的定位，找到地铁望京东北边两条街一座楼房的底部，这里的裙房有很多门面，巧珍从其中一扇小门出来接我。

鸿雁之家的办公室在九楼，日常跳舞的地方则是一处地下室。我们到了办公室，这是一间普通的单元房，有暖气，陈设简单，墙上和桌上有一些宣传册页，进门处一架柜子里陈设着女工们自己制作的母乳手工皂和牛轧糖。巧珍也参加了手工组，红色毛衣上的胸针和毛线帽就是自己动手做的。靠墙角摆了一圈大矿泉水桶，里面装的液体浑黄橙红，是沉淀了几个月的酵素，洗澡洗手可以用，这也是手工的一部分。此外还有刮痧组和文艺组，巧珍是文艺组的骨干。陆续到来的十几个女人都是做家政的，她们脱下在雇主家的灰黑色外套，换上了来这里才穿的鲜艳衣服，显得比实际年龄年轻。其中一个正在拉着箱子出门，回家过年，大家纷纷对她表示高兴羡慕，"能回家就好"。至于她们自己，因为各种原因留在了北京，其中包括巧珍。因为不想见到老公，加上秋天回去办了大儿子的婚事，这一年她决定不回家。

对于不回家的女家政工们，鸿雁之家专门申请了800元经费，姐妹们大年三十可以过来动手做中午饭，下午一起联欢过春节，每人一个节目，鸿雁会有一个工作人员留守陪大家。菜单已经安排好，到时大家分头照此购买食材，林巧珍个子高，被分派的活儿是到时挂高处的彩带之类。

今天的事情主要是一起学习最近火爆的手舞《一起向未来》，这是易烊千玺在冬奥会上唱的一首歌。墙上的平板电脑屏幕上播放着动漫男孩的舞蹈形象，姐妹们排成几列，看着电脑学习动作，巧珍因为个子高在后排，她最好的朋友谭启秀站在最前列，给大家示范，尤其是一个很有难度的扭绞双手的动作。谭启秀脑门圆圆的，一看就聪明，上过中专，什么舞都一学就会，自然成了带头的人。巧珍说这里聪明的人很多，又指给我看刚进来的那个身个比她还高的人，穿着一件风衣，戴着围巾，气质像一个大学老师，我起初把她当成了工作人员，但她和巧珍一样是一位育儿嫂。

巧珍也很快地学会了最难的那个动作。过了一会儿，大家下楼去雪地上跳舞，以便拍下视频留念。这正是巧珍高兴的事，她这一段时间喜欢画雪，一连画了好多张，雪使灰扑扑的北京大地显得具有了灵性。大家一行下了楼，到了小区中央的雪地上，茫茫的一片白，巧珍却指着几棵柳树对我说："你看，所有的树细看都有绿意。"

大家在硬结的雪地上站成两排，巧珍依旧站在后排，戴的粉色毛线帽显得扎眼。大家随着手机音乐开始表演舞蹈，因为下肢并不活动，我担心她们站久了会冷，但她们只是一遍遍地表演着，似乎上身的热情会传递到挨着雪地的双脚上。最后一个动作，巧珍带头改变了原来的平淡收束，变为双手挥舞，似乎终究释放了一下。大家跺跺脚，分头去吃午饭，我和巧珍以及谭启秀一起去裙房的一家面馆，这是巧珍最习惯的地方，她总是选择那里的一种臊子面，四川人谭启秀则会来上一碗麻辣米线。

路上巧珍说，2017年夏天她在雇主家实在憋闷，上网偶然查到这里时，还以为是个传销窝点，因为是免费的，而她不相信世上会有免费的事情。后来托离得近的老乡去看过，知道不是骗人，自己才鼓起勇气过来，发现这里真的是家政女工的"娘家"，有了一个和大家相聚散心的地方，有时还会提供庇护。疫情初起的冬天，好几位月嫂下户后没法再上户，一时无家可归，鸿雁的办公室成了她们栖身的地方，其中包括巧珍和谭启秀。后来这里被人举报，小区防疫人员来查处，大家又紧急转移到地下室，横七竖八打地铺躲了几天，之后巧珍才转移到了尹各庄。

也是通过鸿雁之家，巧珍才知道了皮村文学小组。当时鸿雁举办了第一届家政女工艺术节，范雨素也去了。在艺术节上巧珍和一个叫董路的导演互加了微信，董路到皮村拍过"劳动者的诗与歌"纪录片，朋友圈有文学小组的信息，林巧珍看到了徐良园、王春玉和苑伟的诗，知道了皮村有个文学小组，范雨素是文学小组的名人。巧珍心想，范雨素也是个育儿嫂，和自己一样，心中就没有那么胆怯了。五一劳动节那天巧珍来了皮村，正赶上文学小组联谊，巧珍还表演节目，唱了一首歌，觉得大家都是自己人，以后皮村就和鸿雁之家一起，成了她在北京的两个"家"了。

前一阵在鸿雁之家组织的女工年度艺术节中，林巧珍和谭启秀一起拿了奖，分别得到了一个大旅行箱的奖励。两人特别高兴，晚上不想立刻回雇主家，搭了一辆车到长安街上，在长安街上瞎走，边走边咯咯笑，顺着昏黄路灯光越走越远，一路过了天安门，接近午夜才分手搭车回去，下车后明明到了小区还一个劲往前走，从来没有过那么开心的日子。

巧珍希望姐妹们永远不分散，吃面时她提起"假如有一个特别有钱的雇主，把我们一起雇到家里去"，又对谭启荣和另一个山西的女工说，"我上次说的话还算数，假如到了我们干不动时，到一个三线城市的养老院，抱团取暖"。对她的提议，同伴们不置可否，不过她们都和林巧珍一样，跟老公的关系不好。"关系好的没有出来干这个的"，谭启秀似乎一脸冷漠地说。她的老公在广州打工，两人虽然没有离婚，却好几年没有联系了。

这天下午大家要商议过年的节目，不去地下室跳舞，林巧珍带我去瞧了瞧。入口处的通道很简陋，门旁的墙上用大张红纸写着"鸿雁之家"的名牌，铁门上贴的对联用歪扭的字体横批着"帝都二家"。看样子是女工们自己写的，一边已经耷拉下来。是密码锁，巧珍试了两次才对了，进去是一处比较简陋的空间，屋顶和墙壁裸露着标有"高区排水"字样的管道，分里外两间。外间是换衣帽的地方，东西摆放比较杂乱，里间更为宽敞，墙上有"今日厨边隐身工，未来绿色引路人"。这让我想到公车上巧珍带着的垃圾分类宣传手册。地板上铺着软垫，是姐妹们舞动身体的地方。巧珍说，大家整个下午都会在这里，舞动到忘情，会把外衣都脱掉，只剩下内衣，跳到满头大汗，人像从水里拎出来一样，这也是不方便我来看的原因。说起这里，巧珍的眼睛里有了闪动的光。

但这光忽然又黯淡了，她说，从去年开始，她头疼越来越严重，她担心自己"有天忽然走了"，银行卡密码都会丢失。至于是什么原因，她从来没有去查过，担心一查出来就是重病。

半年之后，我终于得到允许，去地下室参观林巧珍和姐妹们舞蹈。这一天是为家政艺术节做准备，有专业老师来指导，通过身体的动作提炼出一些元素，发展编排成舞蹈。我到时还只有巧珍和谭启秀两个人，她告诉我，她最近又换了一家雇主，离开了那个老太太家。原因是今年疫情再次严重之后，老太太不准她出门，怕传染新冠病毒给她。有一周巧珍来了鸿雁之家和文学小组，回去正赶上老太太的健康码莫名变为黄色了，她怪是被巧珍连累，但巧珍自己的码却是绿色的，跟老太讲道理老太不听，老太还打电话给她女儿让女儿辞退巧珍，说让她亲戚去干。实际老太太的亲戚后来也并没有去干，大约是嫌她麻烦。前一阵老太太又打电话给巧珍，想要她回去，但巧珍已经在新地方上户了。

这家新雇主是鸿雁的姐妹介绍的，全家是基督徒，林巧珍比较有话语权，肚子饿了可以提出来先吃。雇主家只有六十平方米，家里还养了两条狗，晚上挨着巧珍和宝宝的床睡，平时狗乱拉乱撒，巧珍提出要求后也送人了。小孩很爱动，整天让巧珍带着一起唱歌跳舞，雇主夫妻有时候也跟着学，巧珍感到自己有了活力，心情也好起来。就是孩子闹腾活儿太累，同睡一床的姥姥又打呼噜，晚上睡不好。这家工资给得不高，休息日是大周两天小周一天，逢上大周她可以周六五点多出门，坐两趟公交花一小时四十分钟赶到这里，参加完鸿雁和文学小组的活动，第二天在尹各庄和温榆河边消磨上一天，周一早上再回去。

十一点多，伙伴们陆续来到地下室。前一段因为附近有疫情，这里一直不让开放，去公园舞动身体，正在一块防疫禁止聚集的牌子下面,被保安来赶了三次,草草收场。上周巧珍和姐妹们实在憋不住了,约好偷偷地来,使劲跳了一天,"跳得忘记了一切,太释放了"。这周总算开放,可以放心大胆地跳了。我和巧珍坐在软垫上聊天时,谭启荣和一个叫罗雪芳的家政女工跳起了《雪莲花》。罗雪芳的身段特别柔软,腿可以举过头顶,让人感觉她是从小练过的,巧珍却说她是来到鸿雁之后才学的跳舞。跳舞的人当中,曾经还有一个叫做赵新亚的女伴,会做特别好看的手工艺品,也是皮村文学小组的成员,被巧珍画进了工友们的系列肖像里。她生了重病,疫情来临前回了老家,从此很难联系上,巧珍怀疑她是否还在人世。

　　过了一会儿,音箱放出歌曲《红枣树》的伴奏。谭启荣拿起话筒唱歌,为跳舞的罗雪芳伴奏。她唱得清润婉转,开始我还以为是原唱。巧珍也跟上轻轻哼唱,"儿时我爱过的恋人,而今你身在何处?随着那蹉跎岁月,你是否芳香如故?"看着舞姿轻柔婉转、收放自如的罗雪芳,巧珍眼里尽是羡慕,"感觉人家是来跳舞的,我们是来搞笑的"。

　　更适合巧珍的舞蹈,是接着放的《中国味道》这种快节奏的歌曲,长胳膊长腿的她展示出了优势,双臂舒展上举,身体大幅度转动,马尾飞扬,穿着软牛仔裤的长腿爽利地蹬踏,像是一棵在东风中旋转的树木。其他几个女工,有的在跳舞,有的在说笑。一个甘肃老乡刚刚跟巧珍认识,在手机上看她的文章和画,一边看一边赞叹。地下室门口的活动签到表上,写明了大家的籍贯,有四川、内蒙古、河北、河南、山西,以及巧珍的甘肃。在这里,她们全都放下了在雇主家的身份,变回了那个从前未曾发现的自己。

林巧珍和姐妹们在鸿雁之家地下室跳舞

相比在鸿雁之家和文学小组的温暖包容，北京的其他部分往往是坚硬的。林巧珍参加过两次比赛，没有意外地被淘汰了。一次是导演董路推荐她去参加的"超级演说家"。上台前她紧张得发抖，到了台上倒也大大方方，别人讲的都是成功学之类，巧珍讲的是家政工受歧视，要雇主尊重家政工，双方平等，受到一个评委嘲笑，只得了40多分。虽然节目视频出来，鸿雁和文学小组都称赞巧珍，连一向贬低巧珍的老公也夸奖了她，却引起了下一任雇主的担心，觉得她心气高不敢要她。另一次是有人怂恿巧珍去参加老年模特队比赛，说她形象条件好，一定能行，巧珍动了心，交了几百块钱去参加初选，不料现场的妇女多是"老北京"，从皮箱中掏出精致的旗袍和林林总总的化妆用品，乃至7厘米后跟的高跟鞋。而巧珍只不过穿着一条5年前女儿买给她的白色绣花纱裙，脚蹬旧的平底帆布鞋走上T台，迎接的是评委异样的目光。在回城地铁上，巧珍才知道当模特是个系统工程，自己远远没有这样的资本。

只有回到文学小组和鸿雁之家，林巧珍才是那个能写会画，唱歌跳舞样样精通，总是能够得到衷心赞扬的漂亮女人。她甚至在皮村文学奖颁奖典礼上当了主持人。疫情之中，三年没回家过年的巧珍更是感到，对于她这样一只漂泊的鸿雁，这两处就是她能够落脚栖居的地方。

但这两个立足之地也并不是永远牢靠的。疫情之中公益基金普遍收缩，鸿雁之家的活动资金来源受到了很大的影响，一些项目不得不停掉。姐妹们忧心忡忡，甚至想到大家捐款维持。皮村工友之家也连年遭遇经营困难，同心学校因防疫被关停，捐助衣服来源减少，顾客也随人口疏解流失。二手衣服商店从十多家减少到三家，每年的房租和员工费用举步维艰，不得不发动众筹。文学小组成了满眼萧条中唯一的亮点。假如最终没有了这两个地方，北京还值得待下去吗，又有何处可去？这是林巧珍心底常常浮现的疑问。

鸿雁之家地下室下午的排练中，在导演老师的带领下，大家在地上围成圆心坐下，舒展打开四肢，一会儿头碰着头，一会儿脚绞着脚，像是彼此在用脚说话，巧珍和谭启荣的脚绞得最紧，悬在空中半天没有放下来，像是有说不完的话。"一周一周地来习惯了，不见面就会特别想，都不知道以后老了，回老家了咋办。"

上次在牛肉面馆里说到的一起住养老院的愿景，这会儿又显得遥不可及。

四

初见林巧珍的人很难想到她已经五十多岁了，尤其是她身穿连衣长裙，依旧浓密的头发梳成两个麻花小辫的时候。

1968年，巧珍出生在甘肃平凉乡下，在七个姊妹中排行第六，是最小的女儿。小时候巧珍特别淘气、调皮，是妈妈的心头肉，爸爸最心疼的是巧珍二姐，"对我也还好"。妈妈曾对巧珍说，父亲一看又是个女儿，想要扔掉，巧珍不信，"感觉爸爸挺喜欢我的"。但作为老小，巧珍逃不过的待遇，是穿几个姐姐一路穿旧下来的衣服。尤其是姐姐没有巧珍个子高，却比她胖，衣服巧珍穿上又宽又短。六岁那年的元宵，父母在旧窑里挖新窑，一家人都在忙活，在外玩耍的巧珍在几个小孩怂恿下，回家撒泼打滚要穿新衣服，她得到的不是责罚，而是父亲当天去扯回花布，母亲连夜在煤油灯下手缝的小棉袄。这是巧珍第一次穿上新衣服，上面还有拖拉机手收割麦子的图案。这也是她第一次明白知道，父母都爱她。但没几天就不能穿了，因为她个子长得太快，双手长长地伸在了外边。

个子高在乡下并非算是优点。林巧珍一出门，女孩们都说丑女子来了。因为她除了瘦高，还要加上眼睛小、鼻子长。此外是声音大、爱哭、爱唱，"吱哇，吱哇，满沟响"，这些也都招人骂，甚至在学校唱歌，声音特别响亮，"隔壁老师也过来骂我"。巧珍的爱唱爱跳，有爸爸的影响在里边。爸爸上过小学，吹拉弹唱什么都会，在村中戏班子唱秦腔，家里有戏本子。巧珍觉得爸爸唱得可好听，可惜的是她长大后爸爸不怎么唱了。妈妈也心灵手巧，绣花、做窗帘被套、剪花样拉鞋垫啥都会，口才也很好，"八十七岁了给我打电话，还能一口气说半天"。虽然有时会招人嫌，但巧珍在学校和村里都有二哥随时保护。二哥很仗义，有次看戏巧珍被一个男的拦住，二哥赶过来一脚踹开他。总的来说，巧珍小时候的日子过得自在。

中考那年，巧珍遭遇了人生中的第一次挫折。没考上高中的她改考幼儿师范，能唱会跳的优势在面试时得到发挥，"自己感觉很好"，过后却没有消息，后来听说被一个官二代顶替了。巧珍和家里人并没有去找，"也没办法"。人生中最大一次转折的可能，就这么轻易被人夺走了，多年后巧珍提起来却轻描淡写。失去了幼师的机会，巧珍也没有了复读上高中的心思，进了县里新办的地毯厂，埋头织了两年地毯，迎来了谈婚论嫁的年龄。

老公是一个姑姑介绍的，是巧珍三哥的同学。三哥说他不错。因为老公留级，巧珍自己其实也跟他同学过一年，印象是他上课时偷偷看小说，和女生碰面也不是那种嬉皮笑脸吹口哨的人。"当时有几家来说，我选了他，心想他爱看书有共同语言。"老公的另外一个优势是本村近邻，巧珍二姐嫁的是外乡人，总是挨打往家跑，孩子一岁半就离婚去了内蒙古。巧珍去探望外甥还差点被前姐夫打一顿，因此不敢嫁给陌生人。但一个学期的相处，并不足以让巧珍真正了解老公，即使结婚的初期也如此。

结婚头两年，老公和巧珍形影不离，"走到哪带到哪"。有时候是去酒席，老公不胜酒力时让巧珍代杯，巧珍因此学会了喝酒。有时是去跳舞，老公和巧珍跳过了，同学邀请巧珍跳，老公在一边看着，抽着烟。公公婆婆不让巧珍跳舞，老公就偷偷带她出去，在院子外边吹口哨，巧珍就偷偷出来，跳到半夜才回家。和村里的男人比较起来，巧珍觉得老公对自己还是特别好，村里的男人打老婆打昏死了，一盆凉水头上泼醒继续打。老公不对巧珍动手，还说巧珍"生错了地方，在城里的话会特别出彩"。

但再好的日子也不如出嫁前自在，巧珍不大长于家务，虽然做事用心，节俭，拿二老不当外人，仍旧会挨老公骂，嫌她做饭不好吃，脑子太浪漫，都是花呀草呀的。别的媳妇都务实，巧珍只是胡思乱想，不会占人便宜，不会过日子，傻瓜一样。

更大的问题在于，林巧珍逐渐发现，丈夫是独苗，小时候被他的爷爷奶奶宠坏了，好逸恶劳，吃饭都要母亲和老婆给他端到手里，而且脾气暴躁，骂人特别难听，连对自己的父母都是张口就来。第一次听见老公用恶毒的话骂母亲，巧珍惊呆了。那是农忙时节全家晒麦子，母亲催巧珍老公干活，老公跑过去就破口大骂，让他妈去死，还爬上屋顶要跳房子，巧珍被吓坏了。公婆说他从年轻就这样，一玩就高兴，一让干活就要骂人。

在外人前面，老公却完全是另一个样子，知书达礼，从国家大事到家庭小百科一套一套的，外面的人都叫他"教授"，在班车上给老人让座，落得人人夸赞。只是用公婆的话说，一进了家门，就眼睛一瞪，开始骂人。再小的事都能挑出毛病，嫌他妈做的饭不好吃，盐放多放少了，汤多面少，汤少面多，诸如此类，说得一无是处。母亲一骂他，他就让亲妈去死。老公也跟巧珍说过，他知道自己被宠坏了，歇斯底里，"自己控制不住"。平时他骂起巧珍来，巧珍也只是低头不说话，只要观察到老公脸色不好，巧珍就不敢说话。

两人关系的真正恶化，还是在生了两个小孩之后。生第一个孩子巧珍就遭了罪，头天晚上开始阵痛，一趟趟跑厕所，丈夫还在呼呼大睡。第二天天亮公婆吓住了，叫人赶三轮车送巧珍到25千米外的县城。一路颠簸，巧珍痛得浑身是汗，到医院难产了几个小时，死去活来，医生用手掏出婴儿，下面侧切后缝了七针，从此落下妇科病。

生二儿子更是过鬼门关。当晚是个落雪天，因为是超生不敢去医院，只能自家接生，老伤口挣开了，孩子落地后脐带粘连不脱落。巧珍跪在炕上等待医生，下面流了一摊血，新铺的一床绣花被褥怕弄脏拿开了，只剩光溜溜的席片。风刮着雪片扑进窗户来，光着腿的巧珍快冻僵了，本来就患了感冒，想咳嗽又怕下身伤口裂开。等了不知多久医生才到了，却是个男的，巧珍羞臊得要死。事后听老公说还是个兽医，只是从前当过医生而已，缝合手法特别粗糙，以后去了医院听女医生说，"跟缝麻袋似的"，线也拆不下来，消失在皮肉里了。从此只要天气不好，巧珍下面就特别疼，性更是成为折磨。

因为怀胎九月的时候还蹲在地里收烟叶，湿气重，巧珍生完孩子之后还得了痔疮。坐月子时一边喂小孩一边浑身痛，在床上哼哟，老公不爱听，说女人都生孩子，就你这疼那疼。第十天妈妈和大姐从娘家来探望，公婆带大儿子出门遛弯。公公和丈夫也不在家，炕灶因为积了灰满屋跑烟，熏得巧珍眼泪长流，孩子哇哇大哭，巧珍出去跪在院子里烧炕，平时老公完全不干这些活，还好大姐替巧珍烧好了炕，巧珍在姐姐怀里伤心大哭，老公回家还怪巧珍生孩子之前没把炕灰掏净。妈妈嘱咐巧珍老公多照顾她，妈妈一走老公指着巧珍鼻子骂她瞎告状，巧珍想哭都不敢出声。让老公去买个感冒药，他在路上被人拖去下棋，到了晚上才回来。过了第十六天，巧珍开始下地干活，月子没坐出头，巧珍的心已凉透了。

　　为了避免生育的痛苦，巧珍主动去做了结扎。丈夫问她"不生女儿了？"巧珍说不生了，当天她骑自行车带着妹妹，让妹妹抱着孩子，一路到县城做了手术，同村的女人还笑她，"别人都是计生办紧着来催，只有你是自己送上去"。七年之后，巧珍和老公收养了一个女孩，当作亲女儿养大。

五

　　尹各庄的夏天，林巧珍在租住的二层楼房里显得很惹眼。

　　没有空调和电扇，屋子里特别炎热，像蒸桑拿，"头发里都是水"。巧珍不得不开着门通风。时当疫情封控，一群群没活干的建筑工人在村子里游荡，打着赤膊在楼道徘徊。他们很快就注意到了看起来年轻漂亮、多才多艺的巧珍，有人故意走到巧珍门口吹口哨,问,"叫什么呢,香喷喷的"。巧珍在楼上唱歌吹口琴,有人从楼下跑上来,扎堆站在门口夸奖。对于这些夸奖,巧珍并不受用,平时她最讨厌男人讲黄段子,女人传八卦,一听到就恶心,只想远远避开,除了老公从没有近距离看过男人。这座楼上本来就有小姐租住,更让巧珍觉得那些男人的口气别有用心。

有一次巧珍正在画画,忽然感觉身后有人,回头一看,一个光着上身只穿短裤的男人扑在她身后,一脸络腮胡子都扎到巧珍头上了,巧珍赶紧让他出去,心里扑扑直跳。第二天巧珍吹口琴,这个男人又上来,巧珍厉声让他出去,口琴也不敢吹了。正好小海过来给她送饭,故意大声说,"我就在这儿,有啥事叫我",让楼道里的男人们听见。可是巧珍觉得那些男人个个膀大腰圆,小海身单力薄,"看起来也保护不了我"。

巧珍对于性的畏惧,源自小时候的一次经历。上小学的一个周五,同学们结伴回家,巧珍因为看小说落在了后面。匆匆赶到半路,她遇到一个骑自行车的下乡干部,说是跟她爸爸认识,可以捎她一程。巧珍上了车,那人骑到一段僻静处停下,就开始对巧珍动手动脚,往密林里拖。巧珍吓坏了,使劲推开他跑掉,一路跑一路大声喊叫,还好他没敢追过来。从此以后,巧珍对男女间的事情落下了阴影,以至于到了结婚后,只要老公凑近,"我就很抗拒",弄得老公疑心她另外有人,又嫌弃她没有女人味,"不让他摸,不让他碰"。

生完第二个孩子之后,巧珍在性生活中感到的只有疼痛,她再也不愿跟老公发生关系,说自己"废了"。两人的关系急转直下。平日里老公想和巧珍亲热,巧珍不愿意,老公就拍桌子打板凳,爱骂人和暴躁的脾气变本加厉,还加上了动手,"一张口能骂上几个小时，让你头皮发麻，把你骂服"。只要一回嘴，老公就会拿东西扔过来，对巧珍和他爸妈都是一样。有一次老公和他妈吵架，手指戳到妈眼前，巧珍上去拉他，被他一巴掌扇翻，跌坐到装满的水盆里，浑身湿透。公公过来拉巧珍，一时拉不起来，老公仍旧唾沫横飞痛骂他母亲，巧珍从盆子里爬出来拧干衣裤去干活，回家后老公还到巧珍面前，数落他妈妈"自私，只爱自己，不爱我"。当时巧珍觉得，"我怎么会嫁了这么个男人"。

  林巧珍自己更是不敢惹他。有一年三伏天，巧珍从地里锄草回来，婆婆在家做饭，大儿子和爷爷收拾被猪拱坏了的圈，浑身都汗透了像花脸猫，连小儿子也在帮忙递手，进屋唯独看见老公在炕上困觉，以为他睡熟了听不见，忍不住嘟囔了一句："像个死猪一样就知道睡……"说着端起桌子上的水杯准备喝一口。杯子刚挨嘴唇就飞了出去，水泼了她一身，脸上挨了一掌，人还没反应过来，跟着头上又着了重重两拳头，老公早已一骨碌爬起，像个凶神恶煞矗在她面前。"你敢骂老子？谁是死猪？"骂着又是一阵拳打脚踢，巧珍眼冒金星倒在地上，只有伏着哭泣的份。

  闻讯进屋的大儿子那年才十四岁，拉起巧珍看到她头上肿了包，心疼地向他爸控诉："妈刚从地里回来，这么热的天，你还打她！"老公一听更是暴跳如雷，"你反了，还敢骂我！"大儿子说你还骂我爷爷奶奶呢。老公说好你等着，他跳出屋外抄起巧珍刚才放下的锄头，恶狠狠地举着进来。眼看锄头就要劈到儿子头上，公公婆婆跑进来死命拉住了巧珍老公，邻居家也赶过来劝架，老公依旧不依不饶，嘴里脏话连篇，一脚踹开抱住他腿的小儿子，甩开父母举着锄头冲进厨房，对着锅碗瓢盆一阵乱砸。巧珍心疼家什哭着跑进去阻止，被他一把推倒坐在一片狼藉的地上，手被打碎的碗片扎得流血。

老公砸完厨房还不解恨，说一家人都嫌弃他。他冲进老人住的西头房，抄起斧头劈开了上锁的小钱匣子，拿出所有的钞票塞进裤兜，包括给两个小孩准备的学费，冲出院门跑了出去。这不是他第一次离家出走，一出去要在镇上县城浪上十天半月，和他那些打牌的狐朋狗友厮混，家人去找也无处可寻，腰里一家人的血汗钱挥霍干了才回来。

这样的日子持续下去，直到巧珍出门打工的2005年。当时大儿子考上了兰州理工大学，小儿子也上了高职，家里缺钱。她开始是种蔬菜和水果去县城卖，回家还要做饭。后来村医说本县驻兰州办事处找一个人做饭，要干净利索，村医觉得巧珍不错。开始公婆不同意，说女人哪有出门的，后来老公听说工资有每月700元，农忙时还能回来，才动心了，让先去干半年。第二天老公带巧珍去县城买衣服，说在外面不能穿得太差，又让巧珍烫了头发，买了一件皮夹克、一条新裤子，千叮咛万嘱咐把巧珍送上车。到了省城见了办事处领导，巧珍心惊胆战，还好大家都和气，说巧珍做饭好吃，就这样干下来。没想到了七月底，老公又出事了。

头天晚上，林巧珍做了个奇怪的梦，梦见顶上了红盖头，要被嫁给别的人。巧珍心想这不行啊，我有老公。早晨醒了接到电话，婆婆让巧珍赶紧回家，老公出车祸了。巧珍乱了方寸，联想到梦境，不知道老公活着还是死了。赶忙结了工资赶往车站，一路上没吃没喝，回去知道老公带着小儿子骑摩托车，被大车迎面撞上，大车司机疲劳睡着了。儿子从摩托车后座飞起，跌落在大车车盖上，老公直挺挺撞上车头，被带着往前跑了五十米，到医院做了六小时手术，腿没了。老公受伤后第一声喊的是我儿子在哪，快去找。见到巧珍，病床上的老公哭了。巧珍握住他的手问他疼吗，老公说不疼。那时巧珍心中一股柔情涌过，似乎回到了结婚之初的日子。

但接下来的一个月住院，老公的心情不好，经常扔掉巧珍打来的饭。帮他擦脸，他会抢过毛巾扔掉，还打巧珍耳光。巧珍耳孔钻心疼痛，后来得知被老公扇得耳膜穿孔，得上了中耳炎，至今听力不好。巧珍不敢靠近老公，又不敢不靠近他，"他说看见我哭丧脸就生气"。巧珍笑一下，老公又说巧珍不是来照料他，是来看他笑话，让她回兰州找野男人去。家里父母在收秋，两个孩子骑自行车往返县城卖瓜菜，只有巧珍在医院侍候，承受他的脾气。有次老公对巧珍吼"滚你妈的远点"，巧珍跑出去在街上对着车水马龙放声大哭。事后得知，巧珍出去之后，同室的病友和家属都骂她老公。尤其邻床一个矿工，手臂碰断之后老婆就撇下他跑回娘家了，说你媳妇这么没日没夜侍候你，你太过分她跑了你怎么办，老公从此才收敛了一点。

出院后还需在家输液，每天老公有想吃的，巧珍骑自行车去买，把老公用架子车拉到人多处，让他跟人下象棋，还花一百块买了架电子琴，让他没事弹两下解闷，临睡前还给老公按摩腿部。老公开始练习走路时，需要双手拄拐，胳膊肘衬着疼，就要砸东西发火。人变得比从前更敏感，时常问巧珍哭丧着脸，是不是看他残废了。一跟他讲道理，他就让巧珍找毒药来把他药死。反正他待在炕上也没事，一骂能骂大半天，口干舌燥了还要巧珍和公婆给他倒水，喝饱了继续骂，什么难听来什么。那半年巧珍忙完了地里忙家里，脑袋被骂得患了偏头疼，感觉自己快到了极限。

这期间林巧珍的奶奶和大姐先后去世,接二连三的打击,巧珍觉得再这样日子没法过下去,心想我已尽力了,颠倒一下位置,你会对我这样吗?回想起生孩子的遭遇,其实根本不需要去问,心就凉下去。等到老公大腿装上义肢,大体能够自理。有天巧珍趁他去打麻将,公公婆婆又正好在地头,赶紧收拾几件换洗衣服,留下一张字条,逃难一样搭三轮车去县城买了去河南的车票,投奔那里打工的一个表姐,从此开始了出远门打工的生涯。除了逃离老公,现实原因则是两个儿子在兰州一个上大学一个上高职,花费压力太大了。

巧珍走后,老公在家里也待不下去,天天冲父母发火。有一次公婆打电话给巧珍,说儿子把她骂得都想去跳河。巧珍劝解婆婆只当他是傻子。公公去世之后,家里农活都落到婆婆头上。2021年冬天,老人看天要下雪,想早点把院子里晾的玉米棒子敲成粒装袋,免得受潮。巧珍老公整天忙于打牌,婆婆催促了一句,老公在院子里跳脚乱骂,半天骂够了才打牌去了。婆婆敲着棒子越想越气,血压陡升晕倒在玉米堆上,被送进县医院急救回来,事后老公还说她"不想干活才晕倒了"。

还好一个亲戚给老公找了个在平凉苗圃看大门的活,一去三年,后来又到猪场当保安。巧珍则一路从甘肃辗转到内蒙古,又来了北京。十多年中两人聚少离多,没有了吵架动手的条件,老公的脾气渐渐收敛了一点。加上果园一块看大门喂鸡的伙伴娶的老婆,只会玩乐打扮,家务事不伸手。老公比对之下也觉出巧珍的好。过年回家,他总想傍着巧珍,"你走到哪他跟到哪"。老公50多岁,虽然一条腿残了,身体还很好,巧珍知道他的意思。

可是她对于男女之事实在是没有一丝兴趣了，只能一再对老公说自己"没用了"，甚至老公去找小姐有外遇她也没意见。老公也抱怨她"中看不中用"，他并不相信巧珍是由于身体疼痛，而是怀疑她在外有了人，心不在他这里，经常无力地咆哮"你是我的人，受我支配"，又哀叹"老天爷干吗不让我失去性功能"。村子里一些女人也推波助澜，嫉妒巧珍在外见世面，回家又青春靓丽，感觉比她们年轻了两轮生肖，纷纷传说巧珍在北京有人，当小三，撺掇老公把她"管紧，看死"，再也别让她出来。当然老公也不可能看住巧珍。2021年冬天，巧珍回老家为大儿子娶亲，春节前又出来。老公特别生气，要她"要么好好待在家里，要么出去了就别回来"，稍不如意，又开始破口大骂。

有一次老公在视频上谩骂巧珍，赶上志愿者橙子来房间给巧珍拍纪录片，巧珍说你再骂我就给你拍下来，老公才收敛了一些。

我想加上林巧珍老公的微信，跟他聊一聊，巧珍转达过去，被拒绝了。

最近几年，过春节成了巧珍的心病。每到年关，她觉得别家女主人都在忙碌年夜饭，一家团团圆圆，自己不回家是没尽到责任。可是想到回家跟老公的掰扯，她就头皮发麻，宁肯逃避在外，借着疫情，她连着三个春节没回去。

在巧珍心底，真的有一个人。这是一个永远的青年，面容模糊，但她相信他一定很帅，嘴角有一抹温柔的微笑。在画上，他的手臂环抱巧珍的肩膀，包容她一切的无助。在梦里，两人总是一同去坐公交车，在前后座偶遇，他替巧珍关上窗户，她感到他手臂的温度，试图看清他的脸，却怎么也做不到。每过一段时间，她总会在梦里遇见他一次，告诉他"我们到现实中去吧"，公交车却开不出迷雾。醒来之后她画了很多和他的情节，装在一个特别的袋子里，没有让任何人看过。至于老公，"打死也不能让看到，他会疯的"。

老公其实知道这个影子的存在，他断言，"不可能有那样的人，男人都有需求。"巧珍知道，自己无法回报梦里的他什么。"对不起，是我最想对你说的。"在那幅两人相偎的画上，她写下了这句话。

六

在尹各庄，我和巧珍、小海一起消磨的时光逐渐多起来，有时会加上史鱼琴和范雨素。

在那间空荡荡的小屋里，我见到了巧珍更多的画。在各种缤纷的色彩之间，有一组黑白的铅笔画，描述的是过往生活的一些场景，其中一幅是描绘的所谓"幸福之家"：丈夫逍遥地坐着抽烟，妻子提着大包小包进门，只有小狗在身后追逐。丈夫根本没有站起身来迎接一下的意思。另外一张上面一个女人蹴在炕上缝被子，丈夫背着夹香烟的手在身后训斥"笨死了，针线活都不会了"……这是巧珍打工回家时的真实场景。巧珍说，打算把一生的经历都画下来。

这套组画的想法也得到了志愿者艺术家杨静远老师的指导。最初巧珍总尝试把场景中的一切都画下来，以至于根本画不下，静远老师告诉她没必要，譬如家暴场景中的老公，只需要一副眼镜来表现；地上的碎玻璃，就可以说明老公发脾气砸东西的后果。巧珍慢慢地懂得了减法的艺术，走在街上，她观察行人的姿势，想象如何描绘。并且她不再担心画得不像，因为同样一幅图景，十个人有十个人的理解。

再譬如难产，只需要一个女人的剪影跪在地上，身下一摊血。但这个场景，巧珍尝试了很多次画不出来。"没法去画，太疼。"组画卡在这里，她最终画下来的，是一个像蚕茧一样被重重毛线捆扎起来的女人，毛线伸展出的线头分别标着"陋习""传统""家庭观念"。

除了得到来自工友和鸿雁姐妹们的称赞，巧珍的画还参加了深圳的一次画展，题材都是打工者描绘自我的生活，静远老师对她说，"随便画下来都有价值"。巧珍还正儿八经卖出过两幅画，一次买画者是她从前的雇主小可的母亲。画面是巧珍穿着黄色连衣裙，配了一首巧珍自己写的诗，小可妈妈说她喜欢。另一次是画了张毛阿敏像，静远老师一个朋友看了喜欢，拿过去问多少钱，巧珍没想到，就说五十块吧。这两次卖画唤起了巧珍的一个梦想，"多画点，说不定等我死了，这些画出名了，可以带给儿女一笔财产。"

静远老师鼓励巧珍多画，她甚至反对巧珍唱歌跳舞，认为这会儿分散她的精力，消解她做家政生活中的痛苦，而大画家都是以痛苦为动力的。

但巧珍不能不跳舞唱歌，这和爱写写画画一样是她的天性。在尹各庄的郊外，我曾多次观摩过她的即兴舞蹈。最初一次是在夏天，小海带我们去他日常游泳的池塘。从尹各庄往南走，穿过树林和公路，公园对外并不开放。我们从小海的老地方翻越过去，巧珍不需要我们帮助就轻易攀过了栅栏。公园里面非常宽

林巧珍画中的文学小组

广，夕阳斜照着芦苇、草地和池塘。保安刚刚下班，我们不敢马上下水，在池塘边的观景栈道上徘徊，小海打开手机音乐，巧珍跳起了"鬼步舞"。

小海说，他第一次看见巧珍跳鬼步舞，是在皮村一家叫做"金手勾"的东北餐厅。从前叫做金手勺，大约因为涉嫌侵权改了这个名字。文学小组的工友们聚餐开始前，巧珍在餐桌间空地上表演了舞蹈。小海当时被震撼了，他想象不出平素温婉的巧珍能跳出这样鬼魅而朋克的步伐。

那天在公园的夕阳下，巧珍的鬼步舞也感染了我。和在鸿雁之家的舞蹈不一样，她像是变成了一个叛逆的年轻人，在挑战什么，又在追寻什么，虽然她并没有尽情发挥，始终担心着远处可能开车兜回来的保安。确信保安不会再回来之后，我们来到一处有下水平台的池塘边，晒了一天的水很温暖，我和小海下水游泳。巧珍开始在岸边看，后来她穿着里面一层衣服，也跟着我们下了水。她从来没有下水游泳过，只能站着在池塘的沙底上走，两手划拉水面维持平衡，像是在继续刚才的舞蹈。她说自己从来没有这么舒服过，"体会到了被水周身抱着的感觉"。后来她甚至敢于走到很中间的地方，并在我和小海的护持下尝试了游泳。上岸时巧珍仍旧恋恋不舍，说这是自己最快乐的一天，好像人生都值了。

仍然是在这片公园的池塘上，冬天封冻时节，我在冰面上目睹了巧珍的第二次跳舞。在场者还有范雨素和橙子，是小海召集的诗歌朗诵会。一行人照旧翻越栅栏，时当黄昏，没有温度的夕阳在青色冰面上反射出微光，投下几个人长长的身影。大家开始踮着脚踏上去，后来才渐渐放心。先是范雨素站在冰面上朗诵起

《久别重逢》中的"定场诗",稍后巧珍跳起了舞蹈,虽然举手投足仍旧含有畏怯,没有在岸上那样大开大合,却依旧回环婉转,似乎特别合乎诗歌的节拍和冰上的韵味。后来小海坐在冰面弹吉他,巧珍在旁边为他伴舞,摆出有些夸张的造型。我为他们拍下了几张照片,这也是小海和巧珍少有的合影。

实际上,他们像是失散多年的姐弟,在尹各庄重聚。2022年春天疫情严重的时间,巧珍从老太太家下户,被隔离在尹各庄无处可去。村里的馆子都不开伙,小海每天去皮村工友之家食堂打饭,偷偷给巧珍带上一份,解决她没有灶具的难关。早上六点,巧珍会去店里叫醒贪睡的小海,一起到温榆河畔散步。这个时候岸边几乎没有游人,巧珍可以尽兴地在花树间跳舞,让小海为她拍下视频,事后发到抖音上。一旦游人增多,巧珍就不大敢放开,这是她一直以来胆怯的习惯,害怕别人严厉的眼光。"夸奖的话记不住,否定的全听进去了。"

但夏天的一个傍晚,小海、巧珍和谢航程、王博几个人在温榆河畔聚会吃烧烤。巧珍忽然提议大家齐喊一声"我去",释放胸中的憋闷。小海为巧珍录下了大喊"我去"的视频。这一声想必释放了巧珍心中堆积深重的郁闷,她形容当时在大街上,看到一辆拉满了西瓜的大车经过,竟然想买下这车西瓜,一个个用拳头砸得粉碎,而在平时,掉在地上的西瓜瓢子她都会捡起来吃。郁闷的原因是,她又下户了。

下户的原因,巧珍自嘲是"得寸进尺"。因为活多工资低,巧珍提出可以把原来的单双休日交替改成双休,代替涨薪。巧珍的想法是,这样她就可以总是有一整天的时间待在鸿雁之家和文学小组,第二天还能回尹各庄,好好画一天画。静远老师送的画纸还没有用完，巧珍又央求小付，用获得新工人文学奖的奖品换得了两册画本，第一本刚画了过半。这个要求惹恼了原本还算和气的客户，提出辞退巧珍。

再次下户让巧珍陷入了深深的自我怀疑。"是不是我太刺头，为啥就不能像别人一样听话？"她想到姐妹们教她的：活多，就没必要干那么认真，主人瞧见了就做一下，没瞧见歇一下，脸皮放厚。她又想到史鱼琴因为客户在卫生间装摄像头打官司，被家政公司嫌弃降级，范雨素也因为客户踹她一脚对簿公堂，结果不了了之。看来在鸿雁之家和工友之家学来的"平等"，可以听，但不能当真。

好在经过一番辗转，巧珍终究再次找到了工作。这家客户除了孩子，还养了一只兔子，侍候兔子成了巧珍的麻烦事，稍微喂食不及时，它会用声音向回家的主人"告状"，略微疏于清扫，屋里又会有一股尿骚味。巧珍记着屡次下户的教训，硬着头皮干下去。即使是在朝阳区居家办公期间，客户两口子在家，吃饭后也从不会动手帮忙收拾碗筷。星期天和节假日从尹各庄回去，水槽里总是扣满了等着她洗的锅碗。大女儿回家上网课，连内衣裤也要巧珍洗。活添了大半，工资照旧，巧珍也没有提出异议，只是画下了那幅"千手观音"，作为那段日子的写照。

她缺乏时间画画，觉得自己"没有进步，一直就是那个样"，起初一段时间的兴奋，渐渐转为茫然。2022年春天，《劳动者的星辰》出版，书中的插画都出自巧珍之手，连同一篇怀念母亲的文章，这算是她在正式出版物中第一次发表作品，给她带来了一小笔收入。不过，她写下的文字中篇幅最长、最有分量的那篇上户记并未收入书中。

我始终为这篇质地独一无二的长文感到惋惜，想为它找个出路，后来终于想到了一个看起来不错的办法：重写这篇故事，把它和巧珍对我讲述的诸般人生经历揉进去，成为一篇小说。我和巧珍共同署名，找文学杂志发表。我想到了巧珍偶尔提起六年种烤烟的辛劳，这让我眼前浮现出故乡类似的场景，乡下田地和都市单元房里的劳作，看似迥异却本质相同，始终走不出命运的狭窄地界。我给巧珍发去短信，询问她当年种烤烟的细节。

巧珍正在上户，她利用闲下来的空档发来微信语音，我则发文字信息过去，断断续续聊了几天，讲述了从犁田、起垄、育苗、移栽、施肥、除草、灭虫、灌园、打尖到割烟、运送、晒场、洒水、捆扎、烤烟、守夜、装车、售卖的全过程。最辛苦的地方一是在大太阳底下掐尖割烟，烤烟叶含油量大，满手满脸连同颈脖里都是油腻，肥皂都洗不掉，只能掺上锯末往下搓。二是守夜，没几分钟就要打开锅炉小窗观察火候，添减柴火，一连六七天晚上不能睡觉，这份熬人的活计是公公来干的。

有一次是大旱之年，增添了一项挑水浇地的活计。烟地旁边有一条小河流过，从河边到烟地有十几步路的坎，怀有三四个月身孕的巧珍，肩担着沉重的塑料水桶，一步步地踏上坡坎，个子高成了她的缺陷，腿长蹲不下去，上肩更吃亏，挑起来晃晃悠悠，双腿发飘，腰椎打闪，只恨自己没有生一副大象腿水桶腰。不知怎么挺了过来，没有摔倒在田埂上，一个夏天过去，烟叶保住了，孩子也没掉，巧珍却年轻轻压出了椎间盘突出，一直都没有彻底好，现在收拾房子蹲下去擦地洗衣服，都感觉特别费劲。

巧珍的语音低沉舒缓，带有一点沙哑，我在其中能够听出绵长记忆中蕴积的辛苦，如同摩挲烟叶的质地。我想到了童年领着我们浇水抗旱的母亲、老家那些辛苦的舅娘和表姐，想到三舅种了一辈子的旱烟和三舅娘秋天金黄的黄瓜地，如今他们都躺在抛荒的田地里。我们相遇在异乡，却又像是站在家乡的土地上追述往事，体会生命被压榨到极限状态的危机。经过艰难的穿插打磨，我写下了这篇故事，投给一家文学杂志，遭际却并不顺利。杂志的编辑觉得有些家务场景太琐碎，我又不知如何修改。巧珍得知消息，开始很高兴，后来听不顺利，又说"从来也没希望过能够在大型文学杂志上发表"。

　　她觉得自己总是这样，习惯了事先放弃希望，把自己省俭到最小的范围，免得失望。在北京头几年，她一直住在雇主家里，除了干活，只想尽量缩起来，能够看一会儿手机，想一点心事。后来因为画画写东西，租了尹各庄那间房子，想有一个自己的空间，仍旧是俭省到极致，冬天不用电热毯，人躺在被子里感觉是压着冰块，也许是生孩子落下体气寒，怎样也不能暖和起来。过年实在冻得受不住，只好去过年回老家的橙子家里待了几天，连带给她喂猫。夏天晚上太过炎热，走廊里男人又多，跑到水房穿着衣服一盆盆凉水往下淋，水淋到热身子上却变成了烟，整个人像冒烟的炉子。她从没舍得花十几块钱上澡堂子蒸桑拿，只当免费蒸过了，仍旧不肯买个电风扇，生怕自己享受惯了。

　　到这个世界上，她不是来享受的，跳跳舞唱唱歌，已经是她给自己的最大满足了。就这样回老家时憋闷，在屋子里跳个舞，还被婆婆说"儿子都没娶上媳妇，你还有心思跳舞"！

　　近年写下的一些文章中，她提到丈夫的语调渐渐变得温和。丈夫老了，花白头发几乎掉光。有一次和她一同去照相，被人当成她父亲。虽然腿脚残疾，仍旧在猪场打工挣钱，平时也算节省，只是抽烟，酒也因为血压高戒了。在情感上他变得越来越依赖巧珍，在微信里口口声声说爱她。即使是丈夫主动提起来，她也从来没有真的想过离婚，"儿女都大了，没意思"，而且她认为自己作为女人，已经"没用了"。

只有在温榆河畔或者鸿雁之家的地下室里，跳起舞来的时候，她仍旧一点也不像个55岁的女人，着意要补回自己被覆盖的年轻时光。

七

2023年元旦之前的一天，林巧珍让我和范雨素一起去小海的二手衣服商店，吃她下的手擀面臊子面，另外是回家之前聚一下。

时隔三年，巧珍不得不回家了，原因是给小儿子娶媳妇。两个儿子都已年近三十，先是大儿子迟迟不结婚被远亲近邻炮轰，好容易大儿子前两年成了家，催促的对象就转移到小儿子身上。对于张罗儿子的婚事，老公比巧珍更为积极，巧珍也就落下了"一个人在外臭美，不关心儿子婚事"的名声。然而小儿子对找对象成家的态度比哥哥更为消极，他曾经一再告诉哥哥和巧珍"我对成家没什么期待，一个人挺好"。巧珍觉得，这是从小的家庭暴力带给两个孩子的阴影。她自己也不知道拿什么去说服儿子，甚至不知道该不该这样做。

大儿子遭遇的暴力从他还没有记忆时就开头了。一个大雪天气，巧珍和公公忙着把院子里的雪扫成堆，用车子拉到自家麦地里，等雪化了灌田。婆婆带着一岁多的大儿子在炕上看电视，老公在外边打牌，拉完雪巧珍给全家做饭，老公赌输了回家心情不好，一进门就骂巧珍，又进去骂他妈只知道看电视，嗓门太大吓哭了大儿子。老公一把提起孩子的光脚丫，倒提着走出大门扔到门口的水渠里，幸亏里面存了厚厚的雪，婆婆光脚追出去跳下坑从雪堆里拔出孩子。孩子憋气憋得脸都青了，吓傻了不敢哭，老公仍旧跳着脚骂他妈"不该干涉他教育自己的孩子"。

"棍棒下面出贤才"是老公一贯的"教育思想"。孩子一哭，他不是哄而是打骂，巧珍去拦，他就要打巧珍。长年累月下来，两个儿子见了老爸像老鼠见猫，大气不出，人也变得内向拘谨，没有自信，成年后虽然一表人才，却不会和女生交往。但他们和巧珍的感情都非常好，体贴孝顺，巧珍没回去那几年，两个儿子一点不抱怨巧珍，反而主动劝她不用回去，他们回家应付老爹就行。老公见巧珍不回去，也把气撒在儿子身上，小儿子迟迟不找对象成了他现成的理由。

去年春节期间，又上演了因为催婚引发的冲突。老公张罗着让小儿子相亲，小儿子说不着急。这句话激怒了巧珍老公，他指着儿子大骂，说儿子迟迟不找媳妇是想气死他，拿出当初逼大儿子结婚时的上吊投河来威胁。儿子说找不找媳妇是我自己的事，我有自己的活法，你为啥要这么生气。老公说"你不找媳妇不结婚我在人前都臊得抬不起头"。儿子说我没杀人放火你有啥抬不起头？老公气得从床上跳起来，拿起凳子要往儿子身上砸。儿子一米八几的大个子直挺挺站着，等着他砸，还好来家里做客的姑姑姑父拉开了老公。

今年同村有人给小儿子介绍了个对象，他难得地去见了一面，两人印象也都还好，微信上一直聊得不错。老公和婆婆更加上心，催着巧珍早些回去，一定要赶在过年前把媳妇娶过门来，甚至商定要2023年元旦成亲。因为明年农历有闰月，按照民间风俗是"寡妇年"，结不得婚。巧珍也操心小儿子的终身大事，只好趁国家疫情管控刚一放开，就买了票要回甘肃去。

几个人在从前的儿童阅读长桌上一块吃饭，巧珍的手艺很好，豆角炒肉的臊子正是我爱吃的，另外还烧了好几个菜，材料是小海备齐的，我和范雨素带了些水果。看到大家吃得馋，听到对手艺的夸赞，巧珍很高兴，但一桩隐患却让她开心不起来，原因是她为了以防万一，虽然交通部门已经通知不再查核酸，仍旧在头天去做了一个，结果却是十混一阳性，健康码也变黄了。她想要去做个单管排除，心里却怕万一真是的，或许就走不了了。

我们都劝她别去了，反正路上又不查，一旦查出阳性就麻烦了。巧珍犹豫之下听了大家的意见。饭吃完后，她提出了一个愿望：儿子结婚的时候，我和范雨素、小海能够一起去参加。我们商量了一下答应了，决定到时"组团"去。这让巧珍更加高兴起来，说婚礼一定会因此特别风光。

吃饭之后聊了一会儿天，我因为有事先离开，范雨素本来想在小海这儿多待会，也觉得身体疲倦提前回了皮村。当天傍晚巧珍上了火车。

第三天看她的朋友圈却知道，她在火车上当晚就发病了，高烧不退，周身疼痛得抽搐。她吃了颗布洛芬之后开始昏睡，一直到乘务员叫她下车，醒来大汗淋漓，头疼喉肿，又需要在西安转车，在大巴车上仍旧一路昏睡。挣扎着挨到家里，她已经再度高烧，嗓子如同刀割，根本发不出声来了。

家中空无一人，婆婆得知她在路上发病，吓得赶忙躲去了女儿家，丈夫不敢回家。由于地处偏远，村子里还没有什么人感染,老公婆婆叮嘱她千万不要出门,不要让别人知道她感染了。冷炕冷灶需要她拖着病体自己烧热,开水也没有人倒上一口。幸亏上车前买的一袋面包没有吃多少,靠这个充当了两天的伙食,大部分时间都在高烧和昏睡的轮回中度过。老公打电话不通,还以为她煤气中毒或者新冠肺炎严重死了。后来瞒不下去上报了村委会,开了对症的药和检测抗原,老公送到院门口,隔着大门递给她,抱怨她为啥不等几天再回,巧珍想辩解你催我回来的,嗓子却像刀割发不出声音。老公唉声叹气地刚走,又接到婆婆的电话,要她把家里的鸡和狗喂了。一会儿小姑子又打来电话,告诫巧珍"你在妈妈炕上睡了,妈年龄大容易感染,等她回来前你得把铺过的被褥烧掉,免得传染给她",一番话让巧珍感到自己像个外面回来的瘟神。

  那几天我一直和巧珍断断续续聊天,得知除了身体的病痛之外,她最担心的是自己发病搅黄了儿子的婚事。往后几天,小儿子不顾风险首先回了家。能够休息着吃上热饭热菜,巧珍的身体才加速好转起来,给我发来了一张初次出门散步的视频。地点就是那片小河边的烟地,她旋转镜头对我介绍蓝色的群山和清澈小河环抱的小村,看起来精神好了许多,但视频结尾却听到她咳嗽了两声。这期间疫情的风暴快速扫过了小村又过去,老公和婆婆终究鼓起胆量回家了。回家的时候,巧珍的因为高烧溃烂的嘴角仍旧没有复原。老公见面的第一句话却是"批嘴还烂着?你个烂批",又嫌巧珍包的白菜猪肉馅饺子不好吃,气得巧珍叫他马上回猪场待着。

  "我在想等儿子结婚完了和他摊牌,再也不想和他在一起了。要他有啥用啊!"她在给我的微信中说。

元旦的婚期自然成了虚话，推到了腊月十八。那时已近年关，小海赶着回河南老家，我又在外地有一个新书沙龙，拟议中的组团赴平凉只好作罢。好在婚事办起来似乎还算顺利，元旦过后十来天，我在巧珍朋友圈看到了她当上婆婆、和老公并肩坐着接受新人鞠躬的照片，之后又晒出了新的全家福，两个儿子看起来果真都高挑帅气，媳妇也漂亮，衬得巧珍脸上洋溢喜气。为了弥补未能前往的遗憾，我给她发了个不大的红包，她推辞一番之后收下了。问她的身体，却说还没有完全恢复，而且查出了心肌炎，想必是操办婚事过于劳累。担心之余，只好劝她注意休息，避免炎症转为慢性。她说现在好着呢，两个儿媳轮流做饭，都不让她干活，"从来没有享受过这种待遇"。

春节之后再次见面，才知道操办婚事的过程没有那么简单。那是在穿越整个北京城区的地铁上，巧珍约小海和我一起从皮村去大兴看望生产不久的橙子。这天巧珍刚刚从西安回到北京，坐了一夜的火车，看上去有些憔悴，提起儿子的婚事终究完成，脸上并无喜气，倒是皱起了眉头。

"我现在是个干人①了！"她说。原来在彩礼问题上，双方发生了艰难的拉锯，对方要24万，即使这几年平凉的彩礼水涨船高，这个价格也超出了当地的一般水平。几年前巧珍女儿出嫁，巧珍不想收彩礼，家里人骂她没用，最终要了13万，大儿子结婚更是没花多少彩礼。据说这家女娃谈过一个对象，就是因为父母要价太高，崩了。小儿子一听要这么多，立刻说那我不结婚了，有这笔钱还不如买台挖掘机，挣下钱给父母养老。人为什么

———————
① 方言，指的是穷人。

非要结婚不可？巧珍也说，一个人的日子也能过得很好。这句话立刻让老公弹了起来，"放屁！那还不如死了算了！"保媒的堂弟媳妇也骂巧珍，"几十岁的人了，娃娃傻呢你也瓜了吗？"

　　商量之下决定还价18万，对方一口咬定不放松，林巧珍和老公坐在姑娘家堂屋里，姑娘家主事的妈妈躲在卧房不出来，姑娘的老爹一趟趟进去报价请示，最后姑娘的妈妈说二十二万八，不成拉倒。这头咬咬牙答应下来，姑娘母亲这才从卧室里出来，端出了早就备好的热饭热菜。两家推杯换盏互称亲家，姑娘父母喜笑颜开，劝巧珍高兴些，巧珍说我实在高兴不起来，你们也太苛刻了。不过看看姑娘人品性格都不错，也就只好不计较太多了。亲家还提出让家里在县城买楼房，好歹是被能言善辩的堂弟搪塞过去。

　　回家准备钱的时候，才知道丈夫这几年下来只存了一万八，都不知道他在猪场的工资干啥了，只能巧珍出。大儿子支援了两万元，还想拿更多，巧珍不让他出了，女儿出了1万块钱，其他彩礼和婚礼的花销都靠巧珍，她在北京这些年的积蓄就此一干二净。没想到临去接亲的时候，儿子到了堂屋，姑娘却被她妈留在卧室里不让出来，非要让再拿800块"离娘钱"。事情到了这个地步，现借也要凑，一叠人民币递进去，新娘子总算是出来了，这以后才有了巧珍朋友圈上喜庆满堂的场面，点赞的朋友们都不道背后有多少的暗亏和心苦。

　　"我就是有点想不通，自己在北京辛苦这么多年，一分钱也舍不得花，就这么一下都出去了！"巧珍皱着眉头说。我只好安慰两句，问她心肌炎好了没有，能上户吗？她说还在按医嘱吃药，没有大事情。得心肌炎的过程，也和婚礼有关。没日没夜地操办了十来天，婚礼当天她更是忙得昏天黑地，一天到了晚没吃上一口饭，到了酒席上刚想填填肚子，就被一帮家族妯娌拉着非要敬酒，说是沾她的喜气。巧珍推辞不过空肚子连灌六杯，宴席还没结束就吐了，当天晚上心跳得喘不过气，呼吸憋闷。第二天儿子带她上医院检查，就查出来心肌炎。这一趟回乡操办娶儿媳，真的是脱了一层皮！

　　春节过后，儿子儿媳劝她不用出来了，就留在家乡养老。老公也不希望她走。可是巧珍觉得自己积蓄全都花光，也不想靠儿子，还是上北京来打工。另外一个说不出的理由，当然还是想念这边的人们。春节休息期间，巧珍给橙子的娃娃亲手缝了一双绣花虎头鞋，也给我和小海分别绣了鞋垫。回程地铁上我拿到了这双鞋垫，有精细刺绣的缠枝花卉图案，和小时候妈妈绣的几乎没有区别，针针脚脚透出心灵手巧。我把照片发到工友群里，被大家纷纷称赞为艺术品，"太精美了，怎么舍得拿来垫在脚下？"

　　这是她在北京才会得到的称赞。她知道，村里那些怂恿老公再也别放她出来的女人，其实是羡妒她。2017年大儿子来北京出差，带林巧珍去逛过故宫和天坛。在故宫，巧珍踏上锃光发亮的地砖，不由蹲下来轻轻抚摸，心想有多少代皇帝后妃宫女的脚步曾经踩在上面，如今我这么个乡下小女子也来过了，"觉得这辈子也算值了"。单凭这一次经历，家乡那些没有出门打过工的女人，一辈子也不可能拥有。

　　几天之后巧珍发给我一篇文章，写她这次回乡的经历。我意外地发现，文中的语气要比她在地铁上倾诉的柔和得多。描写彩礼博弈的场面时，远没有亲口告诉我和小海那样剑拔弩张。提到老公隔着门送药，她写道："还得感谢这个既让我熟悉又陌生的人，骑摩托车冒着严寒，让这些天独自抗争病魔的我感到了浓浓的暖意。"

我不解询问，她说："毕竟他是我这辈子唯一的男人啊，在一起这么多年了，我只想记得他的好。"

她停了停，接着讲起村里一个叫米花的女人故事。米花容貌出众却婚姻不幸，生孩子之后老公忽然阳痿了，爱贪便宜加上心理变态，老公开始竟然主动联络村里的男人与米花苟合，他在窥视之余也获得嫖资。米花无奈之下出门打工，很多年与一个煤老板在一起，却始终没能扶正。儿子长大后结婚生孩子，让米花回来帮着带，她也没有回复。

后来煤老板破产跑路，米花被驱逐出门回到家乡，这里已经没有她的位置。丈夫死去，儿子不认，米花一个人孤独地在破房子里度过春节，只好去银川打工，在养老院里做护工，在饭店里帮厨。不久前米花突发疾病死在饭店里，儿子取回了她的骨灰。

米花成了坏女人的反面教材，告诫巧珍一个女人养大了儿女并不够。如果长期在外，不尽隔代抚养孙辈的义务，老年就会孤独无靠，名誉扫地。

从看似风光地端坐着接受儿子儿媳鞠躬那一刻起，这份压力已经来到了林巧珍肩上。

月嫂　癌症　老公

2021年6月的一个傍晚,史鱼琴走过温榆河大桥,去皮村文学小组听课。在桥上她忽然感到右侧颈部不舒服,伸手似乎触到一个小肿块,心里"咯噔"一下:难道癌细胞转移到了颈部淋巴?看来时日无多了,还要不要去文学小组听课?

桥上路灯光刚刚亮起来,河面反着昏黄的微光。史鱼琴站在桥上缓了缓,俯望脚下逝者如斯的流水,心里慢慢平静下来,想到孔夫子的另一句话"朝闻道,夕死可矣"。不管那么多了,还是去听课吧。就当这是最后一次。

一

2017年,同样在6月的一天,我去东坝找史鱼琴,她让丈夫刘生到路口来接我。

我已经见过刘生,但完全没留下印象,原因是在不久前那次文学小组讨论会上,他全程站在会议室外等待老婆,并没有参与。相比之下,史鱼琴是全场声音最洪亮、气场最饱满的那个。虽然她个子不高,口音又带着浓重的四川腔,从后排站起来发言那一刻,却天然像是整个座谈会的中心。她说自己是个文学爱好者,也看不少书,只是当月嫂没有多少时间,因此不大会写。她讲的一个朋友小玉的故事给我留下了深刻的印象,小玉是史鱼琴的小学和初中同学，特别喜欢文学。由于家中条件不行，小玉初中没读完就辍学嫁人，却一直放不下文学爱好。她身体又弱，干农活不济，因此经常遭到旁人嘲笑和丈夫打骂，文学梦使她在乡下成了笑话。小玉辛苦写出的长篇小说被人视作垃圾，最后她感到绝望，喝农药自杀了。"如果她是在北京，在皮村，就不会有这样的境遇，她可能是另一个范雨素！"大家为史鱼琴的发言热烈鼓掌。也就是在这一刻，我决定散场后去加她的微信，得知她的职业是月嫂，住在距皮村十来里地的东坝。她和小玉一样喜欢文学，读到《我是范雨素》之后，知道了皮村有这个文学小组，因此这次乘着下户的空档，和丈夫骑了电动车赶过来。

和史鱼琴约见面并不容易。干月嫂的活是上一个月户歇几天，等待下一单活。一旦有了活就全天在客户家里，连回信息多了都是忌讳。直到这次她下户才有空，让我来东坝找她。

刘生身体瘦小，戴着眼镜，像个文弱书生，和史鱼琴恰成对比。他带我穿过狭窄的巷子，还抄近道经过一条特别窄的通道，这个似乎几十年没有翻新过的村子给我留下了永久的印象。房屋都像是简易苫盖，等待随时被迁走，污水沟露天敞口，乌黑发亮，又被垃圾遮蔽覆盖了一层，遍地垃圾，塑料袋和纸屑随风飞动。刘生说，因为这里要修地铁拆迁，十年以来一直没让起新房子，就变成了这个样子，拆迁却又遥遥无期。

史鱼琴和刘生租住在一个两层楼的四合院里，除了房东还有十几家租户。史鱼琴在院门上迎接我们，看到我们就发出了她那标志性的爽朗大笑，"以为他没有接到你，他反应总是慢吞吞的！"

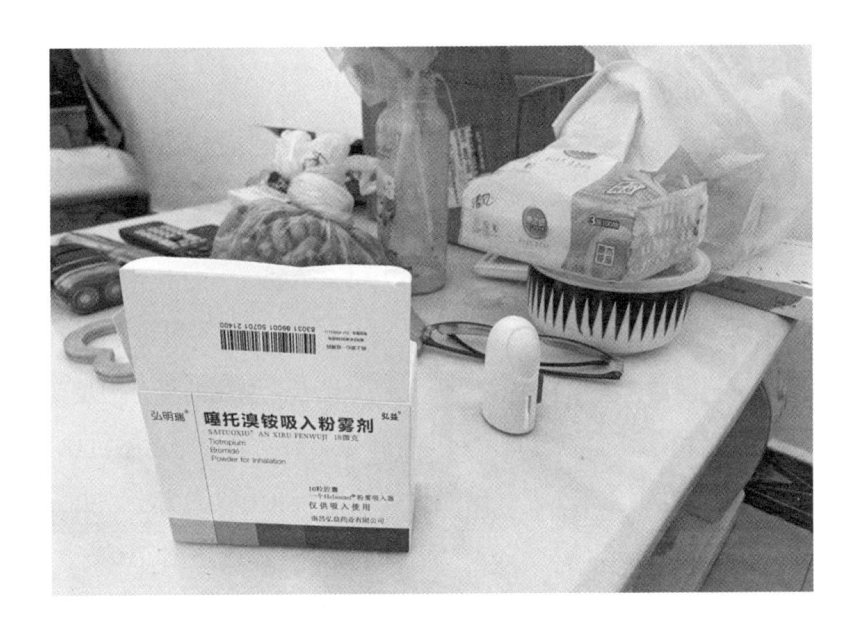

史鱼琴丈夫吃的药

出租屋的门开着，不到十平方米的一间，内情一览无余。最显眼的是一张横搁的床，垒着好几床大被子。房间没有暖气，冬天要靠厚被子过冬，当然，有一床电热毯，睡觉前可以烧一会儿，不能一直开着，村里电费贵，到了一块多。墙上挂着很多大塑料袋，里面装着衣服，因为屋里没有容下衣柜的空间。地上没有什么成型器具，但床头的一张桌子上堆着不少书，里面有雨果的《九三年》，还有厚厚一叠往期的《小说月报》。桌子上还有一盘香蕉和苹果，显然是用来招待我这个访客的。

没有足够的凳子，史鱼琴坐在床上，用她爽朗的川普对我侃侃聊起从前的经历。她是四川简阳市乡下的人，和老公刘生是高中同学，刘生中途辍学，原因是家里太穷，父亲常年患病，母亲神智有问题，又给刘生生了一个智障兄弟。刘生的哥哥则是娶了一个精神分裂症的媳妇，刘生身体也不行，高中时就咯过血。"家里之所以供他来上学，就是追媳妇！"事情过去多年，史鱼琴似乎犹有怨言，刘生坐在一旁床上陪笑。过门后才知道这一大家人的境况，简直是穷到了底，没有一个能主事的。新媳妇的衣服刚刚收起来，史鱼琴就成了家里的顶梁柱。

为了撑起这个东倒西歪的家，"我也是特别能折腾"，想了各种办法。但是时运不济，连房子都烧了三次。第一次早年刘生的癫子哥哥放了一把火，把家里的木棚子穿架房子烧成白地，后来起了土房子。第二次是史鱼琴过门之后，从《半月谈》上看到致富新途径：在家用煤油灯孵蛋养小鸡。小鸡倒是孵出来了一层，拿到市集上却不大卖得掉。乡邻们总怀疑这和母鸡孵出来的不一样，活不长久，让他们赊账拿回去养，养得半大了再给钱。煤油灯孵蛋的危险也大，灯要日夜长明，蛋箱的外面用报纸糊住保暖，晚上熬夜剪灯花，一个迷糊灯焰蹿上去，点燃了墙上糊的报纸，土木房子呼啦啦烧起来了，根本扑不灭，只来得及人都逃出来，家具都没抢出几件，鸡蛋和小鸡烧得一干二净，一股烤焦的蛋香味儿混合着皮毛烧煳了的臭味儿，冒了好几天。土房子不值钱，好歹重起了砖砌平房。史鱼琴和刘生去了成都打工，家里不知怎么又失火了，还是只有人跑出来，来回几次折腾，挣的一点钱都花在重起房子上和还贷款上，2000年他们才还清了欠队上的农业税。

去成都是没办法的事，刘生的家地处丘陵，一个人才七分地，养不活人，也赚不到钱。史鱼琴先是在乡下代了两年课，工资实在太低，有半年家里都舍不得吃午饭。她咬咬牙辞了工作，一个人去成都闯荡，先是在餐馆里刷盘子，之后把刘生也叫过去，两人一起扎在火车站给人擦鞋。他们租住在附近一幢铁路局的老楼里，隔壁租房的是一帮二三十个彝族人，从大凉山来的。二三十个人租一个房间，打地铺，从荷花池菜市场捡关市前卖一块钱一大把的菜叶子，或者被遗弃剥掉的菜帮子。第二天中午煮了，众人席地围着一口锅，两只大勺子轮番舀白菜煮面条。煤炉子生火用的蜂窝煤，他们买不起一车一车的，就在史鱼琴这里零买，总是买一块钱两块钱的，四五块用上几天。所有人都穿黑色衣服，一样的瘦瘦，辨识不出来区别。白天出去到火车站广场，有人晒着太阳忽然就死掉了，殡仪馆的车子过来，把人像货物一样砰砰扔到车上，拉走去烧了，骨灰也没人要，一个人在世上的痕迹就这么没了。真不知道他们来这世上一趟是为了什么。

擦皮鞋算是时间自由，只是每天低着头闻脚臭，老是要被城管驱逐。火车站什么人都有，除了抢，票贩子的钱来得最快。史鱼琴也动了心,但没有站里的关系,她尝试了一次就被抓起来,才死心了。后来她还干过两年保姆,以后听说外面时兴月嫂,史鱼琴参加了培训,上了北京。

当月嫂确实辛苦,主要是晚上睡不好,要定时几次起床帮助宝妈喂奶,帮宝妈清洗乳房,给宝宝拍嗝,换尿不湿。遇到高需求宝宝,月嫂根本睡不着觉,只是在起床间隙迷糊一会儿。如果单子是从医院开始做,会更艰难,没有地方过夜,只能坐在凳子上,有一次她连续坐了四天四夜,练出了坐着睡觉的本事。但月嫂工资高,辛苦下来还是值得。

"哎呀,当了月嫂才知道,有些人看起来有房有车,外边面子撑住,家里抠门得很,连排骨水果都买不起!"史鱼琴继续用她的大嗓门说,讲了半天她不显疲倦,也没有喝水。有个宝宝的奶奶给宝妈炖汤不愿意买排骨,非要买大骨,大骨便宜,但是嘌呤多,宝妈喝了得了乳腺炎。宝妈奶水里面含脂高,宝宝吃了奶不能消化,体表发热,长了痱子。

公司规定,月嫂不能吃户主家的牛奶水果,但有的户主蔬菜也不给吃饱,不让多炒菜,他们吃完就不剩下啥了。炒个香菇菜心,永远不会给月嫂留下一瓣香菇。户主大都是正常家庭,但也有苛刻的,月嫂吃了他一口咸菜也投诉,肉包子吃一半被宝妈从嘴里抠出来扔掉。有个月嫂给宝宝洗澡,让宝妈帮忙拿一下浴巾也被投诉。在这方面,史鱼琴觉得北方的户主没有成都的好,"那边遇到客户不给月嫂吃好,公司还要过问的"。

史鱼琴也遭到过一次投诉,只好走人,半个月的活白干了。虽然如此,史鱼琴仍旧喜欢孩子们。她手机里存着好几位宝宝的照片,遇到节日会和宝妈发祝福互动。

每次下户之后的休息时间里，她都会把上一段月嫂经历的细节记下来，这是她几十年来的习惯，积累下来了几大本日记。其中最近的一本在这里。我请她把日记拿给我看，是一个很厚的大软皮本，上面是密密麻麻的文字，写着她做月嫂和参加培训、求职的经历，也有关于家乡、人生和文学的感想，时常还提到一些我往常以为是受过大学教育的人才会用的名词。我想借回去看，她有些不好意思地说里面有些私人的东西，不过后来又表示"没关系，你拿去看吧"。

我们聊天的中间，刘生一直默默坐在旁边，有时给我杯子里加点水。史鱼琴说他身体不好，肺部有慢性病，一劳累就呼吸不过来，要每天吸氧。我才注意到大床靠里边有一台小的机器，和尘肺病人用的类似，大约是这间屋里唯一称得上是电器的东西。提到刘生，史鱼琴的称呼是"我先生"。尽管对他的语气毫不客气，或许是在老板家干保姆沾染的习惯。以前刘生在老家，去年来北京治病，完了就没有回去，史鱼琴上户时他在家待着，虽然同在北京，每月却只有几天见面。两人有一个女儿，读的是大专，去年毕业后进了云南一家饲料厂，在配料实验室工作，"挣的工资糊得住她个人"。

二

回家之后，我翻看了那本日记，其中有那次雇主投诉她的记载，原因是客户信奉中医理念，月子里不开门窗透风，产妇不下床。偏偏那个宝妈又有狐臭，史鱼琴实在受不了。到十五天的时候，史鱼琴让宝妈洗了一下，洗澡过后宝妈觉得自己受了风，身上不舒服，就投诉了史鱼琴。家政公司只听雇主的，扣了史鱼琴的钱，还不让她培训新人。

另外有一次，史鱼琴给一个代孕家庭照料二宝，一去就发现卫生间里装了监控——月嫂毫无隐私可言。跟宝妈交涉无果，告诉家政公司，公司也只让她忍着。之后宝妈在监控里发现照料大宝的东北丁阿姨摇晃孩子动作稍大，就罚丁阿姨跪在地上，猛扇她耳光，还威胁把所谓阿姨虐待宝宝的监控视频上传到网络，勒索丁阿姨赔偿她5 000元。史鱼琴打抱不平拦住了宝妈，丁阿姨白干下户走人，却仍旧面临被客户曝光的风险。过了一段史鱼琴不想干了，宝妈不让她走，争执起来后史鱼琴选择了报警，事由是客户家在厕所装监控侵犯隐私。警察上门后宝妈谎称探头没有运行，事情不了了之。但既然监控视频不存在，客户也失去了上网曝光丁阿姨"虐婴视频"的理由。史鱼琴离开了这家，上户交的押金却被公司扣掉。她还特意去了律师事务所咨询，律师告诉她打官司可以胜诉，但成本太高，也很难有实际赔偿，史鱼琴只好作罢。

经过这些事之后，史鱼琴找活儿尽量靠朋友和从前的主顾介绍，不愿意依赖家政公司。除了记录月嫂生活的部分，关于文学的段落仍旧让我意外，想不到她看过那么多书，有那么多想法。譬如她写到家中养的牲畜，会提及正在读李洱的《应物兄》，"里面说到马闭眼吃草，因为草尖会刺伤马眼"。对于书中众多的典故，她并没有像我一样感到不耐烦，反而觉得长知识，也许是因为做过两年代课老师吧。她日记里也提到曹雪芹，特别称赞曹雪芹专门写了一本手工制作的书，为残疾人自立着想。这本《废艺斋集稿》，我大约在西山植物园曹雪芹故居看到过陈列，没有记住，没想到在史鱼琴的日记里遇见。日记里还叙述了她和先生去曹雪芹旧居寻访的经历，和我曾经的行踪重叠，读来有种奇特的邂逅感。

日记写到家乡很多女人的死，难产、自杀、生病、意外等，不只是她在沙龙上提到的好友小玉。当然死去的不光是女人，很多人患癌不治，感觉在那个地方完全没有希望，即使这是我往昔印象中偏于富庶的四川盆地。艰辛的月嫂工作之余，她有心思想到和记下这些，都不一般。另外一部分是她对自己婚姻家庭的感受，和刘生的关系，其中也有很多超出我的想象。

刘生的身体很弱，人也老实，没想法，这么多年来一直赚不到什么钱，史鱼琴在日记里对他有不少抱怨。尤其是刘生没有从老家来北京的时候，说"我真想离婚，凭啥他要当寄生虫，不信他连保洁都干不了"。但是在性上面，两人却非常和谐，日记里有大段这方面的描写。平时刘生病恹恹的，壮实的史鱼琴伸手似乎就能将他推倒，"到了床上，却完全反过来，他就像老虎，我是小猫，每次到后来只有求饶的份儿。"两地分隔的日子里，他们除了聊天和视频通话，也有语音和视频做爱的方式，还会使用情趣玩具，达到高潮。以前我从来没有设想过，工友的性爱体验会这样丰富大胆。这些文字以它们本来的任性姿势脱离了纸面，跳起来烧灼我，难怪史鱼琴答应我带走日记本时会有所顾虑。但她最终仍旧给了我，真是称得上大度，和她给人的第一印象一样。

过了一个来月，赶着史鱼琴再次下户的周期，我过东坝去给她还书。

这次史鱼琴和刘生一起来街口接我，我们顺着比较宽的那条街走过去，路上她说到这个院子租住了很多人。有两口子早出晚归做家政的，有在自学考试想拿大学文凭的，也有做小姐的。旁边的一个女人，丈夫在建筑工地上做工，骑个电动车去上班。每早他上班去后一两个钟头，包工头会骑着他的电动车回来，关上门和那女的待上好一会儿再走。史鱼琴觉得，她老公可能知情，大约为了保住饭碗也不能说什么。"大老板二奶三婆，小百姓连自己的老婆都要分给别人一半，唉。"

　　在东坝村河沿有一个黑舞厅。里边黑灯瞎火，男的女的凑紧一大群，也称不上是跳舞，就是贴在一起挪动，乱摸。男的一曲给女的十块钱。小院楼上的一个邻居燕子在里面做。男的摸上了兴头，两人就出去打一炮。不用来小院，也不另找地方，就在河边的荒坡上，什么成本都省了，男的给燕子五十块钱。燕子干这行已经二十来年了。

　　我想到那条黑得发亮的河流，结了一层垃圾壳子，仍旧盖不住浓重臭气，岸上堆满塑料袋和卫生纸。虽在村中穿过，却给人一种万古苍茫的感觉，人间一切的富足繁华都从这里被剥夺了，只剩最原始的欲求。

　　这次史鱼琴上户的人家，是一对老教授的儿子儿媳，还是"海归"，"人却是奇葩"。儿子啃老，不肯出去找工作，对老人说话还极其难听，出口就是骂，称呼自己永远是"老子"，骂他爸爸是老畜生、吝啬鬼，要钱稍不如意就开骂。宝妈有产后抑郁症，所有的事情都在床上完成，人特别烦躁，啥事儿都不敢麻烦她，感觉孩子生下来她的任务就完成了，完全推给婆子妈。教授夫妇忙里忙外还忍气吞声，史鱼琴看了也觉得可怜。儿子跟史鱼琴说话也是骂骂咧咧的，史鱼琴从来不跟他回嘴，只想忍着把这单做完，钱拿到手就好了。毕竟是一个从前的宝妈介绍的，不要伤了人家的情面。说起雇主来，史鱼琴感慨，前一段有个记者到皮村采访，打了电话给她，尽是问月嫂是不是会和男主人有什么，是不是要防闲，有的月嫂有无这个企图之类的。"哪跟哪啊，"史鱼琴说，"月嫂都是侍候小孩和宝妈，谁想这个啊。她怕是电视看多了，搞混了对象！"

史鱼琴说，东坝有可能要拆迁，住不了多久了，他们想搬到别的地方去，也离皮村近一些，这样她可以就近赶过去，听文学小组的课。以前没有正经写过东西，就是记日记，以后打算认真写一点。

三

下一次的见面，是在尹各庄。

我在皮村下公交车，扫了一辆共享单车骑过去，过了温榆河就到了尹各庄村口，迎面一排二层的砖混楼房，形状有些特别。主要是它二楼的房间朝外开有一扇门，门外围着一道像是铁皮的走道，没有栏杆，很难想象有人会上去行走，后来我想大约是防火道。这条防火道给本来简陋的楼房外观平添一层兵荒马乱的碉楼气息，楼房又面临路口，时有加挂的大货车奔驰而过，更增添了这种气氛。二楼大约都是住宿的租户，楼下只有一两家卖货和修车的门面，我找了好久仍然没有发现上楼的入口，直到二楼的一扇门忽然打开，一个人走出来，站在铁皮走道上呼叫我。是刘生，紧接着我也听见了史鱼琴的大嗓门："在这里！"

我按照指点绕到楼房后身，这一边带着几个相互分隔的院落。院落里架着锈迹包裹的铁梯，踩上去发出沉重的回声，通向三楼的一条走廊，两人已经站在梯子顶端接我。走廊光线阴暗，两边排列着类似筒子楼的房间，其中一间打开了门，就是史鱼琴和刘生的租屋。

房子面积和东坝的差不多，除了一张大床，就是墙根勉强支起的做饭案板，很多东西仍旧挂在墙上，床头仍然搁着那台制氧机。不同的是除了那扇向外开的小门，还有一个卫生间，高出房间地面一截，有一种供着的意味——它是这个房间里最显赫的所在了。因为地理位置比东坝更偏，租金差别不大。

史鱼琴仍旧坐在床上，说这两天她本来要上户的，但是被公司耍了一回。前一段她参加了一次培训，拿了一个婴儿营养证，加上这几年的业绩口碑，被评定了三星月嫂，行情被定为15 800块。但是公司只是拿来当招牌吸引客户，有了单子并不愿意真的给她做。他们会让史鱼琴去跟客户见面，客户满意了，交了定金，临到上户却又通知客户说史鱼琴有事情不能上户，临时换公司的另一个月嫂，说两人的品级是一样的。客户这边孕妇临盆，那头来不及再去找别的月嫂，只好答应。实际上那个替换史鱼琴的月嫂品级比她低一星，给她结算也是按三星标准，这头公司却从客户手里拿了史鱼琴级别的钱，公司就提成了更多。

当然公司也不能一直亏星级高的月嫂，会给一笔小钱补偿，到差不多的时候再介绍一个真实的单子给史鱼琴做，就像宾馆把好房间留在后头，可是史鱼琴心里总是不舒服，明明是自己拿下来的单子，干等下一个也难熬。这更增强了史鱼琴不想依靠家政公司，想要靠熟人介绍的想法，但毕竟有单子接不上的时候。她回想自己当年在成都也开过两年家政公司，可不会对客户和员工耍这种花样。"这世道真是坏了！"她用带点花腔的四川口音对我感叹说。

刘生仍旧是默默在一边听着，看上去似乎比上次更为虚弱。史鱼琴说，他上半年生了一场大病，"险些没死！"当时刘生感冒，史鱼琴不在家，拖了几天，引起肺阻塞加重，他有一个来月时间无法睡觉，躺下去靠起来都不行，只有人趴着，像死去的蛤蟆一样仆在床上，才能勉强出气，鼻子上挂着吸氧线圈。"我当时觉得先生快要挂了，在考虑要不要把他送回老家去安顿，死在外边落不了土，归不了根吗，没想到天气转暖，他又渐渐地好起来了。北京的冬天真的是好厉害，我第一次来的那个冬天，走在街上，风像是小刀子在脸上割肉，感到真是与狼共舞！"她爽朗的眼眉活动起来，绘声绘色。

说到东坝，史鱼琴说已经拆了。我来的路上，公交车经过一片庞大废墟，还设有站牌，却无人上下车，感觉是科幻片里的某种景象，完全辨认不出当初低矮街巷的痕迹。史鱼琴说，村子拆迁，那个叫燕子的小姐无处落脚，只好到她从前跳舞的一个相好家里去赖着。

"人家家里本来有老婆，她非要赖在那里，对外说是他老婆的朋友，将来怎么收场哦！"

我请史鱼琴打电话给燕子，看能否见面聊一下。她当场掏出电话来，打了一下说是号码已停机，大约是燕子手机欠费了。"她以前也老是这样，见了那些嫖客，她就央着人家给她充话费，好像跟直接要钱不一样！"史鱼琴说。她答应回头再给我联系。她还讲了一些燕子的情况：很早就离婚了，老家有个女儿，跟着丈夫。

很久以后，我忽然接到燕子打来的电话，当时我在南方的一座山上。她的语气吞吞吐吐，到后来我才听出来，她是想让我帮忙介绍对象。

我觉得意外。更让我意外的是，燕子要求的条件不低，要对方有北京户口，有房。我在脑子里盘点了一下身边的北漂们，没有一个符合她的标准，自然也包括我自己。

我只好含糊先答应着，约她回北京时见个面，当面再商量一下。但当我回京以后，我发几次信息都无回音。我跟史鱼琴说了这事。史鱼琴大约又给她打了个电话，燕子终于答应见一面。

她将地点约在离东坝村几里路的一个街口，一家邮电局附近。我到达那里后，看到附近没有什么能坐下喝茶聊天的地方，就学别人的样子，靠在残疾人专用道的金属栏杆上等她。燕子骑在一个人的摩托车后座上过来，那人放下她先走了，说一会儿再来接，离开前看了我一眼。我和燕子就站在路边聊了一会儿。

她的样子和我意想中略有差别，身上并无什么够得上称作风尘气的东西，倒是干瘦得过分，似乎失去了任何水分。她从脸面到手臂的皮肤都先于年龄苍老了，虽然她的年龄肯定也已不小。或许这么多年以来，她从未得到过任何滋润，信任过任何人，史鱼琴大约是第一个。对于我这个陌生人，她浑身充满了戒备。我问她现在住哪，她说在一个姐妹家里。我想就是史鱼琴说的那个男人家了。关于找对象的事，她却只字不提，似乎在这段时间内，她完全放弃了那份心思。我试探着提起，没有房子的行不行，她条件反射地反驳道："没有房子我图什么？弄一个人来养不成？"

谈话进行得很生硬，尽管我没有提到任何有关她职业的字眼，似乎那个背景根本不存在。后来我渐渐听明白，她之所以还愿意来见我，是由于老家房子的事情。她的户口在辽宁乡下山区，眼下在搞扶贫搬迁，按照政策，她可以在镇子上享受一套扶贫房，条件是交出以前的宅基地，自己再补几万块面积差价，但是她并不想要镇子上的房子，想要在县城得到一套安置房。大约因为听说我是记者，心想万一我能帮上她的忙。我自然是帮不上什么忙，话题由此冷场，我想起来问她老家的女儿，她似乎撇了撇嘴说，女儿不认她，"怪我自己没养过"。

燕子打了电话，摩托车回来接走了她，比我预料的远为匆匆。我发信息给史鱼琴说了见面的情形，她大约在上班，第二天回我说，你看她显老，干她们这行，心比脸老得更快，很难相信人的。

疫情来临不久前，我去尹各庄找小海玩，听小海说史鱼琴到他这里来过一两次，买旧衣服，但是他从来没见过她老公。我想到和他一起去那幢村口的两层楼房看看。

再次爬上那架生锈沉重的铁梯，脚下依旧发出嗡嗡的声响。来到二楼的走廊，我按照记忆敲击朝外的一扇门。先是没动静，多敲了几下之后，我听见屋里人有响动，似乎是走过来开门。刘生出现在门口，和上次没什么变化，似乎显得更苍白了一点。

看到是我，他脸上现出熟悉的微笑，有一种从容不惊的感觉，似乎不管出现在门口的是谁，他都会现着这样平淡而善意的微笑。他引我们到屋里坐，仍然只能两人坐床，一人坐凳子。因为床垫得比较高，他的腿吊着。我问史大姐呢，他说在上户，宝妈才生产了一周。这意味着接下来的二十多天，他将一个人待在尹各庄这间屋子里。

由于房间是在二楼，回程需要攀爬那架沉重的铁梯，对他的呼吸是个负担，他因此更少出门。除了三天一次地去村口菜市场，他几乎从不下楼，因此也没有去过小海的商店。平时在这间屋子里，他就看看电视，睡睡觉，晚上和史鱼琴通个话，隔几天跟女儿联系下，也不怎么刷手机。

在这个喧嚣响动的世界里，他像是一个隐士，已经不需要很多外界的信息，只需要在这里守候。史鱼琴曾在一次文学小组课上说，上户期间，她会"想老公想得死去活来"。对刘生来说，这也就够了。

我们坐了一会儿就告辞了，把他留在那架铁梯上方，寂静的像碉楼一样的屋子里。

四

我很久没跟史鱼琴联系。疫情来临前后，有一年多我经常不在北京，只在皮村文学小组的群里偶尔得知一点她的信息。2020年春节，她冒着正在猛烈起来的疫情回到北京，和另几个月嫂一起，在尹各庄被集中隔离了十几天，期满后却没有找到人家上户，被迫回到了四川。她将这段经历写出来，发表在工友之家主办的刊物上。这是我第一次见到她创作的文字，里面说到隔离生活的艰难，却因此受到给文学小组授课的某位老师在群内批评，说她没有高度，没写出抗疫中的和谐，"我都给我家保姆按月补助的"。史鱼琴后来委屈地跟我说，没有人补助她，"我写了实际情况，怎么就不和谐了？"

几个月之后，她再次回到北京做月嫂。有时我路过尹各庄村口那两幢楼房，心想他们是否还住在这里，只是一直没有上去过。

查出癌症的消息，我是从一个工友转发史鱼琴的微博看到的。她说做检查的某家大医院的医生态度冷酷，"三分钟内宣布了我的死刑"。

面对眼前的这段文字，我一时有些发懵：她的胖乎乎的开朗形象，无论如何和癌症联系不起来。想联系一下她，不知道如何开口。我搜到她的微博，过后两天看到了她检查发现癌症的经过。事情是从她上户期间开始的，宝宝的奶奶是个特别迷信的人，农历七月半的晚上，她告诫史鱼琴不要出去走，说会撞到鬼魂。她表妹前一段患乳腺癌去世，去世之前人的魂已经离开身体，在外边飘荡，她去水塘洗衣服的时候看到表妹从水上漂过去，定睛一看是一只水鸭子，水鸭子受惊地咕咕叫，回家看表妹刚刚没了。

当天晚上史鱼琴做了一个梦，自己在十字路口跟一个陌生的鬼魂打架，情急之下一番撕拽，竟然赢了。醒来之后一身冷汗，心头突突乱跳，忽然觉得乳房那里不舒服，摸着有东西。越摸越不对劲，一夜没有睡着，天亮了就去离得近的一家三甲医院检查。B超和钼靶做下来，医生当场就说是癌症，已经扩散到淋巴，说"治疗最少花几十万，五年生存期百分之二十"。一点儿情面没留，说的时候脸上还似笑非笑，也许他见的生死太多了。

我鼓起勇气在微信上问史鱼琴，又给她发了个红包。她收下了，告诉我已经回了四川。我想到尹各庄村口的二层楼房，在近来北京的市容改造中，外墙刷上了颜色鲜亮的涂料，看上去改观了许多，二楼第三扇门窗后面，或许已经换了租客。毕竟是个暂时的栖身之地，她和刘生估计是很难回到那里了。

疫情反复，半年之中我几乎没回过北京，一直在西安待着。其间不时去史鱼琴的微博，看到她发的消息，几经检查后确诊。因为省城医疗价格昂贵，她回到县城住院，手术化疗，其间几次往返乡下老家，行程之外更多的是心理上的煎熬起落。她从最初的完全绝望、恐惧失眠到慢慢接受，接受之后仍旧是巨大的无奈，又有无数操心挂怀的事。看到她做的手术是双乳切除，我的心里更是咯噔一下，不由想起日记本上那些缠绵热烈的性爱段落。

我打算去四川探视她一趟。通高铁之后，两地相隔不是太遥远，从西安北站坐车可以直达简阳站，史鱼琴眼下在简阳医院住院。我跟她商量，赶在本次化疗出院的前一天过去，可以跟她一起回乡下，看看家里的情形。史鱼琴答应了。

火车穿过秦岭连绵的隧道到达四川，像是进入了另一个世界，空气湿润，丘垄连绵，看起来比仍旧寒冷生硬的关中宜居得多，虽然按照史鱼琴日记中的描述，乡下几乎没法生存。过成都一站就到了简阳，顺沱江而下，中间隔了一两座大山，也就区分了都市与乡下。我在一条布满了家装门面却显得寂静的小街上住下，吃了一碗小面就赶去医院。

麻烦的是进院。疫情期间医院大门封闭，病人家属持证进入，史鱼琴让刘生到门口来接我。时隔一年多，他瘦削的身影和沉默神情没有改变，但也多少带给我一点安心，似乎比在尹各庄的铁皮楼房里精神倒要好一些。我想这就是史鱼琴在微博里说的，先生的身体似乎好了一些，因为相互倚靠的一个人要倒下去了，另一个人必须站直。刘生自己穿着病号服，把病人手环给我。我们从夜间急诊进入，穿过一道小门到了住院部，对楼下值班的保安略略扬一下手环，总算进入了大楼，上到二十层的肿瘤病区。这里面积很大，每间虚掩的病房内都有好几张床位，几乎都住满了。

史鱼琴躺在最靠门的病床上，看见我就坐起来，露出笑容大声打招呼，"袁老师好！"声音和从前在东坝的平房里没有区别，并不像是一个癌症病人，使我提起来的心顿时往下落了一截，至少是在当时。她说，得了癌症后最初吃不下睡不着，看了很多和癌症有关的书，胡思乱想很多写在微博里，到了这里心态反而好了，"这么多人，大家都是一样的，谁都没当回事"。

相形之下，另两张床上的病人要沉默得多。中间床上的年轻人正从外面打水回来，感觉热水瓶只装了一半，他瘦骨嶙峋的手臂却不怎么提得起。他的整个人像受了重创，一切附属物都剥去了，只剩最后的骨骼和神经，后者让他周身每一刻都感觉疼痛。他行动的每一步、每个动作，甚至呼吸本身，都在传达着无声的疼痛，他没有发出呻吟，可能只是因为无力。白天他把老婆赶走了，因为一时的口角，现在又在打电话给她，让明早来接他出院，因为他的身体经受不住化疗，需要先回家修养一段，等白细胞上升了再来住院。"我都要死了，你脾气好点吗。"他在电话里央求。"他不行了"，史鱼琴悄悄地摇头说，是由肺结核转化为肺癌，已经全身骨转移，他没有一寸骨骼是不疼的。

他似乎也不避讳自己患病的状况，只是还想治，"他家是贫困户，可以接近全额报销"。史鱼琴说，如果自己到了这种状况，就不治了，何况她并不是贫困户，报销额度没那么高。她提到一个有意思的现象：这个病区里住院的几乎都是贫困低保户，达不到贫困线的反而没有人来住院，因为自己无法负担。相邻的村里，去年发现了六个癌症，没有一个来治，因为那个村子不是贫困村，低保和精准扶贫户少，到现在已经死了两个，其中一个是刘生的舅公。史鱼琴和刘生的里湾村因为是贫困村，患癌的人几乎都来治了。

治病之初，由于多年前在成都开的家政公司没注销，评不上精准贫困户，大部分只能自费。回到简阳之后，史鱼琴逼着刘生拿上六百块钱去找了村干部，办了一个"低保边缘户"，住院报销可以达到七成。但是史鱼琴对于住院仍旧很犹豫。医生要她化疗八次；或者化疗四次，做放疗几十次。最初手术切除之后，她一个多月都没有来做化疗，后来被医生骂"你不要命了"，丈夫和亲戚也苦劝，她这才来到医院，上了化疗。头两次的效果不错，但她听人说往后效果会越来越差，她不想整天泡医院，"最后死在病床上"，所以总想听天由命，能活多久是多久。

对于史鱼琴的大嗓门，同室的病友似乎并不反感，或许她给这里带来了活气。中间床上只剩一把骨头的年轻人也侧过来听着。一个瘦巴巴的老头听到动静过来串门，史鱼琴高兴地说他的故事很奇特，你听他讲讲。这个老头姓魏，也是肺癌，住院期间突然昏迷，长时间未醒，医生让家人选择进ICU抢救还是放弃，家属选择放弃。因为家里买了七套唐装老衣，就没有直接送殡仪馆，包了车回家里去，打算穿了老衣再去火化。谁知一路颠簸回家，又七手八脚洗身子穿老衣，魏老头喉咙里咕的一声，忽然醒过来了，大约是先前一时痰迷心窍，被一阵折腾抖落下去了，又拉回来住院。老头讲着这段自己的故事，脸上有点笑嘻嘻的，就像在讲别人的轶事，看不出悲喜。我问你不后怕么，老头说没啥好怕的，史鱼琴高兴地大声接过去说，进了这里没有人怕，"都是抗癌英雄"。

这时候的史鱼琴和她在微博日记里表现的并不完全一样，即使和从前的她相比，也显得更兴奋。刘生仍然只是在一旁的躺椅上默默坐着，这个躺椅也是他过夜陪床的位置。从病床的窗户看上去，依稀可见史鱼琴在日记里描述连绵起伏的小山，沱江也在不远处的夜色中流过，让我想起北京皮村旁的温榆河。

五

早上我们在县城车站见面，坐公交车回乡下。道路曲折穿过起伏丘陵，路旁是片片开放的油菜花，史鱼琴叹了口气说，虽然美，但是不挣钱。她谈起当初第一次坐车经这条路出门，去成都打工，那时道路没有硬化，尘土飞扬，到县城就感觉有现在到成都那么远，人出个门太难。上次穿刺结果出来，也是在这趟班车上，邻座老太太听说史鱼琴得了癌症，倒是指着一旁的刘生说，"可怜哩！家里顶门杠没了，要靠自己活哩！"车上的噪声很大，但她的大嗓门大体能听见。后来她又说起小玉的死，还和她的语文老师有关，小玉在学校时和这个老师有些说不清的关系。一次在办公室，老师替小玉编辫梢，被老师的女朋友知道了，到学校大闹，小玉因此退了学。之后小玉还和语文老师保持着联系，老师帮她看稿子投稿什么的，一直持续到结婚以后。小玉的男人打她，可能也跟这有关系。小玉最后一次自杀之前的一个多月，史鱼琴回娘家时和她见了一面，小玉当时已经心灰意冷。小玉写了一部长篇小说，拿给老师看，老师却说这是狗屎，投出去只会丢脸，还当场撕碎了稿件扔进垃圾桶。从那以后，小玉就不想活了，自杀了三次，最后一次终究成功了。史鱼琴觉得，那个老师是对小玉精神控制，"现在流行说的PUA"，她觉得老师是个恶人，不过他也有报应，四十几岁了还是单身。

史鱼琴说，从小她在村子里上学，老师就没有几个好的，都是村干部的亲戚，有的自己刚刚小学毕业，鼓动学生逃学，老师自己好轻松些。后来又遇到刘生，辍学结婚，"不然可能好些"，脸上现出一丝怅惘。

镇街上不逢集，没有什么人，连摩的也看不见。还好刘生给疫情停课在家的侄子打了电话，让他骑平板摩托来镇子上，分两次接人。在通村便道上骑了几里路，仍旧是起伏丘陵和连片菜花地，间带着竹林果木，新葺的楼房旁边往往是破败倾圮的老屋。史鱼琴和刘生的屋前桃杏正在开花。

屋子带有围墙，外表贴了瓷砖，看上去半新不旧，比途中的一些楼房年代要早。进了大门，院内却显得杂乱，前庭堆满了柴禾木屑，院子大致分为并排两部分，明显看出右手边的情形更混乱，后来知道这是刘生母亲和智障哥哥，加上二弟与他的智障媳妇再加侄子的属地，左边一溜较为干净的厢房和小半边楼房则属于史鱼琴和刘生。夫妇俩每年给婆婆掏生活费，也买了老人的社保，够她养活自己和智障大哥。史鱼琴说，大队上的人都说她是头一号愿意嫁到这样的家庭里来，家里一直就是靠她撑着。"我自己也不知道哪里来的力气，就撑下来了。像我这样傻的人很少呢。"她乐呵呵地说。

时近中午，史鱼琴和刘生在厨房忙着用柴火做饭，依旧是史鱼琴为主，刘生打下手。在主顾家中史鱼琴是要负责做饭的，不过并不能自由地做四川味道，史鱼琴自己往往吃不惯。在家里好歹可以自由，荤菜之外一定炒上一盘自家的菜薹，外加一盘变蛋。蛋是自家养的鸡下蛋来变的。回家之后，史鱼琴养了不少家禽，"总比去街上买便宜"。

我跟着史鱼琴去地里掐菜薹，看到了屋旁养鸡的园子，当初看来是个小花园，花卉都被啄食得残败了，塘里也没有鱼，只有芦花鸡在转悠。回屋途中史鱼琴进了园子，在草丛树根下到处翻找，说是奇怪，住院这几天难道鸡没下蛋，"是不是婆婆捡去了？又不好问她。"

吃过晚饭，我们在田野里逛了一会儿。顺门前的小溪往上走，经过菜地，到了一座小桥上，四下是寂静的油菜花和稻田，远近点缀一些村民的房子，都起得像模像样，但似乎没有人住。史鱼琴说，人都出去打工了，或者搬去了城里住。对面那座门面宽大、装饰有雕花柱子的三层楼房，是三兄弟起的，一人一层，但他们全都在打工，只是过年回来一下。"乡下就是这样，养不活人。一个人才七分地，够干啥？"

山坳里飘来一座猪场的气味，似乎是这里唯一有的生气。路灯亮了起来，投下一团团昏黄的光晕，除了我们并无一人行走。

回去坐在厢房里的客厅闲聊，茶几上有最近一期的《新工人文学》，拿起来翻看，上面意外地有史鱼琴的名字。史鱼琴说是她写的回忆录，一个老师鼓励她发表的，还给了两千块稿费，"当时觉得生活似乎又有了奔头。"我拿着看起来，是写她从去成都打工到上北京以前的经历，其中一些内容她在东坝的平房里跟

史鱼琴老家门前的油菜花

我聊到了，只是没有这么详细。我看到了她和刘生躲避城管，刘生因为跟强拿强要的地痞打架，被抓进派出所蹲了一夜的经过。虽然看起来没出息，刘生关键时刻却不猥琐，遇上老婆和自己双亲冲突，也从来是毫不犹豫站在老婆一边，为此曾经气得他父亲要断绝父子关系，这也是史鱼琴觉得老公好的地方。老公也是个有见识的人，根据是史鱼琴去当票串串的唯一一次尝试。有个和史鱼琴她们一起擦鞋的小妹李英，人长得漂亮，15岁就生了孩子，背着孩子当票串串，两年后又生了个小女儿，当上了派票的票老板。有人说她女儿长得像火车站派出所的一个老警察，老警察也对这个小女儿关爱有加，对李英明里暗里照顾。史鱼琴艳羡李英爬了起去，跟刘生说也要去当票串串，刘生不同意，说没内线根本不行。

史鱼琴不信邪，就打算自己去试一下。改天她进了售票厅晃悠，看哪趟车次的票紧俏，才转了两圈就被穿制服的盯上了，把她带进了惩戒室，里面已经关了几个票贩子，一问之下都是在站里没人的，有人是像李英当初一样，抱个孩子打掩护。因为史鱼琴手里没有票，从前也没有倒过票，审问了几个小时还是把她放了，万幸没送收容站。史鱼琴觉得刘生说得对，从此才死了当票贩这条心。

接下来是两年做家政的经历。史鱼琴遇到了一个台湾地区大老板雇主，在成都做墓地生意，她见识了富人家里的生活。老板的老婆时常在广州，帮他打理那边的生意，老板在成都包养了一个女大学生二奶。二奶和大老婆斗智斗勇，譬如雇人当假男友拨电话给大老婆，说她是一时糊涂，现在已经走出来，有了自己的感情等等。后来老板厌腻了二奶，另招了三奶，又成了三个女人的戏码，来去都是想赚老板的钱，买包包买车买房子，死乞白赖，老板心里也跟明镜似的，常常跟二奶三奶打架，开了门两人都鼻青脸肿的。老板家里常有麻将局，麻将桌上各位老板带来各自的二奶，没有一个落单，也没有一个带正牌太太的。有时还彼此交换，让自己带来的二奶坐在手风不顺的牌友腿上，"说是帮人家转运"。史鱼琴觉得这样的日子，自己和刘生都过不来，有了机会也一天都不想过，"不是人过的日子，没有一点真的"。在那里干了两年，成都的墓地渐渐卖不动了，老板去了长沙，还想让史鱼琴跟他过去，虽说工资不错，史鱼琴也不想继续做了，主要是怕牵扯进老婆和二奶三奶之间的矛盾，说不清。

　　文章的笔调完全是写实的，但偶尔会夹杂一两句人生感悟，或者突然提到某一本书、一个典故，譬如薛涛在九眼桥劳务市场对面的望江公园故址制笺赠送情人，再譬如《圣经》中四十天的暴雨和末世洪水。在东坝看过她的日记之后，我对此已经不意外了。

　　家里的热水器上水管线坏了，刘生给我打来了洗脚水。他仍然一直沉默着，脸上看不出任何悲喜的表情，似乎从一开头就接受了一切，就像接受身上的疾病和史鱼琴一直以来的某种抱怨。史鱼琴说女儿小的时候，有次看看史鱼琴又看看刘生，似乎很不解地问："你们俩为什么不离婚？"又说："如果离婚了，我一定不跟爸爸，要跟妈妈，跟着妈妈不会饿肚子。"刘生听了笑得前仰后合，"乖女儿，晓得要跟着妈妈，不会饿肚子，就说明聪明，没有白养你。"

　　乡村睡得很早，整座院子里寂静无声。

　　第二天一早我起床，仍旧去田野里逛逛，回来时遇到史鱼琴，站在小溪岸坡上聊天。知道我上午就要走，她有些可惜，说应该再住一晚，她带我去村中的小广场，那里是议事角，什么样的消息都听得到。邻村六个村民患癌不去治的事，也是在那里传播的，其中一位已去世的是刘生的舅公，办丧事他们去上了礼，上礼时又想到自己，在北京的医院查出来，到医院做手术化疗，不知道是幸运还是不幸。"如果一开始就没去查呢？"史鱼琴总是摆脱不了这个念头，"就一直干活，干到死，会比现在这样成了废人强。"她在日记里提到过一个在县医院遇到的老婆婆，从地里赶了来，做了检查确认是癌症，只有不到两年生存期，没有治，当天赶回乡下干活。五年后她倒在田里了，儿子叫面包车拉着来医院复查，癌细胞扩散到全身，已经没有治疗价值，当场仍旧拉回乡下等死，她并没有什么痛苦的表情，似乎农民的命就是这样，能动就做，做不动了，就死。史鱼琴觉得自己也该这样。

她不想一直在家乡待着，也待不下去，打算病好一点回北京。我问尹各庄的房子退了吧，她说没有，房东老太是个善心人，听说史鱼琴得了癌症要回老家治病，让他们不必退房子，她在史鱼琴回京之前不收房租，东西都不用搬。"回去能干什么呢？"她还是有点迷茫，月嫂大约是不能做了，太辛苦，可能去做保洁之类的钟点工，少挣点。

一个老婆婆沿路走来，史鱼琴问她"你家里下的兔儿还有没有？满月没得？"老婆婆说有，你想要啊，史鱼琴问多少钱，打算买两个来养着，老婆婆说了价，史鱼琴就不言语了，等老婆婆过身跟我说，她的价要得贵，不如到街上去买。我想到史鱼琴回忆录里说的当街卖煤油灯鸡雏的事情，想到身旁这幢房子屡次失火的往事。不论经历了多少，它仍旧静静地立着，外表还大体像个样子，一点不透露往昔内情。就像眼前的史鱼琴，外人也看不出是个病人，只有她自己感受胸前剜伤带来的疼痛，有时一声大笑也会牵扯。

走的时候，史鱼琴强行地给我装上了自家产的核桃和花生。核桃经了南方的雨水，有点发黑，味道含有一种深郁。从昨天到家，除了一起吃午饭的侄子，我没有见过这个家里的其他人，只是晚上看到楼房的一层透出昏黄灯光，里面是刘生的母亲和与她相依为命的大儿子。我又想到史鱼琴的母亲，怀上史鱼琴的时候是未婚先孕，不想要，吃了大把的堕胎药，"仍旧没让我变成婴宁"（注：《聊斋》中人物，有痴症）。史鱼琴三岁的时候不听话，骂母亲，母亲用烧红的火钳烫了她的嘴，整整三个月才好。这次得知史鱼琴得了癌症，母亲一再要史鱼琴好好治疗，史鱼琴手术后母亲从百里地以外来看女儿，七十多岁的人手里拎着自养的土鸡、自家榨的菜油、亲手包的松花皮蛋，连史鱼琴九十九岁的外婆也给了两百块，是平时过生日晚辈们孝敬攒下来的。这些事发生在被史鱼琴称作"马孔多"的生身小镇，在外面，这一切或许不可理解，就像史鱼琴当初辍学和刘生结婚的选择一样。

六

我跟史鱼琴断断续续保持着联系，也常常查看她发在微博上的日记，知道她终究逮了兔子，又被贼娃子偷了，还喂了鸭子，又因为要侍弄家禽，放弃了医院空出来的床位，没有去进行第四次的化疗，也没有去做另一位医师建议的放疗。一个多月之后，她回了北京，把新买的兔子、鸭子、鸡和两只猫留给待在老家的刘生。刘生没一起来北京的原因，大约是他最近的病症复发，住了院，肋部的疼痛和呼吸困难加剧。

我也回到了北京，另外租好房子之后，打算去尹各庄看看，问她每天上下班的时间，才知道她仍旧干了月嫂，着实使人意外。她说是顶一个朋友的班，先干上一段。又在微博日记里记载，上户之后身体完全没有什么反应，活儿拿得下来，"宝妈宝爸也喜欢我"。

那次她在温榆河桥上摸到鼓包，从文学课上回家后请邻居的小妹按压脖子，确认并没有肿块，才放下心来。晚上她走出村头散步，站在温榆河大桥上，看那些退休领社保的老北京钓鱼，鱼竿上的浮标在夜里的水面上闪着光。这样的生活，她和刘生都只是在旁边看一看，从来没有机会去尝试，即使在她生病之前按期上户的那些日子，刘生本来是可以置一副钓竿，来温榆河畔垂钓的。他宁愿把自己关在铁皮楼房的二层出租屋里，循环地看那些电视节目，也不习惯厕身这些悠闲的人之中。

每次史鱼琴去上文学课，刘生都会骑电动车送，但到了地方他从来不进屋，有人叫他也不肯，都是在外边不远处等待，不论夏夜蚊虫或者冬日严寒，都不能驱使他进屋或者离去。等到史鱼琴上完课出来，他再骑车载老婆回去。似乎他坚定地认为，那个叫做"文学"的世界跟他全然无关，但是老婆必需的。

我想应该有人写写史鱼琴的故事。刚好我的妻子罗兰跟我一起来了北京，到真实故事计划工作，史鱼琴的故事成了她正式入行后写的第一篇稿子的素材。罗兰单独去了尹各庄采访，那间屋子给她的第一印象是太小，小到只有一张床，所有的东西都打包挂在墙上，那个关不严的卫生间也像是挂在墙上。当时另有一个北师大做社会调研的女生也在场，新近来北京的刘生身体还很虚弱，躺在床上，史鱼琴只好席地而坐，幸好当时是夏天，水泥地不算凉。从外表看去，这幢在村口的二层楼房经过了整治，外墙的铁皮消防过道已经更新，装上护栏，墙面也经过粉刷，显得整齐了一些，不再有荒野堡垒之感，楼房里侧的街道也经过开挖铺设了下水道，整修了地面，但屋子里并无什么改观。

初稿中史鱼琴要求用化名，我征求她的意见要不要用真名，真名可以带上募捐链接，史鱼琴起初说不需要募捐，我劝说她这并不是丢人的事。后来史鱼琴经过考虑接受了真名，稿子出来后影响还不错，尤其是在文学小组引发了普遍的转发，最后在水滴筹上募集到了八万多块钱。刚好那段时间医生催史鱼琴回四川进行第二阶段化疗，这笔钱也算是救了急。

但是实名募捐也带来了意想不到的后果。秋天里我去尹各庄找小海玩，顺便去看望回到北京的史鱼琴，史鱼琴正处于下户的状态，她告诉我再次回到北京寻找月嫂工作时，有的雇主从网上搜到了她患癌的信息，不敢雇用她了。我感到抱歉，史鱼琴大度地表示没关系，她的身体本来也很虚弱，需要休息。我问她身体有什么地方不舒服，她说是周身疼痛，残存的乳房疼、胃疼、肝疼、关节疼，子宫内膜增厚，除了化疗，她平时要经常上医院开药，服好几种激素类药物，可能都对身体有影响。"你看我现在，胖了好多"，她举起浑圆却显得松弛的臂肘给我看，"就是没有劲。"但她说话的中气依旧，和那次在癌症楼和家乡的田野一样，看不出来是一个身患绝症的人，似乎她把所有的元气贯注在声音之中，不允许它软弱、消失。

这种元气除了自立，有时还足以施与他人。2022年冬天，地处疫情中心朝阳区的皮村经历了最后一次七日封控，而近在咫尺的尹各庄因为地属通州，管控要松动一些。封村的消息很突然，文学小组的一些工友在群里说到自己没有菜吃了，只能白水煮面条度日。史鱼琴在尹各庄菜市场买了两大塑料袋菜和肉，让刘生骑车带她送到皮村村口，等了半小时由小付在卡子里面接收。史鱼琴不愿要钱，说自己得到了工友们那么多捐助，小付坚持要给她才接受了。史鱼琴的冒寒送菜之举在群里受到纷纷赞誉，她自称是举手之劳。

养病的同时，史鱼琴开始写作一部长篇故事，想要记录小玉和家乡很多人的去世，也涉及自己在成都的辗转。这多少源自《一个月嫂的江湖往事》那篇故事带给她的信心，这篇故事在《新工人文学》发表后，获得了当年年末的新工人文学奖，颁奖地点在现代文学馆的鲁迅书店，这个地方比皮村的学习室条件好很多。当时史鱼琴在老家治疗不在场，我做了简单的点评。之后这篇长文又被世纪文景出版的编辑杨沁看中，收入了她策划的《劳动者的星辰》一书，这本书是皮村文学小组成员们创作的结集，史鱼琴的文章虽然删去了派出所与票贩勾兑这些敏感内容，仍旧显得很重头，也给她带来了几千块的稿费，够两人数月开销。

由于不会电脑，史鱼琴只能用手机写，一个字一个字地输入，用备忘录的方式存储，一不留心还找不到了。但即便是这样，到2022年年末，她仍然已经写下了十几万字。她一再说自己"不会写"，写得慢，慢的原因之一是，她不愿意随意编造故事背景，想要还原当时的环境和事件，譬如成都荷花市场的某一道桥是哪一年拆除的，不能在知识上出错，为此要查阅日记，还要打电话给老家人核实，自然就快不起来。写字写得头疼，医生让她去查一下脑部，有无癌细胞转移，她拖了半年没有去，"太贵。"在北京看病买药全是自费，其中一种进口的激素，一针就要1 800元。

在描写家乡过往的同时，她也感到现实带给她的震惊：这次回北京，她在皮村街头认出三个同村的老乡，她们都操着和燕子相同的职业，其中一对是姐妹。"北京这么大，我恰恰就遇到了她们，她们恰恰都在干这个！"在史鱼琴租住的这幢楼上，也有靠身体吃饭的"燕子"，房东老太太生前还会介绍在附近格拉斯小镇打工的男人给她们，"都是可怜人"。

以后的打算，不能做月嫂了，至少还可以做小时工家政，少挣一点，"但也少辛苦一点"。至于身上潜伏的癌细胞，按医嘱应该半年复查一次，而她已经远远拖过了期限，"不敢去查，也不想查"，眼下主要的是把手头的故事写完，这是为了年轻时的小玉和自己，又不全是。"赶快写，哪怕死了，写出来就没有遗憾了。"毕竟，家乡是一个盛产死亡的地方，其中也包括了自己某一天的死亡。

癌症的阴影，似乎全无踪影，但仍旧隐匿于这间冬天的小屋里。窗户上蒙着保温的棉絮，光线不明亮，进门时我发现从前靠墙竖搁的床变成了挨着门横搁，进门不远处还放了个柜子挡着，史鱼琴有点不好意思地解释说，这是风水，床不能对着门，进门也不好一览无余，"要有玄关"。我问她为什么会信风水。"没有人不怕死，我也是"。史鱼琴说，回忆起住院的日子，她似乎有了和我去探望时不同的感受。她最压抑的时候，是在化疗期间整

史鱼琴和丈夫租住的尹各庄二层楼房被拆除,只好搬到更偏远的地方

夜无法入睡，起来在走廊巡游，那时所有的病房里悄无声音，像是一个已经死去的世界，一种阴惨的感觉就悄然涌上心头。

"主要是等他死，他死了，我就可以放心死了！"史鱼琴忽然指着坐在床上的刘生，发出一阵畅快的笑声。刘生也笑，屋子里的气氛不由自主地轻松起来。

2023年春节以后，史鱼琴又上户了。书还没有写好，"一边打工一边写"，她在回复我的微信中说。而她和刘生在尹各庄租住的楼房，已经作为违建被扒掉了二三层，大半成为废墟。只能迁往更远的村子。

高楼之下

一

初次参加皮村文学小组上课，寒雪是我留下微信的另一个人。当时她和史鱼琴坐在一起，发言时声音不高，但显出几分内秀，有想法。

后来发现果真如此。她不常去文学小组，但来时听得认真，发言时总在问如何写作的问题，似乎是珍惜难得的机会，口音有一种独特的混合，让人猜不出她是哪里人。她说自己长年在雇主家里做育儿嫂，没有固定的休息日，所以不能次次都来。有一次文学小组上课结束后，我和她一同坐306路公交车转地铁回家，车上谈起她的老公，是部队的转业军人，在有编制的国家单位工作，这更显出她和普通家政女工的不同。地铁上聊起来，寒雪说自己喜欢写作，以前主要是在博客写点诗，来到文学小组之后受到鼓励，写了一篇比较长的散文，想发给我看看。

她会写诗让我有些惊讶。过后她在手机上发了这篇文章给我，题目叫做《高楼之下》，写的是第一次带雇主家的宠物狗去美容店洗澡，还有自己因为风湿去做沙灸的见闻。里面有对于把宠物叫宝贝、宠物狗粮远贵于人的口粮、宠物牙具带刷牙一次要近两百元的不可思议，还有时尚女子一次花上千元做美臀的惊讶。我觉得她文笔有灵性，只是有些口水话，没有风格。我把这些意见告诉了她，她很乐意地接受了。

从这篇文章里我也知道，她上户的地方是珠江帝景，一个三环附近老资格的高档楼盘。装修都是帝王宫廷式风格，价位当时属于高档，住的大都是有钱人。寒雪的雇主是一位老板，叫林总，公司大到快上市了，她日常照顾的是个女孩，就称为林宝。她在这家一直干了十多年，在育儿嫂群体当中也不多见。

我想去珠江帝景去见见她，寒雪同意了，约我在下午林宝上学时过去，那时她有一点时间的空闲。小区物业很严格，她出来接我。我们穿过有巴洛克式拱廊与全身披挂的武士雕像的大门进去。小区里面绿化很好，有喷泉和大片曲折的草坪，修剪得很齐整。我们坐在草坪旁的长椅上聊天。聊天中我得知了她口音混合的来源：她是河南信阳人，但长期在东北生活，在那边结了婚。她又在雇主的建议和帮助下，在天津买了房子，上了户，老公和孩子眼下都待在那边，她每两周可以过去一次。

我觉得寒雪的雇主真不错。她说林总确实是很好相处的人，出手大方，太太虽然有脾气，但有话直说，过了就好。只是奶奶不大好相处，林宝几个月的时候，坚持不让带尿不湿，孩子随尿随拉，五个月间走了好几任育儿嫂，她也是好不容易才忍过去，磨合下来现在好多了。再说爷爷奶奶一年有半年时间在海南，北京暖和了才回来，林总夫妻也经常不在这里，她带着林宝也自在。孩子就是城市富人家普通的女孩，会躲在被子里玩手机，一玩很久。现在有点进入叛逆期，也说过很伤人的话，有段时间她不大想做了，但因为在天津买了房，要用七年的工资来还，也就安心留了下来。

身旁有推着婴儿车的月嫂经过，跟寒雪打招呼。寒雪说，因为林宝小的时候也需要推下来遛，她和这些阿姨之间都很熟，知道一些事情。这个小区看起来高档，但户型不一定很大，所以住了不少富人的外室，生了孩子，宝爸都另有家室儿女，只是不定期来看看，平时都是姥姥姥爷照看，另外请个保姆。譬如刚才过去的那位，妈妈是位漂亮的女大学生，生产后爸爸总共就来过两次，人长得矮小黑瘦，站在一起跟女孩的爸似的。孩子姥姥姥爷也不计较名分和人材，"姑爷"过来了千周到万小心，都是看在钱的分上。当外室的女孩，聪明的会让宝爸买下房子，以后即使分手也有了资产。也有租房的，到头来孩子拴不住宝爸的心，一分手人财两空，手头纵使有个百八十万也不够花的。她认识的一个东北宝妈就是这样，生了一对双胞胎女婴，宝爸在美国做钢铁生意，说是要接孩子去美国上幼儿园，却忽然失去联系，不寄信也不给钱，宝妈断了经济来源。等了一阵没办法，只好和孩子姥姥一起回东北老家了。两个孩子在镇里上幼儿园，境遇一落千丈，大家谈起来也不由替她和孩子唏嘘。

聊到天津的房子，寒雪问我在北京买房没有，我说没有，即使在老家也没有。我也没有北京户口。寒雪很有些意外，想必这和她心目中去皮村上文学课老师的形象差别很大，聊天的气氛变得有些微妙。到三点来钟，孩子的奶奶午睡要醒了，寒雪就上去了。

过了一段时间，一个记者到燕城苑我的租屋采访，聊到房子和户口，引起我一时的感想，转述了在珠江帝景草坪边聊天的场景。报道出来后，没有发我过目，里面写到"对面的育儿嫂因为自己在天津有了房，得知眼前的袁凌没有在北京买房，姿态就不由高了起来"。

寒雪不知怎么看到了这篇报道，先是发信息问我那段是不是只采了她一个育儿嫂，后来就发来这段，说是不是写的她，口气有些生气，"我自己是多么地位卑微的一个人，怎么可能对你姿态高"。我很难对她解释这并非我的意思，尴尬地应付过去，以后有相当一段时间我们两人都没有聊天。

直到一年多以后，我们再次一同参加了皮村的文学课，结束的时间晚了，我们赶到皮村西口，已经错过了306末班车。寒雪是跟我一块走过来的，她有点不知所措。我打了一辆快车，捎上她到草房地铁站，又一起换乘地铁，一直同路坐到她下车。在地铁上我们再次开始聊天，寒雪说新写了散文，想发给我看。她发来之后，我又给提了修改意见。

过后寒雪发消息给我说，我是最愿意认真看她稿子的老师。我们恢复了偶尔的聊天，上一次的采访风波，就这样无形地过去了。

我一直觉得比起范雨素、史鱼琴和林巧珍这样的家政女工，寒雪是个幸运者：她找到了长期的好雇主，在天津有了房子和户口，女儿学习不错，老公甚至还有体制内的工作。但有一次在从皮村西口到草房的双层公交上站着，寒雪接到了一个来自老公的电话，大约是为了一笔小钱，两人争执了几句。过后寒雪望着车窗外的夜景，神情黯然。

我是一个世俗的女人，她轻轻地说。

为啥这么说？

我不敢离婚。

这个回答让我大吃一惊。

她说，当初看上老公，因为他是军人，穿一身军装，有崇拜。现在两人婚姻名存实亡，即使是躺在一张床上，也是各睡各的，毫无关系。老公抠门，就跟巴尔扎克写的葛朗台一样。

车窗外树影掠过，一向含蓄平静的寒雪脸上，光亮和阴影交替，像是她曲折人生的幻灯片展示。

二

寒雪本名王成秀，这么一个清冷的昵称，来自童年的体会，一直没有变过。

1970年，寒雪出生在一个多子女的组合家庭，前面已有一个同胞哥哥和姐姐，此外父亲还带过来四个子女，都比寒雪大很多。家里很穷，工分永远是这年借到那年，直到后来队上不借了。口粮不够吃，妈妈只好去地里扯一种用来沤肥的草，平时猪喜欢吃的，掺上搅面糊糊吃。身为幺妹，寒雪与其说享受福利，不如说承受了全家贫穷的终端：穿的永远是姐姐穿短了的衣服，没有冬夏换季之分，过年时能吃上一顿米饭就不错。更切身的是，寒雪刚出生，父亲让母亲把她扔进尿桶憋死。母亲没有照做，父亲为此三天没回家。

但寒雪说，妈妈也"重男轻女"，主要体现为孩子上学，妈妈重视寒雪的同胞大哥，一路供他到高中考大学。当然，大哥的学习也好，数学竞赛拿过信阳市第一。

供了哥哥，就顾不上两个妹妹。寒雪上学总是交不出学杂费，被老师放学后留下来，或者罚站墙根。开始还有几个同学，后来他们陆续都交上了，只剩寒雪自己，大家自然知道了寒雪家最穷。这对寒雪来说，是很屈辱的事情。

寒雪从小性格比较倔，"不许别人说我可怜"，自己也在心里论证自己不可怜。

过年时隔壁一个小孩穿上新衣服就钻草丛，挨了老爹的打，寒雪心想，"我虽然没有新衣服，但也不用挨老爹打，算起来还是挺幸运。"寒雪的老爹比母亲大十多岁，在"文革"中孵小鸡卖挨过整，身体落下咳血的宿疾，寒雪还没学会走路他就因为脑溢血去世了，这也是全家如此贫穷的原因。

20世纪80年代村里有了一台黑白电视机，寒雪看到电视上讲云南大山里一个母亲，给孩子洗衣服掉进河里淹死了，剩下两个孩子没房子住，罩块塑料布当屋顶。"我就觉得自己有房子住，有母亲，累了还能趴在母亲背上，真是幸福。"实际上寒雪家的房子因为瓦片盖得薄，又常年没钱添检，冬天雪花透过瓦隙钻入屋里，会直接飘到床被上。

但小学五年级那年，寒雪终究因为"被人可怜"而退学了。导火索是和同学吵架，同学说寒雪的母亲上她家村里讨饭了。这个同学的爸爸是队长，借给了母亲两袋米背回家。"当时心里特别痛苦，烙一样。"即使事情过去三十多年，寒雪说到这里仍旧哽咽了。因为跟同学吵架，老师又批评了寒雪，"我就受不了，不上学了。"

过了一个多月，一个要好的女同学来看寒雪，寒雪就后悔了，怀念学校的生活。这个同学以后还给寒雪写了一封信，信里描述寒雪"顶风冒雪卖葵花"，因为寒雪趁村里放露天电影，炒了葵花籽去砖瓦厂卖，被同学看见了。

卖葵花只是比较轻松的活计，更重的劳作是在地里。从十三岁辍学到十九岁出门打工，寒雪跟着姐姐干农活，姐姐赶牛犁田打坝，寒雪割稻挑禾担粪。身板并不壮实的她，脖子后面压出来一个鹌鹑蛋大小的包。一直到现在，她经常在门框上自己按摩，终究把包磨得小些了，却不会完全消失。

中间大哥想让寒雪继续上学，当时寒雪已经退学一年多，不愿再去学校。十九岁那年，哥哥去北京上军校，让两个妹妹跟着一道上了北京，家里的地都转包给同父异母的二哥耕种。事后回忆，寒雪有些后悔没去广州，那时谣言说南边进工厂要求"十九——二十四岁，未婚"，"觉得不是好事"。其实当时正在迈入九十年代，去深圳那边的老乡是第一批，后来都定居当地，算是发达了。

当时没有家政公司，两姐妹都去了崇文门的露天劳务市场，站在马路边等雇主叫。姐姐做了几个月保姆，回老家说要找对象结婚，不出来了。寒雪在另一个家庭做保姆，一开始不大适应，孩子很娇气，饮食众口难调，家庭矛盾错综复杂。雇主老太的女儿和儿媳闹矛盾，老太太把气撒在寒雪身上，干了一年多寒雪离开了，去一家小饭馆当服务员。离开之后才发现在家庭里更安全，小饭馆啥人都有，有些喝醉了的客人说不三不四的话，寒雪接受不了，又去在饭馆认识的一户人家照顾一个老太太。没想这家关系仍旧复杂，老太太的女儿嫁到秘鲁，挖老妈的墙角，老是撺掇寒雪跟她到秘鲁去，照顾她自己的女孩，寒雪因为担心出国不安全没同意。

刚开始干保姆，寒雪觉得侍候人低三下四。通过这两次经历，她看到外面看上去光鲜的家庭和人物，内里也不过如此，心态上倒是获得了平衡。

干了一年多，寒雪接到了身在辽宁的母亲的电话。哥哥毕业分配到辽宁阜新，结婚成家，母亲去给哥哥看孩子，挂念寒雪，寒雪因此去了东北。待一块儿没多久，母亲回了河南，寒雪却就此留下来，在一个转业军人开的电容器厂做店员，活计是卷纸筒，然后搁进大盆里和电料一起泡，再加用锤子砸出电极，工资能拿到一百八九十元，比先前做保姆高一倍。代价是有污染，车间有股呛人的味儿，时间长了对人体不好。两年多之后，寒雪在当地找对象结了婚，就此不干了。

三

对象是家在阜新本地的嫂子介绍的，他在铁岭当志愿兵，回老家找对象。介绍的途径，是嫂子认识的一个阿姨的战友跟寒雪老公的政委是战友。第一眼见到老公，他虽然个子矮，寒雪仍旧眼前一亮，她被老公的一身军服吸引。因为哥哥也是军人，寒雪就觉得找个军人好。政委说老公工作清闲，在机关负责放电影和播起床号，脑瓜灵，啥都会修。至于找一个农村姑娘的原因，是因为志愿兵不允许在工作当地找对象，加上老公家里条件差。寒雪觉得也没什么，后来才知道家境给老公造成了多大的影响。

认识之后他们再见过两面，平时书信往来，一年后的劳动节两人结婚了。没有彩礼，也没有办婚礼，两方亲家都没有见面吃顿饭。老公说是父亲瘫痪多年，母亲岁数大了，哥姐忙于种地，来不了人。家里总共拿了5 000块出来，供寒雪和老公回河南老家来回花销，和买新衣服。寒雪自己也没有钱，打工攒的5 000块都交给了嫂子，请她帮忙办阜新户口。五一晚上两人坐火车上北京，回一趟河南老家，在老家也没请客，算是旅行结婚。

一路上并没有旅行的感觉。在北京不敢住贵的宾馆，找老乡介绍旅馆，一连走了三家，脚都疼了，老公都嫌贵。后来他们在永安里住了个不带卫浴的三人间，挨着有味道的通惠河，一人33块，晚上还可能再来人住。半夜还遇到公安局扫黄，被叫起来查结婚证。寒雪来气了，但又觉得老公家是真穷，怪可怜的。结婚照也没有一张，白天路过照相馆，寒雪多看了一眼，被老公赶紧拉走了，寒雪也觉得是他家里穷，正常。

怀上第一个孩子，老公非要打掉，说自己要提干，经济条件也养不起。寒雪自己也觉得太穷，不想要，就把孩子堕了，身体留下了怕凉的后遗症，总要吃药。之后不到一个月，老公调去了黑龙江，寒雪再次上北京打工，比在阜新能挣得多些。

初回北京，寒雪仍旧在饭馆打工，遇到一个地痞，干了一个多月不给工资。寒雪跟胡同里一个老头聊起来，老头说自己有个朋友开游戏厅，正好托他找人，寒雪就去了亚运村的游戏厅，负责给机器上分、收钱。游戏机类似于老虎机，一般是在奥体中心搞体育的人来玩。老板可以调，因此人总体是输的，有人输急眼了会把水倒进投币口里，把机器弄坏耍赖。游戏厅利润不错，寒雪的工资从300一路涨到500，还有奖励提成。有一天庄家赢了13万，给寒雪奖励了300块。游戏厅处灰色地带，年底时公安让老板过完年别开了，寒雪就回老公部队过年了。后来民族大厦又开了一家游戏厅，寒雪又去那，待遇也不错，干了两个多月又被内部人通知别开了。

寒雪只好另找了一份营生，卖硬笔书法，实际是传销，需要自己出钱买字帖，100元钱10本，根本卖不出去，只有靠拉人头,寒雪也拉不来人头。这时赶上部队裁军,老公的提干成了泡影,打算赶在1997年香港回归要孩子,催寒雪回去。第二次北京之旅就这样结束了。

寒雪回到阜新生了个女娃,以后老公离开部队,转业到当地计量局。

生养小孩的过程中,寒雪渐渐发现老公的抠超出了常情。向他要一点钱花特别艰难,他对自己也抠,宁愿留着钱慢慢贬值。志愿兵工资本来也不高,从几十块钱慢慢涨到两百来块。寒雪需要想着自己找钱。

辽宁的冬天寒冷,孩子上幼儿园连羽绒服也买不起。寒雪自己是在亚运村那年买的羽绒服,想着翻新一下给娃穿,拿到店里时发现老板是信阳老乡,感觉生意不错,就想自己也干这个,老公也支持。第一年向老乡学习裁剪,第二年冬天租了个门脸开张,招了3个店员,置办了3台机器,给羽绒服加絮、换布,第一年本钱差几千没回来。老公本来投了五六千元本,寒雪年前结算给了他,过了年他就不肯拿出来了,寒雪没钱进物料,急哭了老公也不给,还好向家乡的姐姐借到了钱,重新开张。第二年一冬赚了1万多元,一直干了3年。

翻新羽绒服要看天气,不下雪没人要,一下雪挤爆门连夜赶,累得寒雪老犯咳嗽。因为空气里总有绒毛,加重了咳嗽,寒雪和工人都受不了。一个机台工总说在当地一个西柳服装批发市场挣钱容易,不如搬过去,寒雪动了心,第四年搬去西柳做牛仔服装,结果没活可干,跟人合伙又受骗,赔得一塌糊涂。

寒雪卖了机器关了店,打算开熟食店,老公又要她开在院子里边,不让租当街门面,嫌租金贵,自然仍旧挣不到钱。寒雪还发现了老公的另一个特性：懒，只要她在家，老公就万事不伸手。这大约也和他家境有关，小时候虽然穷，上面有四个姐姐，挺受照顾的。孩子上小学期间，寒雪关掉熟食店，想在当地找工作，到处是下岗工人，外地人根本没机会。寒雪思来想去，决定三上北京，重干保姆，行前在阜新参加母婴中心培训，做了准备。

离家之后，小孩特别舍不得妈妈，打电话总说寒雪有衣服撂在家了，要她回家去拿，似乎这是她想得出来唯一充分的理由。寒雪在听筒这边偷偷抹眼泪。孩子失望的次数多了，"后来开始有点恨我的感觉"。孩子上到六年级，寒雪觉得母女不能长期分离，打算回去。林总夫妇因为寒雪在家里干熟了，舍不得，就给寒雪出了在天津买房的主意，把孩子接到天津读书，老公也停薪留职，到林总在天津的分公司干，寒雪每月能过去待两天，看看孩子。这样一直持续到孩子考上天津大学，老公才回了阜新。

林总家给的工资比较高，开始是6 000元，后来涨到了8 000元。因为没有钱买房，林总垫了42万，预支了寒雪6年的工资，老公出了装修款。工资预支以后，寒雪手上没有钱，虽然吃住在雇主家，仍旧要找老公拿一点，老公的抠门就表现得更明显。拿小事来说，有年大葱贵，寒雪去了天津，老公就舍不得自己掏钱，让寒雪下去买；让他买肉，正常的价是18块，他偷偷去买了13块的来，肥得没法吃。大一些的用度，寒雪过年回家，老公总共给1 000块，孩子生病脚背水肿，寒雪带去医院看病花了100，老公就追问寒雪为啥多花钱，把生活费挤掉了。孩子念完大学出国留学，生活费要一月六七千元，老公只肯给3 000块。还好寒雪这头的工资扣满六年了。

不过对孩子，寒雪觉得老公还不错，"是个合格的父亲，虽然也抠"。毕竟自己长年在外，陪伴女儿的是爸爸。女儿该报的课外班都没撂下，画画、英语、舞蹈，还学了十几年钢琴，功课一直出色。到了青春期，"女儿说将来养爸不养我"，说不稀罕寒雪买的房子。上了大学以后女儿才明白过来，母女感情恢复了。2022年的三八节，女儿给寒雪发了200块红包，附带信息说"尽管命运坎坷，但你依然靠自己的努力奋斗获得更好的生活，并且为了自己的理想一直在学习。你身上拥有所有女性的美好品质，不仅是我的妈妈，还是作为女性的榜样。"

大学毕业之后，女儿去了德国纽伦堡大学医疗器械专业留学，雇主林总给她发了2万块红包，过年时又给了5 000元。出国之后，母女之间的感情仍旧一直很好，刚去时每晚寒雪都要女儿发来一段微信语音，听听她在那边的声音，"不然提心吊胆，睡不着"，之后才好点。女儿觉得寒雪一生太辛苦，说过两年不让寒雪干了，还让她学车，到时买个车，学人家开着去旅游，"为自己着想一把"。

在做育儿嫂期间，寒雪只有一次跟随林总一家出行，去了海南旅游。这次旅游给寒雪留下很深的印象，她写了一篇文章，着重讲了自己第一次坐飞机的情形。从刚上飞机的好奇，到插翅飞上蓝天"飘飘欲仙"的自豪，空姐服务的周到，看到窗外火焰一样云海的震撼，用了"斥鷃随鹏去海南"，比喻像只灰扑扑小雀一样的自己托有似"大鹏"的主人之福，也有了飞上蓝天，"看到浩瀚天宇"的机遇。这在她长年处于高楼之下的保姆生涯里，是一份难得的体验，也让她在心里"庆幸找到这么个人家，能跟他们坐飞机一同来海南"。

四

渐行渐远的是寒雪和老公的关系。早在结婚之前已有端倪。当时寒雪在北京打工，顾念老公那里天气冷，亲手织了毛衣寄过去，老公说不咋样，不如他妹妹织得好。结婚后两人会少离多，在一起的时间加在一起不超过两年，感情愈加疏离。41岁那年一个下雪天，寒雪在林总家里和老太太摩擦厉害，待不下去回东北了，半夜十一点车到阜新，老公没来接站，到家他睡得呼呼的，醒过来责问寒雪干吗要回来。第二天老公上班回来，又抱怨寒雪平时在北京，让他一个人带孩子。寒雪在家没钱用，心里的憋屈没处说，转头又回了北京，路上冒着大雪，心里觉得自己命太苦了。心灵虽然像雪一样洁白，命运却也像雪一样寒冷，落进冰窟窿就啥都没了。突然之间，寒雪脑袋里蹦出来几句诗：

残冬留下光枝条
雪花落在冰窟上
处处枯瑟与凄凉
待到红心见冷光

从来没有过这种体验的寒雪，觉得自己忽然会写诗了。她由此给自己起了寒雪的笔名，开始喜欢上看书，手头没钱，就专在小区门口书摊上买打折盗版书。2013年3月23日这天，夜深之时雇主和孩子都已进入梦乡，寒雪独自站在窗前，看着有月光的夜空与黑暗的地面相差悬隔，想到自己和雇主之间也是这样，深深感到有些不平却又无能为力，写下了一首《天地对白》，这成了寒雪自己满意的第一首诗。

我们认识之后，寒雪把这首诗发给我看，我不了解写作背景，觉得这首诗的题目太宏大，有些虚。以后寒雪又陆续写下了几首诗，其中两首后来被诗人安琪选入了她主编的《北漂诗选》，相比起来，显然更贴近自己的北漂家政生活。其中一首起因于不准林宝看手机，遭到林宝抗议"你又不是我家里人"，让寒雪的心冷了半截，又想起自己远方尘土堆积的家，和抛下的孩子：

我带着的孩子
说我不是她家里人

时光　我没有辜负你
把我的孩子变得陌生

有一次丈夫来了天津，女儿独自在辽宁。夜里家中暖气片跑水，80多岁的婆婆不顶事，满屋汪洋，女儿坐在门口哭。寒雪从北京赶回去处理，亲戚邻舍都说寒雪长年待在北京，作为母亲"狠心"。寒雪用这个字眼作了一首诗的题目，诗中回忆了母亲第一次病重，自己回家乡只待了8天，母亲还未康复自己就回京，最疼爱自己的母亲含泪说"小女儿最'狠'"，结尾又写到"要供孩子上学，要有房，我只能背着'狠'字，在北京穿行"。

以后寒雪开始写散文，记录家事，为此下载了一个手机笔记本软件，手机因此中了病毒，几天就花出去几十块钱，只好去刷机，写的东西全不见了，"跟自己的孩子夭折了一样"。林总给了寒雪一个苹果手机，仍旧在手机上写，还在一个叫做"江山文学网"的网站上发表了几篇。以后有人介绍寒雪加入了一个打工诗人QQ群，里面有人介绍皮村文学小组，寒雪受到吸引，联系了小付，时间是在2017年的三八妇女节。不久之后范雨素爆红，增加了皮村对寒雪的吸引力，她从没想过文学可以改变一个与自己类似的家政女工的命运。

五一那天赶上雇主全家出游，给寒雪放假，她趁机前去，下了草房地铁站，附近正在修马路，她没找到306路公交站。但这没有挡住寒雪去皮村的决心，她沿着公路一直走了三四站，一身大汗，才遇到了一辆公交车。到了外表破破烂烂的工友之家会议室，她虽然没有见到范雨素，却"找到了组织"，第一次相信自己只要常去，就能坚持写下去。那天文学课结束后时间晚，寒雪在村里找了个50元一夜的小旅馆住宿，房间黑黢黢的没有窗户，蚊子搅扰了她一整夜。对于过夜条件的艰苦，寒雪想的是"这是在雇主家里待久了，条件好，当年在农村，条件不跟这一样么？"

以后小付知道了，给她在工友之家找了个床位。有一次万华山不在，还让寒雪去他租的房住过。2022年8月，林总一家因为林宝上初中搬到了天津，冬天寒雪从宝坻坐高铁到北京南站，再换地铁公交去皮村，听完文学课后仍旧是在皮村住宿，第二天再赶回天津。住的地方没有暖气，寒雪在脏得发硬的被子下缩了一夜，大清早赶回天津。更多的时候，寒雪在雇主家里边干活边戴着耳机，收听网上直播，虽然不发言，却句句听得用心。

几次去皮村后，寒雪终于见到了传说中的范雨素真人，两人交流挺多。范雨素还曾特意去珠江帝景看过寒雪，平时聊天总在鼓励她多写。这改变了寒雪的想法，从前她觉得，好像要等到60岁以上，自己退休不干这么多活了，才有时间精力多看看书，写写东西。

《高楼之下》第一篇在新工人文学发表之后，寒雪有了写作系列文章的想法，后来陆续有了二、三、四。这些故事里有在家政公司遇见的女工们的过往，以及上户经历和运气好坏，有雇主的大方宽容或者抠门蛮横，还有先前我们在绿化带聊天时说到的，那些做如夫人的女大学生和她们孩子的命运沉浮。她还把原来第一篇里做沙炙目睹白领美臀的故事拆开来，单独作为第五部。这些故事仍旧保留着她的细致特点，也有自己关于高楼上下阶层、贫富和命运的想法，寒雪拿给我看过，但没有再去发表，其中第一篇后来被杨沁看中，收进了《劳动者的星辰》。

对于写作，寒雪没有范雨素和史鱼琴那样的自信。在《新工人文学》发表作品没有稿费，代替的是两本书的奖励，张慧瑜一下子寄给她七本，寒雪发信息问他，慧瑜回复说让她多看书。七本书中有寒雪自己挑的阎真《活着之上》，也有《假如给我三天光阴》《荆棘鸟》这样的名作。寒雪还在网上听书，《红楼梦》听过两遍，《呼兰河传》则是她的最爱，因为萧红是女性又是东北的，感觉也亲近。但是看了名著，寒雪反而会受打击，"觉得自己写得没意义，水平太差。"师力斌看过了寒雪的诗，曾让她写一组拿过去尝试发表，寒雪说自己"硬是没写出来"。

2022年春天，我们再次在珠江帝景高耸的拱廊之下聊天时，寒雪已经开始了一部叫做《世俗女人》的长篇小说。小说是自传体的，取这个题目的原因，是因为寒雪觉得自己是个世俗女人。即使已经一年多没跟老公怎么说过话，也不用花他的钱，经济上各管各，躺一张床上背对背，也不会离婚，"没法超脱、超越"，因为思想上说到底觉得离婚不好，要在外表上完成一个女人的职责，有个孩子，"看上去有个家庭"。小说里讲到另一个女人的故事：男人手持铁锹扔她，一追二里地，非要把她的脸铲掉，就这样也不肯离，"怕丢人"，临了男人还是迫使她离了。

这部小说在四万字的长度停了下来，最近两年没有怎么动笔，"身体不咋好，没写，自己也没信心。"2022年寒雪心脏不舒服，在天津检查出来冠心病，说是"心脏分支血管堵了50%"，听上去很吓人，后来又托人到北京安贞医院检查，医生却说是长年劳累造成的椎间盘突出压迫血管，没有大碍，之后寒雪一直在吃药。

不过寒雪对未来仍旧抱有期待。小说里的主人公名叫"晚霞"，似乎终于摆脱了那个大雪之夜的寒冷记忆，迎来美好的晚景。等待几年后女儿研究生毕业，雇主家的孩子也高中毕业考上了大学，自己就此退休不干保姆了，拿一份在阜新交的灵活就业人员社保，平时读读、写写，"六十岁过后是我们的春"。谈起这份未来，她语气之中充满了提前到来的轻快。

虽然到时会在天津定居，她仍旧打算来上文学小组的课，"到时候就有时间了"，从宝坻坐高铁到北京南站，转地铁公交到皮村，听完课夜班有车就连夜赶回去，不然就在皮村过上一夜，仍旧找一家小旅馆对付过去。最重要的，是在同心图书馆相聚时，大家头顶那一束温暖的光。

燕子穿梭在库房

一

2023年6月的一天晚上，打工博物馆院子的同心商店里，晓燕少见地跟一个来买衣服的顾客呛了起来。

这个女人不常来，对衣服挑剔。她和同伴来来回回把架子和摊子上的衣服摸了个遍，妨碍别的顾客挑货不说，就是不肯下手买，嘴里一直唠叨着衣服质量不好，价钱贵。平时遇到这种，晓燕就不理，今天不知怎么忍不住了，呛她说"嫌贵别买了，要挑好的上品牌店去！"

顾客吃了一惊，声音也高了，晓燕也不让着她，那女人红了脸，摔下衣服走了。晓燕心想我这是怎么了，这几天一直烦，想跟人吵架。后来她关店出门的时候，忽然明白，是因为打工博物馆院子拆迁，这家店快关了，新的店面却一直没找到。在工友之家快20年的店员生涯，似乎要走到尽头，以后只能窝在库房里了。

库房也在不久前换了地方，工友之家承担不起从前大库房一年20万的租金了，换到旁边小一些的库房，新库房地方狭小，从前长期做过机械厂房，有一股机油和铁锈味儿，光线昏暗，地上都是垃圾，人进去后心情很不好，感觉到了地窖里，也影响了晓燕在商店的心情。

库房是皮村工友之家一个特殊的地方，比起为人关注的打工博物馆、工人剧场和文学小组，它是最不起眼的背面。二十年来，晓燕的生涯始终是在库房和商店之间，除了有一次登上舞台，和一群人表演打工人春节回家买不到火车票的焦虑，它和外界聚光下的正面似乎绝缘。

比起晚上人来人往的商店，白天也要亮着灯干活的库房是寂寥的，只有贾晓燕和老耿、河北大姐两三个店员，活多时会加上小海以及临时的志愿者。

偶尔也有我。

库房里总是暗淡的，吸收光线的衣物太多，遍地成堆，起伏成山。除了从鼓囊囊的大编织袋子抖落出来的衣服裤子，还有帽子、丝袜、鞋子、保温杯、作业本、篮球、玩具枪各样千奇百怪的东西，不知道有人为何会一并塞进衣物捐赠箱，又被工友之家的司机拉回这里来。有一次甚至有一件全部是用珍珠做成的情趣内衣，被抛在地上，和一堆乱布条混在一起，被我发现之后，晓燕觉得可惜，把它拣出来搁在一边，但也不适合挂到商店卖，不知能派什么用场。

衣物从鼓囊囊的绿色大蛇皮袋里抖落出来，经过筛选又被分类装进大蛇皮袋里，准备发往各处。没有窗户只靠大门通风，堆积的衣物使靠里空气停止了流动，屋顶下笼罩着一种重浊沉闷的气味，暑天里有发酵的感觉。

晓燕是使这里活跃的唯一气息，也是这里的女主人。她从容地坐在衣物堆中的小马扎上挑货，眼力精到，动作娴熟。即使在这样的环境里，她的装束和神情仍旧保持着某种女性的精致，譬如略微带卷又焗过的头发，绑着头发的马尾，红色工装围裙在身上也显出某种韵味，脚下踩一双绣花布鞋。

开口讲话时，她嘴角常会泛起若有若无的笑容，与平素专注的神情配搭，声调是掺内蒙古乡音的普通话，清脆又带一点拖长的韵味。她像是从头在此守候，看着众人来来去去，却又有一部分从未属于这里，不知何故流落到了这方。衣物堆旁有张红色小条桌是专属于她的位置，桌上摊着每天的记账本，墙上挂着一具计时的石英钟。虽然仍旧和别处一样拥挤杂乱，桌面下被一次性口罩挤占了伸腿的位置，桌面上方还斜擎着一把大笤帚，像供奉起来的神器。卫生纸卷筒里插着一只包装好的香槟玫瑰，晓燕的水杯旁倚着个干干净净的布娃娃，墙上还挂着一副带中国结的扇面立轴，这些装饰也都是晓燕从衣物堆里挑出来，点缀在桌子上的，在乱衣物堆里维持着一丝气息。

入库的衣服要挑作几类。最好的一类去商店，上架售卖。其次的赶早市。童装需要挑出来一批送山区，捐给学龄孩子们。还会挑出一批捐往非洲，前一段又挑出一类童装准备发往巴基斯坦。最差的过两天装一车当作废品卖给回收公司，回收公司会再挑拣一道卖废布或当垃圾处理。挑拣的过程有很多要领，譬如脏污的、起球的不能要。式样老套过时的，再新料子再好也没人要。运往非洲的要色彩艳丽，大红大绿。送往巴基斯坦的大多需要男孩子的童装，因为那边女孩子出门不多。还可以根据捐赠箱子的来源来判断，有家位于海淀的技校的衣服一直很差，能用的很少，那里的学生可能不大讲卫生，家境也一般。有些外国人居住区来的衣服式样新潮，质料好，成色也几乎是新的，按照要求在捐赠之前清洗过。衣服从晓燕手上一过，好坏的等级一眼确定，打发到身旁分门别类的几堆，又由助手分别装入架起来的敞口编织袋里。装满一袋后晓燕会从一件衣服上顺手撕下几根布条，用来扎紧编织袋口子，再由力气大的老耿扛到库房里头，码到已经堆叠得很高的大堆上去，等待过两三天一次的装车，当然那全部是男人们的下力活。

白天八点到仓库上班，干到下午五点下班后，晚上七点晓燕会去博物馆院子，开始二手商店的营业。

这里是另一番景象。院子里人流穿梭，人们在游逛休闲之余走进商店，顺手挑上两件10元8元的货。当然也不乏专门来的，甚至有人远道从海淀大兴过来。起初很多年商店是个窄窄的廊道，因此人货很拥挤，直到前两年才加宽了，却又迎来博物馆拆除。外套类的衣服挂在墙上，一眼望过去很整齐。至于更便宜的T恤和小孩衣服之类，就堆在摊子上供人翻弄。

有一次时间接近打烊，最后一拨顾客走了，晓燕在盘点白天新到的衣服，我帮她登记造册，记录下过手的每件衣服品名，注明价格。连体羽绒服是最贵的一档，40元；半身羽绒服35元；棉衣25元；不厚不薄的呢子大衣以及被子20元；风衣15元；夹克外套、裤子和毛衣12元；衬衫10元；T恤和短裤8元；童装和帽子5元；鞋子好点的10元，差的5元。晓燕说这个价格阶梯是领导定的，"还算便宜"。各类衣服每增加一件，就在下面划上"正"字的一笔，登记下来夹克和T恤的"正"字最多。盘点完了库存，晓燕一天的工作才算是真正结束，时间已经10点，人们都早早睡觉以便第二天早起上班。

贾晓燕在工友之家库房挑货忙碌

二

商店里不缺人，晓燕跟顾客讨价还价，有的顾客带着孩子来，有时还有宠物，挑挑货拉拉家常，一晚下来不寂寞。在库房里，晓燕喜欢边干活边跟同事说说话，开开玩笑，尤其是老耿在的时候。

老耿是河北乡下的农民，来皮村后是木门厂的油漆工，和晓燕一样在工友之家干了十几年。他已年过半百，离过婚，有一个上学的女儿，但她除了要钱几乎从不联系他。老耿挑货眼光不行，一个例子是他有一次看上了一件不知来路的内裤，觉得是干净的，自己拿回去穿上了，结果内裤的主人可能有传染病，感染老耿长了一裤裆的痱子，打针吃药了好久才收场。这件事成了老耿的"光荣历史"之一。但老耿肯卖力，凡是扛包码货的活都交给他。他看似个子不大，但小山那么巨大的麻包，他也能甩到高高的货堆顶上去。他本身话不多，但脾气好，不管你怎么开玩笑他不恼。晓燕喜欢开他打单身汉的玩笑，也会直率地批评他不该离婚，"只知道听两个兄弟的，不会保护女人，跟女儿关系也搞坏了，弄得孤家寡人"。老耿只是嘿嘿笑笑。

有段时间，老耿在皮村很出名。他不知从哪里学来了尬舞，没事时就在皮村的大街小巷上跳起来，动作姿势一概不讲究，说是街舞，还被纪录片导演宋轶拍成电影，登上了2012年第一届打工春晚的舞台。老耿还学会了交谊舞，晚上下班后教几个打工的女人跳，后来人数越来越多，嫌博物馆院子吵闹，就转移到皮村东头温榆河大桥下的桥洞去跳。结果引起了几个女人的老公不满，产生一些流言，又到工友之家告状，老耿只好停止了交谊舞生涯。

2018年，我在仓库里见到老耿的时候，他已经闭口不提跳舞的往事。在这个大麻包下矮小沉默的老头身上，实在看不出来当初街舞的激情来自何处，眼下又埋藏在了怎样的深处。

那年年底老耿离开了皮村，这让晓燕在干活时少了一个可以聊天解闷的人。之后我的一个留学回国的朋友接替了老耿的角色，但他在那里只干了三个月，又出国读书去了。谈起这个朋友，晓燕觉得他为人太闷，几乎没有什么话。干活也慢，"抵不过一个泼辣的女人"。疫情开始后，库房里长期只有晓燕和一个河北大姐，有时小海会过去帮忙。

小海在时，库房里又会热闹一些。晓燕操心他的终身大事，听他说又经历了什么有头无尾的恋情，尤其是回家乡相亲不称心，总是会劝他不要挑了，快成个家，年纪不小了。晓燕也操心自己的眼睛，总是经常发炎，担心会瞎掉，干这个活伤害眼睛，却又不能不干，弄得小海也担心起自己的眼睛来。晓燕也会跟小海聊到自己的经历，刚来北京学裁缝，日子如何艰苦，早年的命运不济。还会跟他说起家乡的一些方言土话，歇后语什么的，引得大家开心笑上一阵，身世的伤感连同活计的沉闷，也就在其中消逝了。

有一次小海聊到自己的人生不如意和梦想失败，从脚前捡起一个不知哪里捐来的黑布头套，大约是CS游戏中的装备，蒙住头站在废品衣服堆上大叫，哀叹懊悔自己人生中的错误选择，几十年下来活得像个歹徒。过后又一把扯下头套扔在地上，嫌弃头套的汗臭味让他不能呼吸，晓燕和在场的我看着都笑，又有些心酸。

除了进货多需要集中挑选的时候，小海并不常过来。而老耿一直没有回来。起初是他嫌这边待遇低，后来他想回来了，这边却又不缺人了，加上博物馆院子的商店拆除，更没有了回来的可能。晓燕和他在微信上一直有联系，三天两头会聊上几句，后来也慢慢稀少。

中间还有一个青年，在库房里干过半年，后来出了事情。这个东北青年为人极其拘谨，我在皮村见到过他两次，大家下班后一起去吃饭，他怎么也不肯同行，说从来不下馆子。讲明了不要他出钱，他仍然说不能随意让别人请。最后总算把他拖去，吃饭时他一言不发，开口也像是结巴，连智能手机都不会用，似乎从来没有接触过社会。到了饭局结束时，他才若有所思地微笑说，原来一块吃饭也不是很大的事啊。

这个青年，在仓库里自然也没有什么话。当时库房就在工友之家院子后边，晚上晓燕去商店上班，第二天没见到他来，后来听说他出了事。一个流动儿童家长投诉，她家的小女孩去库房玩，被那个青年关上门猥亵了。派出所带走了他，事情前后调查了半年，大约证据不足不了了之，但他显然不可能继续在工友之家上班了。他的父母，一对看上去老实巴交的东北农民来到皮村，拿走了他仅有的一点行李。像许多来过仓库干活的人一样，这个青年也从此消逝了，似乎没有存在过。

只有晓燕一直还在这里，坐在小马扎上挑选堆成小山的衣服。

三

十八岁那年，贾晓燕第一次来到北京的时候，只是想着怎样都要离开内蒙古乡下。

她没有机会考上大学出来。家里连她一共生了四个丫头，她是老大。生个小弟的愿望最终没有实现，家底却被超生罚款掏空了。晓燕很爱学习，因为要放牛赶驴，她早上五点钟就起床看书晨读，在小学是尖子生。但到了初中毕业，妈妈肚子里怀上了四妹，就跟晓燕说别上学了。父母以为肚子里是个小子，想生下来，不敢在村里生，怕被举报，到县城租房住。那年晓燕16岁，两个妹妹分别是13岁和7岁，爸爸在村集体的农机厂上班，妈妈一走，晓燕得照料家务，只好回家，让两个妹妹继续上学。晓燕的二妹生性不喜欢学习，后来也辍学了，最小的两个妹妹后来都考上了大学，参加工作，"生活完全不一样了"，这是晓燕难以释怀之处。

家里的生活无非是做饭洗衣、牵牛放驴，婴儿出生后整天抱着妹妹哄。小妹妹没满1岁，晓燕自己的年龄到了18岁，不论怎样也待不住了，想出去看看。村里女孩子出去的少，父母坚决不同意，爷爷奶奶也拦着，怕孙女上当受骗。海燕到乌兰察布县城找表姐拿主意，表姐从前到过北京，在一个高校食堂打工，认识了一位学校老师，得知老师的同学开了一个服装厂，在农村招人，这也是晓燕一味想出门的缘由。表姐说消息可靠，她可以陪晓燕上北京。晓燕定下了心，和二姨家的表妹约好，元旦趁爸爸出门走亲戚强行要走，妈妈拦不住，终究给了300元钱，让晓燕拿上了家里最小的那床被子，打车去县城，还专门花70元买了双皮鞋，当时卖一头猪才六七百元。第二天表姐陪着坐长途车来北京，从早上6点一直坐到晚上8点，才到达六里桥长途汽车站。

到了车站没人接，和来接的老板走岔了，晓燕和表妹都只会老家话，只能傻站着，寒风中哆嗦，由表姐去打公用电话，这才体会到陪同的重要性。终于和老板接上头,他们坐车到了西三旗厂里,又冻又饿,一进宿舍更寒心,简陋的上下铺,暖气开得温吞吞的,一堆外地人彼此听不懂方言,大眼瞪小眼。下铺已经住满,上铺一翻身床架嘎吱乱响,褥子太薄床板直硌人,第二天表姐就带着她出去买褥子。路上一整天没吃饭,一夜饿得睡不着,偷偷跟表妹说想回家,又不敢公开讲。早晨起来,她吃不惯这边的早点,表姐让慢慢适应,就走了。两人每天都想打电话回家说不干了,但当初是自己强行跑出来,不敢去打。

厂里的活是踩电动缝纫机,晓燕负责轧裤边,妹妹是锁扣眼,分属不同车间,下班才能见面。晓燕在家里踩过缝纫机学做衣服,有点基础,主要是上班时间长,没有休息日。每天加班到晚上10点,因为是新员工没有加班费。盯着裤边的时间太长了,加上粉尘沾染,眼睛患上了病毒性角膜炎,落下了以后经常发炎的病根。她们只有节日能放假出去逛逛,但当时西二旗周边一片荒凉,只有一些麦田,她们觉得还不如老家。

因为是元旦出来,过年没有回去,宿舍的人都走光了,只剩晓燕和表妹形影相吊,天天想哭,又怕走丢不敢出去。年后老工人回来,才带着出去逛逛,去西三旗一个商场。她给两个在上学的妹妹买了书包,平时工资到手都寄回家里了,一个月也就150元。厂子包吃,伙食不大好,有一次连吃了一个月的大盆炒胡萝卜丝。晓燕不习惯那股甜味儿,只好白水泡馒头,到现在都吃不了炒熟的胡萝卜丝。

厂子效益不好,人走得挺多,晓燕和妹妹坚持干到了快过中秋,就辞工回家团圆了。走的时候想着外边太苦,再也不来了。但回到家里,周围女孩子都羡慕她在北京打过工,见过世面。她在家每天又只能放牛种地，就又后悔起来，觉得不如在北京挣钱。虽然以后几年没有再出来，但到了谈婚论嫁的时候，晓燕打定了心思不在农村找，一定要进城。

四

二十四岁那年晓燕成了家，老公是县城居民，在一个厂里做工。晓燕在县城过了八九年，做裁缝为业，生了头两个孩子，又再次来到北京。

晓燕的县城生活并没有那么愉快。虽然实现了一心要离开农村的想法，但成功背后也有代价。婆婆对待晓燕不好，丈夫内向脾气倔，早年也容易受母亲影响，夫妻俩难免磕磕碰碰。晓燕生的头两个孩子又都是女孩，这更引起公婆不满，要把二女儿送人，生了第三个女孩后，更是要儿子离婚，海燕娘家也劝海燕离婚算了。海燕却觉得丈夫对自己不错，就是两口子动手时也不是真打，"男的要真打你，两耳光过来你就蒙了"。

公婆的另一宗影响是，总觉得儿子将来要干大事，现在的工作算不得什么。晓燕老公受到影响，不好好上班，喜欢玩牌赌钱。有一次晓燕上街买菜路过一家棋牌室，看到丈夫上班骑的自行车停在门外，心里好奇，进去一看丈夫正在赌钱。晓燕怕让老公没面子，回头让大女儿去叫他回家，老公正在兴头上，吼女儿滚。晓燕生气自己去揪了他回来，丈夫特别生气，把兜里领的700块月工资扔进火堆。晓燕赶紧用手上扎的裤子蒙火，把钱抢出来，裤子烧破了洞。

那些年晓燕做裁缝挣钱一直比老公多，但在家始终没地位，这是她想要再上北京的原因。二妹夫在北京打工做展，在皮村租房，晓燕来投奔他，在村里东北家常菜馆当服务员，又把两个孩子接来，在同心学校上学。晓燕由此认识了同心学校校长沈金花，金花介绍她到学校食堂做饭，后来晓燕的二妹也来了同心学校做饭，顺带帮晓燕照顾两个孩子，晓燕就转到博物馆的对过院子给工友之家做饭。

眼睛的毛病成了晓燕的拖累。当时工友之家和学校很红火，同心学校的食堂有几百口人吃饭，机构也有20多人，大锅炒菜油烟一呛，眼睛发红感染，整个人也免疫力底下，容易感冒。后来只好调到库房，但眼睛依旧疼得厉害。2012年晓燕去同仁医院治眼病的时候，医生告诉她库房的环境也不合适，衣物有粉尘，建议她换工作。晓燕不想离开工友之家，只好戴一副老花镜防护。

除了眼睛的麻烦，晓燕在工友之家的日子是开心的。她喜欢这里的气氛，没有打工那种陌生感，没有明显的老板和雇员的等级关系，负责人孙恒和王德志都跟大家打成一片。王德志虽然有脾气，但很实在，像个大哥一样，几次给晓燕借钱救急。晓燕刚来的时候，四妹考上了大学没钱上，晓燕预支了5 000元工资，当时晓燕一个月工资只有六七百元，5 000元是个大数目，王德志也批了，四妹才顺利上了一所艺术类大学。海燕的大女儿上大学那年，海燕又借了王德志私人6 000元钱交学费，之后慢慢还上。工友们也很友好，没人欺生，工作干好就行，"当个家一样"。生意红火时，每个月领导会请大家在皮村一家东北大骨头庄吃顿饭，热热闹闹的。

过了四年，老公知道晓燕找到了这么个地方，也从内蒙古来到了皮村，到工友之家当店员，之后还考取驾照当上了司机，一家人团聚，这里就更是个家了。他定期去各个募捐点收货，到库房与晓燕交接。脱离了家乡的环境，两人的关系渐渐变好，尤其是度过了生老三时的婚姻危机，老四生下来是个儿子，两个人身上的压力都小了好多。老公对晓燕的态度一天天体贴起来，他戒了烟，逢年过节给晓燕发红包，给晓燕买首饰，也参与做家务，两口子不再打架。孩子们也看在眼里，觉得爸爸，"确实改变了"。2023年夏天库房刚从皮村搬到农场产业园，丈夫开的货车没办停车证进不了皮村了，卸货后只能停在库房。两人只有一辆自行车，早上丈夫四点走两里路过来出车，下午晓燕让丈夫骑着回去。丈夫宁肯自己走路，一定要把车子留给晓燕，自己再物色便宜的二手自行车。

每次到了过年，他们都不想回老家，只是回去看看父母，盼着早点返回皮村，这里比老家热闹得多。除了那次在打工春晚上表演，晓燕也在工友鼓励之下，曾经拿起过两次笔，给一个叫"尖椒部落"的公众号投稿，得到两三百块稿费。小海看过原稿，觉得晓燕的文笔不错，可惜这个公众号后来因故消失。晓燕又是委托二妹打成电子文档，一来二去原稿也无存，晓燕的创作之路因此没有持续。

近些年随着内外形势变化，打工博物馆院子没那么热闹了。随着很多熟悉的工友们逐渐离开，这份工作也似乎失去了从前的感觉，变成了一份普通的打工活计，让晓燕时常有怀旧之感。

库房和商店的工作自然也很辛苦。库房没有窗户，夏天极度闷热，靠里的地方尤其憋闷，只靠着两把大电扇，人的衣服湿了干干了湿。靠近门口有风的地方又晒，2023年是北京最热的一个夏天，新库房门口朝西，正午之后的西晒要把人烤煳了，衣服似乎冒出烟来，还赶上大电扇坏掉，那两天晓燕觉得自己没中暑是件奇事。长年累月下来，晓燕的女儿心疼地觉得，妈妈从前白净的脸晒黑了，长了斑斑点点，连头发都晒枯了，跟从前完全不能比了。商店的环境更糟糕，由于是利用从前琉璃厂仓库的暖廊，屋顶是铁皮，晚上暑热未退，屋顶下像烤箱，顾客一多更是透不过气。隔壁工人电影院装了个大空调，外机正对着商店西墙头，一开始放电影，热风对着商店廊道呼呼灌进来，晓燕被热得头晕，直犯恶心。

冬天库房和商店都没有取暖设施，穿着挺厚的衣服，"感觉自己没穿裤子似的"，坐那一会儿冻得直跺脚，只能站起来走走。晓燕的小孩跟着在商店玩耍，也冻得受不了跑回家里。晓燕下班回到家，摸哪哪都是凉的，感冒是家常便饭。不过比起十八岁那年第一次上北京的仓皇与失败，这些辛苦都不在话下了。

五

2022年平安节后的一天，因为两个小孩打架，晓燕再次打电话给老家学校的班主任老师诉苦，说三女儿佳佳难带，想法多，希望老师能帮着管管。老师却说，孩子可懂事了，是你们给孩子的关心不够，陪伴太少。还举了例子：平安节晚上，老师拿苹果分给大家，别的小孩拿到手都自己吃掉了，只有佳佳把苹果拿给老师，让老师先吃。"我都感动得不行，你们太不了解孩子了！"

班主任的话让晓燕无从反驳。从老大到最小的男孩，她始终没有办法一直带在身边，越小的时间越短。老大是最早带到北京的，后来在工友之家工作稳定，二妹也来了，就把老二也带了过来。两个孩子在同心学校上到了五年级，又先后回内蒙古，原因都是一直在这里上没有学籍。在这里都是尖子生，回去之后没人监督学习，越来越不行，好在都知道自己努力，大女儿之后考上了一所幼师，毕业后工作不好找，一边打工还3万块的助学贷款，一边念专升本，毕业后准备考公务员或者当老师。她上大学也省心，年年拿奖学金，入党开证明都是她自己回老家去跑。二女儿本来想考护士学校但没有成功，最后上了一所化工学院。高考下来知道成绩不会理想，二女儿对晓燕说，你们要是能早回来几年督促我，不让老玩手机，我也能考得好点。就算不一定能考好，至少你在家这几天，也给我做了几顿好饭。晓燕无言以对，她的二妹在孩子上高一那年离开皮村回老家陪读，这次孩子考了二本。晓燕给孩子姥姥打电话，抱怨孩子考得不成，孩子姥姥在电话里说，女儿在老家上学那么多年，你一次家长会也没开过。多少留守儿童抽烟喝酒，女孩子跟人跑了，她们有什么可骂的。说到这里还流泪了。"你骂她们你也没付出，还想人家考本科？"

当初从北京回去的时候，孩子们都特别不情愿，已经上了车，还在一遍一遍地挥手，"再见"。北京离内蒙古不近，过年回家待上半个月，晓燕和老公回北京，孩子们都眼泪汪汪。好在头两个女孩回去时都已有十几岁，自己也懂事，知道父母是不得已，挣钱供她们读书。两个小的就没那么省心了。尤其是三女儿佳佳，更成了晓燕和老公的一块心病。

在佳佳自己看来，她的出生来自一场"没有必要"的侥幸。当时晓燕已经生了两个女儿，婆婆想把二女儿送人，晓燕没有答应。怀上第三胎之后，打算是女孩就流掉，晓燕去做 B 超，医生眼神不好以为是男孩，后来月份大了照出来是女孩，晓燕说怀都怀了生下来吧，佳佳就这样活了下来。"想到这个，我就特别生气！"佳佳大声对我说。后来又怀上了第四胎，晓燕偷偷找朋友去做 B 超，开始看不出是男是女，很着急，过两个月再去查，确定是男孩，这才告诉了家里人，以后终于生下了小弟弟恒恒。

虽然两个大的姐姐也都想要个弟弟，三女儿佳佳却不是这么想，她觉得自己完全就是弟弟的备胎，多余的人，因此"看到弟弟就来气"，喜欢欺负他，找他的错处。她从小性格硬，犯了错大人骂一句让她滚，她半夜三更当场就往屋外走，黑灯瞎火还得去追回来。说话起来像大人，很狠，一旦晓燕责骂她，佳佳就会以"你生我干吗呀，我不想出来呢，你要生我"来回怼，让晓燕无言以对。

佳佳和恒恒四岁前跟着姥姥，四岁来到皮村上同心幼儿园，本来也打算上完小学再回内蒙古，但赶上疫情，同心学校从此被关闭了，才读到一年级的佳佳和只读到幼儿园大班的弟弟只好提前回老家上学。回去的时候他们恋恋不舍，回去就遭了罪，两个大女儿当初是让姥姥照顾的，两个小的就放在奶奶家，谁知奶奶脾气大不喜欢孩子，一见孩子哭就打，尤其喜欢打女孩佳佳。平时也不给吃好的，佳佳胃口小吃饭不利落，奶奶就用筷子敲头，罚她吃剩饭，恒恒也陪罚，爷爷在一边看着不敢开腔。

开始小孩不敢跟父母说，后来晓燕过年回家，佳佳跟她说到挨打，开始晓燕没当回事，后来一看佳佳身上到处是被掐的瘀青，佳佳越说越激动，边说边哭，晓燕也哭了，当时就带佳佳离开奶奶家，去了姥姥那里，过半年让小子也转学过去了。姥姥护孩子，喜欢夸他们，省下钱给外孙外孙女买好吃的。晓燕和老公也意识到以往关心得少，经常买了吃的用的东西往家里寄，还包括时兴的解压球。但姥姥姥爷年纪大了，做不出多好吃的饭菜。暑假佳佳来北京，晓燕问她别人都长个了你这么没长，佳佳说，"我每天跟着姥姥姥爷吃点不好的，能长高吗？"

晓燕更担心的是佳佳的想法，她像个小大人，似乎看穿了很多事情，特别厌世。比如说长大了不结婚，不生孩子，老了自己进养老院；还劝姥姥攒钱进养老院，不要指望儿女孝心，"都靠不住"。佳佳说，她是亲眼看着妈妈为儿女忙碌，以前的照片上特别漂亮，皱纹特别少，现在看上去特别老，皱纹特别多，脱发也严重了。而她一个好朋友的妈妈40多岁了才生她一个，把孩子交给外婆带，现在看还是很漂亮。因此佳佳不想当妈妈，"万一我生的娃像我这样不懂事，我还不是和妈妈一样？"

佳佳的这种逻辑，让晓燕哭笑不得，心里觉得还是陪孩子太少了，从小让她情感孤独。佳佳也明白说过，你们非要出来打工，说是挣钱供我们上学，在老家校门口卖个糖葫芦不也能挣钱？班上有个同学的妈妈是个神经病，还每天到校门口接她回家，"你还不如她！"这句话像锤子重击在晓燕心上。对于爸爸，佳佳的看法更大，曾经在库房里亲口对着训她的爸爸说，"亲老耿也不亲你，你给的爱太少！"气得晓燕老公暴跳又无可奈何。私下里佳佳却明白，爸爸更爱她，同样的一件错误，爸爸很少会责备她，而弟弟却会受罚。有次暑假临走时留下一封给爸爸的信，让过后再看，拆开来上面写的是"爸爸每天收货开车，开得慢点，小心点"。

在乌兰察布老家，佳佳最好的朋友是个单亲孩子。两人经常在一起互相诉苦，朋友抱怨自己的父母离婚，佳佳就倾诉父母双双离家。小男孩恒恒则性格内向，有点被姐姐欺负怕了，啥都不敢说不敢做。班上父母一方出外打工的占到一半以上，但像晓燕家这样父母双方出外的却寥寥无几。

曾经也有人劝说，两个孩子都太小，眼下也才十来岁，不如把他们再度接到北京来上学。但晓燕转念一想，来北京最多上到初中，还是得回老家去，不然办不上学籍，太折腾了，只好让孩子吃些苦，两人逢年过节也尽量多回去些。

孩子们喜欢这边的学校，同心学校的老师温柔、不骂人，带着孩子做很多好玩的活动，从乐高班、亲子课到跆拳道，起初都是免费，大学生志愿者也来得多，他们见识了很多，回去只剩下功课。他们也喜欢商店和库房，库房有捉迷藏的感觉，商店热闹，顾客态度都很好，跟孩子们说话。有个"眼镜"阿姨还送好吃的奶昔、雪糕，似乎是从皮村外边带来的。那种入口即化的味道，让佳佳想起皮村来有一种莫名的甜味儿。就跟有一次全家去北戴河，她不信姐姐的提醒非要尝一口海水，落得满嘴满心的苦味儿，回内蒙古去也照样能跟同学们炫耀。

六

佳佳和恒恒最爱的，是工友之家的院子。

那是个没收拾的荒院子，只有两棵杏树、一地杂草、烂沙发和一个积水成洼的水龙头，但可以自由玩耍，追逐，捉蚱蜢吃杏子，冬天戴手套玩雪，还有几条小狗一起嬉游。之后搬到了隔壁琉璃厂院子，挨着曾经的库房，可以在库房和院子之间穿梭游逛。晓燕在院子里开荒种了黄瓜、白菜、小葱，长得都很好。有次菜里结了个马蜂窝，晓燕摘菜还被蜇了，手上一直留有印子。吃完的杏核带回老家，孩子姥姥姥爷种出了杏树，老家也有了杏子吃。晓燕还在老家种过西瓜，成熟之后自个儿裂开了，吃过的西瓜皮腌起来做凉菜。在孩子们的记忆中，两边种瓜点豆的记忆混在了一起，反正都是经由妈妈的手。

实际上，院子里的生活是辛苦的。"半辈子连个好房也没住过。"晓燕说。多年间住的铁皮屋在工友之家院子南边，因为相邻的一间铁皮房着了火，把一排房子都拆了。正值疫情初期，晓燕和老公回了内蒙古过年，返回皮村时因为隔离政策无法回到工友之家，只能另外租了个房子住上，眼睁睁看着这边院子着火冒烟过不来。半个月之后过来，看到房子被扒平，东西都被水浇土埋，变成了废品，废墟下有一家人以前全部的生活用品，从电视机、电饭煲、电饭锅到柜子、衣物、床架、碗筷，晓燕和老公扒了两天砖头，才扒出点还能穿的衣服，一边扒一边哭。过后每次经过那片废墟，晓燕都会伤感。

火灾之后，工友之家的房子很紧张，晓燕和老公只能住在一间废弃的洗澡堂里。地面上有个下水漏斗，一到下雨天就反向冒污水，后来只好拿水泥封上了。房间里特别狭小，暑假时小孩来了，只好在床上摆个小桌子让他们写作业。地面又太潮湿，小儿子不久就皮肤过敏，起了满身疹子，水泡一片片溃烂，以后身上都是疤，外婆说幸亏没起在脸上，不然以后都娶不到媳妇。晓燕到医院开了800元的药，连抹带洗好几天才治好。

澡堂实在住不下去，后来搬到隔壁琉璃厂从前的房子，比澡堂大一些，没有那么潮湿了，但光线阴暗，小儿子过来玩仍旧起了疹子，又花了好几百块钱治。屋子靠近库房，老鼠特别多，有次佳佳打开抽屉，一只老鼠蹿出来，还有一次爬上了睡梦中小儿子的脸，吓得晓燕那夜都没敢睡。冬天用碳晶板取暖，有次不小心把卫生纸放在旁边，半夜晓燕闻到一股煳味惊醒了，一看卫生纸已经烧起来，连忙拿给女儿半夜起来喝的水泼熄，避免了一场灾祸。

直到博物馆和工友之家院子一并被拆除，晓燕四处找房子，始终没有够一家四口住又价格合适的，所幸领导伸出援手，安排他们住到了同心学校一间从前的教室。房子宽敞了很多，光线也不错，晓燕感觉这么多年终于住上了一间好房子。唯一担心的是房子门缝太大，冬天风灌进来会很冷，需要用塑料纸糊住或者用被子堵住。

暑假期间，两个大的女孩都在呼和浩特打工，二女儿本来说要过来玩，还嘱咐晓燕照顾好刚下崽的流浪猫，她要过来撸小猫。后来觉得自己考得不好，还是去了一家火锅店端盘子。晓燕心疼才17岁的女儿，丈夫说让她锻炼锻炼也好。佳佳和恒恒来到北京，发现家里又换地方了，不过陈设仍旧是从前的架子床。爸爸睡上铺，佳佳睡下铺，恒恒害怕非要和妈妈睡一张床，二姨家的女孩也来北京玩，三人挤一床实在太热，等恒恒睡着了，晓燕就轻手轻脚下床，在地上铺一个席子睡，这对她来说是常事。生小儿子那年太热了，在铁皮屋床上睡不着，她就是铺个席子睡地上，白天照旧去上班，临产前半个月才回内蒙古，那边凉快一些。这比起生佳佳前休假的天数，已经多了一半。

搬到学校新房子之初，老公想让孩子们凉快些，还弄了个水床。结果没有几天水床睡热了，水还跑出来，弄得满地都是，只好扔掉。之后晓燕会给小孩一个装了冰块的抱枕，让小孩晚上搂着睡觉，自己和老公则靠着风扇度夏。至于空调，是从没想过的东西。

2023年暑假来到新家之后，佳佳和弟弟有些不适应。可以随意奔跑追逐的院子没有了，三年下来，以前在同心幼儿园和小学认识的朋友又都回了老家，从前的校园显得寂寞。博物馆院子的商店拆除了，新库房又离得远，不能常去找妈妈玩，只能整天待在家做作业，他们感到格外沉闷。

更落寞的是晓燕本人。商店拆除之后，她没有了提成，收入下降了千把块，落在了跑早市有提成的老公后边。皮村的房价水涨船高，新店面一直开不起来，仓库的活计也不知道能干到何时。几乎是第一次，她有了在皮村来日无多的念头。

"回老家家种种花、养养猫狗。"这是晓燕曾对商店顾客吐露的晚年规划。她的社保交到了十年多一点，打算等满了退休要求年限就不干了，回老家摆个摊。但眼下一切都不能放松，大女儿还在还助学贷款，又想学开车。二女儿考上大学又要花钱，还有两个更小的。坐着马扎在库房里低头挑拣二手衣服的生涯，还得持续下去。

有时在夏夜辗转不安的梦境里，晓燕会感到自己变成一只真正的燕子，飞出了低矮的库房，落脚在皮村巷道上空蛛网一样的电线上，和众多的伙伴们排成密麻麻的几列，发出叽叽喳喳的不安叫声，等待下一场雷雨来临。

逐光

温榆河上的西西弗斯

一

有一年，小海写了一首诗《尹各庄的苍蝇沦陷了》：

一只苍蝇沦陷了

两只苍蝇沦陷了

越来越多密密麻麻的苍蝇沦陷了

沦陷在美丽而炎热的五月

沦陷在首都北京

在副中心通州区

在通州尹各庄村

在尹各庄公共旱厕

在本地的外地的

大人的小孩的

一摊摊新鲜的发霉的

混合尿溺里彻底沦陷了

这是我最喜欢的小海的诗，因为那个大旱厕我也上过，我上只是偶尔，在小海那玩儿的时候，小海每天都需要上。大旱厕入口即是一片汪洋，里面没有幸存的地方，连苍蝇都无处落脚，只能沦陷。如果蹲下来，还要忍受不停有人在身边"放水"。那一段下了两场雨，公厕粪池漫溢了，工人又没来清运，暴晴了几天，苍蝇数目暴涨，封锁了公厕，因为密度太大飞不起来，一层层沦落在干结的粪池里，结成一层厚厚的壳子。强行闯入蹲下的人和苍蝇泯灭了分别，裹在一起沦陷，让小海发出了诗中的惊呼。因为害怕这个大旱厕，我一直不敢接受小海的邀请，在他的商店留下来过夜，抵足长谈。这是小海生活了六年的地方，从他去到皮村，成为同心二手商店的一名店员开始，谁也没想到他会待这么久，也包括他自己。用同在文学小组的月嫂林巧珍的话说，小海是"二手衣服店里一流的诗人。"

我第一次去找小海的时候，二手商店里还没有诗歌，到处都是衣服。衣服口袋里和墙上他自己的诗歌，是好久之后我撺掇他加上去的。这就是家普普通通的二手衣服商店，衣物来源是设立在居民小区和大学里的旧衣回收箱。虽然是二手，却也经常有不错的款式和面料。商店衣服因为价格低廉受到邻近工友们的欢迎，尤其是每周去皮村库房进货回来的那天，商店里会人头攒动，几乎无处下脚。大叔大婶在屋当中钢丝床上堆叠成山的衣物堆中翻找，或者拨弄墙上厚厚悬挂了两层的外套，一番挑拣后拿起一件外套、夹克或者短裤问价。小海坐在窗前的木桌后，像是一个蕞尔小邦的君主，拥有某种定价权，似乎随意地喊出"十块、十五"。最低一顶遮阳帽值价五块，我以这个价格先后买过一顶帽子和一副过于宽松的坎肩。当然大体的价格都是事先规定的，仓库出货时都有登记，出入过大小海要包赔，但他总像是不甚在意的样子。

小海的桌上放着一台二手电脑，他正在费力地学习拼音打字，这是他那段时间交往的女朋友布置的任务。女朋友是个待业在家的北京大姐，她觉得小海一无所长，需要实际一些，曾经建议小海去学摊煎饼果子、冲奶茶、电脑操作之类，至少是学会五笔或拼音打字。但这对小海来说非常艰难，他的小学教育类似放牛班，认字量不大，好容易学会了一些五笔字根，后来又全忘了。来皮村之前，曾经去奶茶店学过几天，都是浅尝辄止，"心思不在那上面"。

门口接水的龙头下还拴着一只小猫，瘦弱到极点，这也是恋爱的副产品，因为女朋友嫌小猫抓挠不爱养了，小海只得替上她几天。猫过来后，姑娘却不想理小海了，猫只得总在这里拴着，小海一碗水、一碗饭地养。

姑娘比小海大八岁，胖上七十来斤，小海却不在乎。"我喜欢胖的，抱着实在"，他说。姑娘人很好，喜欢收拾，甚至到了"洁癖"的程度，每次来了帮小海收拾好屋里，还让他保持住，会发视频监督小海。这一点对小海来说是好事，因为他确实也不怎么爱收拾。唯一的抱怨在于，姑娘要他学技术，自己却躺平在家，什么都懒。下次去时两人和好，猫也要回去了。再后来却又闹翻了，分分合合两年时间，最后终究是散场了。根本的原因，还是小海的一无所有，包括没有学到"实用"的技术。这段无疾而终的感情，对小海的消耗显然相当大，从失恋中走出来，他已迈过三十三岁的门槛。

小海的婚恋，是皮村工友群体中一个出名的难题，他从不掩饰，也因此时常带出一些谈资。工人演剧团排演的以工友们生活为主题的戏剧《我们》中，小海、华山和小静都是主要角色。另外还有一个叫阿娇的女生，这个女生来自南宁，当时在皮村做志愿者，戏里戏外和小海混得很熟，"双方可能也有点意思"。据说女孩曾经当众"挑逗"小海，尺度最大的是用一张纸在小海浑身上下做着摩擦动作，小海也对她很上心。但这位中专毕业的女生并不愿意长待皮村，在准备考教师资格证，后来回了家乡，和小海也就不了了之。小海还曾恋慕过小毛驴农场一位女生，自然也无下文。

疫情以前的几年中，演剧团的活动多，来工友之家的志愿者多，小海和其他年轻工友一样，难免有所心动，但阶层悬隔的现实阻碍了现实的可能。和别人不同，小海对于恋爱结婚的需求表现得很直接。这除了他本人不事掩饰的个性，也和家乡亲人的催婚有关系，毕竟年过三十在农村基本相当于半个光棍。小海的弟弟妹妹都早已婚嫁生子，有的同学的孩子甚至已经出门打工。每年回家，小海的第一使命就是相亲。找媳妇成家是小海在这个现实世界的头等人生大事，和理想中的写诗唱歌分野对峙，成为小海生命中的巨大鸿沟。

但在此前三十年的岁月中，包括来到皮村的最初日子，小海的人生并不是这样的。那时他心目中完全没有现实这种字眼，整天沉浸在鲍勃迪伦、金斯堡和魔岩三杰的抒情世界里，那个世界像金属一样闪闪发光又铿锵作响，将小海从富士康和服装厂的流水线上连根拔起，从此告别了现实中的立足之地。

二

有人说生活就像一首歌
我想问它唱的是什么

我要找到一个方向去开拓

星星要做最亮的那一颗

幸运女神光顾我　得到我想得到的

幸运女神光顾我

过我想过的生活

　　　　　——《幸运女神光顾我》，2007，宁波

　　小海是河南商丘市民权县乡下南胡庄的人，离县城十八里地，距离庄子故里和江淹故居都不远，离后者更是只有区区三四里地，江淹名气不如庄子却是著名的"梦中传彩笔"的主人公，不知道小海是否受到过其气质熏染。2023春节回家，他给我发来了在江淹故居雕像前的视频。小时候的小海当然并非江淹式的神童，但学习也算不错，他早早辍学的直接原因是家境的窘迫。

　　小海的真名叫胡留帅，家中排行老三，有一个姐姐一个哥哥，脚下还有个小弟弟。2002年10月的一个周末，上初三的小海正和爸爸一起在地里摘棉花。一位在省城干理发的堂哥经过地头，跟小海的爸打招呼，爸忽然开口让小海跟着堂哥学理发，小海手里捏着一堆棉球蒙了，他脑子里从来没有对"顶上功夫"的向往。

　　爸爸解释说他并非一时起意，原因是家里太穷。小海和同年级的哥哥只能有一个人上高中，让两人自己商量。爸爸的意思是，哥哥的理科成绩好，让他上更合适。这个消息如同秋天的闷雷，小海描述自己"矛盾了两三天，挣扎了四五天"，到第七天接受了现实，上完最后一次晚自习，把自家带到学校的桌子搬走，架在自行车上，请一个关系好的同伴推车，小海扶着桌子回家,永远告别了课堂,离初中毕业还差大半个学期。那天晚上风很大,月光很亮,小海觉得风一直吹动了天上的月亮,照着他回家,心中无限失落。

多年后小海的姐姐谈起这件事,仍旧表达了家人深重的歉疚,原因是小海的学习在姐弟当中是最好的,有机会上了高中的哥哥后来也主动辍学,"只能说是命"。家人觉得对不起小海还有一个原因:由于家里穷孩子多,小海刚会学着走路就被送到了二姨家,到了六岁才回来,或许在那里养成了平素沉默寡言的性格。"这是命",家里人同小海谈起来,小海也是这样说。

没几天小海跟着堂哥去了郑州,因为个头太矮小没被老板看上,只好回家。家里让他继续上学,自尊心受了损害的小海坚决不肯回头,宁肯在家待了几个月,幻想着有人带自己去打工。直到来年二月,妈妈提议让他去民权县城上振华技校,学缝纫,说是裁缝"风吹不着雨淋不着"。交了1 000多块,当时算是大钱,踩了一个月的缝纫机扎废布头,就说是毕业了,让回家等着招工。从三月等到七月,非典刚刚解封,在地里汗流浃背锄草的小海被叫去邻居家听电话,说学校组织去打工,但要再交1 000块钱,其中包括车费。家里卖麦子凑了钱,就去学校集合了,还去县上办了边防证。

最终小海搭上了绿皮火车,一路挨到惠州,路上30多个小时,人挤人。"别说坐,蹲的地方都没有,只能直立着",大脑困得像要裂开,身体却无法安顿。"一秒钟的时间,也需要掰成两半来熬过去",当时还不是诗人的小海出现了这种感受,初次穿越祖国大地的激情自然无从谈起。总算下了火车,校长领一群学生上了大巴,又是个黑大巴,走了十里八里就开始收人头50元,不给就打，前头有三个人挨了打，校长带头大家都下车，到公路旁掰树棍准备打架，被大巴撂在半路，换车才坐到横岗。旅途太冗长，妈妈给小海带上的煮鸡蛋发臭了。住在最便宜的旅馆等了2天，找工资最低的活儿，还被中介抽头，终于落脚在布吉镇一家做复读机的电子厂，外面世界给少年小海的见面礼一点儿也不美好。

步入成人世界也让小海震惊。天气闷热，车间的工友们把饭打回宿舍，一丝不挂裸体端碗吃饭，免得汗湿衣服内裤。才上了一天班，同来的几个小伙伴听说工资低一起走了，剩下年龄最小的小海不敢离开，他第一次体会到在外面世界的孤独。线长让他好好干，小海仍旧抑制不住胡思乱想，"幻想初中时的一个死对头如果也在这个厂里，我就去和他握手言欢"。

第三天，校长和另一个老乡放心不下小海，回来接走了他。人生中第一份工资也没到手，转到另一家电子厂，工资更低，没办法也只好安心干下去。一月最多能休息一天，从早晨8点干到晚上，经常加班到11点，有时甚至是通宵。少年小海快速变成了流水线上合格的一颗螺丝钉。

因为工资太低，小海舍不得吃舍不得喝，杯子都不舍得买，就着龙头喝冷水，更别说喝牛奶啥的，正在青春期的他因此错过了长身体的最佳时机，终究变得低人一头，多年后回忆起来，小海仍旧深深后悔。仅有的一点工资绝大部分存下来寄回家，370元工资寄了350元回去，为了省点邮费，还和一个江西大哥合伙，两个人凑整数轮流寄，家里取到一次大数也开心。后来却发现，这些钱躺在家里也没派上大用，不如当初吃了喝了长身体，或者索性交往女孩谈上两场恋爱。

小海的工厂生产小收音机,他的工序是检查收音机外壳上有无卡壳和漏掉零件,因此能够接触到包装的报纸,报纸上面的文字成了小海的读物,他由此得知了张国荣的去世。2004年他又在旧报纸上看到一个消息,说想长个儿需要跑步,于是小海就每天7点钟起床晨跑,沿陡梯爬上工厂旁边一座水库的大坝,坚持了几天没见长高,觉得太累就放弃了。第一年过年没回家,年夜饭是三块钱的炒粉,因为听说路上很混乱,火车站有人专抢带钱回家的民工。

干了一年两个月,工资连加班费没超过500元,打伙寄钱的江西大哥去了东莞虎门做服装,喊小海去,干上了曾经学过几天的裁缝老本行,以后就是一连串雷同的换厂经历,加上一些片段存储的印象:工厂旁边养猪场的浓烈气味、夏天在食堂吃饭下暴雨,感觉天要塌下来压垮整座工厂、一家工厂的业务是做英格兰足球队服,如此等等。这些印象,甚至包括从东莞到宁波再到苏州、山东、上海的地点变换,对人生的轨迹并无实际意义,值得一提的,是其间穿插的几件事情:

买彩票。一个表哥在虎门服装城有个烟茶店面,打电话让小海去帮忙练摊,后面烟茶店生意不行倒闭了,郁闷的小海买了人生第一张彩票,从此一发不可收,每一期都要买上几注,中过几次小的,但从来没有中过改变命运的大奖。有次上夜班,白天睡觉到下午三四点,做梦梦到一串清晰的数字,以为福至心灵,醒来立刻写下来,冒着雷雨去彩票店买下,仍旧没中。后来买了很久彩票一直没中,都撂在架子床铺底下,直到硌着了脖子,有一晚小海把所有彩票拿上楼顶,撒手抛下去,空虚的财富漫天飞舞,第二天遍地彩票,扫地的人大声骂娘。彩票翻身梦就这样破灭，以后小海几乎再没染指过。

兄弟会。当初在"二选一"中胜出的哥哥，上高中后因为受骗丢了被子和自行车，离家出走，也辍学了，来到东莞进了小海的工厂打工。兄弟两分在一个组，两人有时会结伴去大顶山森林公园玩，一起发愿说以后牛了一同去五星级酒店消费，这个愿望直到今天也没有实现。2007年，离家五年的小海和哥哥结伴回乡，为了避开危险的火车站选择了长途大巴，回到家一股浓浓蒜味，家里种了十亩大蒜。如果价格好可以供哥哥娶媳妇，不想大丰收后蒜贱如泥，扔都无处扔，哥哥的娶媳妇梦想落空，过了中秋两人又一起换地方，去了浙江宁波打工，仍旧经常同去爬山下海。直到后来小海辞工去了苏州，两人才分开。

暂住证。在做英格兰队服那家厂，小海上完夜班，清晨吃完早餐出去走走，后面有治安队追上来查暂住证，小海没带在身上，就被拉上车，和四五个工友一车被拉到一个猪圈一样的地方，蹲在栅栏中间的地上，只能打电话给表哥筹钱来取。等待中小海看到治安队去吃午饭了，门口只剩一个保安低头打瞌睡，靠近门口蹲着的小海箭一样溜出去，用尽平生力气一路狂跑，几乎要跑晕，一路奔到公园树丛里躲了半天，换一条路绕回工厂宿舍，好几天不敢出门。

爆米花。有一年小海去苏州投奔在那里打工的姐姐，在服装厂干了几天也不安心。姐姐看见金鸡湖边有人卖爆米花，爆一锅五块钱，觉得是门赚钱的手艺，动员小海去学。交了几百块钱，他真学到手了，买了一辆旧三轮一口压力锅，真的干起了走街串巷卖爆米花的营生，晚上在娄门桥、苏州大学门口摆摊，姐姐尝了也觉得香喷喷的。时值夏天炎热，生意不好，3块钱一份也没人吃,开锅热气一冒老是擦汗,弄得脸上也黑糊糊的。

入秋之后才柳暗花明,生意好时一月能赚3000块,时间也较为自由,下午五点出摊,干到晚上八九点就行,"那几个月还挺享受","砰"地一响加一股热气一股香味,就吸引人群过来。但毕竟是季节性的,过年之后天气一热,就没人吃了。小海开始尝试卖铁板豆腐,手艺没学到,车子和爆锅转给一对小两口,也尝试进衣服卖给学生,赔了钱,地摊生涯就算结束了。

传销。有次过年回家,一个表哥在山东搞"直销",拉小海等十几个老乡去山东。下了火车,第一印象是山东的女孩个子都好高。看了一场黄安主持的演出回来,表哥就让小海投资买产品,小海没钱,表哥借给小海8000块,表哥自己投了20多万,都是他之前赶大集卖衣服辛苦赚的。投资买的产品一个茶杯要39元,一支牙膏100多,实际是个幌子,根本卖不出去,只有靠拉人头赚下线提成,实际就是传销。小海不会撒谎,拉不来人,产品只能自己用,还表哥8000块钱用了2年时间,表哥自己的20多万都赔进去了,一场暴富梦还没开张就已破产,只能回到工厂。

在出门打工的第十二年,小海的打工生涯近乎走到尽头,呈现一种断线风筝式的疯狂旋转。

"打工前四年是新鲜期,不知道累;第二个四年是轻度迷茫,孤独期;第三个四年是坍塌期;第四个四年之后是麻木期。"多年后在尹各庄的二手衣服商店里,小海如此勾勒打工生涯的轨迹。苏州时期的他,正处在从坍塌到麻木的过渡期限,内心的坍塌首先体现在无法承受时间,换工作的频率越来越快,每份工作的长度越来越短,进入一种风车式的旋转。

进入风车模式的起点是离开苏州去上海。小海先是替人帮忙卖了一个周烤鸭，不想学手艺了，扛着行李走到南京东路，应聘到一家韩国铁板烧，干了两天，因为要打扫厕所辞职了。背上行李转悠，在苏州河边看到一家圆通快递站点，包吃包住，师哥让小海好好干，可以接他的手包下外白渡桥附近的小区和商厦业务，长远发展。小海干了快一个月，"感觉从没有这么累，这么充实"，其中还包括一次骑电动车送快件撞车，赔了200元钱。但他不想再坚持，又去房地产公司干上了销售，一周之后被辞退。之后他又干过推销莲花味精，还一度穿西装打领带，擦亮皮鞋去乡下推销按摩椅，有时一天赚一两百，有时几天不开张。他短期内换过的行当还包括电话推销"黄金烟斗"，经常一开腔就被电话那头的人骂。"感觉心里很焦急，没法安定下来。"一番折腾之后，只能回到苏州再次进电子厂，像玻璃罩里的苍蝇没有出头之路。

对远方的厌倦之下，小海回到家乡河南郑州，进了富士康。时值生产淡季，工资低，小海心情很复杂，感到没有出头之日。工人太多，排队分宿舍到了半夜十二点，彼此却素不相识，让小海想起"关山难越，谁悲失路之人；萍水相逢，尽是他乡之客"的古辞。小海的工序是把成品苹果手机放到小抽屉里让仪器检测，没有技术含量，干了两个多月又辞职了。

他的打工生涯走到了尾声。

三

  我曾在刺眼的太阳下奔跑
  我曾在无眠的暗夜里祈祷

我曾感到理想是多么重要

我曾经无端陷进现实的泥沼

我曾经以为我可以找到

我以为我可以找到

我曾经越过拥挤的人群无尽的沉默

我曾经穿过繁华的街区呼啸着风暴

我曾经找到了千万种活着的方式走下去

我找到了隐秘的太阳

找到了孤僻的月亮

可我却从未将自己找到

——《我从未将自己找到》，2015，苏州电子厂上夜班时

在宁波北仑的时候，一次人才劳务市场的招聘大会深深刺激了小海。原本小海和哥哥想脱离报酬微薄的服装行业，转行工资高的机械厂，但现场应聘者成千上万，连普工都要求高中毕业，两兄弟都不符合条件，仍然只能在服装和电子厂的手工职业之间来回打滚。刺激之下，小海下狠心在书摊买了一本《汉语大辞典》，即使是盗版也要20元，这对他来说是一笔大额支出。之后他正好应聘到一个地处梅山岛的服装厂，报到时坐轮渡就要一个小时，环境偏僻清静，小海终于找到了安心的感觉，一干两年多。工作之余，他开始认真查词典看书，开始文艺方面的"深造"。

小海最初的文学创作是在做英格兰队服时期，写在给服装打包标号的一到两指宽的纸条后面。体裁是只有两三句的短诗，内容都是青春的迷茫，随写随弃，跟着打包的队服不知去了哪

里。到了梅山岛，有次小海去镇上闲逛，在大润发超市看到了一本《唐诗宋词元曲》，十几块钱，小海又咬咬牙买了下来，从此"打开了诗歌的世界"，恢复了被工业病麻木掉的感觉。"那段时期，我背了三四百首唐诗，一边脚踏缝纫机一边背'春江潮水连海平'"，为此扎到过手指，"别人以为我神经了"，小海却给他们背诵。古诗的意境也教会了小海欣赏自然之美，他常常登山眺望夕阳，漫游田野去看盛开的油菜花、桃花，晚上下了班还跑去野地里看桃花。第一次看见盛开的油菜花海，小海感到深深的震撼，"比看美人还开心"，也因此他对班组里的几个小姑娘都没有动心。

在苏州，爆米花生涯结束后，小海进了一家服装厂，仍旧是和从前一样繁重单调的工作，身体很累，"每天下午困到怀疑人生，上班比上坟心情更沉重"。打工八年多，到了临界点，所有最初的憧憬消磨殆尽，一天也不想再干，却又不能不干。有一次赶厂车上班，开春下着小雨，小海一路听歌一路走向上车点，只差了几步路，眼看厂车从自己面前开走，大喊大叫它也不停下来，像是根本没有小海这个人。小海回忆自己"气疯了"，向和上班相反的方向跑，大喊大叫，第一次感到内心崩溃，无可发泄，即使是那些古诗词也无济于事，表达不出内心的感受。似乎是命中注定地，这时候哥哥跟他提到了海子的诗歌。

小海跑了几个图书馆，没有遇到海子的诗。哥哥让旧书摊老板找一本，过了两三个月到手了，小海看了特别震动。《德令哈》一诗中的"草原尽头我两手空空"和"姐姐，今夜我不关心人类，只想你"的诗句让小海在深夜下班回家的路上发了痴。虽然周围有不少和他一样下班回宿舍的打工仔，他却感到苏州真是雨水中一座荒凉的城，身边的人个个行色匆匆，没有可以关心的人类。胡留帅的名字也因此改成了小海,"比海子小一点"。

单是诗不够,还有歌,开始是周杰伦,后来是汪峰。2009年汪峰在湖南卫视现场献唱《春天里》,小海在梅山岛上的单人宿舍的电视上看到,禁不住跳起来在房间里挥舞竹竿,完全被震撼了,后来他回忆说,"自己把自己感动了"。还有《再见青春》。以后小海的生涯里,充满了这样的自我感动,在没有机会像汪峰和周杰伦那样站在台上感动大家的时候。

以后在苏州期间,小海开始追汪峰的演唱会,去过南京一次,上海两次。一般是周六晚上五点下班,他立刻动身去火车站坐动车,到达南京或者上海后匆匆赶往演唱会,随着遥远舞台上的歌声嗨上几个小时,再找个网吧随便猫上一夜。第二天他在城里闲逛到晚上,再坐火车回去,周一继续沉闷的流水线工作。途中他不觉得累和困,直到再次坐到缝纫机前,疲倦才像推迟的潮汐一般袭来。对于他的这种举动,同在苏州的姐姐觉得很疯狂,劝他又不听。

一个人坐火车,一个人赶体育场,一个人在陌生的城市看众生狂欢,是孤独也是震撼。"重要的是它能让我感到灵魂苏醒",多年后他回忆。

去南京听演唱会那次,黄昏时分他赶去南京长江大桥,天已落黑,没看上"半江瑟瑟半江红"的场景。小海索性从江南走到江北,以为十几分钟的路程走了大半个小时,寒风刺骨如同冰刀划脸,还不时路过一堆堆纸灰,或许只是冬至夜祭祖,他想象中却是烧给南京大屠杀中的亡灵,不禁一阵阵毛骨悚然,又莫名悲怆。他口里大声唱着崔健的《假行僧》,"我要从南走到北",跨越长江,完成了人生的一次象征性穿越。

同样是在大风中穿行，这和他在服装工厂里每天上班时需要换上无尘衣无尘鞋无尘帽、穿过鼓风机甬道的情形完全不同。后者只是被动地遵守除尘的规定，防止自己身体的一丝不干净给流水线带来妨碍而已，每次都会给小海带来隐秘的屈辱。

通过读汪峰的文集，小海知道了金斯堡，一段时间陷入痴迷。买不起正版的诗集，小海自己打印了一本《嚎叫》，吃饭时也一行诗下一口饭。一个小苏北同事好奇抢过去看，说这不是小黄书吗，难怪你看得起劲。小海没法跟他解释，模仿《嚎叫》写了开头，用工厂的报表、报料纸，"在那上面写着更有感觉"，自己觉得满意，却没有一直写下去。因为这种诗体需要极限状态，在沉闷的车间和喧闹的宿舍里，无法不止不休地调动自己。

另一个痴迷和模仿的对象是鲍勃·迪伦，小海形容邂逅他歌词的感觉，"绝不亚于看到一个让人怦然心动的漂亮妞"。那些经典的词句甚至让他震惊到无以言语，觉得自己在打工中变得麻木的骨头被穿透了，重新具有了痛感，像是同时落进了天堂口和失乐园。小海把QQ名字改成"像一块滚石"，模仿鲍勃·迪伦写了几十首歌词，开始梦想当写诗的摇滚歌星，一直到鲍勃·迪伦获得诺贝尔文学奖，这个梦想仍然没有离开小海，却也没有变得更近一步。

那段时间，小海上班有似梦游，曾经为此被开，下班后却进入另一种状态。打上晚饭，小海叫上一个舍友一同爬上五楼，给同事买一瓶王老吉，让他跟自己一同看落日，拿着低像素手机给小海拍照。小海站在楼边狭窄的护墙上，口里大声朗诵诗歌，做出往下飞扑的感觉，让舍友为他抓拍。这份文艺范儿的交情也让小海付出了比王老吉贵很多的代价：2014年是小海打工生涯收入最高的年份，在厂里做羽绒服，绒毛漫天飞舞，戴着自己买的口罩仍旧防不住钻进鼻孔，一月工资900元；而这个舍友借了小海1100块钱，半年后发了工资连夜跑路，小海辛苦的积蓄也付之东流。

为了走上摇滚诗人之路，小海买了一把吉他，找到苏州大学一位音乐老师，上了四节培训课，早晨五点钟起床在河边练习音阶。不料到第五节课老师去了北京，由此培训也半途而废。小海带着他的蓝色吉他，一直到去常熟打工，过年后回厂发现宿舍被撬，吉他失踪，小海由此心烦意乱，当下离开了这家工厂。此后虽然他又买了吉他，但直到我认识小海，他的弹奏技术仍旧没有能精进一步，只停留在弹出几个单独和弦的层次。比起写诗，吉他成了阻拦小海追随汪峰和鲍勃·迪伦的"拦路虎"。

学艺之外，小海也在寻求走上舞台的机会。在苏州的时候，他参加了《中国达人秀》，展示的才艺是读自己写的打油体古诗，这自然不算绝活，连参加海选的资格都没有，却让他认识了一位苏州本地的文人。小海称他为"复古爷"，因为这位大叔扎着古人的辫子，在平江路上敲石头划木头搞雕刻，是小海人生中认识的"第一位跟艺术沾边的人"。小海的姐姐见过复古爷，还目睹两人上街，脸上涂满油彩往路边一站，表演行为艺术。

对于弟弟的种种出格举动，同在苏州的姐姐无法劝阻，只能容忍，因为感觉弟弟在厂里干活还算踏实，下了班，"就让他干点自己喜欢的事"。对于小海的文艺梦想，她也不反对，只是和全家人一样，觉得"太难了""他底子太薄"。

姐弟俩相处的时光大都用来逛园林。两人都办了年票，拙政园、狮子林、留园都是寻常去的地方，小海喜欢的是网师园和沧浪亭，觉得后者富于野趣。在压抑的工厂流水线和爆裂的摇滚现场之间，苏州的园林是个宁静的地带，可以让小海不安的心暂时休憩。

炸爆米花生意低迷时，小海一度住在复古爷找的地方，通过复古爷，小海也知道了北京有宋庄、798，有了某一天去看看的念想。

之后小海拿着新写的嚎叫体诗歌，去上海参加《中国好声音》海选。他在网上查到举办方灿星娱乐公司的总部，趁着送外卖混进去，找到接待工作人员，希望能直接参赛。但另一个人员让小海出去，告诉他必须参加海选，小海非常失落。小海还在苏州参加过一次《中国好声音》海选，唱的是汪峰的《我爱你中国》，嗓音平平的他唱了两句就被要求打住，参加的综艺类海选无一过关。

唯一入选的是一个相亲节目《全城热恋》，小海担任男嘉宾。展示才艺环节，小海想要念自己写的古诗，主持人说你应该穿着唐装念更有感觉，但小海没钱买不起。当他说完自己的梦想时，"因为条件太差"，全场女嘉宾没有一人亮灯。

外形的平常起初并未拉低小海被金斯堡、海子和鲍勃·迪伦支撑起来的心气。十余年以后，在一次共游野长城的远足中，站在长城之上，看着斜阳未落已经在西天升起的月亮，小海告诉我，他曾经在早年梦想自己笔下的诗句与歌曲将要"日月同辉"，光耀宇宙。但当他在2012年看到鹿晗出道的消息，忽然感到时代变了，"开始推小鲜肉"，一种被抛弃的不安感向他袭来，使他更加想要抓住些什么，改变流水线和缝纫机针头下的命运。

在文艺的道路上，小海也获得过小小的成功。2015年，"复古爷"认识的平江区文联举办了一期古镇成立90周年征文，小海冒着瓢泼大雨在上海静安公园的亭子里写了一首长诗《歌唱那片红》，事后在苏州书城当众朗读了，获得了一张书卡的奖励，可以买200块钱的书。

回到苏州再进电子厂，小海觉得自己再也无法忍受机器，却又必须照旧忍受。一次次穿过鼓风机除尘甬道之后，他觉得自己变成了无法清除的垃圾，原本的自我早已消失无踪。终于在半夜加班的机台前，他在废弃的质检单上写下了一首诗《我从未将自己找到》，为此被扣掉了100块的怠工费。这是第一首他自己觉得满意的诗，一直到很多年后，这首诗被新工人乐团谱成了歌曲。或许是由于感到其中的悲痛过于强烈，孙恒用河南方言演唱，淡化了最初的诗意。我在好几个场合看到过小海自己朗诵这首诗，激动时他会跳起来手舞足蹈，后半段逐渐变成歌唱和嘶吼，却又最终低落下来，归于"我从未将自己找到"的沉寂。

在郑州富士康工作期间，小海看到了《我的诗篇》，知道了许立志和陈年喜的故事，灵魂感到震动。赶上冬天凌晨四点半下班，小海混在大群的身影里在结冰的道路上疾走，到了宿舍摸黑写下诗句，清晨醒来后誊抄：

璀璨的星河下
幽冷的月色中
人群蒙面奔走
如一场深冬的雪

2017年元旦，我在皮村工人剧场"打工春晚"现场目睹了小海朗诵这首诗。他穿着接近工装的夹克，反戴鸭舌帽，声调低沉又忽而激昂，读到结尾仰起脸庞，双手挥动似乎揭开面幕的那刻，一束光自高处打在他身上——虽然没有雪花纷飞的布景，却依稀能让人感到那个冬夜的寒冷，和他内心不肯熄灭的火苗。

他当天就辞了工，感到自己无法再在工厂里待下去了。

同样是在这一年，小海在微博给张楚留言获得了回复，此后每写一首诗歌他都会在微博上@张楚，两人渐渐熟识。因为小海的诗歌往往过于阴暗，张楚还邮寄给小海一套心理学书籍《恰如其分的自尊》，"担心我走歪了"。张楚又介绍小海认识了许多，许多是新工人乐团的成员之一，两人在网上聊天，小海初步接触到"新工人文学"和"工友之家"的概念，对北京有了向往。

2016年7月13号，小海生平第一次买打折机票坐上了航班，因为他迷信这次过黄河上北京一定要坐飞机，"扶摇直上"。

四

也许闪电会把天空劈成末日

也许冰雹要把大地砸成碎泥

我还是会带着一个工人的真诚与理想

穿过暴风骤雨到皮村去

也许雾霾会把道路堵成迷宫

也许飞机会把轰鸣变成毒气

我依然要带着一个工人的勇敢与决绝

穿过暴风骤雨到皮村去

——《穿过暴风骤雨到皮村去》，2018，皮村门楼小海来北京的目的是找许多。他从顺义机场辗转赶到皮村，第一印象是皮村特别破旧，比他在南方待过的所有村子都破，即使是工友之家也没有给他留下特别印象，只是个可以暂时存放行李的去处，他顿时感觉自己失去了目标。许多正在整装去南方演出，小海跟他聊过一场之后，就转头回了城里，去寻找建国门桥，这是汪峰写《晚安，北京》时曾经露宿的地方。

夏夜的建国门桥附近，小海从黄昏一直徘徊到十二点，模仿海子的《德令哈一夜》写了"今夜我在北京，这是暑热中一座喧嚣的城……"他本来打算在古观象台绿地的长椅上过夜，却被嘤嗡成群的蚊子驱赶，只好沿着长安街游荡，走到凌晨一点多，才坐末班公交到了柳芳，找到一个浴池度过一夜。第二天，他继续闲逛，连续一周住网吧泡浴池。在地安门外一家网吧里，他的手机在睡着时被偷了，人家说是捡的，他花50元钱买了两包烟才赎回来。

在798的网吧，小海第一次体会到大城市的残酷，开了三个小时的网，时间到了网吧准时来赶人，不像外地可以混个通宵。被赶出去之后，小海想在尤伦斯中心外边的长椅上熬过夜晚，再次被蚊子驱赶得起身在大街上暴走，围绕798转圈，一直到太阳升起。这夜过去，小海开始感到这样不是办法，他看到有家叫做辛德勒的餐厅，主打肘子，包吃包住。小海觉得这个名字不错，应聘之后他回皮村工友之家拿来行李，开始在餐厅端盘子。他住的地方是环形铁道附近的出租公寓，五年之后再去看，它已经被推倒，变为公园了。

干了一个来月，事先说好的涨工资落空，工作也要由前厅变为后厨，小海辞了职，再次陷入风车就业模式。最夸张的一天中，小海一共换了三份工作。早晨九点，从三里屯一家同志酒吧黑洞洞的地下室宿舍出来，告别了端盘子的工作；路上看到一家中餐厅招服务员，小海就进去干着试试，干了一两个小时，吃了顿中午饭，觉得累不想干了；下午去雍和宫附近一家东南亚餐厅端盘子，住在地安门附近的地下室，干了一个多星期和领班吵了一架，领了300块钱走人。

虽然嫌弃皮村破旧，但在流浪北京的日子里，小海并没完全忘记这个能让工友和文艺共生的地方。他加入了文学小组群，也去听过两次课。第一次去晚了，生性有些腼腆的小海担心打扰到别人，没有进去，在对面图书室看书。第二次他提早赶到，觉得气氛很好，能有这么一个地方，大家聚在一起"免费"谈文学。课后张慧瑜老师开车捎上了小海，一路送到他的住地雨儿胡同，自己却绕了一大圈路。看过小海的诗作之后，张老师还表示要为小海出书。

时近中秋，小海到皮村工人剧场观看演出。演出现场小海认识了一个搞文艺的人，说是认识南锣鼓巷一家书店的老板，把小海带过去应聘服务员，小海很愿意，总算是和文化沾边了。在这里小海遇见了已经在当店员的万华山，华山记得小海初次走进书店的情形，"头上反戴鸭舌帽，蹬一双发光的高跟运动鞋，显得很酷"。

小海在这家书店感觉不错，毕竟能待在有很多书的地方，顾客少，活儿轻松，还有人可以聊。这家书店还给他带来了情缘：书店租的是附近一家老北京的房子，房东的女儿到店里来逛，和小海熟络了，成就了小海在北京的唯一一次恋爱，一直持续到尹各庄。

好景不长，年底书店老板因为没生意裁员，小海又恢复了漂流的状态。他四处打零工，到综艺现场当观众，按照要求鼓掌，领盒饭外加二三十元钱，混得一天的口食。有次录制现场在河北高碑店，晚上回不来只好蹭网吧，花了三十多元，总体反而亏了。无奈之下，小海回到了皮村，在工友之家蹭床位，帮同心商店库房装车卸车，干了几天志愿者。

工友之家的负责人王德志劝说小海，与其四处漂流，不如长期在这里干，小海仍旧不乐意，"由摇滚梦到卖旧衣服，接受不了这个落差"。另外由于带有公益性质，店员的薪水也微薄。当时诗人陈年喜也在工友之家做志愿者，他和张慧瑜一起劝小海留下来试试，毕竟这里除了卖旧衣服，还有工友与文学。多方劝说之下，2017年4月21日，小海终究定下了心，开始在同心商店上班。"上班三天，范雨素火了"，这件事情像一记定音鼓，确定了小海留下来的决心，他意识到皮村不只是个卖旧衣服的地方，还有很靠近他梦想的东西，甚至是去往年少梦想的通道。

在工友之家的头两年，是小海的黄金时代，我就在这时认识了他。在文学小组，小海是公认的诗人，范雨素在交流中曾预言他会成名。他的诗集果然印出来了，作为新工人文集的一本，书名叫做《工厂的嚎叫》，厚厚一大册，白净的封面，上端有一副工友之家的敲铜锣标识，下端标明"北京，皮村，2017年春"，送到小海手上还散发着油墨香味。虽然不是正规出版物，但这也算是小海人生中第一次出书了。在收入的143首诗中，充满了"青春""中国""流浪""呼啸""摇滚""风暴""疼痛"等字眼，可以想象出接近20年的打工岁月里，辗转在流水线上的小海是怎样生生把自己活成了一块滚石。

除了写诗，小海也参加了演剧，频频在新工人剧场的舞台上亮相。他的动作富于激情，声音高亢，弥补了外形上的平凡，似乎是天然的主角。在新工人剧团编写演出的《我们》中，小海和华山、小静以及女志愿者一起，饰演求职和迷茫的普通工人，这正是他此前多年的亲身经历，演起来有物我两忘的感觉。我在剧场的长条座椅上多次目睹他的舞台造型，依旧是反戴鸭舌帽，足蹬运动鞋，被聚光灯打亮，叛逆又新潮。尤其是他在工人剧场舞台朗诵自己新的诗作《穿过狂风暴雨到皮村去》，铿锵的诗句和朗诵的气势合为一体，台下烟雾腾腾中人头攒动，不论是否听懂都掌声雷动。小海似乎就此迎来了人生中的高光时刻，甚至他的名字也一度由低调的胡小海变为了胡兰波。

虽然生活的另一面，仍旧是在店中售卖，还包括在库房初次分拣气味浓重的二手衣服，以及不时驾三轮车赶早市出摊，躲避城管，为了避免上厕所一大上午不敢喝水，工资微薄，但头顶照进来的梦想似乎足以弥补现实。在博物馆的标语、舞台上的一次次呐喊和与众多志愿者的汇聚中，他感受到了自己的身份从农民工到"新工人"的重新定义，如同他从前无师自通写下的以"中国工人"为题的诗：

    那里长满了垒如长城的中国工人
    长满了漫山遍野的中国工人
    长满了手握青铜的中国工人
    长满了沉默如谜的中国工人

这是范雨素最喜欢的小海的诗。她预言小海有成名的潜质，因为"我从几岁时就开始看书，看过那么多诗歌小说，你写得好不好，能不能火我还不知道吗"，这番评价就在她自己成名前十天。

在文学小组，小海开朗和善的性格和热力四射的天性使他成为发言讨论和平时聚会的中心。他是诗人陈年喜和作家范雨素共同的好友，在皮村小馆子的酒局上，他来者不拒，喝醉后又从不发酒疯，是所有人都喜欢的伙伴，似乎到了自己家里。他在尹各庄的商店，也渐渐成为一个中心，将施洪丽、林巧珍等人吸引过去租住。小海的二手衣服商店常常出现前来拍摄纪录片毕业作品的大学生，一连几天镜头围着他转。曾获国际奖项的导演王磊以小海、许多等人为主角拍摄的《我们四重奏》在平遥电影节上获得了最受欢迎奖，小海期望这部片子像《我的诗篇》那样为他打开局面。

小海还和范雨素、华山一起被吸收进入了北京老舍文学院，成为几期骨干作者班的成员，参加了去北京大学校园和十渡的采风写作。从没想过有一天跟北大发生关系的小海，就这样作为客人住进了北大，在未名湖边领略当年海子的诗句和梦幻气息。工友之家的任何寻常琐事似乎都有意义，受到外界关注，一切看起来都充满了希望，连同梦想与爱情。

只有家人始终对他在北京的生活怀有担心，不知道这些东西能带来什么。甚至几年以后，小海得到了去澳门参加诗歌节的机会，父亲还再三不敢相信，担忧他像电影里演的那样，被骗到缅北去搞电信诈骗，家乡附近两个县都有人身陷那边窝点回不来。

五

一个失败的大龄男青年
想与山水相连的你

穿过命中注定的梦魇

一起并肩看日出日落

一起牵手感受黄昏黎明

体会左手右手不同温度

讨论夜空南北相间的星星

你可能记得　也许已忘记

昨夜半个中国飘下的雪　是否唤醒了你

你啊　我啊　我们该相爱了

我　在南胡庄等你

　　　　——《一个失败大龄男青年的征婚启事》

在小海的所有诗歌当中,《尹各庄的苍蝇沦陷了》是唯一面世后引发关注并带来现实效果的。读到诗以后不久,我去尹各庄发现大旱厕被拆除了。问小海,说是区政府决定改造大旱厕,过渡时期代之以移动的临时公厕。

这些公厕看起来干净了许多,但由于没有人每天更换,很快就不能使用了,还有一个临时公厕被人锁了起来,使用时不得不用力砸开铁丝。大旱厕拆除了,原址新建的公厕却拖了很久,弄得小海不得不到与村子相邻的郊野公园去上厕所。公园里的厕所古色古香,条件很好,但到达那里需要走一里多路,穿过比人高的荒草地带,因此罕有人去,对于小海来说倒不算大事。

事情总是这样,旧的消除了,新的却未必顺理成章地到来,很多时候事与愿违。时光推移,皮村的环境和小海在文学小组的状况都发生了微妙而又实际的变化。文学小组的后起之秀渐多,以写非虚构和散文为主,纷纷在人间、澎湃镜相、单读、谷雨等平台上发表,甚至登上《花城》和《北京文学》。而小海的诗并不适合新媒体平台,又难以进入主流诗歌圈,光芒渐渐被他人取代。随着范雨素成名,工友们偶尔的玩笑,"小海,咋还不火?"会让他心底产生阵阵隐痛,只能在诗歌里宣泄。

刚来北京的时候,许多曾经带着小海一起去看张楚。在一间朴素的斗室里见到了这位心中的偶像,小海受到很多勉励。回来之后,小海买了一把价格不菲的二手吉他,打算重新开启摇滚之路,并且曾和新工人乐团同场排练演唱,曲目是被改编为歌曲的自己写的诗。但因为吉他没有过关和嗓音条件,他始终没有被新工人乐团正式接纳。很长一段时间,吉他静静地靠在他尹各庄二手商店的墙角蒙受灰尘。

2017年年底北京大兴聚福缘宾馆的一场大火,让皮村的面貌发生了巨变,整个皮村路以南的厂房大棚几乎完全被拆除,打工博物馆以北的厂房区也空了不少。相隔一条河的尹各庄由于不如皮村发达,工厂彩钢房少,没有伤筋动骨,但改变也是难免的。对于小海的二手商店来说,一是村中租住的工友少了,店面随之冷清;二是街口对面一座规模不小的打工子弟学校被关,从前放学后成群来店里看书和等待父母下班回家的孩子随之消失,图书室失去了本来的意义,只剩下偶尔有买衣服的工友和小海自己翻阅。那个穿过狂风暴雨来到皮村的少年,似乎渐渐困于尹各庄的二手商店里消耗着残余的青春。

小海没有心情常常看书。一个人在村子里待久了,他感到一种放逐的滋味。成群结队来买衣服的人,并没有什么人可以聊天,更不用说聊文学,他们都只是在生存的底线上奔波的人,一不留神还可能踩空。有一次我去店里，看到主街上有警车，拉着警戒线。小海告诉我村子里刚刚发生了凶杀案，受害者是一个小姐，偶尔会来店里挑二手衣服，人很瘦小，"只有一对眼睛显得挺大"，面容似乎提前苍老，看起来有四十多岁，也只有这样油尽灯枯的小姐才会被淘汰到尹各庄这种偏僻村子里来。现场很惨烈，小姐的头几乎被割下来了，不知谁有这样的深仇大恨。

下次再去店里，小海说凶手抓到了，是嫖客，实际上是一个租住在邻近村里的工友，看起来是小姐的熟客。两人中午在商店对门的餐馆吃饭，过后回去交易，却为嫖资发生纠纷，或许是把饭钱算了进去。小姐抓住嫖客不让走，骂他是抠门的穷鬼，话很难听，嫖客一时怒起，拿菜刀割了小姐的喉咙。没有温情，没有风流韵事可言，只有赤裸裸的欲望、暴力和贫穷。事发之后，小姐租住的房子门被封了。

小海仍旧有对爱情的向往。即使北京女孩对他有种种保留，她的一度到来也给没有暖气的平房带来了温度。两人没有最终越过那条线，但仍然含有抚慰。当她最终离开，小海不得不面对严峻的现实。他早已过了三十岁，远远落后于老家农村婚恋的节奏。哥哥和弟弟都已成家生子，小海每次过年回家，相亲是一门必修课。

小海的恋爱史是在南方开始的，穿插在他流水线跳槽和文艺寻梦的夹缝之中，并不丰富。

最初有感觉的是一个比他大四五岁的姑娘，做品控，广西南宁人，小海回忆她"特漂亮"，名字里带着"菊花"。菊花叫小海"老弟"，这个称呼莫名让他心里热乎。她待小海也特别好，小海生平中第一杯珍珠奶茶就是她请的。小海说自己那时年龄小，对她"没动心思"，只是夏天穿着清凉的厂服，隐约看到她胸口的起伏，觉得美好，似乎有一种芬芳，"没杂念"。以后小海辞职去虎门，菊花还给了小海几张她的照片，拿她品控部的用纸给小海写了两段寄语，题目是《追求梦想的城市》，小海回赠了照片，却没有特别在意那几句话。"当时我不开窍到什么地步？有个女孩去宿舍找人玩，只有我在，我让她出去，我写信呢"，小海不无追悔地说。

因为不开窍，小海还错过了一家小姑娘多的大厂，仅仅是由于宿舍的灯坏了，马桶抽水不好使，工作又是一时没活干拆废布头。这成了他到今天仍旧懊悔的事。到了梅山岛上，与世隔绝，厂里也有几个小姑娘，一门心思写诗的小海都没动心接触，宁愿去野外看桃花，"觉得胜过美人"。

小海在梅山岛上有一个秘密：他的成人礼是在那里以近于荒诞的方式完成的。之前，不用说接触女孩，已经二十二岁的小海连梦遗都似懂非懂。厂长的父亲，一位年过八十的老人看在眼里，农历二月二日这天两人单独相处时，他忽然望着小海微笑说二月二龙抬头，"你年纪到了，该懂人事了，不然以后追不到女娃"。

他的笑容和平素的严厉不同，有一种奇怪的催眠力，懵懂的小海任由他褪下半截裤子，用他枯瘦得满是筋节的手为自己手淫。这样的事情以后又发生过两次，小海没有阻止老人，一直到今天也并不感到憎恨。2022年年底，在平谷村庄外上冻的麦地里，小海忽然提起这桩压在心底十几年的秘密，他到今天仍然不知道，老人是有同性恋倾向呢，抑或只是单纯地想要帮助他懂得男女之事。

无论如何，2010年离开梅山岛之后，小海迎来了自己的第一次真正意义上的恋爱，也可能是唯一一次。

当时小海再次进了北仑神州集团，正是当初他嫌宿舍灯坏了离开的地方，原因之一是"想恋爱了"。和在岛上不同，小海时常觉得自己孤单。有一次加班，小海在深夜走到小河边，失落自己为何这样不开窍，到二十好几岁连女朋友也没谈过。

机遇很快出现。夏天厂里进了新人，其中一个女孩子和小海分到一组，穿着裙子，身形微胖，最初小海以为她是结了婚的。一些大姐怂恿小海追她，小海对她没感觉，直到后来听人说她也喜欢汪峰，像是一根线头扎上了。有一天女孩请小海吃苹果，下班后小海犹豫半天，要不要表白，后来"豁出去了"，去了女孩宿舍，女孩刚冲了凉，穿双拖鞋出来，小海还有点吃惊。当晚两人就牵手接吻了，"感觉好美"，一直缠绵到12点，女工宿舍要关门了她才回去。以后两人找机会同居了两次，小海尝到了人生中最新奇的滋味。

两人谈了一段，小海觉得女孩对自己有点生分了，原因可能是她从前谈过恋爱，而小海是第一次，不知道怎么体贴她。女孩是四川人，家里有四姐妹，母亲希望留她在身边养老，不愿她远嫁。小海这头也有类似的担忧，母亲不希望他娶远方媳妇，害怕过了几年跑掉。

元旦发生了一件事情。白天女孩忽然说"感觉我们两个成不了"，晚上两人去公园谈，话不投机，女孩非常伤心，忽然晕倒，惊慌失措的小海打了110。临近过年回家，小海没邀请她一块去河南，过了几天，女孩说她想回老家了。小海给她买了票，送她到火车上，以为过了年就会相见，没想到她会一去不返。

小海放好行李下车，女孩隔着窗玻璃望小海，清清楚楚看到她眼泪唰唰流下。两人隔着车窗打电话，女孩不说话，只是话筒那边哭。火车开动了，小海还跟着跑了一段，目送火车消失在拐弯处，惆怅地离开车站，那是他最后一次见到她。小海记得两人相恋的时长：103 天。

多年后在皮村打工博物馆附近的库房里，小海对一同挑选旧衣服的我和两名工友透露了当时的一个插曲：临行前两人同居了一次，女孩进站时担心安全措施不够，可能怀孕，让小海去买避孕药。小海让女孩待在候车室，四处飞奔去找药，终于及时买到，赶上了送女孩进站上车，却错过了生命中最接近婚姻的一次恋情。

初恋女孩在小海心里留下了永远的身影，此后他喜欢的女孩都是偏胖一些的。

以后一直到跟北京女孩的纠缠，小海再也没有过像样的情缘。在苏州，他曾经喜欢一个女孩，没追上。当时复古爷的老婆在商厦卖衣服，给小海介绍了这个也是卖衣服的女孩。正当情人节，小海找宿舍工友借了 600 块钱，晚上请女孩吃烧烤，还花 300 块钱买了一束玫瑰。吃烧烤时气氛还不错，吃完后小海想送女孩回家，女孩拒绝，连送她的花也不要了，小海央求她说"你拿着吧，哪怕拐个弯扔进垃圾堆"。饭吃完时已经是 12 点，两人在高架桥分手，小海一路走回几十里路外的工厂，到宿舍已经两点多，新的一年就这样失败地开端了。

2015 年夏天，小海因为工厂没活干请长假回家，姑妈给他介绍了一个郑州姑娘。两人在 QQ 上聊得挺好，见面印象也不赖，即使这个女孩看去有一百六七十斤，远远超出了初恋女友"微胖"的界别，而小海只有一百斤挂零。两人同看了草根出身的王宝强主演的电影《道士下山》，也算卿卿我我。女孩是郑州市里人，家庭条件好，小海请她吃饭时她要了咖啡，点了一百多块钱一份的牛排，小海也没吝啬。

吃了两次牛排，看过两场电影，女孩提出说两人不合适，一边说一边哭得稀里哗啦，小海也无话可说，感觉是两人在一起共同语言不多，"我聊的文艺的一些东西，她不感兴趣"。当然现实条件差距也很大，银幕上的主角王宝强一路逆袭娶到西大校花的事情，对小海来说比中彩票大奖的几率更小。

在皮村，许多曾经给小海介绍了一位在北京小毛驴农场工作的姑娘。女孩来皮村做志愿者，几个人一同去山东莱芜钢城为工人演出，小海与女孩搭档，许多鼓动小海向女孩表白，小海为女孩写了一首诗，回到北京后在小毛驴农场举办的演出舞台上现场朗读，被感动的女孩赠送给小海一束小毛驴农场花圃出产的满天星，但或许是考虑到两人身份和学历的差别，她并没有接受表白。小海决定每天给女孩写一首诗，连续一个月时间，第一首诗就是对着手中的满天星写下的。写了一周之后，女孩没有回应，小海感到渐渐丧失了动力，难以硬写下去，诗歌求爱的计划由此流产。加上与广西女孩的无果暧昧，这是小海在工友之家追求爱情的第二次挫折。

以后他在朋友圈的征恋得到一个女孩的响应，这个女孩以前也来皮村工友之家做过志愿者，后来回到了家乡邯郸卖衣服。虽然觉得她个子太矮，小海还是很上心，两人在网上聊了一段，女孩说她元旦来北京，为此需要先借1 000块钱，结清那边欠的房租费。小海手头紧张，凑凑巴巴给她打了过去。不料河北疫情复发，女孩不能过来了，事后两人也渐渐平淡，小海向女孩提起还钱，女孩最终只还了100块——一次没有实质的恋爱，让小海付出了和那把二手吉他同样的代价。

他渐渐意识到，诗歌的光环在现实的身份和学历落差面前，往往是过于虚幻的。透过诗人小海的光环，人们看到的仍旧是在二手衣服商店打工的农民工胡留帅。

相比之下，回老家相亲看似更为现实。父母从2009年开始就安排小海相亲，第一次小海没当回事，骑个自行车让媒人宋大爷领上，到了一个19岁的女孩家里，两人都是在应付家里人，匆匆走了过场，却从此踏上漫漫相亲路。

姐姐回忆，当时那个女孩对小海有意，小海却大大咧咧地让人家等他两年，把事业做起来再说。姐姐觉得，小海对于相亲成家不主动、不上心，"主要原因还是高不成低不就"。

以后每年回老家，小海都要完成固定的相亲程序，到2018年已经不下三十来次，但他内心抗拒，一直在等待某个"陌生的爱人"，还写下《大龄青年给陌生爱人的一封信》，在澎湃湃客发表。让小海感到更加受挫的是，即使是他并不愿就范的相亲，轨迹也是像抛物线一路下坠，越相越差，同时农村相亲和结婚的门槛却越来越高，彩礼、房子都水涨船高，到了他够不着的地方。

小海曾经总结过十几年中自己相亲的"退化史"：先是骑自行车去相小姑娘，甚至相过教师，再是骑电瓶车相大姑娘，后来开始借摩托车去相离过婚的小媳妇，再后来则是蹭别人的小车去相"拖油瓶"的离异媳妇，油瓶的数量由1个到2个，女方年龄由20多岁、30多岁一路提升到40多岁，却仍旧难以成事。在姐姐看来，这是非常自然的事，"他这种年龄，只能找这种条件"，因为条件好的早结婚了。结果还往往是对方看不上小海，小海也无心深入，仍旧是和第一次相亲一样走个过场，只是对面的异性已经今非昔比，这常常使他后悔当初的心不在焉。

相亲史的一路退化，除了小海自身的状况，一个残酷的事实是，农村的女孩越来越少。有一年的春节，一个纪录片导演跟着小海回家拍摄他的相亲进程，小海骑在借来的摩托车上，按照媒人的安排，一天中突击式地到好几家去相亲，被相的女孩也是坐在家中一天要接受好几拨人来相，因为一年到头在外打工，只有这几天回家，前脚人走了后脚又来人，双方见了面根本是懵的，三言两语草草收场。有几次去了根本就没有见到女孩，白送给媒人两包烟，香烟的品牌也由黄金叶一路升格到芙蓉王和苏烟。大约媒人也是想多落几包香烟，明知道有些女孩根本没可能也在介绍，几天下来烟钱车费花了不少，见面后留了微信的都不多，最好的结果也无非是网上多聊了几次，渐渐也就失去联系。

有一次四姨父骑着电动车，带着小海去邻县兰考"跨境相亲"。冬天大清早出发，头上结了一层白霜，把相亲的女孩都惊讶到了。那是一对双胞胎女孩中的姐姐，"长得挺漂亮"，最终不知为何还是没成，"想起来还挺感触的。"另有一次，二姨给小海介绍了一个去外村当上门女婿的机会。小海觉得上门女婿没有地位，丢面子，也拒绝了。

小海的外形条件不算出众，收入不高，老家挨着麦地的二层楼房也有点旧了，本来是给弟弟起的婚房。弟弟在外地结婚之后让给了小海，但也赶不上眼下男方在县城有房的要求。一路涨到30来万的彩礼，也需要家里四处挪借才能凑齐，而2010年哥哥结婚时，彩礼不过一万一。参军时在东海舰队学会了会计的弟弟，更是自由恋爱结婚，没花家里钱。至于小海写下的诗歌和心里的梦想，在农村的婚恋市场上更加拿不出手，反倒可能是负分，行情注定是一路走低。我曾建议小海把自己的"相亲退化史"写下来，作为一份记录，他始终未能成篇，"心静不下来"。

2022年年底回老家过春节，小海再次相了两回亲，对象中有离过婚但没有孩子的，见面之后却仍旧以失望告终，双方互相瞧不上。这一次在本命年的相亲，似乎带走了小海在相亲路上继续走下去的任何勇气，"再也没有幻想"。这一次小海也跟家里人透露了他找对象的标准：谈得来的、长得差不多的、年龄小一点的。这几乎是堵死了在家乡相亲的后门。

但另一面的幻想仍在顽强继续，相亲失败的同时，北中国一场大雪飘落，小海在朋友圈发表了一首诗《一个失败大龄男青年的征婚启事》，诉说自己打工近20年的疲惫、苦痛，在珠三角的青春流放、长三角的孤独崩溃与京城的混迹求生，心中的摇滚乐和精神的星空，"想与山水相连的你，穿过命中注定的梦魇，一起并肩看日出日落"。只是一如既往，在这首类似公开征婚的长诗里，他仍旧不能为对方提供任何现实中的东西，只有"左手右手不同温度"的体会，和"窗前读闲书，掸去身上雪，生起红火炉"的想象。这种想象虽然不乏优美，却注定很难温暖到现实中的人。虽然在朋友圈带来几位工友点赞，包括张慧瑜的评论"不是失败，小海乃天地间中原好男儿"，最期待的回应却不会出现。

六

我就是胡小海

再小的海也是海

> 晚风吹过窗台
> 梦想依旧澎湃
>
> 我就是胡小海
> 一片干涸的海
> 四周迷雾重重
> 身上落满尘埃
>
> ——《我就是胡小海》

甚至，在小海栖身的尹各庄二手商店，连生火的煤炉也是奢侈，这里早已禁止了烧煤取暖。

房子里也没有暖气，包括一个取暖的"小太阳"。整个冬天连同落雪的日子，小海只靠厚被子和自己身体的热量度过。

身体的热量暂时还足够让自己烧起来，即使是在寒冷的冰面上。小海买了冰鞋，后来是冰刀，从未接触过冰面的他开始跟跟跄跄滑野冰，附近东郊公园冻结的池塘成了他的专属冰场。即使是宽阔的温榆河面，有一年严冬罕见地结了冰，他也敢独自脚踏冰刀横越，跌倒受伤和冰层断裂的危险都不足以阻止他，"全北京我敢说不超过两三个"。他是冬夜月光下独舞的人，即使姿势笨拙，从无观众。

2021年冬天，小海在朋友圈发起"冰上诗歌节"，响应者有我和范雨素、林巧珍几个朋友。穿过防护栅栏溜进公园，起初大家都只敢小心翼翼地踩冰，担心脚面下不时传来的咔嚓声，只有小海从来不担心冰结得不够实，蹬上冰刀就一路窜出去，独自绕上一大圈才回来。他还喜欢在冰上跳得很高，做出手势，让人给他拍照。在冰面上，林巧珍跳了新学的舞蹈，小海和范雨素都朗诵了自己的诗歌。小海还背上了吉他，弹出两个生疏的和弦后就扫弦伴奏，虚幻的夕阳把他背上吉他的影子拖得很长，和残荷的线条雕镂在一起。

冰上诗歌朗诵的前身是废墟诗歌节，附近村落拆除违建留下的废墟也是小海浪游的地方，一个人爬上很陡的斜坡。有一年小海组织了"废墟诗歌节"，几个人站在废墟之上朗诵诗歌，小海诵读的是自己当场写下的。

他似乎就是那个不需要燃料的人。即使只是在尹各庄尘土飞扬的大路上，只要有一道夕阳的涂抹，一片雪花的烘托，他也会随时跳跃起来，摆出摇滚音乐舞台上常有的姿势。

2019年疫情来临后，皮村的工人剧场关闭了，打工春晚也早就搬到了线上。只有北京的荒野给小海提供着舞台，让他体会到瞬间燃烧的感觉。

但月光下和朋友圈片刻的燃烧过后，是更长久的沉寂，和坑洼的现实。大公厕用了半年多的时间才建起来，而门前的土路被人挖开后，长久没有改造，露着星罗棋布的坑洼，天晴时尘土飞扬，下雨一片泥浆。店里无人时，目睹这这条坑洼的道路，小海的心情就会低落下来，他感觉是自己的青春被粗暴的履带践踏，而后抛弃在这偏僻之地没有人管了。"妈的"，他吐出一口烟蒂，目光低沉地骂道。

头一天，一个多年未曾谋面的初中同学来看他。这位同学当时学习不如小海，辍学后也曾打工辗转，不知哪年却时来运转，进入了光伏行业，开了有几十位员工的公司，挣钱在省城买了两套大房子，开着豪车来到尹各庄的二手商店。饭桌上同学吹着啤酒，好好地把小海身处的寒碜环境和诗歌梦想奚落了一番，却并未买单，事后扬长而去，留给小海心头一团郁闷的阴影。

日常的工作除了在店里卖衣服，还包括早晚两顿骑电动车去皮村同心学校吃伙食饭，每周两次骑三轮车去皮村进货，在同心学校的改建中干零活，人手紧张之时在仓库帮忙整理衣服和装车。对于仓库中的活计，他一点都不喜欢，那里的气味浓重，环境闷热，扛起蛇皮袋大包码垛很费力气，要爬到很高的货堆上面去，那些塞满了衣服的蛇皮袋巨大沉重，几乎与他的瘦小身个不相称。定期的装车则是更沉重的劳作，早期要靠人背着大包往车上爬，之后虽然有了电动传送带，依然需要人把大包装上三轮车，转运到传送带口，快速搬运到窄窄的传送带上，车下装运的人要跟上卡车上码货人的节奏，稍微放置歪斜，大包就会从急速运动的传送带上半路掉下来，不得不去扛回。

我和小海合作过一次装车，他在加长加高的卡车顶码货，我在传送带口装货。从清晨七点开始，连续两个小时的重体力劳动，不到半小时人就衣裳汗透，双臂酸疼，到后来很难举起双臂将大包放到传送带上，大包半途掉下去的也越来越多，只能咬牙坚持。一场装货下来汗流浃背，两天举不起手臂，而这对于小海来说是常事。有一次他给我看手指上新结的痂，是头两天装货留下的。当天他在传送带口装货，双手实在没劲了，把一个掉在地上的包搂起来往传送带上放时手刮到了毛刺，顿时鲜血直流。他顾不得破伤风的危险，随便裹一下仍旧干完了当天那一车。那段时间缺人手，他每天下午守店，早上需要去仓库理货装车，旧衣服上的颜色渗进了皮肉和冻裂的皴口，留下洗不掉的青黑色污迹，和一个诗人的手看似风马牛不相及。

小海在仓库干活挑选衣服，捡起一个头套戴上，发泄内心苦闷

回到尹各庄，他常有一种与世隔绝之感。尤其是在疫情封闭的日子里，他甚至会想到在梅沙岛上读的《纳兰词》："万里他乡，非生非死，此身良苦"，还自己加上一句"非人非鬼"。相比于宗室贵胄纳兰性德描述蔡文姬，这一句显然是一个孤身的北漂更深切的感受。

门口"诗歌商店"标牌被风刮掉，墙上贴的诗字迹暗淡了，旧衣服兜里揣的诗页被大叔大妈挑出来丢弃。来店里玩耍的孩子消失了，混得熟的只有一个带孩子的小媳妇。小孩在衣服堆里跑来蹿去，小媳妇坐在小马扎上和小海聊天，她人长得有点漂亮，两人时常开些无伤大雅的玩笑。小媳妇的老公在村里打豆腐卖，小海谈起那位豆腐郎，"会挣钱，又娶了漂亮老婆，儿子都有了"，脸上现出难以形容的羡慕之情。

他越来越感到自己的挫败。工资只有每个月2 000多，好容易涨到了3 000元左右。因为整个工友之家经济困难，还要每个月被欠上一部分，3年下来累积欠到了3万多块钱。因为经济紧张，他找工友之家的领导王德志私人借过2 500块钱，几年后王德志已经淡忘，他自己还好好记得这笔账。

工友之家的生存受到疫情封闭的影响很大，二手衣服商店由原来的十几家关闭到如今的三家，生存问题严重。领导人王德志与策展人和纪录片导演宋轶商量，打算把旧衣服商店开到巴基斯坦去，那边人口贫穷，市场大。小海按照王德志的安排去办了护照，却对去巴基斯坦缺乏兴趣，觉得那边更穷更混乱，"即使万一发财了，我个子又小，人家抢我没办法，被杀了都有可能"。

2021年，小海和范雨素、华山、路亮一起登上了董卿主持的《朗读者》。节目上大家朗诵了小海的诗《我们从车间走来》，

尹各庄小海诗歌商店的招牌

这并非他的代表作，但更能体现"新工人"的群体身份。节目没有报酬，只给了个打车费，播出后并未在小海的生活水面激起任何涟漪。2022年，皮村文学小组的成员作品集结为《劳动者的星辰》出版，受到外界关注，但其中没有小海的作品，因为这是一部非虚构作品集，诗歌在其中显得不合适。

这次缺位带给小海深重的刺激，他甚至不再愿意去参加老舍文学院的活动，"只是混，没有作品也挺不好意思的"。他早就不再在微博上@张楚，不好意思跟着许多去拜访，倒是张楚一直挂念着这位当初受自己影响上北京的少年。2021年沉寂多年的张楚参加了几期综艺节目，"挣到了钱"，年底他托许多转来5 000块钱，周济欠薪困顿中的小海。2022年的春节，他又给小海发了红包，小海感谢了楚哥的情谊，却没有点击收下。

虽然在文学小组小有名气，小海的诗作始终没有登上过文学杂志。《北京文学》的执行主编师力斌约了小海一组诗，但觉得他的诗歌过于自我中心，缺乏"及物性"，希望他写一组以皮村为题的诗。小海写好了这组诗，在一次由同心图书馆负责人王博发起的马泉营儿童空间聚会上朗读过，却长久没有勇气拿出去。一直到2003年春节之后，在我的极力撺掇下，他才借着祝福元宵节的名义，最终按下了文件发送键。师力斌回复这组诗不错，及物性强了，但因为前一组诗没有过审，仍然需要等待。

小海觉得自己缺乏耐心去等待。"心静不下来，看不了书，写不了长的东西，只是焦虑"。

有一次小海骑电动车带我去皮村西口的农场，穿过拥挤的村口转盘时，我们遇到一位骑三轮车拉着废品的老头。小海跟他热情地打招呼，扭过头却不无羡妒地说，这老头是村里的破烂王，同心仓库装完衣服的废纸箱都被他收走了,结果同心搞到现在快破产了,这老头却发了,挣了几百万,北京和石家庄房子买几套。不知道一大堆人在搞什么,不如人家一个收破烂的!

我们穿过农场形同虚设的栅栏门,下到结冰的池塘,小海在冰面上跳跃和大喊,招来了附近农场的保安,面对保安"不准下水"的干涉催离,平素一向随和好脾气的小海突然爆发,大声呵斥保安多事,双方对峙很久小海仍旧不肯上岸。他在冰面上兀自滑行跳跃,声声呐喊,"我 × 他娘的!"似乎他长久的忍耐必须在这刻爆发。然而爆发之后仍旧归于沉寂,他在保安不惊不乍的目光中上岸,回到拥挤而荒凉的皮村,喝下一碗加了过多便宜豆腐皮的淮南牛肉汤。

2022年春节后的一天下午,店里买货的人走了,面对被挑乱的衣服和眼前坑洼的街道,小海忽然跟我聊起过年回家,得知村里两个单身汉的自杀。他们都是活到五十来岁,"觉着活得没意思了",一个上吊,一个喝药。"如果我活到那个年纪,觉得没意思了,我也会"。他语气平静,一点也没有平时的激动。

之后在平谷同心基地宿舍的架子床上,对面的黑暗里,他又把这段话重复了一遍。我心中悚然,却找不到话来回答。

这份悚然早已传递给他的家人。年届70的妈妈,总希望在自己生前小海能找到媳妇,"一辈子不孤单",不然,"死了也闭不上眼睛"。姐姐觉得,命运对于小海不公平。

内心深处,小海仍然没有放弃靠诗歌走出一条道路,只是重心从没有前景的诗转到了写歌上。疫情减缓的2021年,他曾和几个工友一起定期去三里屯,参加苹果公司组织的创想营系列课程,学习使用IMOVIE软件制作音乐MV。其中一次有好妹妹乐队的歌手到场，我也跟着小海去了。培训场地在三里屯最繁华地带的 VILLGE 苹果商店楼上，落地大玻璃窗外面是壮观时髦的广场喷泉，人群如织，四面楼上都搭着红黄交织的飘带。楼里面是高档的苹果店面和追星的文艺青年，穿着自家商店衣服堆里淘的二手夹克、依旧反戴着二手棒球帽、穿着凉鞋的小海在这里显得并不适应，他告诉我穿凉鞋是由于有脚气，怕影响别人，只有天气再凉些才敢穿球鞋（之后我确实有机会见识到了他的脚气）。他并没有像一些反应灵敏的学员那样，很快就能按照乐手讲的方法，制作出一首画面和曲调匹配的 MV 来，在大屏幕上播放。手里的 IPAD 也失去了用场，只是无聊地随便划拉着玩，发出一阵阵鼓掌声，这掌声并不属于没交上作业的他。只有当好妹妹乐手停止教课，开始演唱《一个人的北京》时，小海才摆脱了刚才的沉闷，鼓起掌来说"不错不错，还能唱这首歌"。"唱首歌至少给他付 2 万吧！"乐手唱完后小海对我猜测。

2022 年春天，小海和谢航程、王博以及一位跆拳道教练组成了乐队，每周在温榆河畔和同心学校里排练，重新开始学习吉他。为了自我激励，小海请我写下了"弹出一条生路"六个大字，贴在二手商店图书室的墙上。

大半年时光过去，小海没有跨过吉他的门槛，停留在简单和弦的层次，无法顺畅地伴奏和弹出前奏，更多时候仍旧只能扫弦发泄。他感到自己心静不下来，练的时间少，"心里总像有什么在烧"。从前他不习惯这些技术性的东西，觉得写好诗歌就行，现在却成了拦路虎。

抖音和 B 站上的直播热启发了小海，他想要认真地写一首总结自己前半生的歌，由谢航程伴奏，自己说唱。这首歌取名为

《我就是胡小海》，歌中先是宣称"我就是胡小海，再小的海也是海"，伴以快节奏高亢的RAP，到了结尾却变为"我就是胡小海，一片干涸的海，四周迷雾重重，身上落满尘埃"。在二手衣服商店里，我欣赏了他的首唱，建议他将全体的RAP穿插两段旋律，将调子低沉下来，带来起伏，并示范地唱了"我就是胡小海，一片干涸的海"这段。小海认真地学，但下次见面，我发现他的调子仍旧没有低下去，一直走在高亢的升调上。

也许他的生命只有一路攀升的高亢和疲惫之后的深深滑落，找不到起伏之间的节奏。由于调子始终没有找准，谢航程一直没有配合小海录歌，这个"一举成名"的计划只能一再推迟。

有一天我住在皮村，晚上和小海、王海军、马建东去温榆河划船。温榆河上没有游船，这艘船是水上作业的工人系在岸边的。小海在夜里偷偷解开绳子划过，这次他轻车熟路地带我们找到地方，强行扭开固定船只的铁丝，在附近找到几根竹竿和木棒做桨篙，几个人晃晃悠悠跳上船划出去，目标是划到温榆河对岸，从朝阳区划到通州区，再划回来船归原处。这天北京有沙尘暴，刮着强烈的东南风，当我们费劲划到了对岸，休息一会儿上船往回划时，风变得更大了。后来看天气预报有七八级，平静的温榆河上起了浪头，船划到中间怎么也前进不了，被大风吹刮得左摇右晃，有翻船的危险。船上四个人中有两个不会水，小海也只会"狗刨式"，一时情势危急。

船被大风吹刮到下游的大桥底下，在桥墩之间徘徊打转，似乎进入了小海说的"西西弗斯循环"，不论往前往后，都被漩涡卷回原处，徒劳无功。这时小海把桨一扔，立在船头大喊起来，咒骂自己的人生像这船只，"进退两难，徒劳无功，事与愿违"。

小海背着吉他走在冰面上

我、小海、王海军、马健东夜里在温榆河划船

虽然多次见过小海类似的爆发，但在这艘大风危船之上，这些话听来仍有特别的震撼。我开始担心几个人筋疲力尽，船只终究会倾覆，一时兴起演变成灾难，就不只是几句感慨这么简单了。所幸后来风势略小，我们经过努力终究靠了岸，却无法返回河西，只能就地把船只系在桥底下，留待作业工人自己发现。上岸的路上，小海仍在不住唏嘘，他的生命需要这类象征性场景，来维系眼下的贫乏。

2023 年春节过后，北京下了第一场雪，雪夜里小海独自去到温榆河大桥上，堆圆了一个雪球滚进大河里，看它融化在黑暗的水流中，写下了《温榆河　告诉我》：

　　大雪纷飞冰封了河流
　　我看见自己的青春被无数个漆黑的黑夜埋葬
　　逝者如斯夫的痛苦的领悟
　　让失败的蹉跎的彷徨的我
　　怎么才能心平气和地接受

　　我团了一个雪球　扔进河里问路
　　它在黑暗河水里荡起的涟漪
　　怎么都看不清楚

不过第二天雪晴，夜里因滚雪球冻僵的小海似乎又缓和了过来，他发来了新的歌词：

　　我要日头暖

我要雪融化

我要春风柔柔吹

我要开花

我要开花

  他的身上还有燃料，在有一点点阳光的日子里，还能够自我燃烧。只是不知道可以持续多久。这一年，他36岁，本命年。距离第一次离家出门打工，已经过去了21个年头。

范雨素与陈年喜

范雨素和陈年喜，是与皮村工友之家、文学小组有渊源的两位写作者。我跟他们，数年间都有所交往。

一

"黄大仙！"

2022年年底的一天，走在尹各庄高低不平的土路上，一条和地面颜色差不多的灰黄色身影倏然掠过，眼尖的小海一眼认出是黄鼠狼。这种生物也曾经出现在他的店里，范雨素却纠正为东北传统中这个带传奇味的称呼，让人想起她毕竟曾经是东北的媳妇。

"看到黄大仙有喜事呀，希望我们都走运，书大卖！"

感觉范雨素这天的心情很好，摆脱了以前很长一段的阴霾，也没有受到寒冷的天气影响。她拖了四五年的书终于上市，出版社大约考虑到她的经济状况，提前打给了她首印1万册的版税，让她长期以来的拮据大为缓解。文学小组的老师张慧瑜自己买下了一百本《久别重逢》，让范雨素随意送人，刚才在小海的二手衣服商店里，在场的几位工友和我都得到了一本。为了庆祝一番，范雨素一定要请大家吃一顿，地方就选在算是尹各庄最有档次的一家老四川菜馆，几个人一同前往。

疫情以来范雨素经济紧张，我是知道的，因为她在《我是范雨素》一举成名之后，已经有好几年不再全天上班做育儿嫂，只是打小时工，有段时间也帮人遛狗。但我不知道她困难到了这地步，需要张口向小海借一两千块钱。史鱼琴知道这事之后，也主动提出借钱给范雨素，让她度过了类似无力交房租或者无法支付小女儿学费生活费的困境。提起史鱼琴是主动借钱给她这件事，雨素一方面大约想表达自己没有到处借账，另一面是感念"她真是个好人"，自己身患癌症仍想着帮助别人。她一定要请大家吃这顿饭，里面大约也有感谢工友的心情在内。

饭局上大家聊得不少，雨素向我提出了一个让她苦恼的问题：写细节。"我经过的事情，要是像你那样写细节，我能写成几百万字的大部头。"确实，拿到手里的《久别重逢》并不厚，还加上了不少她从前发表的散文以及几篇访谈文章。另一次走在从尹各庄回皮村的路上聊天，雨素说，她眼里没啥细节，可能她经过的人间苦难太多了。

我理解她在生活的碾磨下，需要一种近似麻木的心态，来藏起敏感活下去。就像有一次在文学小组课上，同行的林巧珍说到自己在雇主家里遭受歧视，心里郁闷。范雨素发言强调说，把自己当工具人，就不会有那么多情绪，"我干活的时候就把自己当工具，没情绪。人家也把我当工具。"我特意向她求证过，在她去做钟点工的那些家庭里，并没有人知道她是作家范雨素，有影响那么巨大的文章。

即使是在《久别重逢》出版后，范雨素的经济状况也并没有一下子全然提升。一位记者两次采访范雨素，注意到她穿着同样的银灰色半长羽绒服，显得过旧了，衣服下摆上有难以洗去的渍痕。她请范雨素在皮村的主街上吃饭，范挑的是一家串串香涮锅，算下来两人总共吃了二十八块。

这和那天范雨素在四川馆子请客恰成对比。那天雨素点了好几个硬菜，大家吃得尽兴，饭后小海回店里，鱼琴和巧珍都住在附近一幢出租屋，我和雨素同另一个工友步行，穿过温榆河大桥回到一水之隔的皮村，大约有两里路。这是雨素经常走的路线，在从一稿成名到等待长篇出版的几年里，她虽然不乏在媒体露面的机会，生活中却缺少社交，小海是她唯一时常可以打电话和见面聊天的朋友。在自己出名之前，范雨素曾经预言，"根据我几十年阅读作品的经验，你一定会出名，错不了的"，但事实是她成名了，小海仍旧是二手商店里不知名的诗人，这大约为二人的交往提供了互为知己的心理前提。通常小海会备好水果零嘴，默默听她说，说完了两人去对面小馆子吃饭，之后范雨素独自走回皮村。

一个下着小雨的秋夜，从雇主家去尹各庄租屋的林巧珍走过温榆河大桥，因为没有带伞淋湿了头发，在桥上遇到一个同样没有带伞的女人。两人对视之下，林巧珍吃了一惊，刚才她没有一眼认出，这个面容灰暗、神情低落，头发任凭秋雨淋湿的女人就是范雨素，和她在文学小组大家心目中的形象很不一样。那一刻，林巧珍似乎窥见了范雨素另外一面的生活底色，和自己近似。两人感觉很亲热，范雨素索性放弃了回皮村，跟着巧珍再次回到尹各庄，在租屋里擦了头发，坐了半天等雨停了再回去。虽然仍旧没有时常聊天，她们关系却从此近了一层。

在老四川的餐桌上，大家举杯祝愿，这本书"拿个大奖，成为爆款"。事后看来，书出版的影响不小，效果不差，黄大仙似乎显了灵，但又离这个愿景还有距离。但不论如何，它意味着范雨素摆脱了前几年"不上不下"的某种境遇，作家身份落到了实处，可以再次前行。

二

我跟范雨素认识是在七年前，她出名之后一段日子。《我是范雨素》爆红后的第一次文学小组学习，注定不同以往，人头攒动，媒体闻风而至。我跟腾讯文化的人到达旧教室时，几乎已经没有了座位，我们好不容易在长条桌旁找到一只塑料凳挤下，后面还有两层人。满屋攒动的人没有等来范雨素，主持人张慧瑜告知她人已不在皮村，去了某座深山古庙。后来知道这是范雨素的遁词，当时她就待在自己的租屋里，回避着爆红之后过于汹涌的人流。

这一部分是不知所措，另一部分源自她生性的自尊，不确定外界是真的冲着她的文章，担心大家是来看"猴子骑羊"。在其后的两次活动中，我仍旧没有见到范雨素，差不多半年后她才回归了文学课。她来听过我讲非虚构写作，我们加了微信，但只是简单地打个招呼，没有深入地聊过天。她在文学课上的表现很低调，听工友们说和从前不同。出名之前，她其实是很健谈的，虽然写的不多，却称得上是文学课上的意见领袖。通过报道，我知道了她在写一部叫做《久别重逢》的小说，是古代的英雄美人穿越为今天的种种底层劳动者。

过了一段时间，她忽然约我见面聊个天，地点是皮村靠东头的一处类似农家乐的院落，院子里的木椅漆成砖红色，摆着石磨，两廊下悬着几束玉米穗子，围墙外边隔着温榆河。她似乎对这里很熟，说认识老板，但那天农家乐似乎没有开张，我们只是坐在院子里一处台阶上聊天。手机信息里她说，对于自己正在修改的小说有些疑惑，想听听我的意见。

但真的见了面，她并没有带来自己的小说手稿，也没有太提及小说的内容，我也不好多问。只是隐约知道，这部小说有科幻内容，她这方面底子薄，因此补得很辛苦。加上从前的穿越，这部小说就成了过去、现在、未来的三个时空，这多少让我感到有些担心，似乎一部小说很难容得下这么多内容。聊天中她时常提醒我，不要把她随口提到的什么事情写出来，因为她经过了太多记者采访的轰炸。我只能保证自己早已不做记者，不会写她的稿子，也不好往深处去问。她说到她也在采访那些记者，个个都是名校生，却活得很不容易，看起来并不比家政工高级，这使她起了写一篇文章的念头。这篇文章后来在新工人文学发表了，又收进《久别重逢》。

那天我们坐在装饰得有些古色古香又有一股民俗味的院子里，秋风凉悠悠地吹着，话头也时远时近，说不上有多少实质内容，却成了我们交往的起头。

2017年元旦前后，皮村新工人剧场举办了最后一届线下打工春晚。有一个节目是范雨素的诗朗诵，她带着一张纸上台，在喧闹中用有力的声音朗诵了她的"定场诗"，这是《久别重逢》的结尾。我在台下听到了"我不在乎是不肯过江东，还是人生长恨水长东"的句子，以及汉水、春天这些字眼，后者使得在汉水中游生长的我多了一份亲切。那是我第一次知道她还能够写诗。

第二年我出版了一本小说集《世界》，内容是我家乡农民的生活。在北京做第一场沙龙请嘉宾，我想到了范雨素。发信息给她之后，她答应了。那天参与的除了她，还有中国作协副主席李敬泽，和另一位我熟识的诗人朋友。范雨素的发言很直率，对于小说的语言多有批评，认为太啰唆。她也提到了我们同是汉水旁边的人，有亲切感，这是她来参加沙龙的原因。

过后范雨素曾经多次向我致歉，言语中提到一位家乡文友对她的批评。这位文友看来是她的多年相知，她们保留着密切的交流，不管是在范雨素出名之前还是爆红以后。我向她说明她的直率并无问题，尤其是那天的诗人朋友压根没有看过《世界》，在沙龙上带有隔夜的宿醉，相比之下她更为认真。

在那次尹各庄老四川的聚餐之后，我感到自己理解了范雨素当初的批评：她习惯于用自我去带动，把很多客观世界的东西浓缩起来写，形成很强的语势，而不是放下自己去写客观世界。这是《我是范雨素》打动人心的秘诀，也是《久别重逢》写不长的原因。

《久别重逢》面世后，范雨素曾经两次问我读后的感受，我告诉她这本书"不是讨所有人喜欢"那种。一部分读者会折服于她超常的心气与才情，尤其是这种心气格局出现在一个育儿嫂身上，读者会很倾倒，书中也有一部分坚实的底层生活经验，是她独有的。另一部分读者会觉得精神自传色彩太强，没有足够地"看见"底层群像，替她所处的群体代言，这一点和陈年喜的《微尘》并不一样。

范雨素大约是认同这一点的。在一次皮村同心儿童中心组织的沙龙上，我和她共同作为嘉宾。她引用了唐代诗人柳宗元的诗句"愿得化为身千亿"，但目的并不是原诗的"散上峰头望故乡"，而是大声说出"我存在"！现实中一介卑微的个体，在小说中可以有千亿个分身、千亿次存在，这也是她在多次沙龙和采访中一再宣示的。

她已经开始写下一部长篇。起初她曾想过写假如小英雄雨来救人没有牺牲，活到了现在，会经历什么。这是多年来浮在她脑海里的一个想法，但后来考虑到会有一些现实的障碍，放弃了，转而写别的事情，"题材多得写不完"，她说，也不愁出版，但重要的是要写到一定水准，"过自己这关"。

三

有一次我去尹各庄小海的店里玩，在那里见到了范雨素。下午的客流稀少，我们坐在店面的旧衣服堆中聊天，吃着半边小海从旁边摊子上买来的，感觉有点馊了的西瓜。后来想去上厕所，街头的大旱厕正好拆除了，新公厕又没开张，小海领着我们走出尹各庄，穿过一片荒地去东郊公园。小海说，那里有一个很高级的厕所，简直像是贵族用的，也没有什么人。

荒地的蒿草长到了大半人高，这大约就是没人来光临这个高级厕所的原因。公厕确实修得很漂亮，有一股檀木的香味，和村中的大旱厕是天上地下。之后我们在公园里游逛，公园很大又没有什么人，简直像是专门为我们准备的，那天通常带有一点矜持的范雨素也显得很高兴，我们随意地逛了很久。在一处很整齐的杨树苗林荫道下，雨素提议我们一起照个相，又让小海给她单独拍了两张。"也许有一天，今天的合影会很有意义"，我们都笑起来说。

在单独拍的照片上，雨素显得年轻，单眼皮的眼睛平时大抵是眯着的，这会儿却摆脱了眼角绵密的皱纹拖累，睁得很大很亮，正像文学小组成员万华山说的，像是会说话，又含有某种幻想，隐隐让人想到她的青葱岁月：童年时代饱读文学青年大哥二姐攒的诗书，突发奇想去南方流浪，在还没脱离孩子气的年纪就开始当老师，还曾经因为看了一本古希腊哲学书，只身上北京，到北京大学找哲学教授探讨人生奥秘。一个人的成名不是偶然的，不管她成年后的轨迹离名声和地位看起来多么遥远。

我曾经问过雨素，十三岁去北大找哲学教授探讨的事是真的吗，她说当然是真的，并且立刻说出了那位老师的名字，我去查了下，确实是北大哲学系的一位老教授。雨素说，她是从北大西门进去的，聊完天以后，教授把她送到西门门口。那扇古色古香的红色大门想必和芝诺、第欧根尼的哲学一样，带给她在卑微岁月中长久的支撑，多年后她把芝诺的乌龟和第欧根尼的木桶都写进了长篇小说。

成年之后的岁月大多和梦想无关，只有婚姻的一地鸡毛。在和那个看起来很帅气的东北男人结婚后不久，她就发现对方毫无上进心和责任感，家庭生活很快一地鸡毛，从互不相让的口角到一边倒的家暴，在不顾一切离婚之后，独立养活自己和两个孩子的重任落到她一人肩上。至于那个东北男人，她说是去了俄罗斯，她本人和孩子都再未和其人发生任何关联。

她堕入了命运的谷底，只能一人撑过来，最心酸的发现是连最亲密的家人、最仰赖的大哥也靠不住。当她带着孩子回娘家，小时候宠爱她的母亲依附于儿子儿媳生活，而曾经随时在自行车后座带着她的大哥在媳妇面前也没有话语权，她只能黯然离开家乡，回到举目无亲的北京。她形容是"顶着一个脑袋"，肩背上还有两个孩子的负担，从做旧家具的行当转趋更底层的育儿嫂。

在这条缺乏变数的人生抛物线中，唯一的机缘来自她收旧书的经历。疫情中我再次回北京之后，住在清河之畔，可以走路去奥森公园北园。一次聊天中提到这事，雨素的眼睛有点亮起来，说当初那里是个城中村，她在那生活了两三年，收旧货，其中有一宗是书。遇到好书就自己先看，看了再卖出去。看的书越来越多，她后来形容是给手机装上了容量更大的存储卡。她最初用的智能手机牌子叫大黄蜂，内存很快就满了，只能不停地去按设置删除。读书多了，相当于换成了苹果手机，内存大得似乎永远不会死机。

我觉得收旧书的经历很有意思，过了一段时间她写成了文章，登在新工人文学上，我觉得这是她在《我是范雨素》之外另一篇很好的文字，有心气和格局。在文章中她提到了一位收旧家具的同行老乡，他们彼此关系很好，他当时也只是底层的小生意人，互相护持，他后来生意做得很大，涉足房地产，身家上亿，却并没有因此瞧不起她。这个知交，是她在那段颠沛浮沉的日子里另外一宗收获，使她在炎凉世态之余，对于人性还保留起码的信心。

这个人姓袁，他生意做大之后，当上了袁氏宗亲的会长。这也是范雨素时常对我提起他的原因，怀疑我和袁会长是宗亲，祖先都是东汉的名士袁安。因为袁会长籍贯在河南，和袁安的地望相同，而我祖上的家谱自称"卧雪堂"，显然用的是袁安的典故。有此一份渊源，范雨素一直想促成我和袁会长见个面，但碍于我心目中的文商隔阂，没有成行。

到了 2022 年下半年，我的新书《汉水的身世》正待上市，而这时离《久别重逢》面世也为期不远。雨素再次提起，说袁会长有一处私人会所，档次很高，可以搞沙龙等活动，我的新书沙龙可以考虑放在那里。由于我打算在更为大众的书店场所举办沙龙，这事没有落地，而最终拟议中的书店沙龙也由于疫情原因流产。

以后因为雨素忙于新书宣传，一同去拜访这位"宗亲"的想法始终没有落实。2023年6月在皮村见面，我再次对雨素提到这事，她说她给袁宗亲发了个信息，但对方没有回复，不好再去问。

范雨素告诉我，离婚之后有段时间她特别困难，四顾无路，想到了这位旧相识，想去他那里找份工作。去了后袁宗亲很亲热，跟从前一同收旧货时一样，并没有一点发达了的架子，说他那里的工地上都是力气活，太委屈她，拿出了几百块钱，口里说也不算周济，让雨素一定要收下，给他一个面子。对方的话说得客气，雨素只好收下了，心里一直感念。以后每次联系，袁宗亲也总是及时回复，说的都是祝福勉励的话。包括《我是范雨素》发表，对方肯定也看到了，但态度并没有什么变化。现在她出书了，发信息给袁宗亲，他却没有回，显然这让她有点困惑。

"是不是看我在艰难时他不会看不起，现在觉得我还可以了，他就觉得没必要怎么了。"想了一下，她微笑地说。

另一个在艰难时帮助过她的人，是老大爷徐克铎。徐克铎是退伍军人，十几年前到北京给打工的儿子儿媳带孙子，住在皮村，和范雨素的租屋只隔百十米，孙女和范雨素的女儿是同学。女儿去徐克铎家玩，范雨素和徐克铎又都参加文学小组的学习，两代人都成了朋友。范雨素做的是不住家的育儿嫂，每天回家都晚，从前只能让两个女儿独自待在家。范雨素说她租住的院子很安全，房东规矩很严，轻易不让外人进入，因此很少有人去过她二楼的租屋。

熟识之后，徐克铎每天去同心学校接孩子时一同接上范雨素的两个女孩，带到家里玩，等范雨素下班回到皮村再带回去。在徐克铎近年回老家之前，这样的关系一直保持着。之后文学小组出版作品集《劳动者的星辰》，徐克铎和范雨素的文字一同出现在书页里，算是互助情谊的一份纪念。

一举成名之后，范雨素成为文学小组的领袖人物，除了在文学课上发表意见，她也会帮助小组成员们，史鱼琴、林巧珍和王成秀都和她交流不少。王成秀回忆，有一次范雨素专程去了她做育儿嫂的珠江帝景小区，两人坐在小区花园聊天，范鼓励王多写。几年后提起，范雨素自己却对此行印象模糊了。

2022年隆冬，《久别重逢》终于出版。那次聚餐之前，我、范雨素、巧珍和小海一起，曾经带上《久别重逢》和我此前出版的长篇小说《记忆之城》样书，去东郊公园朗读。公园已天寒地冻，我们行走在结冰的湖面之上，这种小小的冒险，在我们这个团体也不是第一次。

疫情之前的那年元旦，我们曾经去过尹各庄南边的郊区公园，在大片冰湖上读诗，看起来有些莫测的冰面，由于冰底的气泡不时倏忽作响，让另两位女生有些担心，小海和我带了头，范雨素稳稳当当跟着走上去，看上去泰然自若。

这份风度，在遛狗这样看似卑微的活计上也有体现。她遛的是大狗，问她遛得下来吗，她说什么狗她都能遛，遛的最大的是大白熊。那是我第一次听见大白熊这种犬种，后来有一次，我在皮村博物馆贾晓燕的商店里遇到两个青年人来买衣服，牵着一条全身雪白巨大的狗，像一座山，使人一见下有种难以抑制的悚惧，卧下占据了半间店面，品种就是大白熊。我没在皮村见过另外的大白熊，猜想或许就是范雨素遛过的那只，它对于人类确实显得过于巨大了，即使它的性格看起来是温和的。在她瘦小的身子里，一定是有个不寻常的力量，让她敢于接手这项活计。

元旦那天小海滑冰，巧珍在冰上舞蹈，范雨素只是走来走去，不过看上去也很快乐。我发现湖心岛岸边没有完全冻实，冰层底部封存着水体，蝌蚪在冰下游来游去，看得清清楚楚。范雨素也走过来观察，感叹自己从前很少注意到这些，似乎在那一刻她放下了重重操心，回到了童年。

我们走上了东郊公园冰结的湖面，范雨素照旧穿着那条银灰色长外套、牛仔裤，系了一袭红围巾，无惧寒冷地没有戴帽子，这使我怀疑她确实是喜欢这套装束。就像第二年春天她受邀去参加同心图书馆新馆的一个阅读活动，穿了一袭杏黄色的套装，走在马泉营的街道上她告诉我，她喜欢杏黄色，秦观有一句词是"揉蓝衫子杏黄裙"，她喜欢这套搭配。在见一个意大利汉学家时，她穿的就是蓝上衣和黄裙子，被称许很有气质。

那天捧起散发油墨香的新书，范雨素开始从头到尾朗诵里面的很多篇诗作。黄昏的夕阳透过疏林铺上冰面，正好延伸到她踏着皮鞋的脚下，像是铺上了一条通向远方的金色道路。她朗诵得有力、动情，嗓音在宁静的湖面上传出去很远，小海为她拍下了视频，准备回头发在抖音上。

最后仍旧是那篇"定场诗"，我依稀回想起2017年打工春晚，她在工人剧场舞台上拿着一张纸，初次朗诵这首诗的情形。从那一刻到现在，经过了五年艰辛辗转的时光。如果说现在脚下有一条金色的道路，那是她俯下身子，在人世的冰面上一点点打磨出来的。

我和范雨素

我、范雨素、林巧珍在冰面上合影

四

2023年3月初的一天，尹各庄二手商店寒气犹存。入睡时分，小海让陈年喜多加上一床被子。陈年喜说不冷，他聊起以往在矿山没地方住，架两块板子搭塑料布棚子，一人睡一头，半夜大风刮走塑料布，遍山去追回来。有时一觉醒来，山风刮进来一床树叶，像是添了一床被子。盖的被子都是黑心棉，一点也挡不住寒气，但盖完了仍旧不舍得扔，背回家里垒成了一堆，一直存到现在。相比之下，二手商店的被子算是非常暖和了。

这是自从七年前在工友之家宿舍上下铺之后，两人又一次抵足而眠，彻夜长谈。

七年之前，陈年喜是同心企业的一名非正式员工。他在皮村待了差不多一年，正是在此期间，他的人生迎来了最大的转机，从深不见底的矿洞逐渐走出，来到外界的目光之下。

但陈年喜第一次到皮村还要更早。2014年冬天，吴秀波、秦晓宇组织了一次"中国工人诗歌云端聚会"，参加者有杨炼、唐晓渡和"工人诗人"郑小琼、巫霞、陈年喜，以及许立志的哥哥，地点在工友之家剧场。台下的观众大多是高校同学和教师，这使陈年喜有些不适应，就像他头一天离开大雪封山的秦岭矿洞，走了三十里路下山，匆匆赶往北京，在地铁草房站不会用滴滴打车，只好在路边招了很久的手才拦下一辆出租。匆匆一瞥之下，他对于巨无霸北京和边缘的皮村来不及了解，只对后者留下一个"像农村"的印象，从没想过会有后续。

第二年春天，陈年喜再次进京，到顺义参加"诗歌之王"比赛，和歌手搭档一路走到最后。当时以他和许立志、巫霞等人为主角的纪录片《我的诗篇》已经面世，反响巨大。陈年喜也积劳成疾，想要写歌词另寻出路。在场的秦晓宇突发奇想，想要让陈年喜留在北京，再单独以他为主题拍一部《炸裂志》。因为北京的生活成本高，跟秦晓宇熟识的孙恒就建议陈年喜到皮村来，管吃管住，偶尔帮工友之家干点活就行。陈年喜就此再度来到皮村，在工友之家的大院住下。起初是一个单间，后来住到了集体宿舍。

除了尝试写歌词，他要干的活主要是收衣服和挑衣服。每天跟集装箱小货车司机下去，到东线各个柜点开箱收衣服，打包装车，整个北京城都跑遍了。收衣服的活和矿山不能比，但也算得上辛苦，一路十五个点的募捐箱装得满满当当，硬往集装箱里塞，工作量大。有时远到了凤凰山一带，在外奔波太久吃不上饭，晚上十点才回到皮村，起初陈年喜缺经验没带干粮，只好受饿肚子之苦，但他觉得"是认识北京非常好的方式"。有时很晚了还堵在二环，看着车灯汇成的忙碌河流，周围的高楼大厦，半生身处的荒野之地，和眼前是完全不同的两个世界，打开很多思考。

有时几天募捐箱不满，就不用下去，无聊的他常去皮村旁边的温榆河游逛，从春天草木发芽茁壮，再到秋天草木衰败，水流由平静到丰水期的奔腾浩荡，会让他想到自己一生的起伏轨迹。这一段的温榆河少有城市的修饰，几乎算是一条野河，让陈年喜觉得它和自己的人生很相近，因此写了很多有关这条河的诗。另外一部分诗歌，则来自穿过混乱而拥挤的皮村街道带来的印象。在一首诗里他描述那些粗食果腹在泥水里奔跑的孩子，他们的快乐，"像一块新抹布，擦过秋天的旧桌子"。这些诗的一部分收入了诗集《炸裂志》，还让他获得那年举办的首届桂冠诗人奖，获得十万元奖金，"一下子就解决了我的经济问题"。

这一年陈年喜刚刚做了脊椎手术，再也去不了矿山，非常迷茫。儿子上高中，老婆在县城租房陪读，每天要花几十上百元钱，还有个上学的闺女。生活压力大，感觉前方是个黑洞，有不知如何走下去的感觉。命运知道他已至极限，适时打开了一扇宽广的窗。

当时他寄身的皮村工友之家，也处在鼎盛期，道路广阔。从收到的募捐衣服上也看得出来：质量特别好，很多名牌，捐献前基本都洗过，简直可以直接上身，数量很大，二手衣服商店开了十七家。皮村博物馆院落热闹非凡，每晚有很多的工人和志愿者过来搞活动，演出无穷无尽，看书参观博物馆的人也很多。即使是仓库，每天也有不少大学生志愿者做义工，帮着挑衣服，不然每天回来十几车衣服，堆得像山一样，库房需要十几个人分拣和装货，光靠工人根本做不过来。一切都充满了活力与希望，陈年喜下班后的生活也很快乐，打牌、喝酒，同宿舍的八个人都处得很好，经常一起参加演出节目，尤其是和上铺的小海常常聊天。他写下的一首诗《北京西站》底稿，自己不要了，小海替他收藏起来。

小海还记得陈年喜跟他聊过的几件事情。三十来年前，陈年喜在矿山头一遭领到了1 800元工资，想要把整钱拿回家，借了工友60元车费。早上三点钟起来，装满一大塑料瓶凉水，带上馒头，准备好路上除了车费不花一分钱。到后一段馒头吃完了，饿得反胃冒酸水，就是不肯花10元钱买一碗面，硬是要把1 800元整钱带回家。

有时候放炮炸开一个废弃的矿洞，发现里面有两具干尸。有一个矿洞里贴的有神符，看来是出过什么灾异的事。另有一些人间乱象，有的工友出事了，让老婆去矿山领骨灰，老婆只问赔多少钱，钱打过去人不来了，矿老板自己弄点汽油烧了，随地一扔……这些事情离小海打工的世界很远，但又像是连在一起，就像两人当时有些类似的处境。小海感觉，当时的陈年喜有家庭的压力，也有自我的抱负，"属于压抑了很久正要冒出来的那种状态。"至于后来他一步步火起来，谁也想不到。

当时的皮村有两万多工人，很多外地工友初到北京，一时找不到打工和住宿地，也慕名到皮村来落脚。工友之家提供临时的住处，在大灶上吃饭，只要帮着干点活就成。大灶的伙食是家常便饭，陈年喜感觉和矿山的差不多，能吃，油水也够。宿舍的被子也来自募捐，大体还是新的，盖脏了也不用洗，直接去仓库拿新捐来的。

陈年喜也在仓库干过活，成了挑衣服的熟手，知道最好的衣服要挑出来在商店出售，比较好的拉去赶集。一些比较花哨的T恤短裤会发往非洲，帮助那边的穷人；另一批会捐给西部山区。在他饱经世事的眼里，这些名为二手的衣服并不比老家的新衣服差，甚至好得多。那时二手衣服的来源很丰富，很多来自留学生，有一个募捐箱就设在外国人聚居的别墅区。这些老外换新衣服勤，捐来的衣服几乎还没穿旧，式样颜色比较奔放，女性的衣物档次很高，还带着外文品牌的标志，可能是从国外穿来的，买时可能需要几千块，而到了二手商店，衣服不过八元十元一件，鞋子差的七块，好的十块。

陈年喜觉得心疼，自己买下了非常多，老婆孩子加上自己的，攒了三纸箱，每箱六十来斤，快递发回家。这些都是他自己挑选，质量比较好的，四季的衣服都齐全了，起码够穿十几年。除了觉得衣服好，也是由于那段时间写歌词不顺，发现此路不通，打算以后挣不到钱了，不会为穿衣服发愁。这些衣服直到现在也没扔，仍旧和网上买的新衣服搭配穿着。

装车是仓库里最重的活，陈年喜也偶尔参与。两三天库房就满了，要来上一次，即使在做过几十年矿工的陈年喜看来，"活儿还不轻"。特别大的蛇皮袋子，有一人高，衣服塞得结结实实的，要装上两人高的大货车。当时还没有传送带，靠人工搭桥往车上传递，一袋子刚脱手又来一个，过的袋子多了，手酸腿软，做过脊椎手术的陈年喜有些吃不住劲。此时他已有潜伏的尘肺病，心慌气喘。两个小时的车装下来，他浑身湿透，臂弯一时失去知觉。

在矿山上，出井浑身是矿渣汗水，非得去彩条布棚子冲澡不行，不冲没法躺下睡觉。皮村工会没有热水淋浴，只有个冷水的洗澡房，很脏，村里澡堂要十来块钱，陈年喜三四天去一次，平时每天下午灰头土脸。冬天工友之家遭遇了断电，所有取暖的电炉子都没法开了，冻得要死，还好网友募捐购买了大型柴油发电机，50千瓦功率，两米长一米五宽的大家伙，摆在一个专门的房间里发电。在矿山会修空压机电动机的陈年喜看着师傅安装发电机，柴油机轰隆转动起来的那刻，工友徐良园回忆陈年喜"高兴得跳了起来"，大家不用再挨冻摸黑了。

在这个冬天，陈年喜接到贵州一家旅游公司的邀请，让他去做文案。当年的打工春晚，陈年喜特意请假回到皮村参加，朗诵了自己的诗歌。快过年的时候，陈年喜离开了北京。

五

在皮村期间，除了收衣服，陈年喜也参与过接待工友，当时他在小付担任组长的法律援助小组，为来访的工友提供咨询。这源自他早年高中毕业后在政府写法律文书的经验。

一个从河南洛阳专程来的工人让陈年喜印象深刻。他和几个工友一起给人干了两年活，第一年干完拿不到钱，说是明年再给，结果越陷越深，被欠了十万块工资。陈年喜问他有没有和老板签合同，或者其他文字的东西，结果都只是口头。陈年喜知道，这样的情形通过法律程序维权很难，没有证据。即使是有协议，得到了劳动仲裁支持，对方无赖不遵守，还得申请法院强制执行，举步维艰。从前在矿山，陈年喜和伙伴们被欠薪是常事，通常只能抱团黑吃黑，拦矿车，揍包工头，封掉矿洞不让新工人进场，和老板找来的打手对打，甚至有绑架老板、送花圈、门上泼大粪的。有次四川工人还拿炸药把空压机炸掉了，这种土办法管用。眼前的工人年纪挺大了，似乎没有这样的心气，也不是在矿山那种环境，只能失望而归。工友之家维权的人手不足，能力有限，能帮到的情况并不多。

陈年喜还和徐良园一起，参与过工友之家组织的问卷调研，去博物馆北面的大片工厂了解工友的处境。问卷上的问题包括工友来皮村的时间、工种、每天劳动时间、有无欠薪等内容，走访了一百多家企业。很多企业都没有注册，是私人作坊，欠薪现象很普遍。很多老板都是带着同村老乡出来干，半年或一年结一次工钱，直接汇给家中的妻子或父母，怕工人在外边乱花了。劳动时间一般都超长，一天干十四到十五个小时的都有，计件工资，多劳多得。厂房条件都很差，外表看上去是杨树下边的平房，感觉多少年没人住了，里边却造的是高级产品，有儿童碰碰车、幼儿园滑道，涂绘花花绿绿的看上去很精致。喷漆车间却是气味呛鼻，彩色的尘雾四处弥漫，从墙上到工人们身上，都是厚厚一层溅落的颜料。造家具的特别多，还有造红木家具的，从南方运来特别大的木材加工。车间乌烟瘴气，电锯噪音震耳，木屑粉尘飞扬，让陈年喜感觉回到了狭小的矿洞里，同样的震耳欲聋和目不见人。陈年喜见到一个电脑制图兼雕花的小伙子，用锋利的刻刀雕刻床头花纹，一只手受了伤吊在胸前，另一只手继续操作，谈不上什么劳动保护。

工人们大多忙于手头活计，不愿深谈，也有的老板忌讳，事先交代过工人，一见调研组过去，大门咔嚓上锁。能多说一些的，是对工友之家有些了解的工友，晚上大体到打工博物馆院子来玩过，从前就认识。陈年喜由此了解到几位工人的经历，之后写进了诗歌。其中写到一个木器厂的工人，结婚用的床是展厅的样品，新婚之夜后一早就得匆匆拉回去。另一位喷漆工人年过半百，在按摩房的床头绘上了一只琵琶，他的临时休息间摆了一本破旧的诗集，这曾经是他的梦想，和陈年喜一样。这次调研让陈年喜感到都市打工者生存的艰难，并不比矿山逊色，却比矿山的工友更孤独，没有那种常年一起辗转南北形成的兄弟情谊，更像是一盘散沙、各自求生的蜉蝣。

工友之家是他们尝试聚沙成塔的一种努力，陈年喜置身其中，感奋而深受荡涤，又感到理想和现实的落差很大。他认同工友之家的理念，只是觉得走得太超前，作为一个自称为"见了村支书就要发抖"的中国农民,他知道现实是什么样的,也觉察出普通工人"抱团取暖"的想法和志愿者们高扬的社会理想有落差。他曾和一个前来皮村做义工的大学生联床夜话几晚,由最初的互相争辩,到后来的无话可说。

他没有去参加过一墙之隔的文学小组学习,觉得是自娱自乐,没有太大意义。小付想要邀请他去讲课,也一直没有实现。范雨素出名之后,陈年喜一直有关注,身在商洛的大山里,孤独时会给小海打电话,问一些皮村和文学小组的近况,出些点子。对于小海和万华山这些有文艺梦想的工友,他有自己的看法,也会建议他们"接地气一些",先活下来。

小海和那个北京姑娘谈恋爱的时候,陈年喜劝告他要包容,不要介意人家年龄大,长得不行,要着眼于借此在北京安顿下来,借助她和家庭的帮助再往上走,不然没有外部的支援。姑娘家也是很平常的家庭,想让小海学一门手艺,陈年喜觉得是实心实意。小海似乎听进去了,但最后恋情无疾而终,陈年喜也感到某种遗憾。对于小海的某种焦虑,他也能理解,"我到了年龄,没有老婆,生活无着,也会着急。"

和万华山的交往始于离开皮村之后。2018年陈年喜到大爱清尘北京总部开会,华山去火车站接他,当时华山也已离开皮村回到中关村图书公司,之后又去了怀柔八道河岭搞驻地,陈年喜曾经去住过一个多月。在那里,陈年喜了解到驻地没有收入来源,每个月却要净支出两千来块,这还是在每年四万块的房租之外,很多朋友去是白吃白住,为华山的未来忧心,每次买菜都争着付钱。搞过旅游的他还建议华山,利用自然条件搞有偿团建招募。以后华山采纳了,几次招募下来挣了些钱,只是没有长久持续。在八道河岭期间，陈年喜的咳嗽变得越来越频繁，和华山合作的大爱清尘十年史项目也归于流产，但他觉得自己仍旧收获颇丰，写了不少诗歌和散文，种下的水萝卜和甜玉米也出土了，并且获得了在北方种地的经验。"沙土地，点一颗种子下去，上面要踩实，不然会干死。"凭着这些，陈年喜觉得"我是赚的"。

后来病情一天天沉重，陈年喜非常沮丧，开始担心自己会死在那里。他离开了北方回到故乡秦岭，一年多之后确诊了尘肺，但这次病情和从前的脊椎手术一样，也给他的人生带来了"下半场"的转机。

2023年3月4日，陈年喜回到了皮村，为工友们上了一堂文学课，到场的还有著名歌手张楚。这次陈年喜是为了签名售书来京，被小海邀请来讲课。工友们轮流朗读了他在皮村写的诗，我读了《奔跑的孩子》，范雨素也读了一首《牵牛子开了》，"从温榆河回来时，我看见这些又叫小儿羞的花儿"。

陈年喜感叹，皮村走在中国的前边，文学从底层往庙堂流变，到了庙堂上没有诗歌的时候，又会回头往底层走，《新工人文学》未来应该是很重要的杂志，但现在它很边缘，连发稿费的能力都没有。他也说到自己去美国洛杉矶演讲，得知那边的人知道皮村，感觉很为文学小组骄傲。

"在巨无霸的现实的北京，这么一群奇葩的人，没有一个发财的，坚持了这么久还在，是我们这个时代的珍珠。"

环形成长

"感觉这辈子，成功是不可能成功了。"2023 年 9 月，万华山忽然发了一条这样的朋友圈。

和他大半年前的踌躇满志相比，这显然是个极大的变化。当时万华山和我发生了一次争执。他发布了一条朋友圈，和他去大理后时常发布的人生思考和感悟类似，说谢绝了不久前一位大姐半开玩笑的提议，不打算去干厨师和房地产中介，而且家乡的种粮大户事业也准备放弃了，后者是华山一年来心心念念的回乡创业项目。因为那些不过是苟且的保障，他想要保持精神的探索，和"知识分子般的济世情怀"，过一种高能量的生活。在大理，他已经在知识和文艺圈子里颇受认可。我感觉他空谈多写作太少，评论"倒情愿你做厨师、卖房产或者种地，当然笔耕也可"，说到他"太容易厌倦"，忍受不了日常的沉闷，现实中即使是爱做的事，也会包含这样沉闷的过程。华山为这句话生气了，说他承受了十几年身体残障一样的痛苦和强迫症，为了生存挣扎不得不换地方、换工作，加上好奇心的尝试，"我们认识那么多年，聊了那么多，但你仅仅认为是厌倦。"

争执发生的时候，我和万华山认识已经七年，距离他离开皮村已经有四年时间，去怀柔农家院是三年前的事，离开怀柔去大理则是在大半年之前。虽然华山是离开皮村的人里边走得最远最决绝的，但感觉他的一只脚还扎在这里，就在那条引发争执的朋友圈下边，还有史鱼琴、张钰等几位工友发表评论和点赞。当初我认识华山的时候，并不知道他的根在皮村扎得那么深，就像我没有料到今天他走得这么远一样。

一

2017年夏天，我再次去到打工博物馆那间烟雾腾腾的办公室里，一群远近而来的工友挤在破沙发和旧凳子上吞云吐雾。除了我已经认识的小海、张行和莫晓明，还有万华山。

华山说，当时我没有太注意到他，除了他黝黑的面容在升起的烟雾后不显眼，还有他当时仍旧有些过于矜持的脾气，让我误以为是某个志愿者。事后看来，他显然有些深藏不露。比起小海、莫晓明和小静，我们的交流来得比较迟，虽然那之前已经常常大家一块聊天和瞎逛，参加文学小组或者剧场的活动了。我也去过了他寄居的工友之家凌乱黑暗的架子床宿舍，渐渐了解到他高中毕业，学历在工友们中算是高的，做着《新工人文学》的编辑，在文学小组有着某种重要性。不知道为什么，他浓密如乱草的头发过早地花白了，棱角分明的脸上配着一副近视镜，镜片后的眼神晦涩，给人一种经历沧桑和负重的感觉。

几个人会一起到莫晓明新近迁居的村里去，这个村子在尹各庄的北边，靠近格拉斯小镇，东边有个大而空旷的郊野公园。我们常常在村里买了大家一致称赞的红糖包子或三角，提着一边吃一边走到公园里去，路上会闲聊起各自的情形，尤其是男女之事。在这上面，伙伴们对华山颇有微词，说他"有强迫症"，禁忌太过，另一面又有幻想，喜欢跨越阶层去追求根本不可能实现的目标,也就是当时纷纭来到皮村的女志愿者,大部分是女大学生、研究生,以及导演、乐手这样的文艺青年。华山承认他自己有某种强迫症,有一种把精神和肉欲对立起来的倾向,会对后者感到厌恶,更看重前者的无上满足。

我与万华山的第一次深切聊天是在温榆河畔,当时我们一起从皮村去尹各庄找小海,不知什么原因我们没有径直穿过温榆河大桥,而是沿着河岸走出去好一截,在起伏的田野小路上边走边聊天。在翻越田埂和水渠时,华山的动作有力却显出某种不协调,似乎会猝然摔倒。在一次趔趄当中,他打破了一贯的矜持,说自己的强迫症已经躯体化很严重,病症源于他的父亲。

华山讲述,父亲是一个极其暴力的人。他在外面极其胆怯,在家却像一个暴君,说话随时都在骂人,哪怕遇到一点最轻微的反抗,就会暴跳如雷,打人时不分轻重,随便拿起来什么东西就会扔过来,抄起什么家伙就砸下来。母亲在外精明能干,却根本对付不了父亲,顾着自己躲出去打麻将,华山成了父亲暴力的对象,还要护着脚下的弟妹只能在三个姑姑那里得到一些抚慰,父亲的暴力来自爷爷,长年当生产队长的爷爷比父亲更为暴力,将父亲塑造成了胆小如鼠又暴力如狼的性格。时日至今,离开家乡这么远,一旦想到父亲,华山还是会本能地头皮发麻,感到什么东西要当头劈下来,牙齿开始打颤。面对很多事情,他常常感到内心住着两个自己,一个勇敢而强大,要反抗、征服、怒斥,一个却猥琐弱小,只能屈服、退避、求饶,像他遮挡视线的镜片一触即碎。近来他感到这种强迫症愈加严重,去医院检查说是脊椎出了问题,却没有很好的医治方法。

那次聊天之后,我感觉自己更加了解了华山,另外一个了解他的人是小海。华山是跟着小海来到皮村的,他们相识于三里屯一家卖家谱类图书的书店,在那里两人是店员同事。华山比小海先来,卖工艺品和整理书架,小海则负责卖书。当天两人一块住在阁楼上的员工宿舍,聊了很久的天,小海说自己写诗,华山很惊讶,"第一次见到写诗的活人,感觉云山雾罩,顿时觉得北京这地方果然不一般。"后来华山被老板相中,去了海淀中关村的总部图书公司做编辑,但两人的交往一直持续着。

2016年年底,华山第一次跟小海相约去皮村。第一印象跟很多工友相像,没想到"云山雾罩"的北京有这么破烂的地方,真是土得掉渣,渣又被拥挤的行人踩成烂泥。工友之家由于和村委闹翻被拉了闸,还在靠自备柴油机供电,远远就听见电机巨大的轰鸣声,闻到时隐时现的柴油味儿。一堆人在后来我们相遇的那间破烂的办公室里拉家常,有人给华山递过来劣质香烟,大伙吞云吐雾海阔天空,在机器的轰鸣中喊着说话,沉浸在被野蛮打压的悲愤之中。晚上华山在电影院听了工友们的才艺演出,徐良园的相声表演,申思的《将进酒》朗诵,压轴是"摇滚巨星"许多的吉他弹唱,曲目是在工友们当中特别著名的《小妹妹来看我》,"小妹妹来看我,不要坐火车来,火车上的扒手多,我怕妹妹受折磨。小妹妹来看我,不要坐飞机来,飞机上的老外多,我怕妹妹出了国。小妹妹来看我,千万要从梦里来……"

一曲终了,大家正要求他返场,先前忽明忽暗的灯光索性熄灭,大家纷纷打开手机电筒,许多在电筒光包围中再度演唱"生活就是一场战斗……"华山感到自己第一次有了和众人抱团跟什么战斗的机会,他知道自己不会是最后一次来到这里。

以后万华山又去对过院子上文学小组的课程,第一次去,张慧瑜让大家挨个介绍下自己，立时让华山感到气氛很平等。老师说话的语气也很温和，与老板以及父亲的口气很不一样。课上分享了工友们的作品，华山觉得"还行"，但也并非比自己高出多少。在慧瑜老师的鼓励下，华山开始写东西，一开始生疏，后来得到了大家好评，由于在家谱图书公司干过编辑，他在文字上的功底显得很突出。在一次文学小组的讨论中，华山发言说希望通过文学改变命运，不想一生只能做快递员建筑小工，当了编辑之后，别人对你的称谓和眼光，也比从前自己当小工时尊敬些。在场的范雨素却说文学改变不了命运，只是一种比打麻将之类更好的习惯，认为华山当上了图书公司编辑，对建筑小工快递员有歧视。这次争论以后被媒体报道为《一位文字功底好的青年》急于通过文学扬名立万，瞧不起自己本来阶层出身的快递员和小工，让华山很生气。

那时华山已经离开了家谱图书公司，刚刚从颐和园隔壁一家打造宫廷糕点的院子离开，躯体化症状加重，他打算在工友之家当志愿者过渡一两个月，再去找下一份工作。正赶上冯睿离开，小付怀第一个孩子快要生产，工会缺乏人手，王德志、许多一起劝万华山待下来，"一块儿为工人做点事情。"因为一个月1 500元的补贴过于微薄，华山没有正式同意。但另一头张慧瑜老师发现了华山的文字和编辑功底，把一些工友的文章发给华山让帮助修改，出版工人文集，就这样成了既成事实，他开始干起来。恰逢2019年三月工友之家得到了一笔资助，张慧瑜、王德志商量定期出版《新工人文学》，五一劳动节正式出版，华山就此挑起了主编的大梁。"前五期就是他一个人在干。"张慧瑜说。

文学小组的工友们一般不会电脑，写东西都是在手机上，错字很多，标点符号都很难用对，更谈不上编辑经验，不期而来的华山显然是稀缺人才。按照华山的创意，杂志模仿了《北京文学》的板式，每期一个封面人物，一期男一期女，人选由大家商量确定，其他具体栏目也是华山设置的，向工友和外面的人约稿子，选邮箱投来的稿子，编辑、校对也都是他独立完成。只有封面是万华山选好素材后让美编王倩在电脑上制作，王倩也是万华山找来的。万华山曾对张慧瑜说，光是校对就花了他特别大的精力，这大约也损伤了他的视力，使他后来患上了干眼症。

身为工友之家的员工，华山除了编杂志，还要干从前小冯的那摊子办公室杂活，偶尔打扫院子和博物馆房间，迎来送往，组织讲座和晚会，客串主持人，出演话剧。他编《新工人文学》的报酬是从无到有每期几百元的编务补助金，此外1 500元的员工工资也只拿了几个月。

杂志后期开始有范雨素、苑伟、小海等人参与，分别负责诗歌、散文、小说各门类，统稿仍旧由华山来完成，后来则变为轮流主编。张慧瑜还让懂电脑的小付跟着华山加强文字功底，好在华山淡出之后承担起统筹杂志编辑的任务。由于找华山编稿成了习惯，即使是在离开工友之家之后一两年，工友们仍会把自己刚写完的稿子发给万华山，请他帮忙润色。2022年结集出版的《劳动者的星辰》里边一些稿子就是如此。譬如徐克铎《媒人段钢嘴》、史鱼琴《一个月嫂的江湖往事》，后者题目也是华山帮忙起的，因此在华山朋友圈转发《劳动者的星辰》出版消息后，史鱼琴特意在评论中感谢华山。此外鸿雁之家成员、写出了长篇小说的育儿嫂尹鸿炜，也在接受媒体采访中提及，她去皮村参加文学课认识了万华山，写出稿子后会发给华山看，寻求修改建议，万华山还指出她的散文写得比诗歌好。

这份工作也给华山自己带来了回报,通过经常来文学小组授课的《北京文学》副主编、诗人师力斌推荐,华山和范雨素一起入选了第一期北京老舍文学院高级学员创作班,受到写作课训练。在课堂上他每次交的习作都能顺利过关,收入了作品集,还参加了学员班的采风活动。

主编《新工人文学》期间,万华山住在工友之家的宿舍,除了黑暗还特别潮湿,屋顶漏雨,下雨天架子床几乎立在水里,被子潮湿得能挤出水来,华山自己拿过去的被子也很快霉烂了。平房屋顶只是一层薄皮,冬天过于寒冷,华山买了一个电热器烤火,一天要几十度电,村里的电价高,工友之家提醒他偶尔受不住了再用一下。一个埃及籍的美国大学老师来参观,看到他捧读的《新工人文学》杂志编辑住在这样的地方,禁不住哭了,说"没想到有人会真的这么坚持理想,忍受这样的严寒"。第二年冬天,他从埃及打微信电话给华山,询问有暖气了没有,华山告诉他已经自己租了房,有了电暖气,这位老师才放心。

我去过华山租的那间公寓,是皮村常见的公寓,价钱是每月1 100元,心里还有些疑问他从哪里来的能力租房。这时他不再算是工友之家的员工,每天的伙食要自己解决,工资也取消了,只有零星的《新工人文学》编辑补贴。后来知道他在干攒书的活计,这项业务是他从以前的图书公司带过来的,通常是在短时间内把一本世界名著缩写成两三万字的篇幅,以口袋本或所谓"精选"的形式出版,销售给中学生以及不耐烦读原著的文学爱好者,报酬是每千字50元。华山通常一天能攒出两三千字,最多的一天攒了7 000字,但这项活计他不能一直干,攒几天就得歇几天，身体不允许。几年后他告诉我，当时他的身体"其实就是残疾人"，从后脑勺到脚后跟，随便做点复杂的动作就疼痛。攒书需要的长期正襟危坐和低头，使他本来就强直的脊椎更加僵硬，此外则是日渐严重的干眼症。大部头的名著华山一人拿不下来，需要两个人分头尾章节一起攒，这也是他找了曹草的原因。

再后来，他离开了皮村。

二

万华山离开皮村，无疑和他的个性有关。

几年后他回忆，在工友之家，领导人王德志对他一直不错，聚餐有好吃的会叫上他，有时候还会请他喝个小酒聊聊天。工会食堂大姐做了好吃的，会提前告诉华山，有时怕他吃不饱，还问他要不要加个炒鸡蛋。二手商店卖衣服的大姐，有好的合身的衣服，也会给他推荐。工友们从老家回来，会特意给他捎土特产。

在皮村，万华山除了编杂志和日常迎来送往，还为两个重症患者发起过募捐。一次是跟随父母打工来北京的小女孩，身患白血病，父母慕名向工友之家求助。王德志转给华山负责，华山为患儿发起了水滴筹，尽管华山初来乍到人脉不足，仍旧筹到了15 000多元，补助小女孩做了骨髓移植手术。另一位是皮村当地居民，因为车祸成了植物人，华山这时已经打开了人脉，为当事人募到了5万多元。华山的朋友们一共捐助了5 000多元，他在办公室接待参观者时认识的影视编剧柏邦妮捐了1 500元。这两次水滴筹的链接，眼下在网上仍可看到。日常的交往中，华山也会为工友的孩子们买点零嘴，彼此周济。虽然和王德志有时会发生观念争论，但总体来说王德志、张慧瑜以及其他的理事都很重视他，仗义、肯负责和能力一起，给他带来了认同。

但"一根筋"的性格也会带来冲突，万华山最终离开了皮村，原因是2019年的"米兔"风波。在这次潮流中，工友之家的一位前发起人被涉及，工会的回应起初不够及时，受到质疑，后来才重视起来，咨询律师和专家后发表了比较完备的整改意见书。在事态发展中，华山的态度和接受外界采访成了一个因素，这最终使他淡出工友之家和离开了皮村。皮村的生涯给华山打开了广阔的前景，这在他打工和当图书公司编辑期间都是不可想象的，但他并没有像小海那样在这里找到长久的安顿。

疫情初起，华山去了海淀，回到从前那家图书公司上班。夏天疫情稍微松动，我去公司看他。

这家公司在中关村创业大街一个两头封闭管理的园区楼上，整个园区像是一个失败的招商项目，没有多少人。公司的墙上几副大书架里陈设着各种家谱类图书，大多是公司替人定做的，算不上一家真正的图书出版公司，但对于华山来说，能在这里做文字编辑，仍然是他人生从拧螺丝和草台班子、餐馆后厨而来的一次飞跃，当他坐进四面书架之间的位置，打开电脑屏幕，感觉自己是在一片无垠的天空翱翔。刚来北京他想的就是干跟文学沾边的事，"哪怕是到出版社端茶送水，过两三年总能干出点啥"。下班之后他一个人留下来，在面积不过四平方米的编辑室里踱步良久，又走到公司的客厅，打量架子上一排排堆叠的书籍，心想封底上责任编辑一栏不久就会写上自己的名字了，再走到窗前，俯瞰半条中关村创业大街，心随时要飞起来又落下去，回到自己狭小的工位上，在一行行文字中爬梳自己的未来。

几个月之后公司业务一再亏损，加上老板和老板娘之间的离婚大战，总是发不出来工资，已经有了经验的华山去了另一家做儿童类图书、更为景气的公司，之后辗转去皮村，但和老板一直保持联系，因此离开皮村后能够回来。

除了制作家谱，这家公司还有缩写名著、收费替业余作者编书、出书之类的业务。这些个人大多并不需要买书号出版，只是印个几百册送人，在朋友圈卖一下。华山电脑上打开的，就是一位中年单身女人委托的一百万字的长篇小说，叫做《情殇》。写她曲折的恋爱史，总是痴心爱上一个男人又受伤害，后来对男人死心爱上女人，结果仍然被始乱终弃。情节看起来很狗血，但据说都是她的亲历，语言则是不折不扣的初中生水平，一大堆错别字、语法不通又特别喜欢抒情用叹号，弄得华山焦头烂额。她自己还特别欣赏那些大段的抒情，觉得这是她的精华，华山怎么劝说她都没用，只好敷衍了事替她过一下，替公司挣了钱拉倒。除了这个女人的长篇小说，华山在这里还编过《聊斋志异》、《史记》白话文选本，一本配插图的《孟子》，以及后来在皮村攒的名著。

华山带领我参观了一圈，跟领导见了个面，领导有点所谓"儒商"的富态，下面的所有编辑则有一种知识分子的清苦感。最初来到这家公司，华山对面办公的师父是《中华儿女》退休的老编辑，教了华山不少活儿，不然他上手不会那么顺利。最初应聘这家公司校对岗位的时候，华山在电话里大着胆子说自己是大专学历，学应用中文，对方也没认真核查，面试通过了，反正是让去做店员，包吃包住一月两三千元。接电话的时候，华山正待在北京大学保安队的地下室宿舍里，等待凑够了一期五个人，拉到昌平去集训一周上岗。命运就这样让他走出了地下室，现在和别的编辑一样，每月扣除社保能拿到 5 000 来元工资，在清华大学紧北边一个城中村租了间房子。

我想去那间房子看看，但因为疫情封闭外人去不了，两个人出去随便吃了个饭，就坐在文旅大院的出口马路牙子聊天。华山说到过年回乡家人又在张罗相亲，但他毫无兴趣。倒是最近一段时间有人给介绍了一个在北京的女生，中专毕业，做会计，好像挺能攒钱的，在北京付了个小房的首付，见了两面对华山比较上心，华山自己有些犹豫，觉得缺乏感觉，嫌她没有共同语言。

以往华山也像小海一样相过亲，不过只有四次。其中有一次华山已经给女孩按老家风俗递了 600 块的红包，也接待了女方来看家庭的一大拨亲戚，花出去几千块红包和酒席费，算是定下了亲事。女孩出门去浙江打工之前还来华山家里住了一夜，说是第二天让华山骑电动车带她去车站，当天晚上大人们似乎特意创造条件，让两位年轻人住在单独的一套房的两个房间里，女孩还借口房间电灯坏了让华山过去修，华山也蠢蠢欲动，但始终没有越过雷池，原因是觉得自己没有怦然心动的感觉。之后华山去了广州打工，给女孩发信息说分手，女孩"等了我两年"，最后只好另找了他人，很快结婚。以后华山在镇子上与她偶遇，看到她出落得更加漂亮，那一刻心里似有怅然若失之情。

另外一次则是华山见到女孩第一眼就坠入情网，女孩穿着一双厚底松糕鞋，刚洗完了头发出来，阳光染透了她窈窕的身段。女孩聪明，知道很多当下的事情，有自己的意见，并且和华山一样是因为个性从高中辍学。第一次体验到怦然心动的华山开始努力追求她,女孩也接受了华山给的红包,两人相处得还不错,但她回了广州打工后,却发来信息说要和前男友复合,与华山分手。华山急切之下出门赶到广州,约女孩见面试图挽回,两人在味千拉面吃了一顿饭,这是此行华山见到女孩的唯一一面。女孩连华山花了200多元买的鲜花也只是勉强收下,此后不肯放弃的华山在女孩工厂附近租了一间房子住了一周,每天发信息给女孩请求复合,却始终没有得到机会,每天都在爱而不得的刀刃和谷底煎熬,最后只能黯然回到老家。一年多之后,这个女孩家又托媒人来向华山家提亲,说女孩和那个所谓前男友并不是正经相处,现在也已经分手,希望回头。华山跟女孩再次见面,依旧骑电动车带女孩去镇子上逛,女孩的态度似乎完全变了一个人,姿态很低,怎么安排都顺着华山,说自己想通了很多事情,即使是以后华山出门打工,她待在老家生孩子照顾家庭,也觉得不错。不知道为什么,女孩的低姿态反而让华山有一种腻味的感觉,先前所受的冷遇他难以忘怀,似乎有一种报复的快意,又觉得她反复无常,最后连饭也没有吃成,两人就此再无交往。女孩以后的情路也很坎坷,跟邻村一个人结婚后二十多天就分手,因为避免闲话还退回了那人19万元的彩礼,之后始终在外边漂泊,没有归宿。这个女孩也是华山最后一个相亲对象,他开始感到自己的文学梦想和家庭、婚姻存在冲突。

以后在东莞一家五金厂当文员时,有一个长得很好看的柳州姑娘对华山有意思,托朋友带话给他。华山对她很动心,但是想到自己不可能一辈子待在东莞,就没有回复。不久华山辞职了,回到老家经历了两次相亲,对象都远远不如柳州姑娘,华山心生后悔,通过女孩闺蜜的QQ打听她的近况,闺蜜说你有心咋干吗去了,她已经结婚,你自己去看她空间,华山在空间看到了那女孩抱着孩子的照片。女孩结婚的对象是华山从前一个厂的,华山说他是"地地道道的渣男",吃喝嫖赌无所不为,一直死皮赖脸追柳州姑娘,因为柳州姑娘心仪华山,还曾经当面找茬。华山觉得柳州姑娘跟着他肯定不会幸福,心中很怅惘,想起一次两人一起流水线值夜班,女孩对她讲到老家的湖心岛,岛上种的瓜瓜子是红的,她和两个哥哥划船去岛上采瓜子。这个逝去的画面让华山伤感了很久,却不知道回到从前,自己会不会迈过心中那道坎。

以后两三年间,华山辗转来到北京,接触到了层次和感觉完全不一样的女孩,再也不能接受老家人安排的相亲了。

我觉得这个中专女孩不错,劝了华山一番,希望他能实际一点,和这个女孩正经谈起来。他表面上答应着,但事后看并没有听进去。

再次见到他,已经是在怀柔的山里边。那是一家叫做修实农场的机构,在距离怀柔县城十几千米的怀沙河谷里,依山傍水,业务大约是亲子教育和团体游学。农场有图书馆、蔬菜基地和一座规模不小的楼房,以乡野生活方式为号召招徕一些大学生和文艺青年去实习,不发工资,包食宿。华山报名去了那里,他发朋友圈说主要原因是想调整生活方式休养一下,晒出了自己种菜和粉刷房屋的照片。

我过去看他,坐地铁转长途公交到了怀柔县城,因为通村公交时间太长,打了快车到达农场,华山和一个叫大肚的青年出来接我,此外这里还有三四个小伙伴,住在两间摆着架子床的地下室里。图书室是这里最好的房间,几面书架上满插着一位北大博士留下的几千册书。大家喝茶聊天，各自讲述过往，大都是对上班生活感到疲倦，想要换种活法的文艺青年。华山是他们当中唯一没有上过大学的，但在这里他似乎颇为自在。几个人都不大会做饭，华山是厨房的主力，我从他这里学到了炒青菜早放盐可以榨出水来的知识，虽然这样未必健康。从华山熟练的颠勺姿势说起，我得知他早年在西餐厅干过后厨，时间只有三个月，却炒了几千份蛋炒饭。

在场的还有一位四川女孩，她先前在一家出版社工作，新近辞了职考雅思，打算去英国留学。我们一起去附近刚刚雪化的山里玩，感觉华山和她之间似乎有点微妙，这似乎也解释了他不愿意接受中专女孩的原因。

华山告诉我，他离开图书公司的原因，是严重的干眼症，使他无法再整天面对电脑编辑那些密密麻麻的文稿。而且长期的伏案工作，也使他的躯体化症状更加严重，到了必须休养的程度。去图书公司时他已经志不在此，觉得在那里已经学不到东西，只是手头紧巴需要挣一笔钱。离开之后，华山参加了一个叫做"不周山"的文艺项目。这个项目是由与工友之家长期合作的艺术策展人宋轶、黄静远发起的，主题是"从高原到山城、海岛的行进式"，组织招募一批创作者、研究者、策展人和媒体人旅行陕西、甘肃、青海、四川、重庆、广东等好几个省市，一路举行文学聚会和聊天对话，事后大家分别写下记录，配合纪录片、图片形成一次文艺展览。由于有资金赞助，17位参加者无需出差旅费，华山是第一批被宋轶邀请的，很乐意地参加了。这次活动对他显然意义重大，他认识了更多的文艺知识圈的人，更主要的是，看到了流水线和城中村之外的另一种生活方式。

万华山在大理,他把少年白的头发染成了亮眼的杀马特

2021 年冬天，我和万华山爬野长城

修实学堂只是华山隐居生活的开始。之后不久，他和大肚一起离开，并且带走了那位哲学博士的书，与另外两个人一起，在附近的八道河岭合租下一家农户小楼的二层，开始做一个叫做"3.14"的空间，名字的寓意是 π——无限不循环。

三

这个空间并不是营业性质的，当我去到那里的时候，只有两三个朋友一起玩，似乎对于究竟要做什么，几个合伙人并没有想好，只是看中了栗林溪流环绕的环境和宽敞的大露台，先住下来，开始所谓的"在地"生活，这是一个在当下青年中流行的概念。

"在地"的一个标志，是他们弄到了两块田，用来种菜。一块是房东附送的河汊地，一块离得远些，是去几里路外的渤海镇买菜时，路遇一个老大娘送给他们种的。河汊地覆满荒草，只开垦了一小半，我和华山、大肚扛起锄头和铲子干了半天，才算把整块地盘曲错节的草根清理出来晾晒，等待几天后撒种。渤海镇附近那块则已经平整完好，前一段来此居住的诗人陈年喜和华山一道，在地里点上了豆子、萝卜和小白菜，已经可以摘吃了。

陈年喜来到这里，是打算和华山合作一个写作项目。作为公益项目大爱清尘的顾问，陈年喜接受了委托，写一本大爱清尘十周年史。因为涉及大量的采访和资料整理，一个人难以完成。他在不周山旅途中与万华山商量，两人合作采访与写作，也能各自得到一笔收入。为了有个好的环境，他特意来到八道河岭住下，两人分了一堆电话号码，各自采访与整理资料。

但项目进行得并不顺利。一些电话号码过于久远，受捐助的当事人难以找到，不少尘肺病矿工早已去世，家人联系不上，或者不愿重提隐痛。大爱清尘运行前期财务管理不够正规，很多资金的来龙去脉根本理不清。两人各自费了不少力气，到后来难以成稿，只能放弃，陈年喜离开北京回了商洛老家，报酬自然无从谈起。

另外一个华山参与的项目，是老舍文学院组织的密云水库移民新生活文集。华山跟着一拨报告文学作家采风半个月，写出了共计两万字的三篇散文，说是稿费千字800元，但交上去之后一直不见下文。

两个项目的落空，难免带来经济上的压力，陈年喜建议华山和大肚把驻地利用起来，招募年轻人过来游玩体验，挣钱交房租和维持运转。驻地四周的风光和山居生活的悠闲对都市上班族很有吸引力，华山积累的文艺圈人脉和厨师手艺也正好用上。赶上春暖花开，起初几次招募很成功，每到周末，华山的朋友圈总是一堆年轻人跟他去溪边摘野菜做罗勒酱、上山采野杏泡酒、在露台烧烤晚餐、练拳击、弹吉他、看电影的图片和视频，其中有不少年轻女孩。华山自己还会去铺满柔长水草的河中游泳，跟二三好友爬野长城，偶尔显露他健实的体魄和充满雕塑感的肌肉块，以及与大肚的拳击比赛48∶0的胜果。我也是心生向往来到这里，见面时感到华山比在中关村时舒展了很多，几乎看不到躯体僵硬的痕迹，问他说是干眼症也好多了，看来乡野的休养生息大有裨益。

后来我才知道，他身体症状改善的另一个原因，是因为他正在进行一项隐秘的计划——逐个向以前压制他、造成了他强迫症状的人"复仇"。

首先是父亲。春节回家时，父亲按照传统的套路，再一次因为细小的事情摔破了手中的碗，用极难听的话开始辱骂华山的妈妈。以往华山只是和亲人们一块默默忍受，这一次他决定到此为止。他冲到厨房拿出一把菜刀，冲到父亲面前递刀吼叫，"你有种就把刀接过去，先砍我两刀，还我们的父子名分。两刀你砍不死我，我就把你砍死，我们两不相欠。"

看到儿子直勾勾递过来明晃晃的菜刀、扭曲狰狞的脸部线条和喷火的眼睛，一向跋扈的父亲被吓住了。用华山的话来说，父亲一向是个色厉内荏的人，在外面对即使是一个生产队长之类的小官都万分卑屈，从前在没去世的当大队支书的爷爷面前也是俯首帖耳的奴隶，只是在这个家里飞扬跋扈，把他从小和在外受到的创伤加倍补偿回来。眼看父亲低下了头，华山乘胜追击，要求他保证以后不准再骂妈妈和奶奶一句难听的话，否则就是你死我活。父亲也答应了，之后在华山面前变得低眉顺眼，也不敢当他的面骂家人一句话，以往的情势彻底颠倒了过来。

在这次对峙中，从前习惯忍耐的华山第一次感到了自己爆发出来的力量，和以愤怒压倒原本欺凌自己的人的释放感。随着一股痛快的电流掠过脊椎神经，他的肩背不再那么僵硬，身心都变得舒畅起来。第一次转述这次冲突的时候，华山说是"大喊大叫着和父亲沟通了一次"，直到后来我才了解其中惊心的情节，和他自认为的强迫症的来源。

华山自述出生在一个没有分家的大家庭，小时候三个没出嫁的姑姑和奶奶对他非常溺爱，还有三个姐姐。他体会到人心的善良和女性美，也传承了爷爷的凶悍，受到了父亲的拳头耳光和恶语打压，两者形成了内心的强烈冲突。他经常攥紧拳头却不敢反抗，只能在心底发狠，神经和身体绷得特别紧，埋下了强迫症的根源。十来岁的时候，华山开始盼望天上降下雷电劈死父亲。有一次父亲开拖拉机别了腿，华山"特别开心，至少养伤那十来天他不可能起来打我。"一边是想弄死父亲的凶狠，一边却是见到跌落的小鸟要用棉花包起来晾干翅膀放飞的善良。

在学校，华山一直是班上的"学霸"，还得过全乡数学竞赛一等奖，但他更大的兴趣在阅读和语文上。他抱着村子里能找到的《老人春秋》《妇女之友》《故事会》和武侠小说废寝忘食，一直梦想当作家。这某种程度上是父亲喜欢读书的遗传，父亲只有在看书时才不会受到爷爷的暴打。三年级时华山弄到了一本《金瓶梅》，被爸爸收藏起来了。上中学的时候，华山已经开始想一些抽象的问题，譬如在书上看到有人说最美的画也比不上少女的美，有人反驳说美感和快感不一样。华山看到之后特别兴奋，觉得自己洞悉了世界很大的奥秘，和上学路上一起走的伙伴们都不一样了，甚至觉得骄傲又孤独，无人分享。直到上了高中，才知道这是从朱光潜《谈美书简》中抽出来的一段。他还发现，当初《故事会》里面的一些小故事是选自冯骥才的《俗世奇人》。这时华山的阅读书目已经进展为池莉、张爱玲、王跃文等人的小说，大多是逛书摊买来的盗版。他每个月从300元伙食费省下100元用来买书看，却受到了兼任班主任的体育老师的强力打压。

在"3.14"驻地的一天晚上，万华山有些兴奋地打开他的手机，分享了最近他和从前高中班主任的一串微信聊天，原来这是他向班主任老师复仇的记录。这位老师由于是搞体育出身，对阅读毫无感觉，严禁华山在自习课看课外书，华山坚持要看，两人因此发生了尖锐冲突。体育老师查到华山看书就夺走撕毁，还罚站羞辱他，又利用带体育课之便让华山出洋相。譬如让当时个头只有一米五几的华山第一个上去演示做广播体操，遭到全班同学哄堂大笑。体育老师还大半夜突袭宿舍，搜床铺看学生有没有藏匿课外书，第一个搜华山，搜到书训斥一番，当场撕掉或收走。这位老师一共撕掉了华山十几本书，华山觉得他给自己造成了阅读障碍，总是提心吊胆没法沉浸其中，写作热情被冻结，很多年中再没有写过一行字，并且出现了神经官能症，导致中途退学和高考砸锅。最严重的高二一年，华山想过各种各样的死法，买安眠药没有买到，跳水自己会游泳，后来想要制造失踪的假象，以免被人谈论，坐车去了两百里外的山里，找到一棵树打算把自己吊死。绳结都已打好，"脖子伸进去试了两次"，在最后一刻才放弃，因为感觉自己打的绳结不专业，勒起来会非常痛苦而无法立刻了断。

许多年之中，华山总是觉得这位体育老师毁了他的梦想，跨过父亲这关后，到了向班主任复仇的时刻。

华山想法加上了老师的微信，诱使他与自己聊天，突如其来开始声讨他过去的打压。面对来自前学生的质问，这位老师开始坚持"是为了你好"，但华山不肯罢休。他把老师过去对自己打压的细节，一五一十地写出来发过去，质问他这些行为哪一项单纯是为了学生好，没有含有侮辱、虐待？老师承认自己方法不对，但仍旧坚持动机是好的，不肯道歉。华山步步进逼，告诉老师自己现在是个作家了，跟中国文联有关系，还认识教育局的局长，在北京怎么怎么牛，可以动用上层关系摆平他，要跟他们校长，跟教育局各种聊。还准备举个牌子去信访，去县里大张旗鼓传播，上三路下三路一起来，"让所有人都知道你的伪善和残忍"。华山甚至告诉老师，他曾经一度跟在老师身后，拿着匕首，想要弄死他。多管齐下、虚虚实实，让老师知道华山现在的社会能力比他高，有资源伤害他，职业和生命安全都受到威胁。"更重要的是，我的气势，我的凶狠、残忍，超过他十倍不止"。重压之下老师终于开口道歉，不再死咬着是为了华山好，承认自己人性的卑劣和残忍，以及对华山造成的伤害。

最后华山提出自己的诉求，不准他再当班主任误人子弟，只能老老实实教体育，老师也答应了。老师还提出给华山两万元红包，华山没要，因为这会落入被控告敲诈的圈套，也不是他的本心。从华山最初加上老师的微信到得到这句正式道歉，用了两年的时间，之后每过一段，华山还会发信息敲打这位老师，并且向旁人询问证实，老师有没有遵守约定。最近一次是2023年春天，华山发给我一张微信聊天截图，是向家乡一位熟人询问那位老师有没有再当班主任，对方回复华山"没有了"，华山回复"好的"。

这一番追索与复仇，华山写在了一篇题为《一声迟到了十五年的道歉》的文章里，但文章的语气比起他展示给我的手机微信聊天要柔和得多，后者完全不像是一个学生面对过去老师的语气，而老师却猥琐含糊，一副试图用师生情谊敷衍过关却只得缴械投降的样子，完全没有了当初的高压和面子上的师道尊严。

两次复仇顺利完成后，华山开始他"要说法"的第三个目标——在东莞打工时的五金厂车间主任。华山说，这个50多岁的车间主任是个人渣，在他手下干活"跟坐牢差不多"，他骚扰女工，见到年轻女孩子就过去摸头摸肩假装关心，对于因为怀孕不能接触天那水（俗名香蕉水）的女工，却拒绝她们调换岗位，说"又不是我的娃，嫌对娃不好就回家"，造成两个女工流产。还在售卖车间的金属材料废品中吃废品站的回扣。华山在厂里当文员，只要有一点错，就被骂得狗血淋头。其中一次是另外车间的副主任带他60多岁的老妈应聘，华山因为超龄没有接受，那个副主任就动手打人，车间主任赶来一看是厂里的要人，马上笑脸相迎，痛骂华山"瞎了你的狗眼，活该他妈挨揍"，还说"你就是个傻×啊，小伙子，白活那么大了，吃屎长大的吧"，这番侮辱牢牢刻在华山心里。对于华山喜欢的一个单纯漂亮的女孩，这个车间主任动不动就去摸摸头捏捏手，看得华山牙痒痒。对付这个主任，华山投石问路，先告诉他自己现在的厉害，在北京有官方人脉，要求主任向自己道歉。主任很硬气，华山再步步为营，将对方逼到墙角。最厉害的几招，是揭露他吃废品站老板回扣的事，怀疑他监守自盗厂里的黄铜输送给废品站，威胁他会捅给老板；说要报警举报他性骚扰，找女工对质。并且说他意淫老板的情人助理，在背后骂老板。最后这两条没有凭据，但足以引起小气的老板的反感，几条加起来，足以让主任丢掉饭碗，甚至吃更大的亏。为了加大压力，华山甚至暗示性地问这位主任"你的老婆孩子还好吗，就是问候一下"。全方位逼迫之下，车间主任果然屈服了，"他叫我大爷，叫我爹，都快这个程度了"，从前作威作福的主任在自己面前变成小猫咪，华山体会到了一种混合着伸张正义的快感。

华山说，"复仇三部曲"成功之后，他的躯体障碍症状大为减轻，甚至连干眼症也不治而愈。因为在内心接受了自己，不再自我折腾冲突，"自然就生理舒服了吗"。

不过在现实中，躯体障碍的真正好转，还是因为在2021年冬天，一位女孩带华山去回龙观医院就诊，吃了四个月的盐酸舍曲林。这位女孩是华山在"3.14"驻地结识的朋友的朋友，本身经历过躯体障碍。

四

去"3.14"驻地探访中，我和万华山以及朋友多次攀爬过附近的野长城和长满栗树的山坡。攀爬野长城途中，在采摘经霜的酸梨和华山家乡也常见的海棠果之余，华山断续讲到了他从前辍学打工的经历。在南方，华山换过很多的工作，从卖小型变压器到组装汽车马达，其中在草台班子跑龙套的一段让我特别感兴趣。

他提到剧团里几个特别的人，其中有个特别擅长口技的商丘老头，模仿百鸟鸣叫惟妙惟肖，一只手在幕后做出鸟的样子，平时却笨嘴拙舌，因为一只眼睛白内障被大家瞧不起，完全没有存在感，时常在演出间隙拿出女儿的照片来看。一位魔术师最拿手的节目是空手变出鸽子，他屡屡对华山抱怨，表演中鸽子又把屎拉在了他的西服袖子里，鸽子就藏在那里。一个叫做"东莞刘德华"的演员到剧团来走过穴，像模像样地操着香港腔演唱《忘情水》，模仿刘德华字体给人签名，与华山合影，类似的演员还有东莞韩红和刘欢。也有选秀出身签了英皇的三姐妹，跟容祖儿同门，看起来绝顶漂亮，却没有红的希望，偶尔也会到这种草台班子来表演歌舞，对他特别和气。剧团内部一个长相最平常、唱歌总跑调的女生有天悄悄告诉华山，剧团里最漂亮的那个女生嫉妒她，而在华山看来，不过是她的自卑心理的反射。华山自己跟人说相声、演小品，譬如回家打老婆的醉汉、街边的小偷，由于躯体强迫症总是不太成功，抖的包袱过于严肃，演的坏人不够滑稽，观众不笑，不上台时要搬沉重的音响，打灯光。三个月之后他失去了兴趣，加上不挣钱，也快回家过年了，就离开了戏班子，开始下一段漂流。后来他把这段经历写成了《我在东莞演坏人》。

听得多了，有天下午在露台上，我拿出笔记本，请华山详细讲一下他的打工经历。讲述的悠长，远远超出我的预料，直到暮色降临，山影飘落。

华山第一次出门打工是在2009年，辍学跟一个亲戚去了台州，在柴油机厂流水线上干搬运，70千克一具的机件两个人抬，活非常重，华山17岁的身体感觉撑不住了，只好铩羽回家，上学复读。

当时华山很珍惜这复来的上学机会，学习很认真，"心也起得很大"，想考个名牌大学。但临近高考，压力越来越大，"感觉身体内部有根绳子捆着"，咳嗽了好几个月，痰特别多，浑身无力，甚至担心自己会死。到达一定程度后，拿笔写字都不能自如，每做一份模拟试卷身体都会疼痛，终于在高考前两个月弃学。后来虽然临时抱佛脚回去参加了考试，但只够上三本，华山不想求父亲掏高价，决定放弃上学出门打工。

这次去了广东，他第一份工作是在小公司当快递员，骑的是自行车，经常淋着雨去送货，一身湿，天晴时又暴热。快件装在后架的篮子里，一个月能拿到1800元，当时不算低。干到过年回家辞工，年后去了个五金厂，招工的人对河南民工有地域歧视，托了老乡才进去。在流水线上组装散热片，之后因为看上去有些书生气,"跟杀马特小孩有区别",他被提拔干了几个月车间文员,统计进出货物和材料,遭遇了那位有似狱霸的车间主任,埋下了以后上演"复仇记"的伏笔。

除了车间主任的碾压,他工作也很不适应。开始想得挺好,脱离了手工活,还能跟旁边小姑娘聊聊天;没想到杂务繁多,要跟各部门打交道,这让当时有社恐症的华山极为畏难,"憋了半天上去说一句话,人家没听清又不敢说第二句",内心消耗特别大,一月工资也就多 200 元。熬过了适应期,到了第四、五个月工作理顺了,华山却提出了辞职,"我有个特性,不愿干套路化的东西,干熟了就腻了,想往上走,挑战更复杂的事"。

华山四处找了一圈工作,想当业务员没找到,仍旧回到流水线,在太阳岛上一个厂里当上了储备线长,干了一个周就走了,觉得很难受,很孤独。晚上去旧书店看书遇到一个女孩,见华山看她就放下书,脸红红地走了,华山拿起来看,是一本有大段黄色情节的小说。多年以后华山写了篇小说《太阳岛的一夜》,把这个女孩虚构为主人公,自述她在工厂里因为性苦闷被人嘲笑,实际上也在写自己。之后他到了一个自行车赛车厂里做普工,工资高一点,干了半年,算起来在东莞一共待了 2 年,换了 3 个厂。有段时间他当电脑培训学校的业务员,在街上发招生传单,没有拉到什么人,只能拿 1 000 元底薪,这时东莞的最低工资是 770 元。

在街上晃荡时,华山看到一家手机店开业,请了一个草台班子来表演,一个女孩在台上唱情歌,穿着一身光鲜又廉价的淘宝衣服,打扮成公主的模样,主持人鼓励观众上台给她一个公主抱,兜了两圈没有观众敢应承。女孩看上去有点不知所措,华山一时冲动跳上台抱起女孩，和女孩对唱情歌，因为"台风好"，不但得到了一个大礼包奖励，还被招揽进了戏班子，由此有了那段"我在东莞演坏人"的经历。

这段为期三个月的经历结束后，华山去了青岛，在一家本土名牌电器企业流水线组装冰箱，一个人要干好几道工序，特别累，每天上12个小时班，上厕所也要打报告，另外加班也不给钱，一周只休息1天，工头对工人直接斥骂，比传说中的富士康苛刻得多。华山在这里也只干了3个月，却像脱了一层皮。2012年左右，华山又回到广东，在一个汽车马达厂干了1年，工资待遇涨到两三千元。也干过一段货物统计，工作之外去过海洋馆，逛过大梅沙小梅沙，打打桌球，上上网，偶尔看看书，也经历了和柳州女孩还没开始就结束的恋情，"始终感觉心不在那里"，不愿再继续这种无聊的打工生活。

后来华山回到郑州，和两位在读野鸡大学的高中同学合伙创业，租下医院外的门脸开了家超市。刚开始干得挺起劲，不到3个月，货架还没摆齐全，同学大学毕业想考公务员，说是认识民政厅下边一个校领导能走关系，急着拿钱疏通关系，想抽出股本转让给别人。华山也只好退出，装修费带进货总共花了10多万元，亏损进去五六千块。结果同学所谓的关系并不靠谱，考公梦也成了泡影。

经此打击，万华山觉得虚无，当了一次背包客，从河南一路搭客车南下广州，中间在武汉待了几天。他在从武汉到广州的车上认识一个女孩，说她在桂林卖根雕，两人留了联系方式。之后华山在广州卖了两个月清洁用品，女孩给华山发QQ信息，让他去桂林一起干，华山就辞职去了桂林，玩了两天后去了女孩所在的阳朔,"一去就发现不对劲"。两个男子在一个路口接上华山,问根雕店名字,他们说不出来,华山觉得是假的,但又感到刺激,心想不能把自己怎么样,就跟着去了。

到了一处破旧家属院的三楼,三室一厅的房子,一进屋两个女孩过来帮着拎包,进去后有中年的两男两女,桌子上摆着水果。大家跟华山聊天,特别殷勤,华山刚要伸手去拿香蕉,中年阿姨就剥好香蕉递到手上,又为华山剥好橘子,连籽都摘干净。中午吃饭,问华山爱吃什么就做什么,晚上洗澡把水给烧好。第二天带华山去见朋友,参加洗脑的课程,上台的人人口才都好,在外边上厕所都有人跟着,"那时候我知道是传销了,有点恐慌"。

华山假装配合,做出对那些天花乱坠的前景神往的样子,假装拉肚子上厕所,趁机打电话报警,警察也不管,华山只好给同学打电话,同学说在河南也来不了,华山只好等到晚上,蒙着被子在手机上查逃生技能。到了第三天,团队带华山去逛宋代风情街,走了很远的路,晚上跟华山一个房间的两个男人都睡得特别死,华山决定趁机逃跑。两三点时,华山喊了两个男人一声,他们打着呼噜,华山起身赤脚背上包,在黑暗中摸索到客厅,经过三道门,开大铁门时哐啷一声,华山吓得赶紧放下包,心想被抓住就来硬的,还好等了十几秒没动静,就开了门往楼下跑,打开大院子虚掩的铁门,把手提的鞋穿上,一口气狂奔出去很远,打了一辆面包车,给司机200元钱,径直拉到桂林火车站上了车。第二天还接到传销组织的电话,说你走也不说一声,不是不让你走。回想起来,华山觉得幸亏碰上的是相对柔性的南派传销,至于那个女孩,到了桂林就没怎么交往。

脱险的华山回到广州，在大街上推销皮鞋清洁膏，练了几句英语，卖给批发市场里摆摊的黑人。黑人喜欢穿皮鞋，华山蹲下给他们鞋面点上几滴，再擦几下示范，连说带比划，也能卖出去几只，价钱都抬得很贵，主要还是靠拉人头，分级提成，也没拉到几个人。后来又去了深圳，通过一个"道儿上的"老乡介绍，给一个酒吧看场子，混了几天。酒吧老板娘想让华山跟着贴身马仔长期干，华山觉得乌烟瘴气，没同意。老板娘的闺蜜是从日本回国的，问华山到底想干啥，华山说想学技术，闺蜜就介绍华山去一家日料餐厅，在后厨帮工摘菜，清理海鲜，后来上手做中国餐和炸天妇罗、味噌汤之类，他吃得特别好，日本进口的米配烤三文鱼，都是就便食材，感觉自己皮肤都变细腻了。就是在那里，华山炒了几千客蛋炒饭，练出了抡起大铁锅颠勺的本领，煎烤烹炸十几道菜，"三个月之后就滚瓜烂熟"，他升了领班，但又开始感到了无聊，即使以后当厨师长月入1万多元的前景也吸引不到他。

时令入夏，后厨天着气灶热得缺氧，住在蔡屋围的破旧老楼，五六人一间房，看不见的小蚊整夜叮住皮肤，挠痒挠得筋疲力尽，楼下垃圾桶里的老鼠大得像猫，至少有两斤重，而这里距最繁华的深南大道并不遥远，"真是冰火两重天"。因为被咬得睡不着，华山看完了2014年那届世界杯，因为太累、太瘦抵抗力下降，长了带状疱疹，就此离开回了老家，但练出的厨艺却使他之后受益匪浅。

从老家出发，华山跟着一群人去了青海摘枸杞。头顶昆仑山散发强烈的冰川反光，每座山峰都姿态不同。在昼夜温差极大的草甸上，一群人住帐篷、采野果，艰苦而新鲜。在一种远离日常的浪漫氛围中，26岁的万华山迎来了人生中第一次恋爱，对象并不是他一直向往的漂亮又聪明的女孩，只是一个普普通通的农村姑娘，喜欢模仿女明星。两人无话可说，但她很爱慕华山，让华山摆脱了此前内心的缺乏自信。雪山下的这段日子，成了华山一生中独特的回忆，有时会感到失去什么似的惋惜与不甘，但也恢复了自信，感觉自己真正成人了。

带着成人礼的回忆和四五千元的工资回到郑州，华山去了另一个高中同学开的运动护具公司，推销据说是有红外线治疗功能的鞋垫，以及说是可以减少吸烟危害的红外线能量卡、可以防止前列腺炎的红外线内裤，总之是与红外线有关的一切东西，功能当然是忽悠。华山在这里干了半年，跑了郑州700家擦鞋店中的500家铺货，还想了个点子，申请成立"河南省足部保健协会"，印了名片，由此接触了一些有钱人，参加过展销，也结识了一些白领，被带着打过高尔夫和保龄球，算是摆脱了从前的圈子局限，熟悉了阶层不同的人群和生活，开阔了眼界。

但同学和华山自己都没有挣到钱，只有一个坚持做到底的人赚到了，之后在郑州买了几套房。华山总结自己的失败原因是干这一行需要心狠，卖高价不能心虚，而他自己无法做到这一点。离开后华山去跟一个温州老板卖厨房五金，学一学这方面的生意经，几个月之后与老板产生矛盾，加上老板的妹妹和华山之间有好感，老板态度由先前的支持变为阻拦，华山觉得尴尬就离开了。他再度南下深圳，在福田一个批发市场卖家庭五金和建材用品，继续学习这方面的生意经，但因为老板为人冷漠，他感到没意思，离开后去了一个变压器厂推销小型变压器。对方许给他当大区经理的愿景，但具体推销起来落差很大，产品质量不过关，他只是学到了不少使用这种小型变压器的 LED 灯的知识。

之后万华山又去了一些别的城市，进过厂，回乡在驻马店干过两个月装修，跟的是自家大舅，却"被当作牛马使唤"，工资一直没有结。他只好再次回到深圳，在一家工厂做库管。这份工作比较清闲，华山抽空看了不少书，印象最深的有一本是唐德刚《晚清七十年》。这已经是 2015 年，过年之后深圳地租升高，工厂要搬回东莞。"我一看，兜兜转转又要回到那里"，心里很失落。七八年一无所成，文学梦渐行渐远，相亲不顺，当时追求一个回族女孩也告失败，华山成了大龄青年。

几番难过之下，华山决定看开婚恋，重拾文学梦想。厂里没事他就躲在角落看书，在读完一本盗版《穆斯林的葬礼》之后，他心里产生了疑问，写作怎样能没有病句，标点符号如何规范。于是买来正版书一点点抠标点符号，琢磨了两个月时间，终于过了这关。事后看来，这和颠勺的基本功一样，让华山长远受益。因为心情郁闷，华山开始发微信朋友圈，每一条都很长，一个夏天写了 10 多万字。内容是读书的心得和社会思考，也有某些瞬间的感受，由此他拥有了一些自信，下决心到北京，干跟文学沾边的事。

2016 年，万华山出发北上，手里只剩下三四千块钱。一个同学赞助他的文学梦，给他打了 4 000 元。到达北京之后，一个亲戚号称自己是包工头，把华山带到燕郊，实际是搞传销，华山二度被拉入伙，硬着头皮听了六天洗脑课程，到第七天撕破了脸，强行离开了，心想一定要离文学近一点。他在网上看了一个北大保安招聘的启示，队长问华山有无纹身，华山说没有，第二天去面试，住进了北大地下室，不料同时接到了书店的录用通知，持续七年的打工生涯才终于结束，开始了真正与文学有关的生涯。

那天露台上的讲述过于悠长，开始时暖阳高照，微风和煦，收尾时已经暮色四合，寒气袭人。中间讲到桂林传销的一段，华山身下的长凳忽然垮塌，我开玩笑说"你的经历过于沉重，凳子承受不住了"。华山此后将这句话发了朋友圈。

在怀柔的期间，华山偶尔仍会回城，去皮村找小海和其他工友玩，或者参加文艺青年圈子活动。2021年6月的一天，我和小海、大肚等人一起，在东四十条街边观看了华山演出的独角戏剧——《环形成长》。这是一对艺术家创办的系列演剧节目中的一期，剧情是华山从乡村到都市再到乡居生活的螺旋形成长轨迹。舞台是向一家服装店租来的一个隔开的两平方米小空间，刚够一个人躺下，类似于橱窗，人们都站在大街上观剧，路过的人也可以停下来欣赏。华山在橱窗里表演了他小时候干农活、打工当中弯腰拧螺丝、在皮村写作以及在怀柔山中采摘野杏罗勒草的四个阶段，把从前的人生在一个小时之内做了浓缩展示，其中还包括去山中打算自杀的情节。十几个各处赶来的文艺青年和几个路人观看鼓掌，预想中快递员和外卖骑手停下来观摩的情节并未出现，因为他们急于赶路，皮村的工友们也忙着上班，除了小海无人前来。但无论如何，这是华山第一次成为一部戏剧唯一的主角，在他拧螺丝或者跑龙套的时候无法想象。

五

那些一起挥锄翻地、爬山采杏或者下河游泳、捡拾板栗的日子里，我屡次跟华山说起，希望他将眼下的山居生活记录下来，即使只是每天一篇日记，一两年后也可以形成一本书，给向往乡野生活的都市族看，"毕竟你真的在这里，别人没有你这样的经验"。

但华山觉得这些东西没多大意思，无非是小情调。有一段时间，我以为他是出于惰性，不能坚持。后来才知道是真话。他的另一解释，是身体疾病，到山里来主要是休养，让躯体障碍和干眼症慢慢痊愈。

在八道河岭期间，华山写东西不算多。他的一篇小说《皮猴子》在师力斌手中辗转了北京和山西的两家杂志，最终也没有发表。最集中的成果，是2021年第十五期《新工人文学》发表了万华山写作专辑，其中有两篇散文和两篇小说。小说的原型是"3.14"驻地的房东大爷，很有魔幻味道，里面有大量学科知识的引用和对于宇宙人生的议论，我觉得走得太远。我更喜欢的是《一锅稀饭》，后者是写自己少年农忙时因为下水摸龙虾割伤了脚，代替奶奶在家熬稀饭，因为加多了碱面提心吊胆，担心被暴脾气的父亲责打的事情。相比于"复仇记"中父亲的暴戾无常，故事里父亲的暴脾气多了现实原因——劳累。当父亲一口气吸溜下粥面上的米油，仰脖呼噜完递给华山说到"再来一碗"时，字里行间似乎能窥见一丝难得的父子情。华山也是这期的封面人物，照片是他在驻地的书架前跷着二郎腿，花白的怒发上冲，穿着"劳动者最光荣"的工友之家文化衫，手里夹着一根烟。为了健康导向，那支烟最后被小付P掉了。

对于华山来说，八道河岭的意义除了休养身体，也为他带来了各类的朋友。陈年喜之外，作家文珍、郑在欢、真故传媒出版负责人果旭军以及不少导演画家等人都曾来到这里，其间也包含了各类女孩子，华山和她们当中的几个发生了或深或浅的交往。最初一个是南开大学研究生毕业，喜欢漫游，住在京郊农家院里，在参加招募时与华山相识，两人谈了一段恋爱，结果不欢而散。两人的亲密程度仅限于接吻，似乎当初的某种精神禁忌仍旧存在于华山身上。

另外一个女孩子也是研究生毕业，在某个公司做财会，对华山来说是邻家小妹的感觉。两人一直没有言明，后来女孩莫名陷入一场危机，公司领导胁迫她挪用账上资金，眼看快到年关结算，领导意图把责任推到女孩身上。女孩吓得一筹莫展，求助于华山。

华山一段时间内往来于八道河岭和北京市区，引导女孩通过聊天交涉截图了领导操纵挪用公款的证据，提出假如领导再逼迫就公开证据。二人最后迫使领导自己补上了亏空，化解了女孩的人生危机。

类似的暧昧对象还有两三位。至于那次一同雪后爬山的女孩，华山说两人之间也有意思。女孩家在四川绵阳，因为疫情阻隔出国留学落空后，女孩回到了绵阳打算接手家族企业，希望华山去她那里帮她打理。华山觉得到了那里是寄人篱下，犹豫再三并未成行。

虽然纠葛颇多，直到离开八道河岭，华山并未和这些女孩中任何一位发生实质关系，似乎他也不需要。至于更长远的结婚成家，就更加谈不上。这让我常常为年过三十的他感到担心，朋友们也会为此规劝，华山自己却并不上心。

"3.14"驻地的招募时起时伏，每当冬天来临就陷入沉寂，经济收入成了问题。有时候华山会一个人待在驻地好几天，没有一个人说话，疫情中还曾被隔离在村里一个多月。2022年开始疫情再度紧张，华山春节后在老家一直逗留，开始说是在学车，后来得知他打算在家乡创业，做电商和有机农业。

他的朋友圈开始铺满了在大林镇当地走村串户寻找土特产的展示，从鳞光闪闪的小白条到其貌不扬的毛桃，还有宰杀过与药草同炖的老母鸡，以及在网上销售的记录，让人感觉他信心满满，生意蒸蒸日上，局面已经打开，还发出了招募员工的信息。我很想过去看看，却因为附近的县份有疫情一直没能成行。后来又看到他和一个女孩的合影，追问之下得知，这是他干爹的女儿，在上一所三本大学，从小对他很信任依恋。两人感情上兜兜转转，都没有着落，一经挑明很自然地在一起了，这也是华山打算在老家创业的一个原因。这个消息让我为他感到高兴，他本人却有些窘迫，原因是八九岁的年龄差，加上从前干兄妹的身份。

这以后不久，华山在家乡干了一件大事，忽然成了新闻人物。事由是一家当地招生量很大的民办学校忽然将学费从一年3 000元提高到7 000元，引起大量家长上不起学的恐慌。华山在自己公号发布了对这家学校的质疑的公开信，引述了不少教育政策和法律条文，显得气势十足又有理有据，很多外地的朋友帮助转发，其中也包括我。文章阅读量由开始的几百一路蹿升到几万，大大超出了公号平时的流量和所有人的预料，受到了当地政府部门重视，华山代表学生家长和副县长、教育局局长、校长谈话，事件最后以学校取消大幅度提高学费收场，华山成了为乡亲们出头的英雄。这件事情和华山的创业相互呼应，增加了声势，一时间华山屡屡成为政府的座上宾，似乎成了和过去完全不一样的人。

秋天华山回到了北京，帮助"3.14"空间的一位合租人收获承包的板栗林，事后打算退掉"3.14"空间租的房子，和在北京周边拜访一些有机农场。我们再次在八道河岭见面，一起在金黄的板栗林中散步。因为收板栗晒黑的华山显得精神振奋，一路讲起在老家发生的事情始末。华山是在集市上采买特产偶然见到家长上访的，他了解情况后主动申请加入家长群，曾经两度被踢，又被别人拉入。经过思考，他在网吧一个通宵敲出了那篇长文，搜索粘贴了很多从国家到地方、法律到政策的依据，全方位质疑学校大幅提高收费，早晨七点钟发到了网上，又手动推给很多认识的人转发。过去在皮村和八道河岭积累的人脉起了作用，文章的反响很快滚雪球一样扩大开去，他自己睡了一觉起来后，发现已经民意汹涌。

文章中华山把自己称为在北京工作过的前媒体人、文学编辑，当地政府完全没有料到有他这么个不见首尾的人物，一时方寸大乱，面对他时完全放下了身段，甚至称他为"万主任"，请求他照顾家乡在外界的舆论影响。虽说华山并没有从中接受任何好处，连家长们的一顿集体宴请也没有得到，但在政府这边，他先前跑了几趟申请的农业加工执照被局长领着快速办理，还得到了一笔10万元的农业无息贷款。用华山的话说，当地政府"很想讨好我一下"，特别欢迎他在家乡创业。

华山在朋友圈公布，他的创业布局分为四大块：电商售卖土特产、家庭有机农场、布尔山羊养殖合作社、农业产品加工厂。栗树小道散步途中他介绍，电商这一块，靠他自己在老家先后卖了几千块的产品，他一来北京也就放下了。家庭农场已经承包流转了乡亲100多亩地，眼下是种麦子，以后改造成有机农场。农业加工厂手续已经办下来，准备买机器，布尔山羊合作社还是个设想。我提出山羊养殖要谨慎，一旦发生羊瘟死亡就会赔本，华山说这一块可以去掉。

至于恋情，华山的感觉和两个月前似乎已有变化。他说女孩太懒，放假时每天在家睡到很晚，平时只知道玩手机和平板，即使他赶了两百里路去见她也这样。头脑简单，关心的只有娱乐八卦，没法对话，"就是一般三本二本学生的水平，比我差得太远"。至于他和女孩的实质关系，似乎并没有越过干哥哥身份的界限，那根隐约的禁忌的线仍旧存在于华山身上。

华山离开北京前两天，我们他一起从八道河岭离开，和另外两位朋友一起包车在北京郊外转了一大圈，探访著名的小毛驴生态农场和其他两家机构，学习有机农业的知识。在小毛驴农场，工作人员解释了有机农业需要很大的投资，经历五年左右的土壤改良过程，产品销路也不容易打开。事后看来，这显然打击了华山的信心。当天晚上华山去了皮村，在小海处住宿。第二天华山又去北苑见了文学小组成员苑伟，我因为头天的行程过于疲劳记错日期，错过了跟华山和苑伟的饭局。又过了两天，华山离开了北京。

我以为他从此待在老家布局农业，但不久之后发现，华山朋友圈发布的地址和风物都变成了大理。起初他似乎是应朋友之邀过去看看，后来就租房定居下来，一直到过年都没有回乡。在大理，华山的生活跟在八道河岭有某种类似，却又很不相同，他似乎没有距离地融入了当地发达的文艺青年圈子，行程在酒吧、观影会、书店、小型沙龙和远足之间来回，接触了五光十色的新朋友，偶尔也会说到在苍山洱海之间种地隐居，但显然不是老家的农场事业了。他的朋友圈似乎恢复了打工后期的旺盛状态，每天会发上很多条，内容从社会时事到哲学读书，比一个专业的社会学家和知识分子更为活跃。至于生活来源，早期他回答是手里有那 10 万元无息贷款，而家人在经营的 100 多亩流转土地，可以补上花销。后来则说只要自己身体健康，生活费根本不是问题。

有一天他终于宣布，打算在大理就此待下去，放弃老家的农村打算，也就是在此时我们发生了争执。以后我们又交流了几次，得知他这么快离开老家的原因之一，是恋情的破裂。在大理，华山能够邂逅有共同语言的女性，他的婚恋观也彻底完成了转变，明白表示支持不婚不育的生活，不打算再按照传统套路生活下去。

"我现在就很成功。"他说。在大理，华山住在能看苍山洱海的房子里，楼下就有三家书店，随时对他开放，遇到的人都尊敬他，不管是教授海归还是艺术家文学青年，都愿意和他平等交流思想。那个拧螺丝和颠勺的打工青年，已经远远地被他抛在思考和写作的文字之后了。他说，他与陈年喜和范雨素相比，自己更愿意成为一个学者，"研究这个世界和人类面临的危机问题"。至于能否从"朋友圈思想家"真正转变为有成果的学者，华山的回答是，我有一些追求，达不到的话，"将来给年轻人当个铺路石，我也愿意"。

2023 年 3 月底，万华山在住处办起了小食堂，半营业性质地接纳朋友们包伙食，挣一份零花钱。看起来他变相地接受了那位大姐的建议，也是对"只要我身体健康，收入不成问题"的一份说明。一个朋友吃过炒饭后建议华山去外边开小饭店，华山回复爱做饭是因为小时候给负责八口之家伙食的奶奶打下手，耳濡目染，从未奢望成为一流的厨师。"从小，在抽象的事物上，我就明显比周边人要敏感很多。我想，这才是我真正应该着力的地方。"

  他在公号上发表了两篇文章，又回老家转了一趟，发现家乡的农场事业并不真正需要他，有父母就够了。他回到了大理，却开始对那里浮于表面的文艺生活感到厌倦，越来越害怕无聊的聚会和社交，宁愿孤独。关于文学的想象摇摇欲坠，现实失败却坚如磐石，经济压力如影随形。有段时间他欠了朋友和手机小贷的钱，清晨醒来发现自己无处告借，因此感到自尊阙如的痛切。生存压力之下，他恢复了在苍山镇的住处开"小食堂"卖套餐，以此挣得一份生活费，准备再次开启一边打工一边写作的模式。在篇首那条朋友圈后面，他说自己"觉得挺安心的"，即使已经放弃了成功的希望。

归宿

不服气的野马

一

2023年5月21日下午，特木其乐坐在皮村打工文化艺术博物馆入口一张小桌旁，看着三三两两的参观者进出，脸上现出若有所思的苦笑，又时而近于落寞。

进出博物馆的人多起来，这是几年以来没有的现象，但特木其乐知道这是回光返照。他一手参与创办的打工博物馆存在16年之后即将迎来谢幕，而他是那个看门的人，将要送走最后一名来访者，亲手将大门关上。

特木其乐是蒙古族名，他更为人知的名字是王德志，皮村工友之家和打工博物馆的负责人，也是名动一时的打工春晚的总导演。除了这些职务头衔，他还有更少为人所知的几个身份：相声演员、纪录片导演、皮村文学小组成员，知名度逐次递减。

那天下午，王德志邀我和纪录片拍摄者博文去他家喝茶。这套由两个小房间带一个过道组成的住处原本十分拥挤，过道是生火做饭之处，窗台的光线被油盐酱醋瓶子遮住一半，里边半截还有一个被禁止的燃煤小锅炉，锈迹斑斑。两间屋里各摆一张架子床，容纳一家四口居住，余下有限的空间被书架、桌子和储藏各种资料的柜子、纸箱占据，墙上也满是衣物挂钩和奖状、一双儿女的油彩画和大头贴之类，连头顶也垂着毛巾和洗过的衣服，有一种临时蜗居和长期的家庭生活混合的气息。唯一例外的，是书桌上方端正挂着的一张毛泽东像，比墙上女儿用铅笔勾勒的成吉思汗像更为庄重。

眼下屋子正在搬迁中，比我前两次来时空落了很多，却更显凌乱，满是杂物纸屑。和博物馆一样，这边院落也面临数日之内的拆除，所有工友之家的人员都在村中另找房子，不时有抬着什物家具的人匆匆而过，搬一张双人床垫时，我们也搭了一把手。这天的红茶喝起来也别有滋味，喝茶当中，院子背后突然传来挖掘机的轰鸣。王德志猝然起身去看。

他像猿猴一样从院子先前烧毁半面的一个破口出去，沿围墙顶走到院子的屋脊，眺望后边一带的情况，半天才回来。"没想到他们就开始了。"他说。拆除的是隔壁琉璃厂的厂房，后来知道也包括工友之家从前的库房，难怪他的脸色难看。

到了博物馆正式搬家那天，并没有什么外来参观者，先前怀旧的潮水已经退去，只有两辆货车和几个工人。前两天全国总工会的人来了一趟，挑选一些有价值的展品收藏，其中有王德志捐给打工博物馆的一套暂住证。工友们搬运比较笨重的藏品时，他在门侧一间小屋里埋头清理书籍，把一些和工运有关的或者有价值的挑出来装车，其他的作为废品留下。一本《社区规划手册》让他多看了几眼，一本封面泛黄的《九三年》让他停下了手上动作，仿佛在思索什么，直到有人喊他去领着拆"打工文化艺术博物馆"的木牌子。

这个金字黑底的牌子分外厚重，是当时王德志和伙伴们用心定制的，本来已经提前取下，由于《我的诗篇》导演秦晓宇来拍摄告别影像，又特意挂上去，现在再次取下，需要两三人搭手。

摘下之后，王德志抬着木牌前头，小心翼翼地和一个工友合作，把木牌抬上了货车，站在车厢里留下一张照片，脸上微笑，皱起的眼角却放射出密麻麻的细纹。下面垫上一些纸箱。这块牌子会和其他物品一起运送去平谷基地，堆放在一间小屋里，不知有无再次挂起来的机会。

取新工人剧场牌子的时候，王德志从小付住的平房爬上了屋顶，走过博物馆屋脊去到剧场屋顶，想摘下剧场牌子上方大大的红五星标志。他遇到了困难，日晒雨淋之下，红五星标志的正面鲜艳如故，背面支撑架的螺丝却锈死了，无法用钳子扳手取下，王德志尝试了半天不得不放弃。

先前等待货车来的时候，王德志还回到对面几乎搬迁一空的家中，面对特意留下的电脑，处理邀请巴基斯坦客户前来访问需要的文件。前一阵王德志和宋轶结伴去了巴基斯坦考察，想要把二手衣服业务拓展过去，这件事情关系到工友之家未来的生存，却因为入境问题已经拖延很久。炎热的小屋里，他腰背弓得很厉害，戴着老花镜贴近电脑填写那些必须精确填写的申请表格，和周边狼藉的景况格格不入，也缺少了一杯红茶带来的休憩。

很多事情逼到了眼前，来不及伤感回味，下午三点货车驶出博物馆大门的时候，没有人提议下车留影，王德志坐在副驾位置上，押着博物馆剩余的这些家当去往平谷。院子里只剩下垃圾废品，还有对面剧场屋顶的五角星，后来王德志请了一个搞电焊的工友来切割，才将红五星带到了平谷。

我去了王德志在皮村主街南边的新家。这是一套里外进带个卫浴小隔间的公寓房，租价1 800元，处在走廊尽头，有两面窗户受光，白墙瓷砖地，夏天有空调，冬天有暖气，整体条件看上去还可以，但王德志住着并不开心，他喜欢原来的院子，那里双脚接地气，端碗就串门，十几户工友之家的人员住了十几年，上公厕蹲坑都能唠会嗑，人不在家从来不用关门。在这里，"租"的感觉太强，虽然是大小四口，"家"的气氛却淡薄了，和存在了十几年却仍不得不离场的博物馆一样，他知道自己是这里的过客。

搬来后不久，他在晚上注意到楼下街边一个年轻人，似乎长久失业，无所事事，衣着却还干净，晚上待在一辆无人照看的三轮车上过夜，忍受夏夜的蚊虫。王德志不想只是待在二层楼上俯视，他穿过走廊，下楼经过长长狭窄的通道，来到大街上和这个年轻人聊天，却吓得年轻人逃离了暂时安身的三轮车。一番说服之下，对方仍旧没有告诉王德志任何事情，楼上的租客和路旁的流浪者，永远是彼此隔离的两个阶层，和逝去的工友之家大院是两回事。一直在反抗什么的他，身不由己地成了其中一分子。

博物馆和家属院子拆除的那天，王德志知道消息，但他没有去，短信回复"不忍心"。就像博物馆迎接最后一批参观者那天，我问守门的他"伤感不吗"，他难得地承认"有一点"。

但这是他生平中少见的时刻，更多的时候，他一直说的是"不服气"。一口不肯服从的气，支撑他从蒙古草原只身出走北京，又和伙伴们一起来到皮村，一直到今天。

二

1995年的一天，一个风尘仆仆的毛头小伙子走进中央电视台门房，径直告诉柜台后面穿着央视制服的大姐，"我要上春晚，说相声"。

博物馆拆除在即，负责人王德志神情有些失落

王德志和工友们拆除新工人剧场门头的标识牌

打工博物馆拆除现场，哥斯拉巨兽一样的挖掘机

大姐见多识广，语气平淡地回复，"不可能，节目半年前就排好了"。

这句话在刚满十八岁的王德志听来如同惊雷，余下的话再无回应，他昏沉沉地走到大街上，一时不知何去何从。

头天下午，他在遥远的内蒙古乌兰浩特登上来北京的火车，怀揣着家中卖玉米的800块钱，上春晚是他唯一的想法。这个想法，他已经在干农活和采石头的岁月里酝酿了三年多。

王德志出生于一个有几分特殊的农家，父亲早年被招入军马场，具有了农业工人的身份。军马场裁撤转为国营农场后，他的行当由养马变成了普普通通的种地，改革开放之后承包了农场的土地，除了纳国税，还要缴提留供养农垦局一堆大小干部，负担比一般农民更为沉重。作为1977年出生的长子，这份沉重早早地传递到了少年王德志肩上。

家里虽然有两匹马，但并非用于供他驰骋，而是拉犁耕种承包的八十亩土地的。身为成吉思汗的后代，王德志从来也没有学会骑马。薅草的活则要人力干，上小学的王德志在课余要下地锄草，帮着照看弟弟，等到弟弟们扛得起锄头，就带着弟弟一同下地锄草，当时他只有十二三岁。

在老父亲眼里，少年王德志也淘气，但算是听话的，就是要强。家境不好个头矮小，在外经常遭欺负吃亏，但他从不跟家里说，有次被人家从高处推下来，锁骨摔坏了，"到现在也没说是谁干的"。王德志自称，在学校经常打架，自己不算孩子头，但孩子头也不敢惹他，敲诈团伙不找他，上初一时他敢跟初二初三的人打架，对方纳闷他哪来的胆子。

王德志的学习属于中上等，起初也想靠上学出人头地。但初中只上了半年，父亲让他回家，供不起了。上初中要读寄宿，一个礼拜六块钱生活费，家里拿不出这笔钱。王德志回了家，开始和父亲搭手干农活。虽然有了农用车，但修修坏坏，大部分时间还是靠人力，种玉米、种花生、种葵花，年年种下来年年欠农场的账，后来累积到了17 000多元。外面的世界已经风起潮涌，但在兴安盟跃进军马场的黑土地上，一切仍旧停在原地。16岁的一天，在一眼望不到头的地垄里，王德志停止了锄草，拄着锄把抬头说，"爸，我长大了要去北京"。

父亲感到迷惑。他没想到让孩子出远门，即使出门打工，也是北上到满洲里或者沈阳，那边有亲戚熟人。到北京靠谁呢？他能感到自家孩子有点不一样，比如爱干净，即使是在大冬天，干完了活也会打盆水擦身子。但这又能说明什么呢？每天过于劳累的生活，使他没有办法多想儿子的事。

少年王德志没再提这事，直到三年后的出走。

他上北京的想法，是从收音机里来的。农闲时没有娱乐，只有个收音机听侯宝林和姜昆的相声。父亲也喜欢听，但没时间。为了收听效果好，王德志老嫌收音机天线短，自己接出去一根铁丝拴在晾衣绳上，反而把收音机天线搞坏了。听久了之后，觉得自己也能说，赶上邻家电视上说老一代艺术家谢幕，相声后继乏人，他就给自己设计了一个"逆势入场、机会更多"的规划。

现实变得更加沉重，因为种粮实在不划算，父亲留下二十亩地，农闲带王德志到山里开石头卖。这是一件更辛苦的活儿，动辄受伤，没有一丝省力的窍门，老父亲累得胸痛，干不动了。王德志自己也在起石头时被撬棍弹伤了胸，之后到北京之初仍旧感到疼痛。采石的另一宗苦处是寂寞，父亲下山送石头干农活的时候，王德志日夜独守空山，最孤单时他曾经养起了老鼠陪伴自己，也趁机翻烂了历史课本，背熟了《新华字典》，觉得将来或许用得上。

父子双双受伤之后，王德志做主拿回了两人的行李，回到家中。种粮采石都不是办法，王德志想到了在县城做生意，卖掉家里破旧的农用车，得到了1 000来块资本，和父亲一起去县城卖菜。干了一年依旧不赚钱，使他最终下了出走的决心。

这年的冬天，家里卖粮得到了1 500元钱。年底前几天，父亲交到已经开始管家的王德志手中，让他一家家地去还账。王德志还了一半。晚上回家吃饭，读寄宿归来的三弟抱怨，在学校别的孩子都有钱买零食。老父亲说"自家没钱，你吃饱得了"。王德志回头给了弟弟1块钱。那天他先放碗出门，收了自己洗过晾干的一套衣服，塞在柴垛里，又去同学家帮忙杀猪。第二天他像以往一样出门，父亲没有起疑，直到下午同学过来，告诉他王德志去北京了，带走了700块钱，留下一封信。父亲打开信的时候，王德志已经身在火车上。

十几个小时的车程，没有座位的他在车厢连接处度过，听身边旅客说到"打工"，还觉得自己不算，因为是专程去央视上春晚，上了春晚人生就成功了，用不着打什么工。到北京第一晚，西站附近15块一天的地下室低矮的屋顶，也没有压低他的心气，直到在央视传达室遭到当头一棒。

在深冬寒冷的北京街头，虽然一时失去方向，但有一点是清楚的，不能回去。拿了家里700元钱出来，已经花掉了不少，这是件大事。更重要的是没有脸面，上春晚说相声的捷径没有了，得找个能待下来找饭吃的地方，最方便的就是餐厅。端盘子是王德志在北京的第一份工作，到了月底，他开始给家里汇钱。过年他没有回家，留下看店，再次给家里打回200块钱。餐厅包吃包住，自己身上几乎不留钱。

开年老二老三上学没有学费，王德志跟餐馆老板借了500元邮回去，这让老父亲印象深刻，他开始相信儿子能在外边待长远，至少这么短时间得到老板信任，不是容易的事。

离开餐厅后，王德志换了很多份工作，有一份是推销铅笔，号称笔芯敲不断。跟传销很像，每天打鸡血，只是不发展下线，讲的是怎么说服顾客。没有底薪，10元一套的铅笔，提成5元，干了一个多月。当时王德志住在四季青，每天坐车到二环里串小胡同，曾经在公交站跟一个白领女孩推销了半天，女孩也无心听他，车来了女孩急着上车，"大约看我可怜"，掏出10元钱拿着笔就挤车去了。另一次进四合院，径直闯入一户刚坐完月子的产妇家里，女主人特别友好，也没责怪，听王德志说了半天，掏10元钱要了一套。最难忘的是有一次，一个患小儿麻痹的大哥听王德志说了半天，歪着头跟跄进了里屋，过了十来分钟才挪出来，手抖索着递过来10元钱买了一套。这些邂逅，让王德志领会到大北京的最初一些善意，回忆起来，他觉得大约因为自己刚满19岁，看上去特别单纯，样子也确实可怜。

虽然吃苦头，心劲一直在，推销铅笔的试水之后，王德志进了一家拉电视广告的公司，有了基本工资，拉了广告有提成。这家的老板对王德志不错，他在几个业务员当中业绩也最好，但最终王德志还是离开了。原因是价值观，老板半俗半道，天天念经，在公司里摆镜子上供，动不动请大仙来看风水，还给员工看相算命，作为升迁重用与否的依据。王德志讨厌这套，加上不喜欢吹牛拉广告，离职去推销一次性纸杯，换了几份临时工作，后来进了一家面包厂。在这里，他再次经历了个性与人际关系的冲突。

起初很顺利，他从给面包箱刷漆的杂工干到了库管，让在这儿干了十几年的运城老乡们很佩服，又从库管转入车间跟和面师傅学手艺，没几天就出师上手，成了和面师傅。不巧新换了一个女厂长，总公司要汉堡配料表，王德志开上去之后，厂长发现面粉的含量和从前的配料表不一样，找来王德志责备他，总公司定的配方，你一个小和面师凭啥乱改。王德志一听她的语气就生气，说这一段用的面粉换了，用量也就要添减，前一份配方也是我开的。厂长不高兴，对他翻白眼，不欢而散。在这家厂里，王德志也和同宿舍的工友发生过冲突，住上铺的他上夜班，下铺一对兄弟上白班，老是彼此打扰，互相看不惯，终于有一天因为看世界杯发生口角，两兄弟从下铺冲上来被王德志踹下去。和厂长的口角之后，王德志立刻提出了辞职，"炒了她"，并且离开了大兴，来到西单航空大厦外边发放携程订房卡。

在这里作为新来者，王德志在争夺刚下机场大巴的客人时和驱逐他的本地小混混黄毛打架，还两次被抓进派出所，因为扰乱治安和散发小广告被罚款。在派出所里，他看到了在外边凶神恶煞的黄毛面对警察的尿样，出去后更不怕他们。之后他在一家水站送水时，也因为办不起暂住证，被抓进收容所三四次，还好没被遣送回老家。那些年王德志经常有同伴出门后就没再回来，好几年走在路上都神经绷紧，提心吊胆。

那些年睡过餐厅桌椅，上的是蹲不下去身子的公共厕所，吃的穿的都很差，加上随时被驱逐，年轻的他并无凄凉之感，只是感到憋闷,"不服气,很不服"。最压抑的时候,他曾经在骑车送水时故意在川流不息的马路当中停下来,举起双手呼喊,感觉这一条街道的车辆都是为他停下来的,这个跟他毫无关系的世界终于意识到了他的存在。开车的人都当他是疯子,他却在那一刻感到了久违的释放。

三

和一般出力气挣饭吃的工友不同,王德志保留着阅读的爱好。在饭馆时没客人了,他待在一个装面粉的小杂物间看《红楼梦》。越看越有味儿,为了弄通人物关系,前后看了三遍,书都翻得油乎乎的,跟菜谱一样,外加做笔记。后来书被一个同事借走不还,王德志找他要了几次,对方还生气了,说"一本破书至于吗"。开始他只看中国书,《儒林外史》、三言二拍之类,也补看了《三国演义》。《三国演义》是辍学在家干活时就看了,当时邻居家小孩的爸爸是教师,拿《三国演义》给小孩擦屁股,王德志就拿自己用过的课本换过来,看得不全,有一部分被擦屁股用掉了。当时跟妈妈去旗里买旧报纸回家糊墙,上面有文艺副刊,王德志会躺在床上,盯着棚顶的报纸阅读。

在干送水工时,一个哥们建议他看西方名著。这已经是第三个人告诉他也要看西方的东西。王德志终于听从了,买来《巴黎圣母院》《双城记》《红与黑》一看,就觉得国内的书索然无味了。书的品相不好,都是从首都博物馆街边地摊上淘的盗版,说是内蒙古出版社,油墨糊手,错别字一大堆,造成他以后写东西错别字改不过来。书看多了之后,王德志觉得自己和身边的人不一样,是"草根中的文化人,文化人中的草根"。这种内心的差别,甚至阻碍了他谈恋爱找对象。

在餐厅打工的时候,餐厅地处保利大厦附近,往往营业到很晚,接待从工体出来的球迷或者剧院散场的观众,有时附近的小姐也来宵夜,看上去都楚楚动人。有一次几个后厨评点谁最漂亮,她吃完饭后大家上去抢收她用过的盘子,王德志抢到了小姐擦嘴用过的一团卫生纸,上面有口红,自己觉得其实比盘子更好。但他不敢去深入交往哪个女孩,心底始终有个顾虑,"现在我跟你谈了,将来我地位提高了怎么办?"

颠沛中撑着王德志心气的,还是那个说相声的梦想,在被劈头浇凉后并未完全熄灭。在送水和发小卡片的间隙,他给《曲艺杂谈》打电话,得到了一位老先生的回复。老先生说,你想表演相声,得学,很不容易。还告诉他上哪儿有教的学校。王德志这才知道说相声是一门技术。

他请一天假找到这所学校,报了名,交了400块钱。最初因为在一家厂里上班,一周只有半天时间能去上课,路程又要从大兴到西四,王德志缺了两次课。老师打电话给他说,小子哎,你再不来,我们马上成立艺术团,要全国巡演,你学的机会都没了。王德志一听着急了,下决心辞了工作,揣了2 000块钱到城里租房,不上班专门学,一周上四五堂课,一节课40元。后来觉得花销太快,想到去卖血,跑了几家医院都说是义务献血,又找不到黑市血头,只好作罢。后来找到一家水站,说好一周休半天,再请半天假,骑自行车去右安门老师家里上课。

老师器重他,让外孙给王德志搭档捧哏,教他对对子,背段子,上午练习,下午侃大山,口传心授跟曲艺有关的东西,学完了还请他吃师母做的炸酱面。王德志起初一口东北话，好久改不过来，把老师都愁得不行，后来用录音机放出来说错的地方，一个字眼一个字眼地抠，才抠出来了。第一年说的效果特别好，第二年又觉得自己不会了，到了第三年再次觉得自己会了，这次是真会了。

老师很专业，也比较传统，不赞成编新段子，只让王德志把老段子背会，"有十段大活儿你能吃一辈子"。王德志不以为然。但他也有开明的一面，有次跟王德志说，天津有个说相声的大将，在前门免费演出，你去看看。王德志去看了那个"大将"郭德纲的演出，完全没料到他后来会那么有名。

老师因为家庭历史问题，1949年以后没办法进入大红大紫的圈子，也劝王德志不要打算进入那个圈子，说那是个铁桶，连条缝儿都没有。王德志起初不信，以后亲身经历才信了。2004年全国相声大赛，王德志和搭档的《飘》进了复赛，在后台等待比赛时有两队演员问你们都去找了哪个评委，王德志心想完了，果然演出后掌声雷动，但没有通过。决赛时王德志受邀到现场当大众评委，王德志和搭档拿着一副自己刻的作品光盘，想找机会给姜昆看看。在演出之前蹭到姜昆面前，姜昆没有回头，他的搭档伸手挡开了王德志，光盘就没递出去。这大约是王德志最后一次试图进入主流相声圈的努力。

在老师手下断续学了三年，王德志是师兄弟中唯一没有拖欠老师学费的。老师让弟子们注册成立了一个相声艺术团，四处去免费演出，准备技术练精了就巡演。不料老师突然患上脑梗，复发之后不能教课了，到他去世时，老师的儿子只通知了王德志前去扶灵送殡。

进圈子出名的路没有了，王德志不想一辈子做一名送水工。2002年春天，他参加了一个环保组织，里面一个打快板的小伙见他会说相声，告诉他有个叫打工妹之家的地方有文艺演出，那里还有好多年轻打工妹，有机会找对象。王德志跟着快板小伙过去了，在雍和宫附近一处小平房里，第一次见到了孙恒。

自从怀揣700块钱上北京说相声以来，这是他人生的真正转折。

四

孙恒从前是一名中学音乐教师，在打工妹之家负责文艺，和王德志搭档了两次演出，王德志说相声，孙恒弹吉他唱歌。这期间孙恒还介绍了王德志认识了许国建，许是一名地下通道歌手，在迷笛音乐学校毕业。孙恒建议三个人组成打工青年艺术团，长期义务为在北京的打工的农民兄弟姐妹演出，并且成立了工友之家。王德志觉得这是个好事。当初他去打工妹之家，只是觉得亲切，没有听明白他们的宗旨。认识了几个姑娘，也没有想到更进一步，思想上还是觉得自己将来有大发展，"怕害了人家"。认识孙恒之后，他了解到一些社会理论，也认识了包括李昌平、温铁军在内的一些从事乡村建设的学者，为农民工演出，慢慢形成了服务社会的观念，对自己所属的"新工人"阶层也有了认识，终于放弃了当初说相声出名的梦想，走上了另一条路。

为农民工演出并不是一件简单的事，需要去联系工地或单位，时常受到资方的掣肘。一些老板担心他们的演出节目引导了工人自觉，激化矛盾，尤其是里边有欠薪讨薪的内容。另一些老板很抠门，怕他们要钱。有一次事先说好了不要钱，管吃就行，演出前端上来的是胡萝卜拌土豆粒，没有一点儿油水，比工人们的还差一档。演出效果不错，结束后老板不好意思，说另外请客，三个人都不想理他了。

农民工一天到晚干活，演出能利用的时间有限，只能利用吃完晚饭再到上夜班之前的一个多小时，工人们也没处可去，一边休息一边看节目娱乐。他们爱看艺术团的节目，毕竟离自己近，又有点新鲜。孙恒对乡村感情深，更多唱的是怀念故乡的歌，许多是个文艺青年，创作了摇滚味十足的打工歌曲，王德志自编自演的相声段子摆脱了师父教的老套，以农民工的婚恋和生活为题材，很有油盐味，又有些插科打诨的点缀，很受欢迎。

在保留下来的演出现场视频中，舞台固然简陋昏暗，音响效果粗陋嘈杂，但现场观众人头攒动，气氛热烈，笑声此起彼伏，远近的高楼里也有人探身窗户观看。王德志提出跟观众互动时，总能得到台下热烈的回应，他终于有了一个放开说相声的舞台，也有了自我价值实现的感觉。白天仍旧在大街上发小广告的他，再也不需要刻意在长安街的车流当中停下来呐喊，让世界意识到他的存在了，他把自己跟台下这么多兄弟姐妹联结在了一起。

演出始终受到很多阻碍，只能在高校工地和一些有意丰富工人文化的大企业进行，但意外的是很快引起了媒体注意和高校学生欢迎，到了第二年他们受邀的次数就增多了，也有了公益基金会资助。2004年参加全国相声大赛失败后，王德志彻底放弃了上央视的梦想，放弃了发小广告的工作，全心投入打工艺术团和工友之家，经常巡回到全国各地工地和城中村演出。2005年，打工艺术团还签约唱片公司出了专辑《天下打工是一家》，销路不错，获得了10万块左右的收入。工友之家从雍和宫搬到肖家河，又从肖家河搬到皮村。当时的皮村遍地农民工，地价低廉，工友之家用唱片版税创办了同心打工子弟学校，在这里扎下根来，开始拓展局面。

在皮村，王德志最初的职位是工友之家干事，负责同心社会企业的运营，后来又加上了打工博物馆馆长。筹建打工博物馆，是他和伙伴们办的一件大事。博物馆的设想最初是孙恒提出的，查了不少资料之后，发现展品对环境要求很高，需要恒温恒湿，感觉根本做不到。后来去各地参观了一圈，伙伴们商量不讲究那么多了，找到一家琉璃厂的旧库房就开始设计展厅，征集藏品，分几个主题先搞起来。

王德志带头捐出了到北京以来办理的十几个暂住证和健康证，他的暂住证已经由最初的A证升格为B证，自己一直保留着，因为每次办下来都花了钱。类似这样的展品有工友的工伤证明、工资条、就业证、婚育证之类。一个东北的下岗工人上北京维权，找到工友之家求助，把他的下岗证留在了博物馆展出，之后自己也忘了这回事。一直到2023年6月博物馆面临拆除，一个前来采访的记者看到这张下岗证后联系到了他。这位下岗工人快到退休年龄，急需这个下岗证办理退休证明，失而复得之后异常激动，说如果自己留着肯定搞丢了，是博物馆帮他保存了这么多年。他专程来到北京找王德志商量，说博物馆应该增加一个替工友保存东西的功能，只是王德志此时已经顾不上了。

另一件特殊的藏品是来自一位退伍军人的羊肉串烧烤架。一次他的烧烤架被城管查收，成本50块的烧烤架需要200元赎金，他因为对烤箱有感情，宁肯花钱赎了回来，后来转行时捐给了打工博物馆。作为馆长，王德志喜欢在接待参观者和讲述打工博物馆历史时提到这件藏品，并且会加上一个情节：工友们聚会烤串时会把这个烧烤架搬出来，恢复它的实用功能，吃完了又搬回展厅继续供人参观。

王德志心底的一个遗憾是，来博物馆参观的工人并不多，即使是身在皮村的工友们，来博物馆院子也大多是看电影、打乒乓和买衣服，少有人专门进展厅参观，更多是媒体、高校学生的关注。这与他和伙伴们"唤起新工人主体意识"的初衷始终有错位。他还遇到过一件尴尬事，一个初中学生由母亲陪同前来博物馆参观，学生本人对工人的阶级属性和历史很感兴趣，母亲却因此步步提防，觉得这里像是个邪教之类的地方，王德志也因此不便跟小孩深谈。

疫情之中的几年，博物馆渐渐乏人问津，门厅虚掩，也失去了维护资金，由高峰期的十来名专职人员滑落到没有一人看门。被拆除之前它短时期重获关注，有人提出博物馆搞得太破烂，王德志有苦难言。跟车去平谷那天，车上他一路沉默不语，到基地后他和大家一起把展品搬进储藏室，尽量妥帖地把博物馆的金字黑漆大牌子连同新工人剧场、工人电影院几块牌子摞起来，塞进联排的桌子下边，免于被其他的物什叠压。站起来时他无意地耸了耸肩，像是正式卸下打工文化博物馆这份担负了十八年的重量。

五

十几年下来，在皮村工友以及外界眼光中，王德志的形象毁誉不一。

一些人认为他没有领导架子，能同甘共苦，也讲义气。在和工友们的饭局中，他永远不会让自己碗里的饭菜剩下一点，这习惯来自早年的艰苦。他黝黑的肤色从未变白，早年起石头的力气也未失去，他在工友之家的角色很多，从管理者到出力气的工友、电工、焊工、法律维权，有什么就搭手干什么。我跟他搭手干过好几次活，在同心学校搬运东西，或者在仓库理货装车，他都不惜力，甚至有较劲儿显示自己劳力强的意思。譬如有次他和我、小海一起在同心学校装运蛇皮袋裹着的建筑废料，拉到工友之家院子外边废地去倾倒，拆下来的砖石料很沉重。开头他和大家一样，是两人搭手抬一袋抛到废墟上，后来见我们干得不算费力，索性单独抱起一袋就抛过去，自己说"要胜过你们一点"。我的劳动终究得到了他的肯定，说是我能干活，只是不常干活，这才算是经过了他的"考验"。

他为人也大方，好几位工友在短缺之际，都曾经向他借钱，或者在他一声招呼之下，去工友之家或同心学校食堂蹭饭，得以免于绝粮，王海军、张钰、贾晓燕都曾是受益者。聊到工友之家，他不像工友们那样经常称之为"机构"，说的更多的是"兄弟齐心""一帮人一起""做事"。

早年工友之家的一个职能是帮助工友维权、讨薪，王德志是这方面的负责人，除了自学法律，代工友写诉状，还经常跟着工友一起去下工地，找黑心老板要账。这方面他最成功的案例，是为了十来个工友被拖欠的工资，扛着一部摄像机陪工友进入某区劳动局，让对方以为他是记者，成功地立了案，讨到了比预想多一半的薪水和赔偿。有时一个电话就能解决问题。失败的时候也很多，有次帮一个盲人讨薪，同行的伙伴被对方按倒，喊了警察来才脱身。有次话不投机，对方拉开抽屉，露出一把斧头，几个彪形大汉围上来，只好撤退。陪徐良园讨薪那次，他和大家从北京最东头的皮村坐车到最西边的潭柘寺，还爬了十多里山路，来回两头擦黑，终究替工友讨到了一部分工钱。

工友之家搬来皮村不久，一个工友在主街上骑自行车，和一个喝了酒骑自行车的本地老头相撞，老头的侄子是当地混混里的"军师"，要工友赔钱。王德志和工友之家的人前去声援，对方叫来一帮混混，王德志和伙伴们也叫人，两边人头越聚越多，最后演变成一场大规模的群架，虽然没有打赢，还给以后在皮村扎根带来了很多麻烦，却也让本地混混看到了工友的团结，不敢随便来欺负。在工友之中，这些事情都为王德志带来了"仗义"的印象，有难处就会想到他。

有些人不适应他的个性，他说话比较呛人，大约出自说相声的习惯，也爱嘲讽，经常在文学小组群里跟人怼起来，不顾及自己的"领导"身份，文学小组早期的成员李若曾直接说他是"杠精"。他的性格耿直，讲义气、认死理，在应对社会事件时也曾经给工友之家带来公关危机，最严重的是2019年曝光的前联合创办人猥亵志愿者事件。

另一些人认为他变成了既得利益者，这方面最大的批评来自外界。"恰恰是左派。"他曾苦笑地说。工友之家运行后期，孙恒去了平谷基地，许多也常常参与巡回演出，皮村的几个摊子由王德志一手负责。两处也招了几个创办人的近亲来干活，一度包括王德志的父亲和弟弟，闲言碎语在所难免。但在王德志父亲看来，他有这个能力，干别的啥都比工友之家这摊事好。"他们这里求名容易，求利难"，还要自己倒贴。

2013年左右，随着全国统一电子学籍的推行和北京市开始控制人口规模，不少工友和他们的子女逐渐离开北京和皮村，同心学校生源减少，工友之家告别了黄金时代。2017年之后，来自境外基金会的资助中断，工友之家不得不依赖自我造血。疫情开始后的几年，工友之家进入生存艰难期，入不敷出，王德志拿家庭积蓄和亲属的钱投入机构，父亲的钱就被他"骗"走了两笔。第一次是说先周转一下，很快能回来，给换个银行存上，行息高。父亲给了他8万，之后就没消息，"也不知他存上没"。另一笔钱老父亲留给小孙女的嫁妆钱，有10万，王德志也拿去用在机构上了。后来王德志母亲生病，父亲说用那钱治，王德志说投到了社企里，拿不出来了。妻子的储蓄也被他动用了十来万，两人相识时妻子在同心幼儿园工作，眼下去了一家私立幼儿园，工资比王德志高得多，王德志在家里的地位也就有了微妙的变化。妻子曾经当着外来者说假如有下辈子，不会考虑跟王德志在一起。王德志也只能一笑了之，除了欠妻子，他还背着信用卡和网贷的利息。

　　老父亲十多年前从内蒙古出来，给工友之家烧了多年的锅炉，冬天晚上基本不脱衣服，十一二点睡，后半夜要起两回给炉子添煤，后来又去平谷基地烧锅炉，侍弄果园养小鸡看大门，早期工资也能有2 000多。后来不让烧锅炉了，一个月拿几百块钱，薪水也被欠了不少，幸亏自己有农场退休金。在老父亲看来，儿子的管理能力并不出众，身先士卒领上干活可以，规划决策方面有问题。王德志自己也承认这一点，不是专业出身，不服气又做不到，"有时会自我怀疑，没人一块承担。"

　　老父亲说儿子这么多年下来，谈不上求利，认识那么多名人，自己却没有变得有名。这大约跟王德志的个性有关，譬如作为六届皮村打工春晚的总导演，他跟崔永元有很多接触，却从没加过崔的微信。王德志也不像孙恒、许多他们有才艺，会玩乐器。至于说相声，老父觉得没有收音机里的好听。

王德志并没有放弃说相声。他从2012年发起的打工春晚，"就有弥补遗憾的心态"。当时各式各样的春晚很多，王德志觉得工友之家也可以做一个，最弱的环节是传播。王德志想到请孙恒找崔永元，谁也没有把握，没想到崔永元真来了，一主持就是5年。在找演员上，王德志也费了很大劲，有些工友们觉得浪费时间，说好了临时又不来，王德志只好三番五次地催人找人，最后总算弄成了一台戏。

每届打工春晚上都有王德志的相声节目，他也写段子让工友们排练演出，他在相声里最喜欢的角色是担任主持人，搭配一对草根演员，这是从崔永元和赵本山、宋丹丹在春晚上搭档的"实话实说"小品移植而来的模式。对于一些志愿者导演、华山和小海参与表演的现代话剧，他则不是很认同，觉得太先锋，老是内心独白，工人一天劳累得不行，看不了那么深刻的东西，需要寓教于乐，这方面他更喜欢央视春晚小品的形式。"他们把布莱希特用歪了，太小众，不过胆儿大。"

后来他又参加了工友之家成立的影像小组，深深投入拍纪录片之中，见天扛着帮工友讨薪用过的那部摄像机穿行在皮村大街小巷、店铺公寓，捕捉和编织镜头下外来人口逼仄繁杂的生活场景，还去过工友王海军等人家里，拍出了一系列作品，最重要的是《皮村》和《顺利进城》两部。

《皮村》是一部纪录片，摘取的是皮村从早餐铺子老板娘一家、水果店伙计、垃圾场拾荒人家到路边三轮车工、工厂里各种工友的生活，之后参加了栗宪庭摄影展，得到了奖项。评委们觉得这部片子虽然技法粗糙，却是参展片子中最具质感的一部。特别的是片子中间部分还使用了一些魔幻的手法，在不断闪烁的各类招聘招工出租广告的背景前，王德志以类似相声的念白，不断重复"朋友，你听说过皮村吗？你到过皮村吗？"却没有断言皮村究竟是怎么样。显然他也很难确定皮村究竟是怎样一个地方，即使他已在此栖身多年，却终究是一个过客。

《顺利进城》是一部剧情片，主人公从农村来到北京皮村，怀着善良的品性和天真的向往，却没有遇到一个好人、一次公平。在一次又一次的吃亏、受欺负、上当后他沦落到无路可走，最后终于也变成了一个"坏人"，抢走了地下通道歌手的手机。歌手由许多扮演，王德志在片中客串了一个卖假手机给主人公的骗子，担任主角的则是他早年的相声搭档。主人公略显夸张的经历看上去有王德志早年的影子。但在片中，他初入北京城感受的冷漠与温情交织转为完全的残酷与欺骗，外来者根本找不到自己的位置，这大约是多年来王德志心路的一种表露。

大约由于事务繁杂，王德志后几年拍的片子越来越少。疫情来临之后，工友之家的业务缩减，王德志有了一些时间，他开始更多地参加文学小组的活动，自己也动笔，开始是写了几首讽刺性的诗，后来开始在新工人文学公号连载一部长篇作品《渡疫》。这部纪实性的小说写的是电子学籍背景下，一对儿女需要返乡读书、父母又需要在皮村继续开炒货铺子挣钱，遭到疫情隔离的一家人，只连载了两期。后来我问他为何没写下去，他说人多事繁，有空闲的时候心又静不下来。博物馆拆迁前后，他开始重读

《红楼梦》，希望从中学习人物关系的安排和情节穿插。

对于文学小组的创作，他有自己的想法。博物馆被拆之后，他在文学小组讲过一次课，描述自己对于工友们写作的愿景，是和主流文学有区别、有群体身份意识的"新工人文学"。眼下文学小组成员们的创作，显然并不符合他的这一想法。关于这个概念是否必要，文学创作是属于阶级群体还是个人的，事后在文学小组群里发生了激烈的争论，理解王德志的人并不占多数。多年以来，这始终是他面临的疑难。

"新工人"是他特别在意的一个名词，为此曾经跟我在文学小组群里发生争执。当时因为一个三农话题的议论，说到农民工的身份，他问我把进城打工的农民应该叫什么，我说就叫农民工，他生起气来，说你这是歧视，叫新工人！场面充满火药味。刘忱回忆，当年打工文化艺术团想要成立一个非营利组织，虽然是工商注册，仍然只能叫同心社工发展中心，丢掉了工友之家的名字，王德志当时就很郁闷。前几年新工人乐队因为生存艰难，重心转向乡村建设和村歌创作，更名为谷仓乐队，他虽然明面上没说什么，私下里仍然觉得可惜，"别人还没来找你，自己先把名字丢了。"

这些事情常常使他觉得，自己过于理想化，虽然不服气，做事却又做不到，现实中的人性很残酷，"局面比我预想的要差得多"。离他想象中团结互助的公社状态很远，社会意义更多是他的一厢情愿。工友之家走过了近20年，眼下最紧迫的仍然是求生存。文学小组是一片哀鸿中唯一的亮点，却又带不来收益，本身还需要投钱养活，每期出刊寄杂志的成本，就是一笔沉重的负担。

在押车去平谷的路上，王德志没有心情伤感。更紧迫的事逼在他眼前，工友之家的二十多口人必须寻求生计。疫情几年以来，同心二手商店的数量由高峰期的十几家锐减到只剩三家，而今博物馆院子的拆除意味着又一家门店的消失，大量房子拆除推高了皮村的房价，他一直没有找到合适的新门面。经济紧缩，高校又长期不开学，衣服捐献的数量和成色都在下降。从前七八辆金杯面包车跑不过来，现在几天才需要去一趟。竞争者也增多了，用老爹的话来说，起初是独门生意，后来大家都看到有利可图，到处摆箱子抢回收衣服，工友之家的募捐箱都曾经被人砸坏抢走衣服。疫情结束之后，皮村的工人减少，白领增加，二手生意没有缓过劲来，机构负债度日。王德志不得不督促大家打起精神，敲打大家不能太把这里当"家"，毕竟是企业，从前只有百分之六七十的效率，现在要变成百分之一百二十，"不然只有散摊子了"。他带头到库房挑衣服装衣服，鼓大家的劲，却也只能目送很多从前的伙伴离开——眼下的工友之家已经没有能力留住那么多人。

鼓劲之外需要另想出路，销往巴基斯坦就是他的一次尝试。当时的巴基斯坦刚刚发生过种族冲突，并不太平，王德志在伊斯兰堡期间也曾遭遇坎坷。在街头考察旧衣服摊点时，一名小孩说他家里开了二手衣服商店，拉王德志去看，王德志跟随他走入很深的巷子，又进入一个幽暗的农贸市场，脑子里不由自主浮现那些被绑架失踪直至嘎腰子的画面，头皮发麻地爬上二楼，好在看到的真是一家二手衣服店里的两个男人。走到贫民窟一样的村庄，成群衣衫褴褛的孩子围上来讨吃的，只要给了一个孩子一块糖，就很难在包围圈中走掉。这些缺少衣服的孩子让王德志看到了开拓业务的希望，但巴基斯坦的外汇管制和客户入境考察的受阻，以及跨境业务的种种风险，又让这条出路显得很不可靠。直到博物馆被拆除的那个炎热的夏天过去，客户入境的手续仍然没有办妥，只能继续等待。

夏天末尾的时候，我有一次去皮村请工友吃饭，饭后和王德志、马健东一起到温榆河中游泳。王德志带头下水，一猛子往波光粼粼的河中心扎出老远，昨天他已独自来过一趟。河水不算清澈，但王德志说已胜于二十年前太多，当时皮村的工厂污水都直排入河，河水浑浊中现出各种颜色，他和孙恒、许多来游过一次，事后浑身起疹子，再也不敢下水。直到今年，他终于恢复了勇气，即使这是一个如此多舛的年份。

"不服气"。从十八岁那年离家出走，来到陌生的北京，这一直是王德志走下去的动力。眼下也并无改变，即使在逼仄的异乡，他和小海一样，只是温榆河畔的西西弗斯。

永远的小付

六月十三号早上十点，小付和皮村工友之家的同事们一起搬走了工会办公室的最后一些东西，剩下满地混乱的杂物、空了的书架、两座没有人领取的文学奖杯，和墙上大幅的范雨素写作照片。站在空房间的门口，她拍下了几张照片发到文学小组群里，配上了一行字：

持续了七年的文学小组学习之地。

十四个字眼后面，是太多语言没法表达的东西。这里是皮村文学小组的诞生之地，是它头六年历史的见证者。而小付是这一切的发起人，直到博物馆连同工会大院被拆为废墟，她仍旧是文学小组的服务者。在引人注目的文学小组风景中，她是那个不起眼的幕后者、永远的背景板，而她也甘当这一角色。对于文学小组和所有的成员来说，她是永远的小付，全名付秋云反倒无人提起，即使她已经渐近中年，成了两个孩子的母亲。

几张照片后面，小付还有更复杂的心情。工会大院和马路对面的打工博物馆院落，是小付居住了十三年的地方，自从她2010年来到这里。办公室剩余一地废纸之时，对面她和老公孩子居住的两间平房，也已人去屋空，院落里只剩两棵青葱依旧的杏树，和几只即将流落街头的小狗。而她需要带着沉重的行李和心绪，在近年来变得有些陌生的皮村街巷中另寻着落。

一

2010年年初来皮村，和多数工友不同，小付并未经历从大北京到城中村的落差，反倒有一种进城的感觉。原因是此前半年，她是在燕山脚下的平谷一个村子里度过的，那里是工友之家的一处基地，工人大学的所在地。

小付是河南周口人。从周口乡下农村到打工的苏州，从苏州到平谷，再从平谷到皮村，如同王春玉和工友之家的结识，其间有着特别的渊源。

九零后的小付，小时候是完全意义上的留守儿童：爸爸妈妈一同外出打工，后来妈妈早逝，爸爸远赴大西北的兰州，以收废品为业，后来又去了内蒙古的乌海，仍旧以收废品为生，五六年前突发心肌梗死，在异乡去世。小付从小跟着老家爷爷奶奶生活，直到小学五年级时，爸爸把她接去兰州。

在兰州的日子，是小付童年的金色时光，以至于实际只有一年的长度，会被她在记忆中拉长为两三年。她在休息日会跟着爸爸下乡收废品，因为事先有人提供线索，不用驾着三轮车走村串巷吆喝，而是直接去有"细货"的人家里。细货都是金属，包括铜、铝、锡等，那些锈迹中闪着微光的金属会在小付心里引起某种神秘感。

到了临近小学毕业，因为爷爷去世，奶奶又生病，爸爸带着小付回到周口住了一段。奶奶病愈后爸爸再度外出，小付和哥哥留在老家上学，直到初中二年级，学校对小付失去了任何吸引力。她眼睛因为看电视近视了，坐在教室第二排都看不清老师的板书，成绩特别差，索性辍学在家。身边高一级以及同龄的女孩子大多都辍学出外打工了，过年回家她们穿着洋气的衣服，又有自己的钱用，看起来很风光。小付难以抵挡这种诱惑，过年后就跟着堂姐出门去了苏州。

当时她只有十五岁。没到合法的就业年龄，她办不到身份证。小付先用了堂妹的身份证，堂妹虽然小，身份证上的年龄却比小付大两年，这在农村也是常事儿。后来稍微熟悉了地头，她通过街头散发小卡片的中介办了全套：中专毕业证、户口本、身份证，除了名字没有一样是真的，这在当地也一点不稀奇。办中专毕业证的原因，是当地的电子厂一律有这个学历要求。

到了真正进厂的时候，情形却又并非如此。小付想进华硕的电子工厂，面试到最后一关，对面的女生看看小付个头，问你有一米五吗，小付说有一米五二。那个女生说我俩比比，我都只有一米五，就这样被刷掉了。一块去的堂姐当晚带她去地摊买了鞋底厚十二厘米的运动鞋，第二天再去。人家看看她的毕业证，又问你的学历确定是真的？小付一下子脸通红，说不是。她觉得这下肯定没戏了，没想面试人笑了一下，反而让她通过了。

进厂后的工作是拧螺丝，看起来完全不需要中专学历。拧的是游戏机光驱上组装零件的两三个微型螺帽，人也像固定在流水线上的一颗螺丝，按照严丝合缝的厂规旋动。流水线上不能彼此说话，下班后在厂区也不让三五成群，嬉笑打闹。线长和分片组长板着脸随处巡查监督，杜绝任意一点自由的苗头。青春期的小付感到特别不适应。居住是在厂外自己找的宿舍，每天乘坐厂里接送的大巴上下车，处处都要排队。舍友并不一定是本厂的，上下班作息也不一样，有的上白班有的上大夜，熟不起来还互相干扰。

干到过年，小付无法再忍受整个上班时间的沉闷。来年再去，她宁肯跳槽到一家很小的手机配件厂，只有二十来个人，工作时间长，订单最忙时从头天傍晚六点干到第二天早上七点多，眯一会儿到十点再次上班，到晚上七点多才做完，吃饭时间只给半小时，人累得眼前发黑。工资低，加班工资也只五、六、七块三个档次。小付看重的是这里唯一的好处：管理相对松，一条生产线上的伙伴关系亲近，干活中能聊天。对于自认"比同龄人成熟早"又生性开朗的她，这似乎是必不可少的。她跟同线的好几个伙伴都聊得来，辞职时也是一块走的。走的原因是小厂不扛风波，受金融危机影响，订单下滑快倒闭了。小付她们几个人一走，厂子就应声倒了，还好老板算是有良心，结清了工资。

失业的小付跟曾经的华山、小海一样，进入了四处找工作的变动期。"整个工业园区，能找的都找了"，最短的一份工作，只上了一个上午的班，是一家塑胶工厂，对人体有害，和工友们聊天知道工作时间又超长，心里觉得不适合，到中午没吃饭就走了。一个多月当中，小付上了三份正式的班，类似塑胶厂这样的有两个。大厂小厂转一圈，都不知道自己想干什么了。看起来重要的是提高自己的能耐。自从到了华硕，得知外界的学历要求，小付就想学电脑培训啥的，平时走在街上，很喜欢接人家派发的广告单子，但又害怕上当受骗，交钱打了水漂。工人大学的机会恰在此时出现，可以说是送上门来。

当时小付和人租住在一幢居民楼里，楼上三层有家网吧，小付休息日会去上网看偶像剧。网吧旁边有块空着的地，后来房东把它隔起来变成两间屋，里面的情形让小付感到好奇，有整排的书架和书本杂志，让人看书下棋的茶几，还摆上了乒乓球桌子，开始以为收费，后来常常看见工友模样的人看书和打乒乓，工作人员还在门口招揽，知道是可以随便进去的，叫做工友图书馆，正是给像自己这样的人服务。小付从没想到有这样的地方，半信半疑地走进去，最初只是看书，看的第一本今天还记得，《会有天使替我爱你》，好像是网吧的电视剧搬到了纸张上。

后来熟起来了，开始参加各种活动，打乒乓，下跳棋。小付就在这里打下了乒乓的基本功，个子矮小的她颇具邓亚萍之风。多年以后，皮村的工友们见识了她在乒乓桌上的功力。2019年正值社区大院举办一年一度的乒乓球大赛，刚学了几个月的志愿者王修财顺口问小付"会打球吗"，小付回答，"还行吧，你怕是打不过我"。这种赤裸裸的"挑衅"引来了两人的对决，并且加上输家为众人买冷饮作为彩头。没想到平时不怎么打球的小付一上台面，"击球飘逸，手腕灵活，接发球娴熟，不时还来个扣杀"，三下五除二打败了对面已经满头大汗的王修财。王只好掏钱请客，一边自嘲"巾帼不让须眉"，围观众人组成的"裁判组"一边满意地喝饮料，一边纠正他"巾帼一直是让着须眉的，是须眉不敌巾帼"，大丢面子的王修财很长时间"躲着小付和乒乓桌走"。

看书和娱乐之外，小付也参加工友图书室组织的活动，听法律培训的课，五一节时候跟大家联欢，合唱了《天下打工是一家》。这是新工人乐团的一首歌，因为工友图书室的负责人杨猛是工友之家举办的工人大学（全称是同心创业培训）第一期学员，回到苏州后创办了这家工友图书室。小付经常跟杨猛聊天，从他那里得知了很多从未听过的新鲜理念，也知道了到工人大学可以得到免费的培训，包括吃住，像是为她的梦想量身定做。起初她不敢相信世上有这种事情，犹豫是否应该北上，后来聊得多有了信任感，渐渐打定了主意，报了名。

报名之后有面试和写自传程序，3 000字的自传要求让小付犯了难。工人大学校长、北京航空航天大学应届毕业生朱南刚正好来苏州招生，跟工友们讲如何写自传，首先是要真实。上学作文没有超过几百字的小付，实在不知道一篇3 000字的文章如何组织起来，后来索性按照朱南刚讲的起码要求，写成流水账形式，倒也过了关，成了工人大学第二期头一名学员。

2010年春天，小付和另一个报名的女孩一起，离开苏州坐火车上北京。这一年，她正在跨过十八岁的门槛。

二

出了北京站，有工人大学的老师接待，就在广场办公交卡，坐上公交去天安门转了一圈，以下是乘地铁去东直门，换公交918路，一路的见闻都算是新鲜的，手里一刷就灵，四毛钱随便坐的公交卡让小付有种"要长期待在北京了"的安心感。接下来的旅途却出乎小付意料。

公交车越开离市区越远，早春三月的景色越来越荒凉，跟南方的青山绿水没法相比，到了平谷，还不如家乡的小县城，却仍要往前开，到了更偏僻的张辛庄，眼看就要进山了。下车进了一座废弃的学校，简直就是一座荒草深过膝盖的院子，没有一点所谓"大学""基地"的样子，这不就是传说中拐卖的路线吗？北上之前的种种担忧立刻迫在眉睫，小付和同伴已经在心里认为自己上当受骗了，不知道接下来会遭遇什么，好在看起来没有人禁锢她们的自由。基地里除了她们两个女孩，只有三个男人：教学老师、生活老师、炊事员。晚上住在没暖气的宿舍里，两人紧紧闸住门，缩在上下铺冰冷的被子里，一半是冷，一半是怕。大半夜不敢睡觉，怕有人砸门闯进来，后来因为过度疲劳才睡着了。还好，什么也没有发生。

小付和女伴渐渐定下心来，开始每天的学习和拔草，拔草是例行劳动，也是开辟这座刚刚接手的荒院子的需要。在北方寒冷的早春天气里，每天早上两人唱着《国际歌》相互激励起床，还在大操场里开辟出了一块五角星园地，种下了玉米种子。半个月后，工人大学第二期学员陆续到来，才有了学校的样子。课程除了电脑操作和维修，还有法律和社会认知的副课，比她设想的要宽泛许多。大家一边上课，一边四处开荒，种菜、种向日葵，种出来了就自己吃，很符合工人大学劳动和学习结合的宗旨。虽然半年下来，小付只是学到了电脑操作，并没有掌握修理，更谈不上软件编写，仍旧感觉自己得到了很多，"感觉很好，那半年的经历，是最难忘的。"

学校每周上五天课，前三天在平谷，后两天进城来皮村，在工友之家各个部门实习。正值工友之家扩张，摊子铺得很广，小付在同心学校、二手商店、博物馆、儿童项目组和仓库都干过。她视力虽然一般，但"眼力劲"好，看到有什么能搭手的就去做。学制一共半年，最后一个月是实践课，根据各人兴趣分配实习部门，也可以自己离开找工作，早就"不甘于在流水线上消磨青春"的小付选择到了博物馆和社区工会。小付回忆，那一届学员里有十个人留下来做公益，是工人大学历届最多的，到十几年后还有四五个人在。有人还回到家乡开办了公益图书室，在平谷时大家的关系也是最好的，"大约跟一块干了那么多劳动有关吧"。

虽然小付早已摆脱了初到平谷的志忑，在皮村找到了感觉，父亲却一直怀疑她被骗入了传销，后来终于派大哥从乌海来一探虚实。小付的情形使大哥放下了担心，尽管他仍旧不明白皮村这帮人是在做什么。

小付来到皮村，正值工友之家的黄金岁月。博物馆大院里很热闹，几乎每天都有联欢、广场舞、演剧、打球、电影和小组活动，前来参观学习的人一群接一群，新工人乐团也驻在皮村，经常即兴演出。工友之家发动工友们出点子，征集节目，每个人都能参与，热闹和新鲜的事情无穷无尽。六七个同事一起住在工会宿舍，一起吃食堂，最好的是三个女伴，从小留守的小付像到了一个每天都在过节的大家庭里，"感觉真好"。

她的工作也是五花八门，在博物馆值班，引导来客参观，对外宣传，组织各种小组活动，对接志愿者，出版报纸和刊物，有时还要上街散发。扩张期的工友之家事情太多，像小付这样的专职人员很少，大部分要靠以高校学生和工友为主体的志愿者，和各种志愿者打交道成了小付最熟稔的事情。一直到大兴火灾和清退之前，到博物馆和同心学校的高校志愿者都很多。每年春天还开大会，各学生社团在校园组织定期活动募捐衣物和书籍，设立募捐箱，成为同心商店的主要货源，一部分又经工友之家捐赠出去，给贫困地区的孩子，最远的到非洲。学生们也经常来到博物馆和同心学校搞社会实践、课外活动，以及做田野调查写学位论文。这些事情，小付都要经手，加上各种日常的杂务，譬如安排外地来京一时生活无着的工友住宿，请工友志愿者徐良园为博物院大院铺地砖、拓展裙房，郭福来焊铁门等等。

这让小付待人接物的能耐陡增，"各种潜移默化"。最初担任博物馆讲解时，见到来人她不敢开口，后来有胆量开口了，又容易语无伦次，不自觉地说"然后"口头禅。有一次开例会报告工作，一个同事偷偷替小付统计，一分钟的报告里她讲了20多个"然后"，说出来后把小付吓了一跳。回头她在博物馆里自己给自己讲解，拿手机录下来，一听自己果然说了很多个"然后"，再努力克服。以后她熟练了，能够一口气讲上一个多小时，还得到参观者夸奖，还享受了面对外国参观团说中文讲解，被领队当下翻译成英文的待遇，"成就感满满，像在搞外事活动"。

在工友之家这副蓬勃转动的车轮里，小付是那个最微小不起眼的轴心，似乎她办的事所有人都能办，却未必有她办得好，也没有人像她一直在办这些事。博物馆旁边院子里租住的李姐，一家人忙于装修生意，只是偶尔去博物馆院子转一转，也对小付印象深刻，"个子虽然小，人很能干的，会和人打交道。"

那些年间，相比于她本人的低调，小付的能干心细保留在众多志愿者和工友的记忆里。工友老大爷徐克铎的打油诗称赞，小付"遇事细心又稳沉"，"千百姑娘是能人，比起小付差几成。"王修财记忆中则是小付活泼胆大的另一面。除了前述的打乒乓，王修财还记得小付学开车的惊险：一次小付和司机一起送上文学课的老师去赶地铁，回程路上路宽人稀，小付突然来了兴致，想要试试。司机和王修财以为她有本，不过是新手，没想到小付跳到驾驶座，头一句话就是"哪个是油门，哪个是刹车啊？"搞得王修财和司机面面相觑，面前顿时浮现车毁人亡血淋淋的场面，又不好轰她下来，只好教她踩离合和分清刹车油门。几次发动失败后车子终究一颠一颠前进了，开始速度很慢，让王修财放了些心，没想到小付一踩油门换二档加速起来了，弄得他直在心里念耶稣佛陀，还好小付稳当地开了一截停下来了，开心地换到了副驾驶，嘴里还在念叨"离合，挂挡，油门，刹车，我会了"，让王修财出了一脑门的汗自己慢慢晾干。

最多的时候，小付参与的兴趣小组有吉他、电脑、法律、绘画、演剧、英语、文学等七八个，请老师讲课，召集工友听课，做好辅助服务。其他的小组存在时间比较短，上完几个课时就结束了，譬如法律课，请的是很有名的公益律师，但讲起来比较枯燥，大家只关心和讨薪工伤有关的部分，遇到问题才来听。但工友们大多是干的临时工，没有签合同，遇事拿不出证据，很难找劳动部门介入，感觉法律的作用也有限，头两节课人多，到第三节听完了就没啥人了。只有文学小组长期坚持了下来，迎来了十年的生日，成为小付手中最有成果的项目。

三

文学小组的成功，对于小付来说也是一份意外之喜。

最初是一位工人大学学员到皮村实习，跟小付聊天说到喜欢文学，想有人教写作。此前工友之家开办的网络夜校中也有文学课程，每月一期的《皮村报》里也有些文学作品，但没有专门的兴趣小组。小付在工友中一了解，兴趣还很普遍，就想到开办一个。后来这个学员工友离开了，但文学小组还是开起来了。

最初的课题是找老师，小付在微博上发帖招募。一开始有个官媒的老记者联系小付，愿意担任教师，但他住在顺义，距离远，又觉得自己六七十岁了，难以坚持每周过来。小付只好再次发帖，收到了中国艺术研究院教师张慧瑜的回复。张慧瑜是关心社会议题的戴锦华的研究生，以前就来过皮村参加活动，对工友之家了解，他答应上课之后，小付就没再找其他人了。

和别的兴趣小组类似，文学课起初的设计只有十节，上完就告一段落。十节课上完之后，工友们还想再听，张慧瑜提出继续下去。他本人上课之外，也请别的老师来参与，弄了个后援会，此外建立了文学小组群。如果缺老师，小付也会在各种小群里请大家寻找，教师资源越来越多。2015年张慧瑜去美国访学一年，行前安排中央党校的刘忱和社科院的孟登迎代替他，加上师力斌、西元、黄灯等人，坚持了一年，回国后又继续给文学小组上课。

十年之间，有近五十位老师来文学小组授过课，经常授课的有十多位，包括高校学者、杂志主编、作家，以及一些学生和从事写作的工友。每周都是由小付先联络人选，确定题目和简介，通常在周四发预告，周六再在群里让大家报备听课，有时还会帮着讲者做PPT。范雨素出名之前，听课的人不算多，正常在十来个左右，有时只有几个。小付总是认真地发预告和通知工友报备，并且利用图书管理员的身份，对每一位到图书馆借阅的工友推荐"对面院子里的"文学课，郭福来等人就是这样被她引过去的，保证每周六晚上七点，宿舍区老教室的条桌旁会坐着讲课者和听众，讲课结束再组织大家与老师合影，发在文学小组群里。

虽然老教室环境破敝，下大雨屋顶会漏水，冬无暖气夏无空调，大家仍旧常年坚持了下来。后来工友之家成员王博发起，在原同心小学里成立了儿童图书馆，小付也是管理员，文学课就顺理成章搬了过去，每周六借用图书馆的场地，环境改善了不少，开始像模像样起来。

皮村文学小组的群人数也越来越多，达到了好几百人，小付充当管理员，名字在第一个，右下角带着一个小红旗的标，尽责接纳和介绍新成员，保证大家的交流不至于变成争吵，也避免文学之外过于尖锐的社会话题。有人在群里发这类言论，以及打广告卖东西，平时在聊天中默默潜水的她会现身阻止。

文学小组的一大目的是鼓励工友们拿起笔来写作，小付的细碎功夫，是体现在替工友输入稿件和投稿上。很多工友不会打字，交来的是写在各种纸张甚至烟盒上的稿子，最多也只是在手机上写，错别字连篇，版式字体之类完全是乱的。这都需要小付输入电脑和校对，再替他们发表在皮村工友公号上，以及先后出版了十几辑的打印本《皮村文学》上。

更重要的是，通过平时的接待来访者和志愿者帮忙，小付积累了一批投稿电邮和编辑资源，主要有网易人间、澎湃湃客、尖椒部落、单读、今日头条几家，工友们发表之后经常会有稿费。许多人体会过人生中第一次自己的文字在平台上发表，并且变成现金的喜悦，这大大激励了他们的写作。没有小付，这一切都无法实现。

范雨素一直不会使用电脑写作，《我是范雨素》就是由小付打成电子文档，又推荐给来皮村参观的淡豹，在正午上发表，最终一炮而红。范雨素之后的长篇小说《久别重逢》，初拿到文学小组教室时是一摞大小笔记本组成的凌乱手稿，在出版社辗转了一大圈，后来也是张慧瑜拿回手稿，让小付和志愿者逐字输入电脑成为 WORD 文档，才最终进入了北京十月文艺出版社编辑的视野。手稿的稿纸都有好几种，字迹潦草，不易辨认，有很多涂改和错别字，其间难度可想而知。

2019年《新工人文学》电子刊物创办，主编由万华山、范雨素、小海、马大勇等工友先后轮值。小付的名字从没有位列其中，却是永远的编辑部主任，干的仍旧是征稿、录入、校对、排版等杂活，还学会了电脑设计封面。之后筹集到了经费，开始定期出版双月刊纸本，又加上了联系下厂印刷，《新工人文学》发表没有稿费，作者可以指定两本文学书，小付在网上寄过去，这也是一桩费时费力的活。此外则是2018年开始的劳动者文学奖评选，从活动宣传、查看电子邮箱投稿、下载校对、初步筛选、联系评委评选，最后颁奖，"各种工作，比较杂"，都由小付来统筹。疫情之前，小付还发起每年一度的"劳动者的诗与歌"，由文学小组和新工人乐团为主的文艺小组联合，在新工人剧场同台演出，朗诵文学作品和表演文艺节目，成为一个大的联欢项目。小海、华山、晨依等工友屡次"触电"，参加乐团和话剧表演。

对于文学小组持续至今的原因，小付个人觉得是两个：张慧瑜的坚持；文学永无止境，学员听课氛围好，兴趣度高，一直有人愿意参加。她并未提及她自己的努力。但工友们的记忆里不会遗漏她。徐良园、王春玉、郭福来等人的回忆中，都有小付替他们录入稿件、帮助投稿以致安排住宿等内容，李若则是在小付整天催促之下，"本来不想投"的她向前来皮村征稿的网易人间公号发出了第一篇稿件，自此一发而不可收，好几篇稿子阅读量超过50万，成为范雨素成名前文学小组的"流量女王"。徐克铎在打油诗里记录："我的稿件乱如麻，耐心梳理不言乏。小组繁事一大堆，及时处理不后推。今天学友要进群，马上拉进带笑容。冬天很晚要本书，她不嫌冷热屋出。我拿手机不会用，操作办法她提供。"这是小付在文学小组工作的写照，而这只是她工作的一部分。

对于《我是范雨素》的爆红，小付直言她没有想到。在她看来，这是文学小组很多工友都能写出的文章，"给她打那篇稿子时，都没感觉出有多好"，后来再看，才感觉出"简洁、有故事感，有言外之意"。《新工人文学》创办后，每期的卷首语都由范雨素撰写，小付给她打出来。在她亲手打出的作品中，小付喜欢郭福来的稿件，"比较好读，有故事"，打起来会舒服些。

小付自己也写作，以记录身边小事的散文为主，篇幅比较短，在文学小组的一众作者中不显眼。她没有获得过每年一度的新工人文学奖项，在2022年出版的《劳动者的星辰》中，也没有收入她的作品。但这一切的后边，又都有她浮动的剪影。

四

打工博物馆被拆那天早晨，小付领着上幼儿园小班的女儿来到马路对面，目睹挖掘机长臂凌空高擎在自己从前居住的屋顶上空。几天前在这座平房里，我看见她抱着一岁多的小男孩坐在床上，地上四处是收拾了一半的什物，等待最后的搬运。"用了好长时间，毕竟是个家一样。"她思忖着说，寻找合适的用词。

杂种小狗小花带着它的女儿和孙女从大杂院里跑出来，见了小付摇头摆尾，吐着舌头舔小付和女儿的手和裤腿，它们以为主人又回来居住了。小付蹲下来抚摸了一下它们蓬乱的皮毛，"以为它们跑走了"，小付惊讶地说。

她掏出手机，开始在网上最后一次发布征求领养的消息。从前尹各庄有个人说想收养工友之家的狗，但一直没下文，因此她特意在尹各庄小群里发了一次。果然收到了回复，那人说可以三条狗一起收养，但要先看看品相，小付拍了照片发过去。"希望可以，不行也没办法了。"她回头看看小花，"在这里五六年了，也可以了。"

确实，在两个院子里住了十四年的小付，也到了另找地方的时候，即使她在这里一直觉得那么安心。起初几年住在大杂院的集体宿舍里，同住的两个女孩子晨晨和子怡都先后走了，一个结婚成家离开，一个回了老家。大杂院里也添了好几个孩子。工友之家的同事发现，小付渐渐开始喜欢逗孩子玩，搂抱着走来走去。大家觉得她想要结束单身了，也就开始给她介绍对象。

小付的恋爱之路有些曲折，因为好几年里她坚持着一个明确的标准：喜欢军人。据说她还会偷偷去军人出没的地方蹲守。有一次她回了老家相亲，失败了，在一位工友眼里，她"表面上已经恢复了平静，但那孤独的身影，眉宇间凝结的忧郁，不都表明了对婚姻生活的渴望吗？"为了掌握爱情的主动权，小付还制订了一揽子"自我提升"计划：晨练，每天七点起床跑步一小时；练瑜伽半小时；全年必须完整阅读十本文学作品，提升写作能力，达到在外面发表的水平；学习幼师知识，几年内要拿下几个证书；还要在穿衣、步态方面全面提升自己的气质。

之后早起的工友在博物馆院子里常常看见她转圈跑步的身影，捧书阅读的时候也更多了。小付的自我提升计划不知起到了多大作用，总之她结婚了，对象不是她心心念念的军人，而是工友之家的一位同事小泉，职责是司机。但小泉有着超过一米八零的身高，身板瘦削干练，确实有着军人的仪表，看起来也不能说她真的放弃了标准。在旁人看来，他们的组合恰成搭配。

时当2017年夏天，张慧瑜和王德志组织皮村工友们在博物馆院子里组织了一次烧烤自助party，庆祝小付的结婚，婚后她也搬离了大杂院的单身宿舍，住进博物馆门口的两间平房。2018年中秋"劳动者的诗与歌"晚会上，很多工友初次见到了小付挺着大肚子坚持主持节目的身影，很快小平房屋顶下迎来了第三个家庭成员。几年之后，又添了男孩。

怀上第二个孩子之后，小付在文学小组的身影明显不再那么活跃了，校园那边新成立的同心儿童图书馆占据了她大部分精力，需要每天值班，组织儿童阅读和做活动，拓展月捐成员和儿童会员。负债开办的同心图书馆生存压力很大，小付的任务就是"多发展会员，多挣钱"。加上文学小组与《新工人文学》，小付几头兼顾，忙不过来。

2023年6月下旬一天傍晚，北京天气酷热，我在皮村主街淮南牛肉汤店里吃晚饭，看到一个小女孩推门进来，给老板发一张传单，老板问是什么，小女孩用甜甜的童音说，"同心学校暑期那边有个孩子玩的地方"。老板说好那你放下吧，小女孩放在餐桌上，忙于生意的老板并没有去取，我拿过来一看，是同心图书馆暑期夏校招募，有为六到九岁小朋友开设的绘本、阅读、体能、书法、游戏等课程，联系人的名字意外的是小付。回头我在主街上散步，看到小付带着几个小女孩迎面走来，身量并不比孩子们高出多少，一路走一路擦汗，另一只手牵着自己的女孩。

原来这天下午她带着孩子们在皮村主街上巡游，给沿途每家商户散发传单。小女孩们每人得到了一根冰激凌的佣金，很积极地拜访每家馆子店铺，效果比大人去散发要好。沿街扫馆子，是小付头一天在村口向路人派发传单得来的灵感，当时一位摆摊的小老板说到暑假自己的孩子要来北京，需要一个地方托管，要了一张传单留着，让小付想到了"扫店"的方式，一根冰激凌"雇用"小女孩帮忙，则是以往小付为工友之家做宣传的老办法了。

一路发下来，传单是都出手了，能不能招到10个学生还是问号，3 000元的价格对于皮村的人群来说有点高了，文学小组的苑伟本来也有暑假让大孩子来北京，放在同心暑期班里的想法，但心里觉得"2 000元之下还可以接受"。下午六点多，一行人在皮村主街熙攘人群中穿行，孩子们吃着散发传单的报酬冰激凌，小付牵着的自家女儿已经走不动了，不停闹着要小付抱，但是天气太热，小付也抱不动个子随父亲长得挺快的女儿。

她走得有点急，文学课还有事情等待处理。这天文学小组请了一位老师来讲课，老师到场后图书馆还没开空调，主持的马大勇不知道如何使用遥控器，因为他自己从未用过空调，只好联系小付救场。小付到场打开了空调，又问老师是否需要网上直播，有一些不能来的工友要看。安排停当后，她离开图书馆回家去安顿什么事，过一会儿抱着幼女回来，坐在吧台后听了一阵，这会儿她已经恢复到通常的角色，全然不出声。文学课结束合影之前，她又已经安静地离开了。

之前小付休产假期间，文学课改由别的人来召集，但从前不觉得，事情一换人，明显感觉到不如在小付手里顺当。通知出得不及时，经常停课，学员到了课程也没有开始，直播出问题，几次下来人气寥落，直到小付重新接手，才渐渐重回正轨。

每次上课，小付抱着婴儿坐在图书馆的吧台后边"看场子"，布置网络直播，为大家端茶倒水。到了2023年5月，才开始由接任《新工人文学》主编的马大勇接替，小付慢慢"淡出"，但出现问题仍然需要随时照应，她也仍旧担任着新工人文学编辑部主任的职责。

有了源源不断的人气，大杂院和博物馆也时常有流浪猫狗前来投奔，这些小动物也依赖小付照管。这些野生猫在并不严实的大杂院进进出出，几乎是自生自灭，仰赖人类偶尔的施舍，冬天被严寒驱赶，挤进女生宿舍的门缝取暖，春秋则发情繁殖，母猫挺着大肚子艰难觅食，独自生出一堆一堆的小猫，机构的院子容不下，小付和另一个女生只好找人领养，经小付亲手送出去的就不下30只。

不过她更喜欢的是狗。最初来投奔的狗叫小黑，原本在皮村街巷翻垃圾堆流浪，因为小付喂了它一顿就不走了，由于她是一只母狗，"虽然其貌不扬，却吸引了全皮村的狗过来"，小付聊起来还有点自豪。小黑每年固定地要下两窝幼崽，满了月小付就忙着在各个群里发胖乎乎的小狗照片找领养，实在送不出去的就留在院里，在小黑带领下有了四五只。到了大杂院，小黑就把这里当成了家，忠实地履行起护院的职责，看到人来会叫两声，但从不咬人。它只有一个坏习惯，喜欢追电动车，小付猜测是过去被哪个骑电动车的人打过。

有一天小付忽然在群里发消息，说小黑被人毒死了，一块被毒死的还有它带着的几条小狗。大家纷纷声讨是谁这么恶毒，小付更是义愤填膺，长时间查看监控，终于找到了下药的一个女人，原来她每次遛狗从工友之家院门经过，嫌小黑冲她家狗叫，下此毒手。由于是邻居，加上女人的老公跟工友之家关系好，事情不了了之，但事隔多年小付提起来仍旧很气愤。小黑遇害之后一段时间，小花来到了大院填补空缺，和小黑一样繁衍后代，大杂院恢复了几条小狗追逐嬉戏、和小孩玩闹的情景，上文学课时它们也会蹭到门口，像是学习一点文学知识的样子，显得和外边的流浪猫气质不同。

大杂院的环境并不好，称得上杂草丛生、污水横流，房屋虽然装有琉璃瓦的檐饰，却遮掩不住临时搭建的破敝。生活在这里，起初是自己烧小锅炉，后来锅炉被封只能靠碳晶板取暖。夏天没有空调，屋顶薄屋里待不住人，还曾经历过两次长时间断电，卫生间是公用的旱厕，洗热水澡只能上村中澡堂，小付并说不上喜欢这里，也谈不上喜欢皮村，经常想到逃离。她幻想中的北京是一个很富丽堂皇的都市，全是高楼大厦，华灯璀璨，"但从我到平谷又到皮村后，把我美丽的幻想全部磨灭了。皮村，是一个和繁华市区完全分为两个世界的地方"。这里因为人太多，环境越来越差，垃圾越来越多，找不到解决办法，大家只能随遇而安。即使头顶掠过的飞机也会带来困扰，小付有段时间很讨厌飞机，因为飞机一过手机信号就变差了。

但是在工友之家和皮村住长了，小付对飞机有了别样的感情。有一次她外出回来，抬头看见飞得很低的飞机，知道自己就要到皮村了，心里就高兴起来，觉得快到家了，心情变得舒坦，从那一刻开始，飞机变得亲切起来，如同她在大杂院破破烂烂的家。

长期在机构工作，另一个问题是收入低。2 000多块的工资，虽然吃饭住宿都由工友之家解决，单身的时候无须顾虑，但有了两个孩子，硬支出仍旧带来了重压。奶粉钱、纸尿裤、幼儿园费用再加老人赡养之外，还有在老家周口买房的每月1 700元房贷，要还30年，算下来一个月的硬支出达到5 000多。小付的老公还在工友之家的时候，两个人的工资加起来都不到这个数目，别无选择之下，老公只能离开，去了顺丰快递做送货员，工作时间很长，经常加班，而且送的是大件，经常要肩扛怀抱，小付说他"腰都压弯了"。

我问为什么要在老家买房，小付说将来要回去住，不然住哪里？我说就住在这里啊，一直在工友之家。她的脸上闪过一丝迷茫的苦笑。

这样的迷茫从前就有过，当时从平谷工人大学来到皮村，小付说她是"整天烦恼，觉得自己以后没有出路了，后来因没有方向而顺其自然地听从安排，来到皮村社区工会工作"。到2014年，"一整年都在困惑之中，经常因各种事情纠结……曾花了很长一段时间来考虑并反思自己做了近4年的工作。想工会存在的意义，关于工会的理念……包括也调整了工作制度、组织了团队建设等，但是最后的效果都不大，不大的原因有很多。后来这事也就不了了之了。"

总的说来，她还是觉得自己来到工友之家是幸运的，"成为一个不再像机器那样拼命挣钱的人，成为一个不像千千万万的工人那样日复一日重复劳动的人"，也终究找到了自己工作的意义，就是"留在这里接触工友、服务工友"，文学小组的成功则馈赠了额外的果实。但是到了今天，工友之家和文学小组的前景，和她的未来一起再度处于迷茫之中。

博物馆和大杂院被拆的消息确定后，小付和工友之家的其余员工一样，开始在皮村找房子。"起初我并不喜欢这个院子，想要搬出去，洗澡上厕所都方便。但是在村里一找，随便什么24小时不见阳光的房子，也要1 000多。"听说是一家四口，房东都建议她租套间，但套间需要1 600到1 800元，远远超出了小付夫妻的能力。这使她留恋起大杂院来，至少阳光好，孩子们一出门是院子，不会丢，还有玩的地方。博物馆拆除之前，几棵杏树正值成熟时节，小付和众多工友们一样，品尝了最后一季尚未来得及变为金黄的果实，甜润中含有酸涩。

　　那段时间她不知来回看了多少房子，最后总算找到一间阳光还不错的，在二楼，面积不到20平方米，一家四口人住，刚搬过去时东西都堆在地上，人迈不开脚。婆婆搬到同心学校那边一间宿舍。价格1 200元，冬天外加一个月350元暖气费，机构大约每月能补助500来元，剩下的得自己掏，生活在皮村的成本又增加了重重的一项。

　　博物馆拆除那天上午，小付把小花和它女儿孙女的照片发过去之后，收到了尹各庄那位本地大叔的回复：不喜欢黑色的，不要了。其实小花在腿脚上是带一点花色的，这也是它得名的原因，可是生了那么多窝的小狗，品相确实不好。命运已然注定，一旁的女人说，现在皮村整治环境，垃圾不落地，小狗出去流浪也找不着吃的，恐怕会饿死。

　　上午11点40多，挖掘机的长臂凌空劈下，敲开小付从前居住的平房屋顶，平房在巨齿的啃击下瞬间化为水泥块，被腾起的尘烟完全淹没，降尘车的水柱也没能压住，漫天的尘灰扑进了小付的眼睛。她揉了揉眼窝，低头告别脚边留恋的小花，带上孩子骑电动车离去。

工友之家从前收留的流浪狗，再次失去了家

拆除后的博物馆地址，暮色

深山里的猛虎

一

2019年元月6日,"深山里的猛虎"在皮村文学小组群里发了段消息:

> 蛇很爱小白兔,为了生活每天奔波在寒冷的严冬里,小白兔每天在家里给顾客服务,挠头按背,刮痧,为了几个萝卜白菜也辛苦地忙碌着。蛇和小白兔各忙各的,只有晚上有空见个面,在昨天,小白兔说你洞穴里的布好脏了,我来给你洗洗吧!蛇把洞穴里的布给小白兔拿过去,见到小白兔真的好累了,睡得正香呢!小白兔睁开眼睛看看蛇,蛇说,你睡吧,辛苦了!

"深山里的猛虎"是工友王海军在文学小组群里的昵称,但在和小白兔的故事里,他把自己叫做蛇。小白兔在皮村后街上开了一家美发按摩店,2018年下半年,王海军去理发跟她认识了,本来在文学小组群里很沉默的他,有天忽然诗兴大发,开始连篇累牍地发蛇和小白兔的故事,有时是上面这么一段话,有时是快板式的顺口溜:

一张皮，包肉馅，兔兔小爪真可爱，水已开，放下锅，二人一起吃起来。吃饱送她回江西，管她以后去哪里！

看起来猛虎早已深陷情网，但群里工友们看来，小白兔不过是利用他，知情者说她的按摩店有灰色之嫌，江西老家有老公孩子。在和猛虎交往的同时，她还有一个关系暧昧的表哥，被猛虎称为"小黑兔"。至于小白兔和猛虎掰扯不清的原因，不过是贪图他在展览工地满身臭汗挣的几个工钱，对于其貌不扬、门牙还缺了两颗的猛虎本人，她是打心眼里嫌弃的。夏天她让猛虎改叫她"女口月"，之后猛虎发了一段话哀叹女口月对蛇越来越不好，"有点不顺心就拳打脚踢，说蛇好像癞子"。蛇和一匹瘦马（工友马建东）去看女口月，谁知女口月说蛇没洗脚把蛇赶了出来，不给蛇留面子。小白兔总是嫌蛇脏，不爱洗澡。当时蛇暂时搬离了皮村，在四惠干活时特意回皮村看女口月，大热天和两个工友打地铺，很想去女口月温馨的小屋寄宿，但女口月不让蛇住在那里。三八节到了，小白兔说自己爱化妆打扮，让蛇给她买了小衣服和一些化妆品。有次小白兔喊蛇过去吃饭，要蛇给她买大卷卫生纸，蛇说现在没钱了，小白兔让蛇赶紧走，这是最后一顿饭了。"蛇愤怒地走了，这个破兔兔就知道买东西。"最后猛虎反思说，"蛇看这个小白兔很痴情，有人说蛇很傻，可是蛇就对女口月忘不了，蛇是很傻吗？"

在网上发布自己对小白兔的恋情后，猛虎经常受到工友们的规劝。除了少数不相干的祝福，多数了解情况的人都劝他不要心存幻想，小白兔不可能跟无钱无房的他在一起。但猛虎自嘲也是有房有车有存款，"房是普通房，车是三轮车，存款不多几百元"，想要凭着这些娶到小白兔，"只等兔兔高了兴，敲敲打打进家门"。有一次他闭上眼睛睡觉，梦到了和小白兔去领证，醒来却是空，"蛇到现在也不确定能否和兔兔领个红本本，一起共白头，女口月的心好难猜，蛇好心痛……"这一番表白引来工友们纷纷议论，好几个人劝他不要被拖着了，猛虎也表示小白兔总是骂他，"你要不爱早说话，我好去找别人家，把她抛向垃圾桶，找个好人拉回家。"但在现实中，他很长时间未能走出来，原因是并没有一个合适的人可以拉回河北乡下徒有四壁的家，而在皮村，年近五十的他更是一无所有，除了一份说快板的爱好。

猛虎的快板不光是关于蛇与小白兔，有时会描述自己正在干的活，多数是布展拆展，有时也会去建房或者施工。譬如2020年7月5号，猛虎发布顺口溜，"六员大将走进时光隧道，和陷阱恶魔混战……由周赵二侠分割长枪，最后堵住了恶魔的出口，用方鼎镇住洞口……各显神通，最后用网罩逮住恶魔，修成通天大道，终于见到光亮，胜利坐上金杯车凯旋回营！"

第二天，他又发布了《隧道战蛇精》，描述"四侠中午饱餐战饭，来到时光隧道，见由L1、L2、L3、N、O五妖组成的一条大黑蛇在地上要害拦路，四侠立刻展开行动……晃风锤在墙壁上找洞……插入定妖棍，套上亮白圈，念动定蛇咒，捉住大蛇身体挂在定妖棍上，一阵好战，大蛇虽然恶毒在四侠攻击之下置杀的只有招架之功，没有还手之力，最后被定挂在墙壁上，永不翻身，等待为人民效力！"

这两段顺口溜说的是市政热力管道施工。这在王海军的打工生活中是少见的，因此值得记录下来，其他绝大部分时间是去国展或者其他场馆做布展拆展。比起偶尔去舅舅的建筑工地上搬砖打杂，他更愿干这份活，觉得不那么累，也自由，不用一两个月在同一个工地上住板房，听别人打鼾失眠，时常还遭受雨漏。不管到哪里，他干的都是力气活小工，不需要技术，但日工资也要比大工低一百多块。有时一起干活的工友徐良园会劝他学个技术，他的泥瓦匠手艺就可以传授，但王海军嫌泥瓦匠埋汰，没有兴趣。徐良园觉得他"没想法"。

他确实像是个"没想法"的人，嘴角随着一撮胡须微微上翘，即使额头上显出了几道皱纹，看上去还总是笑嘻嘻的，有活干的日子上工，没活睡觉，醒来没事哼哼小曲，抽几根烟。抽的是11块的红塔山，因为发现红塔山劲大，一根顶两根，抽起来比7块的白沙、红梅、七匹狼更划算，这是老烟枪们的心得。偶尔给自己煮个面条包个饺子，剩的面能在锅里糊几天懒得洗。

中午刷过了手机，起床上街逛逛，去小白兔的发廊瞧瞧，有时候跟相熟的几个工友马建东、徐良园、郭福来一起玩玩，偶尔在马路边上斗斗不带彩头的地主，日子就这么打发了。在文学小组的工友中，他大约属于积蓄和操心两样都是最少的人，永远乐呵呵的，也不写什么，高兴起来，会给大家来上两段快板，竹板不在手，就用缺了两颗门牙的口齿敲击打拍子。

王海军租的房子在"红姐公寓"，实际是个大杂院，精明的房东娘把后院的楼房包给二房东，又把院子所有的空隙都起成了平房自己出租，只留下靠近围墙的一线滴水，也供租户侧身出入。海军的租屋靠里，一扇小窗对着两尺宽的滴水过道，过去就是一人多高的围墙，不开灯显得阴暗，对于他来说就算"光线不错"。房子8平方米，月租350元，没有卫浴和降温取暖设施，跟我见过其他工友的租屋一样内情贫乏，但也有几样略为特别的东西：

一个二手小冰箱，是志愿者捐给打工博物馆的，小付在文学小组群里问谁要处理冰箱，90出，海军说要，小付以优惠价80元卖给了他。有了这个小冰箱，夏天能储存一些吃剩的猪头肉凉菜啥的。床前还有一台迷你洗衣机，也来自同心商店，一台800瓦的电暖器，冬天一天费两三度电，一块二一度。这些在工友中都算是奢侈品，此外才是一般工友标配的电扇，和一个用来煮面条的电锅，以及床底一个烙饼用的落了灰的平底锅，看起来很少动用。王海军不吃米饭，因此没有电饭煲。

此外还有一个彩灯，关灯后会在屋顶和墙壁上投出五颜六色的花纹，和舞厅里的一样，逢年过节海军和来玩的同伴会站在床上，就着手机音乐在旋转的彩灯里跳舞。之后再搬了一次家，有人还送给海军一个小音箱，跳舞就更有感觉了。马建东和张钰都来玩过，海军把自己和他们站在床上跳舞的视频发到文学小组群里。

另一件特别的是墙上的十字架图案挂历，皮村村北有个家庭教会，王海军住到皮村后，一个慕道的工友领着他去参加礼拜，从此没活干时海军偶尔会过去，"有个安慰，也认识一些人"，教会里大多数是打工的女性。疫情来临之后，礼拜就停止了，疫情结束后教会先是搬到尹各庄，不久又迁去更远的五间房村，时间又很早，五点半就要动身，海军只有偶尔搭一个开出租车的教友的便车去参加。

这天教友说可以去迟些，两人约好六点半在皮村南口外边见面。车上海军说最近展馆活儿少，歇了快一周了，教友谈起开出租车的活儿不错，不限行，时间上也自由，公司最近还通知换新车，建议海军去学个驾照。海军不出声，考驾照需要一大笔钱，还有一整段时间。教友又问他会不会骑摩托，可以送外卖。海军仍旧不置可否，过会说实在没活儿了就去建筑工地上干。

到了五间房，大街上一间门面房里透出唱诗的声音，礼拜已经开始了个把小时，两人小心地走进去，有人给他们让开座位，但所有人都站着，参加的多半是中老年妇女，讲道人也是女人。海军没有带《圣经》，就看着投影上的歌词跟着唱，因为很多歌不会唱得很小声，祈祷时也是动嘴唇不出声。传道人讲到"要彼此切实相爱"一节，海军拿起手机拍下了投影屏幕。正在听讲时海军的手机响了，铃声震耳，只好赶快穿过人群去外边接听，这是一个小工头打来的电话，通知他下午一点在村口上车，有活干。

海军感到庆幸，这不是国展或者首钢园这样的大活，多半是哪个小旅馆或者公司的节庆布置，但有钱挣就无所谓。圣餐礼的时候，因为海军没有受洗，只能在一旁观看，他出去抽了根烟。本来七月底他有机会受洗，但临时提前了一周，那天他提前约好了活，只能作罢。

九点多礼拜结束，海军陪着开出租车的教友去就近理了个发，这边便宜。又在附近吃了一屉小笼包一碗豆腐脑，回到皮村，他不想再吃中午饭了，就回去在租屋躺上一会儿，等待一点钟的出门干活。

工友之家负责人王德志听说海军信基督，送给他一本志愿者捐赠的《圣经》，海军平时可以自己读读，哼哼里边的歌。马建东也跟海军去过一两次，不过他冲着的主要是圣诞节的爱宴。

最后的特别处，是地上一个已经很模糊的正方形，占去了8

平方米面积中最核心的位置。这个正方形方圆一米，是一位女导演做艺术实验留下的痕迹，她大约是除老板娘外唯一涉足过这间小屋的女性。女导演在海军的小屋里租用 1 平方米面积，为期一月，租金 3 000 元，在此期间海军不得踏入这 1 平方米，否则每次扣除 50 元。为了保证对这 1 平方米的权益，女导演在海军的小屋里安装摄像头，监督他的日常行为，从此海军的起床入睡吃饭喝水所有活动只能侧身避开这个正方形，当然他在屋子里其他的活动也能通过摄像头观察到。

和这个艺术实验配合的是一部纪录片，记录王海军在摄像头下和 1 平方米周围的日常生活。项目持续了不到 1 个月就结束了，在此期间海军越界 16 次，扣除罚金后仍然得到了 2 200 元租金，对于他来说不啻是一笔飞来巨款。

纪录片里有王海军在院子中段水槽小便的情节，确实经常有人在这里就近方便，走道最里头有个厕所，但早晨常常需要排队，进去之前要敲敲隔板，里边可能有在方便的人没插门。片子里还有海军冬天用小太阳取暖，联防队破门而入没收罚款的镜头，这是把海军曾经的经历搬到了这间屋子里。虽然常穿着一件从同心商店买来的"首都治安志愿者"T 恤，海军却和很多工友一样害怕村里的联防队，更怕公安。

查暂住证那些年，他东躲西藏，才没被抓去长城脚下筛沙子。有一次他在租屋里丢了 300 元钱和一部手机，明知道是内鬼所为，却不敢去报警，反而在醉酒后陷入了奇怪的梦境：莫须有的罪，紫红的葱头，偷盗的虚构，干黄的馒头，讨厌的执法人，陌生的同伙。就像偷钱的人在梦里换成了他自己。

在片子末尾，工友万华山来访，海军小心地引导华山避开正方形，坐在床上的华山仰头观察，对于摄像头几乎可以监控全屋流露出质疑，但海军完全无所谓。毕竟这间小屋里几乎没有值得一提的隐私可言，除了一股常年单身的特有气息，是摄像头捕捉不到的。

二

1977年，王海军出生于河北省易县南白虹村，父母都是农民，村名的来源据说是荆轲刺秦王遇难时吐出两条白虹，其中南边一条落在了这座燕山脚下丘陵地带的小村。村里有演社火的传统，叫做吵子会，春节后各村组织曲艺班子互相拜年，二十人左右一队，一天下来要跑六七个村，每个村给上三条烟大家分。红白喜事也会演出，海军的爷爷和父亲都在班子里敲大镲，妈妈喜欢扭秧歌。

一家子爱戏的，海军小时候跟着听听就会了，十四五岁戏班子缺人，海军就顶上了，敲锣打小镲。打快板海军算得上是"科班"出身，起初是听收音机里的说书自学，后来一个亲戚见他爱好此道，带海军去县文化馆见老师，上培训班，学到了两手同时打快板，和用舌头代替竹板的本事。因为从小听说书和唱戏，海军还学会了自己编词的本事，他最喜欢表演的一段《狼牙山五壮士》就是文化馆教的调子，自己编的词。狼牙山就在海军的家乡易县。编词中海军并没有遵照历史书上全部壮烈牺牲的说法，而是根据父老乡亲的记忆，按照三人死亡两人受伤的事实来说唱。

七岁那年，王海军错过了上学，风俗又说八岁上学不好，到九岁才入学，农忙时学校会放假，让老师和学生回家收秋。他初中毕业已经十八岁，跟着爸爸去村边的砖厂干活，踩拉坯机。两个月之后，他跟着村里的建筑队到了北京。他身骨子没长硬，搬砖扬水泥都费劲，老板瞧不上，本来一天20的工钱，只给海军发15元，跟踩拉坯机一样。慢慢地适应了，始终在工地干活，农忙时回家帮忙春种秋收。他的网名"深山里的猛虎"也来自工棚生涯。起初叫"高速上的毛驴"，形容自己总是上不对道，赶不上趟。上铺的工友网名叫"狼"，晚上聊天时说专吃毛驴，海军说我还想吃你呢，于是改为现称。但见到小白兔，猛虎却又变成了软绵绵的蛇。

2014年左右，皮村开始了翻建公寓热，一个表哥在皮村干活，带海军上这里来。活儿不缺，就是住的不成，总是四五个人挤一个小房间，比工棚的架子床上下铺还差。油水虽然还行，就是缺人做饭，有次一连吃了好多天的土豆。等到公寓建得差不多了，表哥开始干拆展布展之类的零活，也把海军介绍给了一个拉人干活的小工头，当时这类活不多，海军两头干。后来他觉得干布展拆展自由，没人管，就不再跟着建筑队走，租房留在了皮村，自己接活儿。

漫长的小工生涯中，王海军不是没想过换个车道，找条出路。他曾想当厨师，去厨师技校上过学，因为没有交齐几千块的培训费，一个月还没上够，就被分配到小饭店做学徒，在后厨帮工，一个月只有200块学徒费。海军觉得太不划算，想要自己找饭馆干活，去石家庄待了半个月，由于学艺未成，活没找到，带的钱花光了，饿了五天没饭吃。第六天早晨碰上一伙也是找活的人，他们拿走海军的行李，裹上他一起流浪，在垃圾箱和餐馆桌子上捡人家吃剩下的。

海军放弃行李离开了这伙人，去劳务市场碰上一个雇主，说是招工人去定州砖厂，海军一听是老本行，就跟上他走了，谁知道遇上了抽头的人贩子，被倒手进了黑砖窑，一个夏天给砖窑白干，有人看着没法逃出来。后来又被那人倒给邯郸的一座煤矿，干了一个冬天。煤矿是竖井，坐绞车下到底要6分钟，再在横巷里走上很远，站在齐小腿肚子的积水里铲煤装罐，一天八小时三班倒，昼夜颠倒，升井时人在日头下是漆黑的，只剩一双眼睛微微放光。在这座煤矿仍旧没有人身自由，好在发一点点工资，被人贩子抽走了每人100元，一个冬天下来只落了1 500元。这一趟曲折，差不多彻底断绝了海军离开工地找出路的想法。

以后他想在工地上学瓦工，师傅是现成的，觉得瓦工又脏又累放弃了。大工和小工的工资差价始终在一倍半到两倍，当时每天的工资只有几十块，差距不大。不料现在工价涨到几百，落差就出来了，但徐良园让海军跟他学的时候，海军已经没有年少时的心情。

还在建筑队的时候，有次晚上下班，正逢打工博物馆搞端午节活动，好多工友知道了，王海军也随大流过来玩，碰到了新工人艺术团的乐手路亮。路亮是山东煤矿工人出身，大家聊得亲切，路亮知道了海军会打快板，说以后这边有活动可以来参加。那天海军看了路亮的演出，也认识了小付，第一次听说工友之家和文学小组，心里蛰伏的文艺细胞活动起来。之后他经常穿过村子去博物馆院子，奔着看演出、电影，去文学小组听课，跟大家跳广场舞，还能在村民的跳蚤集市和同心商店买小东西和衣服，他的电器大都是在跳蚤市场上淘来的。

第一次参与演出，海军的角色是他曾经干过的，给打工春晚做保安，还帮着修舞台坏掉的灯，给工人剧场漏风的窗户钉上塑料布，防止寒风冻跑了观众。虽然没有上过精挑细选的打工春晚，每年中秋"劳动者的诗与歌"演出上，海军的快板是新工人剧场舞台的必备节目，三八节和元旦也会表演，自己编了不少新词，连《隋唐演义》也能编成快板一路说唱下来。

2023年5月20日，小付在群里发起博物馆告别仪式接龙，王海军是第一个参加的。晚上六点多，大家聚集在博物馆门前，海军叩舌打拍子空手说快板，再次表演了拿手的《狼牙山五壮士》，事后他在群里发了一段感言，说到自己"在影院随意观望，在新工人剧场留下足迹，留下我的竹板声声"，"一个拆字只能和你们说再见，留在心里永永远远"。

博物馆告别活动后几天，海军回了一趟老家帮着干活，我和马建东还有另一位朋友同行。我们坐的是从皮村出发直接到易县的大巴，早上六点上车，沿着燕山脚下行驶，九点多到易县车站，换乘村村通。海军家在南白虹村最里边，即使是早两年换了水泥围墙，跟别家相比仍显得不起眼。院坝如同荒地，开了几条垄沟种白薯，浇地过后的剩水横流，加上大门里的机井台子有邻居正在开三轮车抽水，院子几乎进不去人。

海军的老爹站在屋前迎客，他的一条腿弯曲着，一瘸一拐领我们进屋，三十年没翻修过的老屋分外破敝，室内陈设陈旧凌乱，四处落着灰尘，还有一种单身老年人住处的特有气味。一张大炕上铺着已经看不大出颜色的被褥，靠墙一排老木箱子是仅有的家具，客厅里连一台风扇都没有，一股入夏的闷热笼罩着这里，苍蝇嗡嗡飞舞。

因为有客人到来，海军的爹佝身缓慢地擦拭桌面，用力除去汤水凝结的污垢，用一只空手接住，再一瘸一拐地走去厨房扔掉。厨房里除了水缸，所有的地方都是脏的，饭锅不知多久没洗过，所有的碗都用脏了，案板和灶台上同样是汤水凝结的污垢，看起来用钢丝也很难刮除。父亲的伙食看起来很简单，只有一小碟发黑的酱菜就面条。

海军的老爹今年71岁，他的腿是从海军出生第三天就坏掉的。那天老爹在小溪里给海军洗尿布，蹲的时间太久，忽然站不起来了，到了第八天人都不能动弹，怎么治都不见效，还找了巫婆，最后去医院诊断为神经炎，因为病情耽误造成小腿肌肉萎缩，住了一个半月院，之后腿就坏了。虽然一瘸一拐，老爹仍旧需要打工养家，搬砖垒石头的重活都干，以后又添了海军弟弟。

王海军初到北京，是老爹带着的，父子俩一起在五道口造房子，两人一起去过天安门广场和毛主席纪念堂。在那之前，父亲还带着海军俩兄弟上过邯郸煤矿，后来出了山西繁峙矿难，煤矿大整顿没活干，父亲才带着海军上了北京。父子俩一起干了三年，海军挣的钱交给父亲，寄回去家用。因为海军爷爷患了老年痴呆，老爹只好回家照顾，爷爷一躺就是五年，家底都掏空了，只剩下这院1993年改过的房。

老爹信命，"由命不由人"。因为在送走了海军爷爷六年之后，海军妈妈又患上了重病，起因也很偶然。她原本已经生病了，看到别人扭秧歌，她忍不住也跟着去扭，突发脑溢血，住了一个半月院，因为家里缺钱没做开颅手术，造成半身不遂，恢复两三年病情复发，在炕上躺了七八年后去世。妈妈的病让家里彻底一贫如洗，让海军生生错过了找媳妇的年纪，老爹开始担心他会打一辈子光棍。海军弟弟找了一户北白虹村人家做上门女婿，生了孩子还买了车，在那边也不受欺负。作为要传宗接代的长子，海军也不能走这条路，只好单身到现在，上门的机会也没有了。

现在父亲也不指望海军，一个月有120块的养老金，200元低保，另外自己种庄稼。去年院子里三囤棒子卖了5 600块钱，拨去化肥种子农药的花销2 000块，剩下就是力气钱，自家还种了花生榨油吃。小学五年级文化的父亲有一叠账本，最早从20世纪80年代就开始了，上面密麻麻记下了每一笔开销。譬如某年3月1日买肉2.5斤，25元，圆白菜3元，烟一包7元。以下是3月6日，买了土豆2.5斤共6元。到11日，又买了肉2斤20元，油条2元，豆芽2元，十三香3元，菜籽5元，共计32元。跟村中每个商店的来往账目也记得清楚，每年腊月二十以后到大年之前一定要还清，不能拖到下年。有一本末尾还有句总结"尽量减少不必要的开支"。账本是分门别类的，耕种的劳动和投入专门有一页记载，譬如2023年3月10日给塬上十亩地道东0.4亩地花生打药花了30元，4月8日给上红岩河的地除草用农药3瓶花了30元，杆一个3元，头一个1元。海军记账的习惯就是从老爹来的。

账本上还有类似王海军编的顺口溜，是一些《增广贤文》式的人生感悟，譬如"现代人，不一般，能让人，思万千"。2019年2月12日，账本上有一段特别的记载，第一段是"今年的王海军，一定能结婚，双喜要临门，和美一家人"，下面是繁体字的一段话，"贰零壹玖年大约在秋冬有可能吗？望能实现！"，第二段顺口溜是"双喜在眼前，争取新一年，奋斗多努力，新春又一季"。最后却补上一句"希望成了灰。"2020年又补记了一段

"希望好事成真，结果希望成灰，一切愿望拜拜，白费心机一场，我哭哭哭，命苦哇！"

王海军说，这段顺口溜原委是有人给他介绍了个沁源县的傻姑娘，说话能听懂，但答话就是个傻子，"吃饭不知饥饱，睡觉不知颠倒"，什么也干不了，还得侍候她。老爹想海军成家，海军却不想要她，过后有个村里人把她领了来，同居两年没生孩子，终究还是把她送回去了。

院子里养了一只母羊，父亲管它叫羔羔，羔羔去年年底生一对羊羔卖了900元，现在又怀上了，再卖一次就赚了。这只大母羊在赚钱之外，和院里拴住的一条小狗虎子一样，成了老爹平时的伙伴。没人的时候，老爹会走到羊圈跟前，低声喃喃地跟羔羔说话，旁人听不清他们在说什么。跟海军一样，父亲信基督，破旧的冰箱顶上一个盒子写着："求神保佑我们的羊平安、健康，别生重病，让母羊多下小宝贝，大羊奶多。"

羔羔之前的一只大羊前年被人偷了，当时碎砖墙只有一人高，小偷拖着羊爬墙踩缺了一块，没有办法了，海军寄了一万多块钱回来，造了现在的水泥围墙。有一年家里的银行卡被人偷了，过后又送回来，里面的3 500元却没有了。这3 500元是国家补助房子翻修顶棚的钱，用完剩下的，只有村中的近邻才知情，父亲因此急火攻心得了白内障，去县城花了2 000元手术只做了一边眼睛，仍旧有一只眼睛看不见。说起因家境贫穷人丁败落在村中受的欺负，老爹和海军都只是动动嘴唇又没有说什么。毕竟禁不住万事求人，连家里的厕所也塌了，只能到外边邻居家修的路边厕去上。

父子俩在一起没有什么话，但当打起快板的时候，一切都改变了。父亲的快板最早是跟海军学的，打得很流利，在工地上下班后，大家追着他让表演。回家长年待着，父亲从电视上学会了连绵式的打板手法，自己叫做"剃头"，竹板来回翻动，有首尾不断、行云流水之感，这是海军不会的。炕上有一本书页翻卷了的《从零起步学快板》，我曾在海军北京的租屋见过，是有一年海军留在北京过年，当当网组织民工搞"过个书香年"活动，作为奖品送给参加了读书的海军的，父亲让海军带了回来，没事就翻着看。吃过晚饭，海军坐在炕沿打快板，每唱一段，父亲在旁边接调子捧哏，接上一段，这叫做"较劲儿"，干活时也会这么配合省力气。父子俩唱的是北京十景，从颐和园唱到天坛大会堂，如数家珍。海军用舌头敲击打拍子，却又是父亲不会的，两人正好配合。在这一刻，身下凌乱寒伧的土炕和辛苦颠沛的境遇，似乎都化为幻影，只有父子的这份爱好是真实的。

  关灯之后，院落一片昏黑，如同野地。这个院子只有过年的几天有光彩：大年三十父子相伴守岁，王海军会在院子里拉上一根绳子，挂上两个大红灯笼，再配一串小灯笼。晚上一开灯，满地红晕，最寒碜的角落似乎都富足起来，预示着一年的好运。灯笼一直要挂到正月十七才取下，就跟布展一样，先是把各种打光的灯安上去，过后又一盏盏取下来。

  第二天一早，海军开着电动三轮车带着大家去地里干活，给新出的玉米苗锄草。这年的天气旱，玉米苗出得不齐，需要补苗，邻近田里有村民开着三蹦子拉来铁皮油桶装的水上塬，一边补苗一边浇水。海军家里虽然院门口就是机井，家里却没有马力大的三蹦子，这辆电三轮还欠着村里小卖部2 400元钱，拉水补苗的事自然无从谈起。老爹在地垄查看，发出轻轻的叹息。

王海军和老父亲同坐炕上，王海军打快板，这是他在文学小组的保留节目

王海军父亲打快板

王海军和父亲一起干活

父亲在前面带头锄草，虽然腿脚不便，速度却要比海军快上不少，一直到地垄尽头，腰都没怎么直起来，有时候遇到一颗没出好的苗，还蹲下去把压住了苗的土坷垃扒拉掉，虽说他再站起来要比常人更难。这块三分多的地有一条垄与邻居家共用，理论上只需要薅自家的半边，但遇到长在中间地带的草，父亲都顺手薅了，免得发生矛盾。海军家属于村中的底层，没有能力与邻家闹矛盾，三轮车下坡的时候，迎面遇到一辆上塬的拉水车，海军避让稍微不及时，虽然立刻就倒了车，仍然遭到了对方不依不饶的大声责备。海军很委屈地辩解，引来对方更大的怒气，海军只好闭嘴小声嘟囔，父亲也不出声。如果家境富足，人丁发旺，在村里就不是这个样子。

王海军手下的活显然没有老爹精细，也没有那样投入，他不时挂锄头停下来，听听天上的布谷鸟叫，邻近地里邻居戴的草帽让他联想到了建筑工地上的头盔：白帽子的是甲方，红帽子是监工，黄帽子是自己这样的工友。相比眼前的土地，头盔是他更熟悉的，即使他最终仍然要回来。

三

没有活的秋日下午，海军习惯在村中闲逛。这是皮村最好的时光，街上有一股从温榆河和沿岸树林飘来的清爽气息。

我们一起从后街他的住处出来，走上不远来到一条小十字街，比正街寥落许多，走过一处窗户上别着"门面房出租"告示的屋子，海军穿着老布鞋的脚步放慢，神情显得飘忽起来，说这里是小白兔从前经营的发廊。门楣上残留着从前的一溜招牌文字,"理发、焗油、干洗、洗面、拔罐",是 2 块钱一个字买的剪纸,红色已经褪尽,窗台上还有"刮痧、按摩"的字体残迹,是他一个一个字用胶带粘上去的。这里看来从前是一处站街女聚集地,挂着"严厉打击卖淫嫖娼"的标语,小白兔现在已经搬到了主街南边一处地方,离海军的住处远了,两人的来往也不像以前亲密。眼睛从门楣上移开之时,海军发出轻轻的叹息。

再次发出叹息,是在一家卖猪头肉的东北熟食店门前,这家熟食店也关张了,从此海军失去了一个重要的肉食来源,拼多多上的猪头肉要贵上一截。海军每次去都说买一点点儿,老板见到他就会招呼"一点点儿来了"。有时候海军和工友马建东搭伙吃饭,就会多买一点儿,再加一份凉菜两张大饼,一共 20 多元钱,两人严格地平分,包括各喝各买的酒。电视上方一个矿泉水瓶子装了一小半,就是马建东存在海军处的酒。巷子走完头到主街,迎面就是"金谷泉"纯粮散白酒门面。店堂里搁着一大堆酒坛子,坛口蒙着红布,门前贴着"酒粉勾兑你砸店,不是纯粮不要钱"的标语。海军总买他家的酒,买的是比倒数第一档 5 元一斤的酒好一档的,10 元一斤。因为海军是老客户,老板给他算 8 元,海军每次提一个装两斤的壶过去,提回家每天喝上一小杯。

这家的酒质量有保障,所以海军总买,不像马建东图优惠。前几天马建东去另一家买 5 斤送 1 斤,喝到嘴里味道不行,可能酒精多,昨天他在海军这里喝了 2 两还整醉了,头疼得不行。

散酒店旁边有一家两层楼的"首旺公寓",看上去像模像样,不过已经有点旧了。海军第一年来村里,盖的就是这幢公寓,还好没有遭遇徐良园经历的欠薪。当时住在旁边的小屋里,公寓盖好后也没有机会住进去，毕竟这种楼房价格都要 1 000 多，海军一直租的是 400 以下的房子。从公寓旁的路口进去，到了主街南边，走一会儿就到了小白兔眼下的发廊，店门关着，窗户上挂着纱帘。海军凑到窗前往里试着看了一下，回头解释说小白兔昨天回江西老家过国庆节了。

实际上昨天小白兔去北京西站是他送的，帮着提大包小包的行李。似乎他虽然明知这一情况，仍然不由自主地对窗纱后边没有小白兔感到遗憾。那年他也是这样探头朝里望，被闲着的小白兔喊"傻子，来理个发？"两人的交往就是这样开始的。

在北京的单身岁月里，海军并不是只接触过小白兔一个女性，但都没有什么结果，还被骗了几次。一次是十多年前在工地干活，在报纸上看到征友广告，女子说是在工厂干活，实际是酒托，被她带到会所，海军发现不对劲已经走不掉了。1 份抹茶小蛋糕，2 杯红酒，要了他刚发下来 1 个月的工资，4 000 多元。女生并不漂亮，但海军还是遗憾连手都没拉上。马建东在某个婚恋网站上注册会员，遇到的也是茶托酒托，被骗了 2 000 多，第二次那个酒托，他只给女孩点了一杯，趁上厕所溜了。

有个女的骗了海军很多次，说是也在北京打工，要跟海军结婚，两人在团结湖见了几次面，还带他见她家的人，表演得跟真的一样。后来这女的说她妈住院缺钱，向海军借了 2 万块后就人间蒸发了。前后加起来，十几万不见了，只落得一声叹息。

另有一个离过婚的女子，也不能算是骗海军，是通过婚介所认识的。当时海军在甘家口百货大厦做保安，交了 300 元介绍费，没想到她把海军拉进了安利直销，原来她是通过征婚来发展下线。海军卖了 600 多块的产品，还真的赚了点钱。海军"有点喜欢她",记得她总是穿绿色的衣服,海军就叫她"小蛤蟆"。"小蛤蟆"没有向海军要钱,两人一起吃饭买东西,都是他主动买单。"小蛤蟆"看海军实诚,说你的条件不行,咱俩真的不合适,谈恋爱没有意义,不如好好拉人头做业务。海军拉了一个下线,但没有卖出去货,最后也只好作罢。

在小白兔的发廊旁边,还有一家曾经的地下彩票店,海军在这里偶然下个注,买大小、单双,老板叫"鬼子",诨号的来源是他会搞鬼,看到押注中的多了,暗地里把机器一调,出来的数字就变了,总是庄家赢,之后这家店被查封了。马建东喜欢买3D彩票,有次中了8 000块,上瘾后每天几十几百的买,总算下来亏了4万多,后来改成了买基金和炒股,但总账仍是亏损。有天在海军房间里,他兴奋地告诉我自己发现了看K线和踩时间点的窍门,譬如逢"芙蓉出水""早晨之星""红三兵"的走形就必买,只要在早晨9:40买入,下午2:22到2:35之间卖出,就能稳赚。"之后挣钱不是问题了",俨然已是股神。但1个来月之后再问他,却又亏了进去,先前的线形和时间秘诀都是抖音上"大师"设的坑。钱的去路多,来源却只有一个,布展拆展,偶尔去建筑工地,一天的力气换一天的钱。

四

拆展布展的活都是人叫人,有时王海军被人在群里叫,有时他也叫人一起去,叫一个人去会有一二十块提成。那一天海军找不到人,临时想到了我。我答应了。

时间是下午三点,在皮村环岛等,有车接送。海军到村口送我见到了找他拉人的老张，来的是一辆货拉拉，比一般的货拉拉更陈旧，只有三个座位，后面有两个人需要蹲在车厢里。有两位工友姗姗来迟，他们是骑了电动车从大兴赶来的，据说路程有40千米，电耗完了，先得进村找充电桩，时间过了三点半，大家在车上等得着急。那头老板一直在催带队的老张，老张着了急，催那两小伙的语气上了火，两人回来时就跟老张杠上了，差点打起来。我以为这次的活计泡汤了，不过最后两个小伙还是上了车，蹲在后车厢，仍旧跟老张来来去去掰扯，一车人在紧张的火药味中驶向国展，伴随货拉拉司机在旅途中循环播放的《把耳朵叫醒》歌曲。

到了国展，面积特别大，不跟着队伍特别容易走丢，这也是海军提前嘱咐我的。刚进场时还赶上展会收尾，头戴安全帽的我们在西装革履的参展人员和观众之间穿梭而过，让人有种奇怪的感觉。我们这一拨帽壳上都写着"陆"，是工头的姓，避免走到错的展位上，替别的工头干了活。不一会儿工作人员撤离，拆展开始，刚才光鲜的展会现场顿时一片狼藉，周而复始的循环在这里每天都在进行。大工们身背电钻锯子在高处忙碌，巨大的幕墙板子和玻璃需要被一块块放倒下来，仆地时发出巨大的声响。连带的钉子很容易刺伤手，抬起来时感觉比海军的描述要沉重得多，工头为了提高效率又只让两人一组，分类堆叠到平板小车上，板材比小车长出十几倍，装满一车后仍旧是两人一组，穿过熙攘的人流车辆，推到展馆外边的废品处理场地。废品场地灯光如同白昼，几台挖掘机挥动巨臂在庞大的材料堆上忙碌，将木板、金属和临时的橱柜破毁为碎片，传来巨大的喧嚣。平板车一直要推到很近前倾倒，我们几乎就在挥动的巨臂下边忙活，有惊心动魄的感觉。

从下午四点一直干到晚上十点半,一直没有人提出吃晚饭,周围工人吃东西的也很少,不吃饭会发 15 元餐费。十点左右场馆清理完毕,开始装车,老板要把可回收的板材拉回去,这实际是最重的一道活计。巨大的板材要两人抬起,递到卡车舷边,由车上的人接上去码放。车上的板材越堆越高,下边的人就得竖起来递到更高的位置,上边的人伸手下来接也更为艰难。最巨大的几块板子,要四五个人一块抬起,上面也要三个人堪堪接住拉上去,一旦失手砸下来,保不住要出人命,但这样的情形每天都在上演。工头在催着快干,想要避免加班多掏钱,场面是一次战斗。因为车上的小伙力气小,我也跳上去干了一段,总算全部码好了,车上的堆头已经高出加高的舷板很多。

大家在展馆外边等叫车,吃了个煎饼果子果腹,两个小伙又开始和老张探讨白天的冲突。老张说他本来叫好了人要来修理两小伙,因为看他们干活实诚就算了,还把手机上的叫人记录拿给小伙看。叫好的车终究来了,仍旧是一辆货拉拉,这次好歹车厢里有两个麻包,大家随便靠坐着回了皮村。两小伙进村去取电动车,为了省钱他们只买了 5 块的卡,还不知能否顺利回到大兴。

事后两天,一直没人跟我提起工资的事。事先我打算只是体验生活,想到那一夜的辛苦,却忍不住问了海军。海军再去问老张,才知道老张忘掉了,事后我终于收到了海军 180 元的转账,那一刻有种"辛苦钱总算到手"的释然,却也明白了"力气活"的意味。

过了一段,海军又叫上我跟他一起干活,这回是在西边遥远的首钢园。仍旧是在皮村环岛集合，仍旧是破破烂烂的货拉拉，车里放的同样是一首节奏明快的歌，"你是那夜空中最亮的星，照亮我一路前行"，让我恍然以为是到了同一辆车上，但这一次车上堆满了干活的东西，人几乎没有旮旯坐下去。我和海军后上车，只能落坐一条架于其他东西上摇晃不已的板凳，大半截还被工具占据，我只能极度勉强地在眼前民工的双腿和什物之间找到一个洞伸脚进去。海军却逍遥得多，后来他索性挪开车厢后半部一张板子，在上面半躺了下来，双脚伸在我怀里。这样颠簸了大半个城市到达首钢园区，展会结束的时间却还早，我们在外边修剪整齐的草坪上坐等了一会儿，海军掏出手机，给我们和身后巨大的废弃烟囱合照。

他看上去很愉快，因为从上车开始算工钱，即使我们现在只是坐在草坪上休息。通常喜欢自拍的是金牌家政哥张钰，有时还引得工头不高兴，觉得耽误干活，不过今天他被工头带去了另一拨。没有泥瓦匠活计的时候，徐良园也会加入，身个瘦小的他抬不起特别大的那种板子，好在干活认真，并不招老板讨厌。

这天的活有两个展位，起初我和海军在一处干活，分别把住铁架梯子下端的两只脚，保护在梯顶拆除灯线管路和各种美术字的大工安全，大工下来后要一起配合挪动铁梯，前后协调一致。挪铁梯像人迈步，不然可能会倾倒。不久老板就把我叫到了较小那处展位，接下来大部分时间都各干各的。活计一如上次，先轻后重，拆板子时我和海军终于又聚在一起，这次放倒在地的板子钉子特别密，很快海军没戴手套的手就受伤了，他给我看流血的地方，但没包扎就继续干活，没人带创可贴，很快铁钉也刺穿了我的手套和皮肤，不过手上的活不能停，至于打破伤风疫苗之类更是谈不上。首钢园的特殊处在于外边没有垃圾处理场地，所有拆下来的建材都要装车运走，有用没用的各装一车，因此装车量特别大。

我跟海军合抬了几块板子，往车上放时我又忘了侧竖起来，好在被他纠正。有一次我差点被橱柜和车身夹住，也是他及时提醒。虽然手受了伤，他看起来确实老到得多，看不出偷懒也不过分卖力，这样做有个好处，一旦从上车开始超过了八小时，就要算加班，30元一小时，因为装车的费时，这次我们果然加班了半小时，加上15元餐费总共领到了210元。因为这笔小小的额外收入，回程的货拉拉车上王海军显得特别高兴，漫长的路途中一直在哼着歌，其中夹杂着戏文和两段快板，有一段他说是《奇袭白虎团》。

这次拆展之后我生病了，过了几天才好，以至于再也不敢接受海军的邀请。而对于海军来说，连续干上几天是运气很好的事，有一次他头天晚上干到半夜两点，回到皮村已是4点多，6点半又起床去干下一单活，连干了3天。搭伙干活的马建东因为头一天干了重活起不来，海军只好另叫上了徐良园。

夏天是展会的淡季，没活干的时候，海军会去崇文门舅舅做包工头的建筑工地上搬上一段砖。疫情之前的夏天，他去昌平大柳树干过几个月，帮人装配新楼盘的电路。那次他退掉了皮村的租屋，对小白兔恋恋惜别。不料电路装好后开发商老板跑路，一分钱都没有拿到，两手空空仍旧回了皮村。2022年疫情最高峰的时段，皮村几度封锁，海军正好在崇文门工地上，躲过了没活干又没有菜可吃的日子。但他大部分时间仍旧在展馆干活，检测要求比外界更严，百般不便，海军在一首快板里描述：

王海军在拆展工地

我与王海军在拆展中合影

新冠恶魔在人间，东走西游真讨厌，每天都要做核酸，否则不让你上班，真是令人难上难，临时工人多痛酸。

这年年底北京防疫放开，居民自测抗原，海军在国展工地干活时测出了假阳性，被迫回到皮村，他在一首快板里讲述了自己的尴尬遭遇：

竹板一打口相连，
骂声该死的抗原，
为啥测出假阳性，
害我没法去上班，
多少工友遭恐惧，
都怕密接十混一，
连夜回到皮村去，
整夜担心睡不着，
茶饭不思乱糟糟。

疫情之外，接近50的年纪，身体已经不时来捣乱。2021年9月底，王海军忽然感到肚子疼得厉害，背后也疼，去皮村一个叫国仁康的诊所看病，诊断是肾结石，打针输液，又开了一堆中药，花了800多。大家觉得中药不大管用，这家诊所又是一家医疗器械公司开的不大靠谱，让他找个大点的医院就诊，可以回家乡去做体外碎石手术，能够走新农合报销。海军答应了，之后回老家去做了手术，顺便收秋。第二年的8月，海军感冒发烧到39℃，就近去星火堂诊所输液吃药，之后我见到他的账本，他在星火堂一共花费了454元，却不见效果。手停口停的他无钱继续治病，向最亲近的同伴求助也没有应答，在群里用顺口溜记录了自己当时的窘境：

> 身在星火堂，病痛无人懂，独自来承受，感到很孤零。可恨常到人，遇事玩手机，平时不舍半分文，遇难之中见人心！

还好工友之家负责人王德志伸出援手，海军向他借了1000元，转到一家地下黑诊所看病，账本记录之后几天又陆续花了411、80、90、80、18元，好在是病终究治好了。这个黑诊所就在海军的新住处对面，每次路过都不知道里面能看病，是附近商店的大姐看海军遭罪花钱告诉他的。皮村有好几家这样的黑诊所，都是专门给不想上大医院的工友看病的。

有次我去海军屋里聊天，正赶上他脚上鸡眼发作，要去对面诊所买一瓶药来搽，就跟他一起过去。

小诊所没有招牌，门口挂着厚布帘，地势又在一个台子上，从街上走过时根本看不出来。掀门帘进去，白天亮着灯，陈设简陋，两张仿皮旧沙发，一张破旧的床，一个女人坐在沙发上输液，没有支撑架，瓶子就挂在墙面一颗钉子上。屋子靠门一头一张条桌上摆些药品，医生坐在桌边调制注射药水，如果不是输液的女人和他身上的白大褂，这里仍旧看不大像是一个诊所。

医生是河北人，说自己上过卫校，从前在老家开卫生室，因为乡下没啥人了，只好把老婆孩子留下，一个人出来行医。办不到执照，不能挂招牌，全靠给工友把病看好了，口口相传。大病不行，也没有中药，只能看感冒发烧的小病，包括长鸡眼这样的。海军买了一瓶鸡眼膏，大夫用树根和树枝的比喻，给我讲了鸡眼的原理。大约因为两脚都长有鸡眼，海军不大愿意洗脚，但不洗脚又是鸡眼的一个起因。

感冒好之后没几天，海军在首钢园一连干了3天活，身体撑不住又再次感冒了，回皮村后躺了好几天。由于一再生病花销，又不能上班挣钱，海军的积蓄又见底了，身体稍微恢复一点就在群里问谁有活干，他要挣钱交房租。

第一次感冒正值海军满46岁生日，他感叹"46年前的今天我出生了，本该是快乐的一天，谁知道病痛折磨我好难"。除了一个在家乡的多病老父亲，并没有人记得他的生日。

五

2022年8月15日晚上，王海军忽然在文学小组群宣布：

2021年冬，经过媒人介绍，认识了一个美丽的丑八怪女人，黑黑的脸蛋透出健康之美，我很喜欢这个丑八怪，比起狡猾的狐狸兔兔那洁白且肮脏的女人，丑八怪是那么的充满魅力，远离兔兔，必竟（毕竟）狡兔三窟，珍惜丑八怪，我们一起幸福地生活，白头到老！

这个消息让大家有些愕然，纷纷恭喜之余，也明白了他2022春节后为何一直没有回京。海军还表示：

还有一对可爱的儿女，每次见面都喊我爸爸，真让我感到幸福甜蜜，从此我也要担起责任，努力做一个好丈夫，好父亲！

姐弟俩分别为15岁和11岁。得知这个情况，有些工友开始替海军担心起来。金牌家政哥张钰首先表示"如鲠在喉，一吐为快"：不看好这婚姻，天上掉馅饼4张嘴吃饭，是赚大发了，还是堕落了，长久地做牛做马？一位女工友也支持张钰。当然也有人祝福，徐克铎还举了一个叫"厚福"的单身汉娶了拖家带口六母子（女），养大孩子之后安享"后福"的例子。海军自己却不再发言。

有了"丑八怪"，海军的日常多了一项内容：视频聊天。我到他的租屋去玩，总能遇见他歪在炕上，拨通视频电话，那头的"丑八怪"可能正在收拾院子或者抽烟，只要不是下地，就会跟他唠上一阵，听上去很亲热。有时候两人都在抽烟，一边抽一边聊，烟雾缓缓掠过对方的手机屏幕。视频中的"丑八怪"显得很苍老，看上去比海军大很多，但海军说是跟他同岁。显老是日子过得太苦了。

"丑八怪"人很和气。两人视频当中，在海军房间打游戏或者刷股票的马建东会忽然插进来，喊她丈母娘，让"丑八怪""把女儿嫁给我，我有钱"。"丑八怪"也不生气，只是笑嘻嘻地说，"我女儿没回来，回来让她跟你通话，彩礼要9万8"。马建东问怎么又涨了，从前说的6万6或者8万8，丑八怪只是笑。

海军、马建东和我一起去温榆河边散步，路上得知了姻缘的来历。"丑八怪"的家马头村离海军家有几十里地，海军有一个表嫂去那边照料一个失能老人，认识了就住在失能老人家后面的"丑八怪"。前些年丧偶的表嫂长得漂亮，海军对她有意，但她看不上海军，自己另外找了人，给他介绍了"丑八怪"。最初海军也瞧不上她，嫌她太丑太老，后来却感到她实在，比一点便宜不让占的小白兔强。两人就这样走到一起，没要彩礼，也没办结婚证，因为"丑八怪"没有户口和身份证，根本无从办起。

看着我惊讶，马建东抢着透露"丑八怪"是被拐过来的，老家在贵州。海军这才解释，她从那边被人贩子拐卖过来，过来时只有30来岁，买他的男人已经60出头。她在贵州还有老公和一个小孩，但是这边看得严，她不认识字，起初语言还不通，根本逃不出去，只好顺从，在这边过了20来年。因为不识字，她忘记了那边家庭的地址，跟老公孩子再也没有联系过。前几年这边的老公年纪大去世了，留下一双儿女，她自己撑不了门户，所以见到海军就同意了。

走了一段马建东又悄悄说，那两个儿女其实也不是这边老公的，因为他买下"丑八怪"时年纪已经太大，没有生育能力，只好默许"丑八怪"找了本县一个男人接种。海军点头承认了马建东的话。

对于王海军和两个孩子的关系来说，这大约是好事。两个孩子管海军叫爸，海军对他们也很上心。小男孩在镇里上学，回了家很亲海军，海军会给他买些零食。女孩子芳儿经常向海军要钱，账本上记录了海军给她钱的频率：2022年7月13号转100元，8月10号转100元，19号转180元，9月23号转100元，29号转100元，30号又转了50元。海军解释说女孩子初中辍学去了河南打工，店里不管饭，月工资还没发，只好找他接济。有次女孩子向海军要1 300元买东西，海军没给。

"丑八怪"那头也需要海军接济用度。账本记载，2023年3月3号"交她家电费100元，手机费50元"，9号又交电费100元，因为她家暖气片漏水没修，用的是碳纤维板电暖气，所以费电。更大头的是家里生产的投入，临近3月下旬，"丑八怪"说苞谷种子还没买，没钱，海军让她先在村中商店赊，等他回去还。化肥也在商店赊，海军已经跟店家打过招呼，但"丑八怪"似乎仍不放心。视频当中，"丑八怪"催海军谷雨回去帮她种花生玉米，她不会开三轮车。结婚之后两家的地互相帮着种，"丑八怪"也会到海军家干活，种地的收入则是各归各的。今年"丑八怪"家的两囤玉米棒子只卖了2 000元，还是海军找去自家收棒子的贩子又上她家去收的，她的棒子因为去年没钱上肥个头小，种子也不够，大小棒子掺在一起，贩子不想出高价。贩子除了看囤的高度和腰围大小，还会插进仪器测湿度，明察秋毫。

海军说他手头缺钱，因此谷雨节是否回去，要看情况。这头却又接到小白兔的信息，喊他晚上买1斤青蒜、1斤西兰花带过去，她做饭给海军吃。虽然有了"丑八怪"，他并没有完全跟小白兔断绝来往。这次小白兔从家里回来，就是海军去接的。放暑假期间，小白兔的老公送孩子来北京玩，因为理发店里没有地方，小白兔让老公送孩子去海军屋里玩，两个男人见了第一面。因为海军的电视正好按键坏了，小孩玩不住，海军着急送去修理部，要花200元，还要等上两天才能拿。

这个夏天，海军还认识了村里一家"留恋足下"足疗店里的老板娘和员工甜甜，帮她们干点取快递、制作招牌的杂事，没事常常喜欢过去待着。甜甜有严重的抑郁症，没活时会自己跑上大街，对着电线杆说话，也不带手机，好几次都是海军去找回来。说起这些交往，海军都是淡淡的一句"朋友"。之后甜甜抑郁症加重，辞职回老家了，又遭到老公家暴，海军说起来时常会叹息。

回乡帮"丑八怪"干活的事，王海军一直拖到了6月初，那次回老家，海军和我们也去了马头村。比起南白虹，马头村背后的山脉更加高峻，形似马头。靠近村庄时马建东说起，这里姑娘多，招上门女婿，他有个表哥就在这边招亲了，他赶过来时已经错过时机，见了十来个都没成，原因其实是他脚下没有弟弟，只有一个因为小时候吃多了三鹿奶粉成了大头娃娃的妹妹，因为有智障一直没嫁出去。人家觉得他需要撑门户，不会安心做上门女婿。而在老家张家口，娶亲需要几十上百万彩礼。

为了攒娶亲钱，马建东会去皮村街上捡瓶子和纸箱子，过上一段卖个一二十块钱，高兴地把入账截图贴到群里。他住的租屋比王海军的还要差上一截，只要250元，是房东院子里搭的一间石棉瓦偏屋，摆下一场床后几乎不能转身。房门和巴掌大的窗户都是柴爿的，冬天要用大被子堵住裂缝，晚上起夜用的尿桶里结了薄冰，要提几十米去公厕倒，出门时还要提防那条看门的大狗，即使他在这里已经住了两年，大狗仍旧分辨得清主人和寄居者，绷紧了铁链扑向他吼叫。即使是在皮村，也很难找到比这更便宜而逼仄的房子了。后来马建东还托"丑八怪"在村里给他介绍了一个离异有孩子的女人，只是他回京后心疼车票钱没有专门去见。

"丑八怪"的院子在村里也是最破敝的，低矮残缺的碎砖墙几乎遮不住内情，院子里牲口圈空着，堆着大包小包捡回来的矿泉水瓶子。"丑八怪"走到哪里都不忘捡瓶子，即使一行人去山口水库游逛，她也顾着低头捡瓶子，一直捡到了很远的水岸，手里拿不下了，向野餐的车主要了个空塑料袋子，提一满袋子回来，扔在牲口圈里，回头卖给收废品的人。

院坝另一边也种了一些菜，大核桃树下拴了一条被虱子折磨得奄奄一息的小狗，见了人来也不叫。最特别的是一大堆水盆水缸和水瓶子，几乎所有能贮存的器皿都用来装水了，包括一个电暖壶和小孩浴缸，原因是自家抽水的机井坏了，只能仰仗邻居家，抽一次就尽量多储存些。

"丑八怪"不在家，大门钥匙留在一处砖缝里，海军很熟练地找了出来。进了屋，发现没有电，原来家里欠了电费等海军回来交，他充上了50元才来电了，罩子脱落了的电风扇呼呼转动起来，为暑热的屋子带来凉意的同时，让人感到某种危险。

三间正房比海军家的要新，但并未完成装修，只是有大炕的卧室和堂屋简单刷了墙壁，其他几间都裸着水泥毛坯墙壁。空荡的大炕上有个摩挲得发亮的小水晶石佛像和一只抓痒痒的竹如意，一个半空的迎宾烟盒，大桌子上难得地有一瓶法国字母的香水，海军说是女孩子芳芳在淘宝网上买的。

芳芳过年时没回家，前一段说要回来，全家聚几天，让海军给她打过去了500元路费。路费转去以后，她又说有事不回来了，这也造成海军回来手头紧张。

墙上挂着芳芳上小学的奖状，四年级和五年级时分别获得了全班第一和第二名。旁边"易返贫致贫户"和低保户上写的是芳芳的名字，因为"丑八怪"没有户口，不享受低保，更无法当户主。2022年10月，墙上新贴了"突发严重困难户"的表格，表格上只有姐弟俩的名字，没有"丑八怪"，原因还是她没有户口身份，一切社保待遇都享受不了。

邻居说"丑八怪"是给人顶班打扫村道卫生了，一天能挣100元，这类差事平时是低保户的福利，落不到没有身份的她头上。等了一会儿她回来了，放下笤帚倚着大炕抽烟歇息，脸晒出了紫檀色，鬓角和两颊有幽幽的蓝光，海军不好意思地说"她干活晒黑了"。看着她和海军在一起，比起先前在视频上见到，仍旧有一种震撼的感觉，两人年龄相近，却完全不像是一辈的人。

聊起来得知，"丑八怪"真名叫罗妹，是拉祜族人，她甚至不是中国人，出生在缅甸，年轻时到了云南，而非海军说的贵州，在那边成了家。拐卖她到这边的人，是那边老公二弟娶的傣族媳妇，她本人也被拐卖到这边，却干上了这门生意，骗了不少罗妹的族人过来，这个村里就有好几个。罗妹被拐过来的时候，孩子只有9岁。

这边的老头倒没打骂罗妹，只是看得严，手头也抠，不给她钱使，怕她跑。其实罗妹不认识字，语言不通，没有身份证，跑不了，"也不想跑"。问她想老家不，想那边的老公和孩子不。她说，"什么也不想"，烟雾掠过的紫檀色脸上看不出表情。20多年来，她从未试图回去过。介绍她认识海军的那位表嫂本人也是从云南被拐卖来的，已经回过三四趟娘家，还把那边生的孩子带了过来，因为那边的老公也已经死了。罗妹也因此得知自己的父母都死了，"什么都没有了。"至于先前的老公孩子，只能不去想，"没有了，什么都没有。"

在这边久了，她逐渐学会了河北话，老家的缅甸话则被忘光了。吃饭时离不得的一瓶泡小米椒，是老家生活习惯遗留的唯一痕迹。问她算是哪里人，"我是中国人"，她说。

她不恨拐她的弟媳，也不恨老头子。这边的活计很苦，住的房子也破烂，是砖扣顶的土坯房。有了孩子之后，老头子说家里太小，起了这院房，还没彻底弄好他就得病去世了。老头死时80岁。提起老头子生前做的这件大事，罗妹语气里有一种东西，似乎有了这院房，很多事情就可以抵消了。

对于眼前的海军，罗妹的态度有点不好捉摸，似乎她自己也在拿不准。海军让她去打酒喝，罗妹要他拿钱，海军说没带现钱。罗妹不高兴说"没钱你别回来"，但她后来还是去买酒了。问她海军人咋样，她说不知道。问两人关系如何，她不回答，用一种有些不可捉摸的眼神望了望斜躺在炕上吹风扇的海军。做饭的时候她嫌海军平时来下厨也不刷碗，只是躺在炕上，但盛饭时她仍旧单独给海军端来了不过水的面；又问海军吃香油不，特地给他拿来大名府小磨香油。大家吃完了饭，罗妹问海军还喝啤酒吗，又拿来一瓶给他。第二天在厨房做饭时，听见海军在跟那位介绍人嫂子打视频，她很不高兴，"什么嫂子嫂子的"。还摔了下盆子，显然她知道海军本来喜欢的是这个嫂子。靠窗大桌子上那瓶外文香水，起初我以为是芳芳用的，后来才知道就是罗妹自己用，在村中商店买的山寨货。

前一阵罗妹请人机耕种玉米和花生花了700多，向海军要，海军一直没给。有时候他给钱，有时候不。"他不给，我就不要"，罗妹有点赌气地说。在家海军常常不肯花钱，只肯交个电费，买个自己喝的啤酒，小男孩周末回家时给买点零嘴。其他肉菜他在家就买着吃，"他不在家我就没得吃了"。芳芳在家时不听话，罗妹追打她时打坏了正屋玻璃门，是罗妹自己出钱修的。暖气片坏了，抽水管道也坏了，海军也不张罗修理。"娶了媳妇不给媳妇钱"，别家男人回来给老婆买手机，罗妹这个手机是女儿换了好的送给她的。"他不懂事。"罗妹沉沉地说。吃过饭躺在炕上的海军只是伸着懒腰哼哼"我现在好想睡觉"。

罗妹脸上带点恨意地说，我孩子大了，就不要他了。他老不给钱花。海军听到了在床上说，过几年我也干不动了，要养老，没有存款呀！过一下嬉皮笑脸地问，"老婆，你还要我吗？"罗妹不理他。

最重要的一件事，其实是罗妹的户口。没有户口，就不算村里的人，什么福利社保都享受不到，也去不了北京找海军。先前一块从云南被拐来的妇女都办了户口，有一段时间2 000块就能办好。老头子怕她跑回去，没给罗妹办。老头子一死，事情就难了，想让海军用自己的户口本帮她办下来，"花不了多少钱"，但海军也不好办这事，毕竟他跟罗妹没有正式登记结婚，只是不置可否，催急了抱住头说，"好麻烦呀，头都大了！"

但在这个媳妇的村里，海军还是显得适意。到小卖部去买菜肉时，售货员看见他打趣说"以为你不回这村了呢"，海军响亮地回答"当然要回！"开上院坝里的电动三轮车，海军就兴奋，在村里飞驰而过时，一个乘凉的老头看见他来了句"竹板这么一打呀……"海军笑回，"不打了……"过后却又愉快地哼起了易县八景：清西陵、狼牙山，虎踞龙蟠紫金关，燕下都，荆轲塔，风萧萧兮易水寒……尤其是傍晚载着罗妹和我们去燕山里游逛，路上海军拉起了罗妹的手。罗妹甩掉说，"又不是小孩子"，脸上却不由得泛起笑意，回程时罗妹和海军挨着坐在驾驶台，电三轮一路飘起了风来，河谷凉风习习拂过脸面，海军愉快地唱起了

"让我们红尘作伴活得潇潇洒洒,策马奔腾共享人世繁华……"那一刻似乎过去深重的阴影和未来逼近的忧虑都不存在,只有此时此刻的陪伴和惬意是真实的。

第二天麻麻亮罗妹就出门了,趁着毒日头没出来去地里薅草。等到海军和我们起床吃早点,她已经锄好了两块地里的草回来了。随后海军开上三轮带我们去了坡上的地,有两块看得出来经过了机耕和播种,却因为天太旱没有出苗,只有一块地出了半边零落的花生苗。罗妹已经锄过草。这里的地势高,没法浇水,需要马力大烧柴油的三轮车拉上来,旁边别家的地里花生苗出得茁壮,播种时经过了灌水。原本海军是回来帮助补种,但天气旱需要浇水。罗妹家没有柴油车,自然无从谈起。

山下有一小块能浇水的地,在核桃林旁边,是罗妹种的别家的,玉米没有出苗,因为抽水泵的电表电路烧坏了,旁边出苗的菜地也需要浇水。海军检查了一通,说回头能修好,充上电费就能抽水浇地。核桃树荫下的韭菜长得茂盛,看着罗妹割韭菜回去中午包鸡蛋饺子,海军不由得夸赞"老婆真好啊"。

走的时候罗妹在院门口抱怨"不给钱,别回来了",神情半笑半认真。海军在车上解释,他这次回来,打算给"丑八怪"2 000元,走的时候再转给她,没想她性急了。在南白虹村待了两天后,海军又回到了马头村。过后海军把钱转给了罗妹,过两天他发来一张照片,是穿着新衣服站在大炕上,说新衣服是老婆赶马头村大集给买的。过后又发来一段视频,是两人给那片菜地浇水,原来水泵电路已经修好了。

十几天以后,王海军回到北京,去看了拆除后的打工博物馆地面,他在废墟上发现了一张从前劳动者的诗与歌演出照片,感叹一切被巨兽吞食，仅存两棵杏树"给黄土点缀诗意，它在回忆这扎根的地方曾经的歌声舞蹈，人流不息，现在的它两个孤然挺立"。

诗意只是生活的点缀，回到北京的海军重新开始了布展拆展的日子。7月下旬，北京和周边遭遇了百年不遇的大暴雨和洪水。暴雨第一晚，海军仍旧在展馆干活，身披雨衣扛着淋湿变重了的板材装车。暴雨来临之后好几天没活干，海军又想回家抱"丑八怪"和可爱的儿子，奈何囊中羞涩，仍旧需要冒雨去撤展。回家躺在床上睡梦中仍旧在下雨，醒来是床上方的屋顶漏了，身上和被褥已经打湿，只好用一个大塑料袋挂在屋顶下，略微倾斜地把雨水接到床外的地面上空，下面又用一个盆子接住，接满了倒出去，至少保证床上是干的。

马头村也遭了水灾，罗妹来消息说家门前水涨了半腿深，东面邻居家的墙倒了，地里玉米全部被淹，停水停电停网，不由他不悬心。南白虹遭了风灾，那天海军和父亲一起锄草的玉米已经长得茂盛油亮，却大片被风吹倒，又缺乏人手扶起来，收成沦为泡影。除了在网上转发风灾对玉米影响的论文，海军没有能力帮助在老家腿脚不便的老爸。

灾害过去之后，罗妹说让小孩到北京来找海军玩，最终因路上不放心作罢。和罗妹的视频本来天天在打，却因马头村的网络瘫痪而中断。活儿仍旧少，房租却又涨了一茬，房东从下月开始要收600元钱。海军打算活儿实在少就去工地，省下了房租，但他仍旧留恋皮村。夏季天气酷热，活儿少，有天他和马建东以及工友小雨在曾经的博物馆杏树的凉荫下铺开凉席，一边甩扑克一边忧心，感叹自己这代70后不容易，不干没钱，干吧，今年的天气热死，希望在读书的小孩好好读书，错过了就不会时光倒流。

自从18岁那年出门远行，海军离乡已经将近30年，到皮村也已经有十来年。身上的力气随时光流逝，终有一天他会像那些找不到活的超龄老头一样，被这个外面的世界拒绝，需要回到燕山脚下的老家去。不知到那个时候，会不会有一扇温暖的家门为他敞开，有一把钥匙藏在熟悉的墙洞里等待。

离开

皮村过客

卞老二

"卞老二"是张行的微信昵称，我问他是不是卞和献璧的典故。他说是的，有段时间感觉自己是卞和第二，无人赏识，过后也不想换了。

七年前那天，皮村工友之家的办公室里人流不息，烟雾腾腾，东西也特别杂乱。刚认识的小海指着一个坐在书箱上吞云吐雾的人说，这是个高人，研究庄子，你们能聊上。

第一眼看过去，他的装束神情和众人看不出什么差别，我以为他是那种读过几本国学书籍，就想要贯通百家的民间"大师"，但开口之后知道，他不是一般性地了解庄子，而是发表过关于庄子的两篇学术论文，并且是在《文史哲》杂志上。

过后大家一起去"全手勺"餐馆吃饭喝啤酒，他的酒量很好，话不算多，看起来有一点矜持。我知道了他中专毕业，最初在供销社工作，辞职来北京多年，起先在建筑工地给人看门，后来到门头沟一个水库留守，现在又转到大兴帮人看鱼塘，靠着朋友帮助，做的都是有些空闲但收入不高的工作，可以有时间看看书做研究。因为对皮村文学小组感兴趣，张行特意坐了大半天公交地铁，穿过整个北京城过来瞧瞧，晚上就住在工友之家宿舍，和工友莫晓明挤一铺。

互加微信之后，我在知网上搜到了他的一篇学术文章，他又发过来另一篇，内容是对庄子的文本窜入错讹的分析，方法是上下文逐段对比，指出错讹的主要原因是秦代焚书之后重新编订的误差，以及从刘歆到王肃等人有意地窜入。我感觉很有见地。后来在一次新工人剧团的演出上，我和张行坐在人头攒动的工人小剧场长条木凳上聊了两句，知道了他和我同岁，比看起来的样子要年轻一些。

聊了几次，我打算去大兴的鱼塘看看，他说去的话要趁早，过一段他可能离开。又问我是否有人脉，可以介绍人接手鱼塘。鱼塘其实是个农家乐，可以做烧烤，钓了鱼现宰来吃，也有精品民宿过夜。大约因为地处偏远，农家乐开张后一直生意清淡，后来只好关门，等待有人接手。因为还有半塘鱼、一条狗和一些物什，让张行在那里看管，过一段他也会去别处。

那时我已经跟莫晓明熟络起来。在一个天气有点热起来的午后，我和莫晓明在地铁房山线长阳站下车，扫了两辆共享单车，沿着弯弯拐拐的乡村公路骑了19千米，到了张行发来的手机定位的村子。他在村口公交站牌下等我们，身旁也有一辆共享小蓝车。我们一块去买啤酒和西瓜，做烧烤的羊肉他已经都买好了，烧烤的用具是齐全的，我们自己切了穿串。买了东西，三人骑两里路到了鱼塘。鱼塘在一处公路的斜坡下边，公路上车流量很小，环境安静。张行选定的烧烤地点，就在斜坡的草地上。

鱼塘通到公路有两重小门，做成柴门的样式，一道铁丝篱笆。鱼塘有两个，水看起来绿沉沉的，张行说鱼被偷走了大部分，他自己没有捞鱼起来吃过，觉得水的颜色不正常。张行一个人住在以前做管理餐饮的一幢两层小楼里，这幢小楼外表泛着一种剥蚀的白色，台阶上的躺椅无人收拾，过去可能有模有样，眼下一切地方都留着半途而废的痕迹，对于一个人独居来说过于宽敞了。

张行住在二楼，外间是从前接待顾客的大厅，摆着落灰和堆积杂物的仿古红木茶几，全套的茶具还在，只是被几张旧报纸覆盖着。里间是张行的睡房，凌乱的床铺之外有一个分隔档过大的书架，令我意外的是，书架上并没有多少国学方面的书，只有两本《庄子》全译和《左传》。张行解释说，住处太不固定，他的书看过了往往就丢下，"放在肚子里"，略为用手指了指腹部。我从袋子里拿出一个电动刮胡刀，是来之前杨沁听说了张行的事迹，托我带给他的，我说她是"一位粉丝"，张行说自己喜欢手动刮胡子，但他收下了这个刮胡刀，说："我的粉丝会越来越多的。"

我们把烧烤架和铁签子搬到草地上，张行又端出来两大盆肉，是切好的牛羊肉坨子，穿起串来有些嫌大，不过是货真价实的肉。木炭是从前有生意时剩下的，铁签也还没有生锈，看起来这里似乎被放弃得并不久，植被却封存了很多东西。我们喝掉了不少啤酒，吃掉了许多肉串，但仍旧剩下不少。张行的胃口远比我们好，似乎很可惜我们没有充分意识到这些货真价实的肉的价值，我却为他几乎不摄入维生素的饮食习惯担心。相比于胃口来说，他的面容看上去有些过于干枯了，几乎超过了清癯应有的限度，喉结尤其突出，随着肉块下咽一突一伏，让我想到甲亢的症候，有一会儿他因为吞咽得太用力，眼睛似乎泛出了泪光。不知道张行这会儿的形象，是近于抱璧而泣的卞和，还是鼓盆而歌的庄周，好在肉串滋滋升腾的油烟和被旺火烧焦的担心，让我们没空想那么多。

宰了先前买来的西瓜，我们晃悠着肚子在院子里瞎逛，在闲置已久的躺椅上享受片刻，啤酒的劲儿上来，到旁边的荒草丛里去撒尿。看到这里以前是座小小的窑场，藤蔓下还残留一些破碎的陶片，没有一只碗或者罐子是完整的，显然从前是满足城里来客的需求，体验一把手作陶器的时尚。在废弃的窑场旁边，还停着两辆小蓝车，都是张行从外面骑回来的，这些共享单车的锁并没有卸下来，张行说自己用时会按规则开锁付费，只是保留几辆在这里自己备用，因为这里偏僻，临时很难扫到共享单车。出门时他会另外加上链条锁。

我们走出柴门，顺着公路走上一段，看着夕阳落在平野的草地里。这里远近看不见人户，也没有什么车辆经过，确乎很安静，似乎在北京郊外，难得会有这样像是风景区的地方。走到一片平缓的缓坡，我们在草地上坐下来。闲聊之中，我知道了张行曾经结过婚，但因为辞了职搞学术，又一直没有收入，妻子无法忍受而离开了，从此他孑然至今。

八年前投稿给《文史哲》被采用，接到编辑特意致电的时候，张行觉得自己的人生完全改观了。但之后他却渐渐发现，两篇论文改变不了什么。他仍旧在各处飘荡，没有固定的收入，往往靠朋友接济，因为要搞学术，他也一直没找过正经来钱的工作。包括眼下在这个鱼塘，也只是落得一个栖身之地，并没有多少额外的报酬。

"那你的花销怎么办？"我想到那两坨货真价实的牛羊肉，和他大块吞咽的好胃口。

原来张行靠的是手机贷，花呗、借呗、度小满、花无缺这些他都用，一个 app 上的额度完了，需要还款，他就转向下一个，以新补旧，两三年下来，他一共在十几个小贷平台有借款，总数累计到了二十几万。

我和莫晓明一时说不出话来。

我建议张行把庄子的研究继续搞下去，推广到先秦诸子，写成一本诸子考辨的书。他摇摇头说，同样的方法在其他著作身上不大合用，因为其他人没有庄子那样鲜明的文风和一贯的思路，错讹颠倒之处也就不明显。即使是庄子本身，也只有在《逍遥游》和《大宗师》几篇中较为明显，推广到其他篇目有困难。经过一段时间的尝试，最终他放弃了。

但他还是以庄子为主题写了一本书。除了庄子本身的考辨，重要的还有他这些年从研究学术和漂泊的经历出发，思考的人生哲理。张行问我有没有出版方面的门路。有两个朋友曾经表示，愿意出两万元钱帮他把书印出来，买个书号也行。但他想要正式出版发行。我让他回头先把书稿发过来看看。

睡觉前洗漱费了劲，龙头的水流细小，原来这里没有自来水，靠柴油机从机井里抽，储存在楼顶水罐里。农家乐关张前抽过一次，用到现在所剩不多了，主人并没有再抽的意思，张行打算等到这罐水用完，鱼塘转手出去与否，自己都将离开。

客房在池塘对面，要走两边塘沿过去，灌木和荒草遮满，已经很难看出从前的道路，让人担心蛇和荨麻。张行顺手提着小半蛇皮袋干玉米坨子和吃剩的西瓜皮，不知他要干什么。快到池塘对面，灌木丛中传来一条大狗威猛的吠叫声，让人不敢走近。张行说这是主人留下看场的狼狗，关在铁笼里，走近后透过灌木和铁条的缝隙，看到一人高的笼子里有条威猛的狼狗，吼叫得更加猛烈，用力扑向铁栏，让人担心它随时会破笼而出。张行打开蛇皮袋，将几个干玉米棒子扔进铁笼，凶猛吠叫的大狗低下头去，咔咔嚓嚓地啃食起来，再加上随后丢下的两块西瓜皮，张行说这就是它日常的伙食。我第一次见到吃干玉米棒子度日的狼狗，心想缺乏了任何肉食的营养，它是如何保持下来威猛的躯壳和吼叫的？这块荒凉的地方，连没有知觉的客房也很快被植物和真菌穿透，它仅仅靠着基因还能支撑多久？

以后一段时间我忙于出差，去皮村较少，听莫晓明说张行经常去文学小组参加学习，两人又聊过几次，莫晓明把陆续得知的一些情形告诉了我。

张行每年会自己把手稿打印几十份出来，拿着手稿去参加图书订货会和地坛书市，一家一家地投递，希望找到出版的机会，结果自然是机遇渺茫。

我在网上看了他发过来的书稿，觉得体例上有比较大的问题。书稿的前半部分是有关庄子的辨析，可以称得上是学术，后半部分却变成了人生感悟，似乎是从对庄子的研究出来，却又和前者没关系，听上去有些哲理，但也没有全然超常：隐约能看出作者的一些人生经历，却又没细致讲述什么事情。这样的体例，实际是不可能出版的。

我把自己的意见告诉了他，建议他取舍，只保留学术的部分。

他显得很犹豫，似乎这是他没有预料到的意见。我渐渐感到，舍弃那些人生感悟对他来说是很难的，对他来说这和有关庄子的研究同等重要，毕竟这也是他人生的成果，或许还是最重要的部分。

我又建议他分开成篇，写成两本书。他有些叹息地说，不管是对于庄子的研究还是人生哲理，扩展成书都是很困难的，难免会自己对自己交代不过去，而且，"我觉得现在这样是最好的，我研究庄子，不是为了搞什么学院里的成果，就是为了思考人生"。

我只好答应替他找找机会，虽然明知希望不大。较为熟悉的几家文学类出版社不适合去尝试，后来有次去上海，在饭桌上见到一位学术类出版社的老同学，我想或许是个机会，就把张行的书稿推荐给了他。同学一直没有回音，我也有些淡忘了此事，再次去上海相聚，在酒桌上想起来问，不料老同学借酒劲动了气，说你自己的书不给我做，倒推荐这些乱七八糟的东西来。场面一时有些尴尬，旁边的同学打圆场含糊过去。自此之后，我也不敢为张行再做尝试。

其间张行发来了他写皮村文学小组的文章，看来这是他前段频繁去参加活动的目的。文章很长，记录详细，但没有剪裁，另外是和书稿同一个问题，记叙中夹杂着不少他的议论和思考，看起来不能说全无价值，也具有一定的逻辑，但混合在一篇故事中并不合适。

我再一次说了自己的意见。他没有回复，后来我看到他在文学小组的群里贴出了这篇文章，自述是用了两个月时间连续去参加活动写出来的。我想到他踩着小蓝车从鱼塘出发，骑行19千米到达良乡地铁站，坐车穿过整座北京城到草房，再换公交到达皮村参加文学小组的活动，活动散场晚上借宿在工友宿舍，或者在20块钱的公寓过夜，早上再原路返回良乡地铁站，打开链子锁骑上小蓝车回鱼塘,在墙灰剥蚀的房子里拾掇一个人的午饭,提上几砣干玉米棒子去喂饥肠辘辘的狼狗。在一篇小文章里,张行写过他在北京当保安时喂养过的几条小狗,说到它们的通人性,和被无常造化摆弄的生死。我以为这是张行在学术之外写得最好的文章,但也无处替他发表。

他记录皮村文学小组的那篇长文,想来是打算在文学小组自印的新工人文学刊物上发表的,或许还想以此开头有更长远的打算,但也未能如愿。倒是小付请他去讲了一次课,题目是"庄子的哲学"。我在群里看到了课后他和文学小组工友们的合影,照片里有十三四个人,坐在当中的张行神情一贯地严肃,也显露出某种难得的从容,这也算是文章未能发表的补偿吧。

但自从讲座之后,张行再也没有去过皮村。有次我想去皮村看看,在网上联系张行,他回复说"现在基本不会再去皮村,除非是去讲课"。

春天里张行发来一个视频,画面里是果园结的桃子,说这是鱼塘附近农民种的,销路打不开,问我有没有关系。我问张行是否还住在鱼塘,他说自己刚刚离开,在安贞门一带某个小区做保安了。

我想像上次一样,和莫晓明一起去看看他,他却拒绝了,说刚去不久,不大方便。整个他在安贞门做保安期间,我们都没见过。

之后看到他朋友圈发了一张照片,人又到顺义了。这次联系,他的心情比较好,说有个朋友给他提供地方,又有时间可以写作了,他准备干家教,还发了定位让我有空去玩。

我却一直没能成行。有次办事路过顺义城区想起来,翻出定位来一看，还在很远的乡下。又一次准备好了打算去看他，发微信他不回，打电话才知道，他又离开那里了，具体的地方也没有说，语气也恢复了在安贞门当保安时的低沉。

我离开了北京，很久没有和张行联系，直到有一段在网上看到一个叫胡不归的人，生前写了几本研究国学的书，靠朋友资助出版，没有摆脱过草根的身份，身后引发了两篇报道，有一点小小的动静。我把胡不归公号上研究论语的文章发给张行看，他回复说没有什么特别的东西，研究《论语》和《庄子》不一样，前者上下文没有明显的逻辑关联，很难找出错漏和窜入，他自己曾经做过一个《论语》的注释本，到现在还有一百来处存疑的地方。

我问他最近在哪里，他回答说在乌鲁木齐。我问去了那么远的地方干什么，说是在建筑工地当小工。我有些吃惊，想起张行过于清癯近乎干枯的身体，问他干得动吗，他回了一句："人到没饭吃的时候，没有什么干不了的活儿。"我说似乎还不如保安之类省点力气，他又回复"人生苦短，不能再麻醉自己了"。我想到他和我是一样的年纪，四十七岁，距离知天命还有三年。

沉默了一会儿，又问他搞建筑是不是比较挣钱，他说南疆还马马虎虎。我说，老兄争取有所积蓄，成个家吧。他发来三个双手合十的表情，加上一句"呵呵"。

看他的微信号，"卞老二"的昵称也去掉了，改成了"行么"。

疫情来临后第一个春节，我问张行在哪儿过的年，回复说在石家庄。问他没在新疆了？回答不在了。我说也好，那里太远了。他回复了一个"是"。

后来知道，他在那里进了一所民办高中做老师，在朋友圈能看到招生的信息。再后来他的朋友圈也关闭了。

两年多之后，我有个朋友想找个有一定国学根基的人，整理他在网上讲课的记录出版，没有署名权，大约需要一两个月时间，报酬是两万块。我想到了张行，发微信问他是否有意。他回复，"露脸的事可以联系一下，为人作嫁的活就不用提了。"

他还是那个"卞老二"。

曹草

我认识曹草的时候，他算是工友之家的志愿者，在食堂吃饭，住员工宿舍的架子床，干点杂活，自己的事则是给一家图书公司攒书，拿过来一套世界名著，在最短的时间内缩写、改编，做成便于出版的普及类简写本。他的搭档华山是小海从前在书店的同事，我认识华山以后很久才第一次见到他。

曹草很少跟人交往，那天大家在文学小组活动之后出去聚餐，他考虑再三，确定不用出份子钱之后才参加了。据说，他不下馆子的一个原因是特别穷，几乎到了没有生活费的地步。这也是他愿意接受攒书活计的原因。原本他在范雨素热之后慕名来到皮村，只是想专职写作和实现"战略"的。

饭桌上的曹草，和他完全压住了额头的盖瓦发型一样低调，但聊起来有两点使我惊讶，一是他本科毕业于郑州大学工商管理专业；二是他在三十岁之前写了一千万字。这一千万字是他头一个"十年战略"的主要成果，而他第二个"十年战略"则是寻求发展，将第一个十年积累的文字成果变现，途径并非单纯地寻求发表，而是借助自创的一个"中国作家指数榜"，获得热度之后发表作品。在他自制的名片上写着"战略家、作家"的抬头，不知道他最看重的身份是哪一个。

出生于河南的他，相信自己是曹操的嫡系后人，因此也遗传了战略家的基因。熟悉之后他一再强调，自己第一个十年的战略是成功的，虽然没有正常找工作，吃了很多苦，和家人的关系都坏了，几年不回去，但毕竟实现了目标，写出了一千万字，他称之为"黄金十年"。之后的事情相对简单，就是实现第二步，第一步是最底线的生存，第二步则是发展。对于自创的"中国作家指数榜"，他表现得很有信心，翻出手机信息给我看已经做到第三期，并且当场把我的作品印数和版税代入，按照某个公式，计算出六十几名的排位。"挺高的"，他说。我疑心于自己能够登上这个榜，因为看榜单前面大都是类型小说的畅销作家，譬如第一名是我没听过的一个玄幻小说作者，在几十名的位置我看到了余华的名字。据他说，他正在为作家榜寻找投资，曾有几个老板有意，只是没有定下来。我很怀疑这个指数榜的前景，因为连胡润百富榜也已经成了忌讳，对于没有多少油水的作家，谁会有兴趣投资呢。曹草却对他的战略表现得很自信，似乎他明天就能找到投资人，立刻翻身，连带着是作家梦的实现，写下的一千万字发表、出版，登上自己亲手创办的作家榜。

我好奇他写下的一千万字是怎样的，但对于这方面他似乎不愿多谈，直到那天去他的住处。

那时曹草已经从工友之家宿舍搬走，在皮村后街一家公寓租房，原因大约是方便写作。皮村有很多这样的公寓，条件好的装有空调热水器，写着"欢迎白领拎包入住"，吸引的是在草房常营一带工作的年轻人，曹草租住的这间显然不属此列。他的房间在三楼的过道上，似乎是强行隔出来的一间，很窄，大约400块钱一月。没有空调，卫生间里的淋浴水管缺了莲蓬喷头，曹草说只有冷水。大约由于是井水，即使夏天也透着凉气。屋子朝北，初冬的季节完全晒不到阳光，窗玻璃上糊着厚厚的防御北风的塑料纸，光线很暗，屋里除了一张被褥胡乱堆着的床和一张摆着电脑的桌子，没有其他物什。桌子就近搁在床沿，连椅子也省了。

奇怪的是，屋子里还有一件用塑料袋蒙着的类似老年红外线治疗仪的东西，看不出它有任何理由出现在这里，又累赘占地方。问曹草，他也解释不清楚这件东西的来历。我曾不止一次在屡屡迁徙的人们住处见到过这种现象，似乎有了这件大约总归值些钱的东西，心里就多了一份安慰。

书桌下面除了一双棉拖鞋，还有一件看不出颜色的旧袄子，曹草说冬天屋里没有暖气，写东西时脚冷，就穿着棉拖鞋伸在袄子里面。

拉开电脑的键盘桌板，左手边露出一本摊开的《简·爱》，这是曹草手头的活计：眼睛浏览原著，手指随即在键盘上敲出缩写的内容，一目十行，一本几百页厚的原著，两天时间即可完工交货，过一段时间变成名家精选的口袋本上市。这是行业里正常的攒书速度，否则由于工价太低根本挣不到钱，曹草有些高兴地说他是快手，这也是他屡次想要不干受到挽留的原因。

但曹草眼下攒书的速度受到了很大影响，他的右手大半个手掌包着一块纱布，只能用剩余露出的两个指头敲键盘，扯动了伤口还会疼。原因是前一段他参加了皮村几个工友搭伙的工队，在建筑工地上搬运材料。曹草和工友把一垛玻璃往三楼抬时，脚步磕到毛坯的梯坎打了个趔趄，前面的工友吃不住劲了，玻璃滑落下来，曹草拼力接住，虎口被割伤了。医院检查割伤了筋络，要挺长时间才能恢复。包工头和工程队老板都不愿赔偿，工友们也是一穷二白，曹草只好简单包扎了一下回来，现在半个月过去了伤口还是很疼。

快走的时候，曹草用包绷带的手小心翼翼地握住鼠标，逐层点击打开几个隐藏的文件夹，感觉像在打开一个行人层层封扎的包裹，最底层是他的一千万字著作。几个系列的类别分别是"战略论""大国战略""超级力量"，每一系列都有几百万字，目录中提到了军事、迦太基、恒星、流星、皓月这些事物，最后一个文件夹是"漫话五千年"。我不大看得懂前面几个系列的宏大内容，对最后这份感兴趣，让他打开来看。这是从盘古开天地说起，将正史的内容改写成类似段子的小故事，譬如舜如何被父母联合兄弟一再坑害而总是走狗屎运的经历，和他攒西方名著有类似之处。

这些故事读上去都有些许幽默，看得出他的文笔，但缺乏更深入的内容，和当年明月等人笔下的历史故事毕竟不同，我不太好判断它们究竟有多大价值。仅仅这一个系列就有三百万字，还没有写完。我问他是怎么写出来，他说是一边看史书一边顺手改写，所以速度快。

他好像是急于在战略期内写出一千万的字数来，这个数字对他来说比内容意味着更多，似乎本身具有一种魔力，在这个庞大的数量级面前，剩下的难题会迎刃而解。即使多年漂泊而生活窘迫、形单影只，乃至和家人疏离反目。

他的家庭背景是特别窘困的。父母都是残疾人，父亲和他关系不好。父母辛苦送他上了大学，毕业后他却不好好找工作，反倒是迷上了战略，曾经有两年时间待在家里专事写作。想必当时他曾努力让家人相信，他的写作会有某种回报，直至成为家乡的名人。但时间推移，承诺的效力消失，家人对他失去信心，疏离反目就成为难免的事。家中待不下去之后，他在外辗转漂泊，干过无数份工作，没有一份是超过三个月的，唯一的目的是挣够几千块钱，可供半年生活费。一旦积蓄达标他立刻辞去工作，专心从事写作，生活费压到最低水平，出租屋一个角落案板下的两只萝卜和一棵大白菜即是例证，直到积蓄告罄再度出门求职。黄金十年间，他的一千万字就是这样码出来的，第一阶段的战略就是如此实现。当然眼下他已经三十二岁，第二步战略的时限已经过去了两年，却看不出有多大起色，这也是他来到皮村的原因。

桌子旁边靠着一个带杆子的标示牌一样的东西，我拿起翻过面来看，上方用印刷体的大字写着"中国作家指数榜"，下面用稍小一些的字号写着创始人：作家、标准化写作运动发起者曹草。"这是我的名片"，他看上去有些高兴地说。每年的图书订货会和书市，他会举着这个牌子，去现场宣传自己的创业项目，连带推销自己的一千万字著作。

曾经有一段时间，他似乎达到了梦想实现的边缘。那时候简书刚刚面世，曹草在上面连载自己的文章，据他说一个月涨粉十万，每篇的点击量达到几万。但不知为何势头未能延续，堪堪错过了出版成名的机会，所幸他及时找到了作家指数榜这个新的项目。这几年除了攒书换生活费，他心思都花在上面，这也是他虽然开了一个微信公号，却没有认真打理的原因，只是时断时续发布几篇。打开公号来看，阅读数量停留在"7""9"上下。

我建议他把重心转移过来，在公号上连载自己的《漫话五千年》，或许会更有人气。他似乎是听了进去。

时令入冬，屋子里已经有些寒意，被褥全无温度。回去后我把曹草的状况告诉了对皮村工友感兴趣的杨沁。当时她还在外交部，听后花钱买了一床电热毯寄过去。曹草收到之后，托我代他转达谢意。

过年之前不久，我和小海去莫晓明租住的村子玩，知道曹草也搬到了这里。他已经辞掉了攒书的活计，在村中杜门不出写作。我在公号上看到过他新连载的《漫话五千年》，也为他转发过一两次朋友圈，无奈阅读量总是上不去，最初几篇的四五十阅读量之后，并没有与日俱增，倒是慢慢退回到了"8""9"的样子。好在他还坚持一直在发。

拨曹草的电话，信号很不好，不过终究接通了，只隔着一条街，他很快赶过来一起吃莫晓明做的广式火锅，穿着一件裹住全身的军大衣，我怀疑是在小海的商店买来的。第一眼看上去，我觉得他比在皮村的日子脸色更为苍白，倒是有一种文弱书生的秀气，和身上的军大衣不大协调。他的右手仍然包着绷带，没有完全好，不过据他说已经不碍事了，就是手指的活动跟从前不大一样，可能无法完全恢复正常。

吃完饭之后，我们一块去他新的住处看看。这年他依旧不会回家，要一个人在村子里过年。

穿过一条街到了曹草租住的院子，是一排倒坐的北房，大约是房东另外隔出来的。院子很狭窄，隔断的高墙几乎堵到了门窗脸上，没有余下多少光线。院里寂寥无人，可能其他的出租者已经回家过年，最显眼的是当地一个水龙头，由于要一直开着小水流防止上冻，水龙头周围结成了假山一样的冰，像是某种装置。

屋子里光线更为阴暗,没有朝北开的窗户,白天就需要开灯。开关是老式的老线,连接一盏瓦数最小的节能灯,灯光有些冷意。地上一个角落搁着电饭煲,还有一些白菜土豆豆角之类,看起来是过年的储备,二手冰箱里还有两大坨五花肉。莫晓明说曹草吃肉很猛,会自己熬大骨头汤,这大约是他保持营养的一种方法。室温似乎和外面无甚差别,床和桌子依旧是同样的搭配,桌子挨在床边,省去了凳子,大约坐着凳子写作也太冷,背上可以就近披被,加上不离身的军大衣,脚下则依旧是毯子包裹,只有裸露的双手需要敲打键盘码字,好在还有大宝润肤露可以应付皲裂。

我想起那床电热毯,掀起褥子来看,并没有铺上,床褥积存陈年累月的凉意,似乎从来没有一副有温度的躯体躺卧。意外地问曹草,他说不需要。我想到村里的电费太高,一问是一块四毛钱一度,大约电热毯的耗费超出了他杜门不出的预算成本。

完全没有光线和热力,我想到了曹草的脸色更形苍白的原因。这样把生存削减到谷底的状态能够维持多久呢?更别说这副躯体或许也和大家一样,还需要些别的东西。我们都劝他找个长远的工作,生活第一,也该考虑谈个恋爱之类,不要过于辜负一个"211"大学生的身份,起码找个阳光好点的房子,还引用了海子的那句诗"你来世上一趟,你要看看太阳"。他似乎也听了一点进去。我们都将启程返乡,想到他将在这间黑屋子里孤身度过的年关,就感到不寒而栗,但对他来说,这不过是长年中平淡无奇的一次。

北京过于漫长的冬天总算过去,听莫晓明说曹草从村中搬走了，他去了一个文化类的公司上班，老板是从前认识的一个书商，主要任务还是攒书。虽然他已经很不愿意干这行，但对方承诺可以帮助出版他的作品，工资也还算可以。我想不管怎么说，他总算是离开了那间缺乏任何光线和热力的房子。

又过了几个月，忽然听说曹草搬到北边来了，在昌平大柳树，离我住的北七家镇不是很远。他请了莫晓明帮他搬家，正式搬过去那天，约我也过去看看。

大柳树不通地铁，我坐公共汽车到了那里，已经就近看得到燕山嵯峨的身影。按照手机定位到了约定的地方，大约村中信号不好，是一家小旅馆，怎么也不像单元楼的样子，只好在村委会门口等，过了一会儿曹草和莫晓明走了过来。

我们绕了几个弯去到他租的房子，在一层，但有正常的窗户，光线比原来的改善了很多，面积也不算小。由于地方偏远，租金也不是很贵，曹草搬到这里的原因，是他新的工作单位离这里不远。他已经离开了那家文化公司，因为老板帮助他出书的许诺没有实现。新的地方工资要更高一些，也不用再攒书，看起来终于有个正常的工作了。

房间里的书籍和被褥刚刚搬来，还没有完全规整好，我注意到那个红外线治疗仪没有来到这里。一时找不到菜刀，我们在屋里用手掰开分掉了半个西瓜，上街去吃饭。进村时我注意到了一间老家肉饼店，想要去那吃，曹草却觉得不够好。途中经过新开张的一家烧烤店，装潢新潮，广告是"撸串送一扎啤酒"，我们就改了主意进去。曹草拿来菜单，让我们各点了一个，他自己又加上两个，说今天他请客。送的扎啤来了，他和莫晓明边吃肉串边喝酒，我不能喝酒只是吃菜。

他们俩顾着喝酒吃得慢，我感觉他们对眼前的盐水毛豆和烤扇贝兴趣不大，其中扇贝是我点的，就多吃了两个。曹草自己吃得不多，下筷子时似乎有些小心翼翼。吃饭间聊到曹草眼下的工作，和人生前景，似乎他终于走上正轨，放下了从前那些负担，把生活摆到了第一位。吃饭中间我在考虑要不要自己结账，但想到让曹草请一次也无妨，最终没有出面去买单。一扎啤酒喝完，曹草问我们吃饱没有，我们说吃饱了，他去结了账，花了70多块钱。当时我并没有多想，这对于曹草是一个怎样的数目，即使他现在月工资已经有了5 000多块钱。很久以后，我想到自己工作后的第二年，月薪已经有将近1万元，有次回老家的小城，同学帮我订了一个标间，得知房价要一百零几块时我大惊失色，脱口说"要我自己掏吗"。那以前的学生时代，我从来没有住过30元以上的宾馆，也不知道什么是标间。

我们在村口告别，曹草和莫晓明回去继续收拾房间。一个来月之后我联系曹草，想问问他的近况，也找机会请回那顿饭，却发现微信被他拉黑了。我抱歉地感到，上次应该节制一点胃口的。问莫晓明和华山，才发现曹草也拉黑了他们。华山说，曹草就是这样，以前经常为一件不明就里的事拉黑他，过后又恢复。我也就没有多想，但从此再也没能得知他的下落。

一段时间之后，我看到了曹草发的陌生人可见的朋友圈，转发的是《漫话五千年》的系列，看来他重拾了公号的发布，故事进展到战国时的管仲和齐桓公，文章阅读量由最初的个位数逐渐增加到十位数，最后一篇的发布时间是2021年春节过后不久。这个疫情中的年关，不知道他落脚在哪个北京周边的村落，双脚是否仍旧裹着毯子度过。

作家指数榜的发布则定格在疫情来临之前的 2019 年，也就是我有幸被他列为第六十位的那届。

无心

初去皮村时，我在文学课上见过几次无心。

她很特别，说话口吃，总在找合适的词，艰难地想要表达出她的意思。想要体面的花格子红围巾衣服下的躯体是扭曲的，使人总是担心会有一种剧烈的颤动，忽然会在努力控制的外表下爆发出来，看上去是小儿麻痹和癫痫的结合，和余秀华有些类似。

她自我介绍是作家，出过几本长篇小说，还是影视编剧。这个名号和成就与她的外表联结在一起，让人有些难于相信，毕竟在座多数人都不敢自称作家。去百度上查，她的小说和剧本都发表在逸飞中文网上，小说的题材是人间情爱类，从题目可以看出来。《暖冬·雪凝》《挚爱终生》，有点像 20 世纪 80 年代早期的流行文学，和皮村文学小组的工人文学不搭界。

也因为这个，她在文学小组不受重视，她发言的时候极力强调自己的成就，众人却将信将疑。大约也因为这个，她来了几次就不来了，毕竟这趟路程对于一瘸一拐的她来说也不易。她从前住在岳各庄，2017 年村子被拆成废墟，她随丈夫搬到皮村。年底遇到小付在街上摆桌子发广告，她才知道有打工博物馆和文学小组这么个地方，之后过来参观听课，认识了林巧珍和徐良园。第一次去听课赶上一个女老师讲工业革命，她觉得不切实际，和创作无关，因此过来得少，直到范雨素火起来，她又过来了几次。

听说她的老公是个小包工头，对她的文学爱好一点都不感冒，还经常为此打她。她因为身体残疾只能待在家里，写东西之外偶尔做点家政，也没有办法离开老公，两人有一个十几岁的女孩。更多的无人知晓，毕竟很少有人和她接近。

倒是也不常来的曹草注意到了她。当时他的"作家指数榜"正在搞一个"名家访谈"专栏，邀请无心做了一期。两人在皮村主街上一家炸鸡铺里见面，因为下午没什么客人，两人得以大体安静地聊了个把钟头。事后曹草在作家指数榜公号上发表了访谈，是专栏第一期。曹草往文学小组群里发了这个消息，配图上无心微笑的神情显出很高兴。两人的交往史不长，不久之后无心在文学小组群里批评曹草，说他在公号上连载的《漫话五千年》杜撰历史，被曹草骂和拉黑。曹草还从公号上把访谈删除了，因此现在已难觅踪迹。

和远离了皮村的曹草不一样，无心仍旧留在文学小组群里，她经常发一些"热烈祝贺作家无心新书出版"以及电视剧上映之类的动态消息，看上去就像是一个旁人在发布。对于这些信息，除了金牌家政哥张钰偶尔会有回应，大家似乎默契地保持沉默。再后来一段时间，她也沉默了，原因是她想到文学小组来讲一次课，跟小付联系，小付觉得她喜欢宣传自己，作品的内容又跟工人群体无关，没有让她来，她因此退了群。

她和文学小组里的林巧珍、徐良园两个人还保持着联系，我也不知在什么时候加了她的朋友圈。2019年的一段时间，她朋友圈的动态集中在等待新书出版，就是在逸飞中文网上连载过的《暖冬·雪凝》。样书将要寄到的那几天，她心情更是急切，说"快到吧。快到吧",终于有天送到了,像扇形铺叠在租屋床上,一头又逐次堆叠起来很高,看起来出版社寄给了她几十上百本,她都精心地像搭积木码放起来。封面是蓝色的雪地,和书名很搭。

之后又看到她发新书签售会的照片,在一个类似宴会厅的场合,无心坐在一张铺了台布的桌子后边,仍旧穿着一件她喜欢的蓝色外套,系着红色的毛线围巾,在打开的书上签名,表情庄重。我想,这大概是她生命中最重要的时刻了,因此戴上了一副从没见她用过的眼镜。以后知道,她的近视实际是很严重的。

有一次她发的庆贺消息,是她的一个剧本《药都人故事》开机拍摄。我在网上查到了这个消息,仍旧是逸飞中文网投资的,看来她和这个网站确实关系不浅。在文学小组里,算起来她是唯一"触电"的一个,我问她编剧有多少报酬,她没有明确回答。

不知道由于什么原因,有段时间我跟无心也失去了联系,直到有天在尹各庄跟林巧珍说起来,知道她们偶尔还聊天,无心的老公依旧打她。在视频聊天中,林巧珍看到无心的手被打烂,胳膊青肿。看来小说出版和电视剧上映并没有给她带来什么,眼下她在一处商厦做保洁。

我约无心见面聊个天,就在她上班的长楹天街。她答应了。地点在负一层的星巴克里,她穿着保洁的黄马甲过来,戴着一个脏了的口罩,进门时显得犹犹豫豫。在这里是暂时的,她说,和她一同上班的工友和物业都很尊敬她,"知道我是干啥的"。

我们戴着口罩聊起她的过往。

无心是广西桂林人,家就在象鼻山旁边,是市民。她出生时患有先天黄疸,导致口吃和骨髓炎,父母不喜欢她,把她放到姥姥家里养。在学校里，无心从小没有伙伴，"我就自己写着玩"。别人玩小霸王游戏机、打《超级玛丽》的时间，她用来看鲁迅、琼瑶和岑凯伦，只是不看武侠。她的语文成绩特别好，作文时常被老师当范文念，之后考上了中专学财贸。第三年她毕业实习当股票交易员，遇上金融危机失业，之后通过自考拿到了中文系大专文凭。2006年，无心来到北京，遇到了老公，两人"搭伙过日子"，婚后无心一直在家带孩子。

老公是1968年生的，比无心大一轮，身为四川人的他并不符合人们心目中的"耙耳朵"形象，脾气属炮仗，刚结婚头几年，无心见了他"像小鬼见了阎王"。无心以前很胖，现在却极瘦弱，体重掉了好几十斤。丈夫每月有万把块的收入，这使他在家中的地位更加强势。

身为大老粗的他，特别看不惯无心的文学爱好，说她写的东西只配用来擦屁股。2009年无心写了第一本书《中国母亲》，一共3万多字，写的是从小照顾自己的姥姥，还用姥姥的姓加自己的小名起了笔名。手稿被老公撕了扔掉，无心一边拦一边哭，说"你有种拿刀捅死我，不然我就会继续写"。2011年，她开始写《挚爱钟生》，这是两对男女间悲剧性的爱情故事，参加一项名为海峡两岸网络文学大赛的比赛，获得了名次。不过这次大赛的信息在网上查不到。第二年，她的《暖冬·雪凝》在逸飞中文网举办的征文比赛中获奖，作品得以在网站上连载，以致后来出书。这两部作品无心是同时写的，白天写《挚爱钟生》，晚上熬夜写《暖冬·雪凝》，后者她改了四遍。

聊天中得知，《暖冬·雪凝》一共印了500本，无心为此掏了5000元费用，逸飞网给她100本书，每本作价48元，另外送了她20本样书。书是用的香港书号，如果是在内地出，无心需要掏40 000元，这对她来说是天文数字。

新书送到家里时，丈夫不愿意搬，无心自己瘸着腿一摞摞扛上三楼。第二次来了20本样书，丈夫才拿上去。那次新书签售会是在昌平太阳城一家养老院办的，当天开了一个慈善晚会，一个姓马的退休老干部喜欢无心的书，就顺带张罗了签售会，帮助她宣传，"人还挺多，好多当官的。"

后来网站找她写《药都人故事》的剧本，起初无心看不懂，觉得很难，后来发现这比写小说容易，17集剧本，"我一个晚上就写出来了"。担任编剧的无心没有拿到稿酬，而是票房分成，但这部剧是逸飞网和当地扶贫办合作的一个宣传主题剧，并无票房可言。我在网上看了几集，情节和场面都过于简单，不大可能上电视台播出。之后网站又找无心编写与山东一家救助站合作拍摄的剧本《家的味道》，无心当时觉得自己不了解救助流程，没有动笔，但到了疫情中的2022年，她又想写了。到我们见面之前，她发给我一份PPT，内容是这部电影的梗概、选角和投资计划，标明项目总投资300万，还配了主题曲。

想拍《家的味道》的导演是《三国演义》电视剧的灯光师，无心把他叫干哥哥。这个干哥哥和那个张罗签售会的退休干部马叔，都是无心的贵人。马叔正在将《暖冬·雪凝》改编为电视剧本，每写好一集手稿就寄给无心输入电脑，已经写了70集。另外，《药都人故事》的女主演找无心商量，录制《药》第二部的音频，在抖音上音频播出，每集有几百个人收听。

虽然加入了桂林市作家协会和"中国剧作家协会"，从开始写作到现在，无心确实没有挣到过钱，这是老公一直瞧不起她的理由，因此一年前她到长楹天街来打工。这里从早8点到晚5点，每月上26天班算满勤，还有4天算加班，统共算下来能拿到2 700元，她算是有了自己的第一份收入。

她的工作地点主要在地库里，我想下去看看，却激起她很强的反应。她一再强调，当保洁只是暂时的，她很快就不会做了，作家才是她的身份。我说这两者不矛盾，范雨素和陈年喜就是例子，但她说自己不一样。过后她又发来微信说，她连工作照也不让任何人拍，她的工作也不要写，最后说"不要把我和范雨素放在一起"。

在我们聊天之前，无心曾一度表示要改称我"袁凌哥"，但此后我们却失去了联系。无心还会偶尔发信息给林巧珍，2023年6月的微信说她的文章涨粉了，"我成功了"。她的朋友圈发布了《挚爱钟生》有声小说连载点击量超过4万的消息。这条消息下也有文学小组成员给她的点赞。

7月初我去逸飞网上看了一下，连载点击量已经超过30万。不知道这是否意味着她真的成功了，能够带来现实的改善。

眼下她仍旧在商厦里做保洁。

骑自行车的快递员

傍晚,王春玉换下了洗车工的衣服,带着吃过半张大饼的饱腹感,像往常一样走在东窑村的街道上,经过了村口跳广场舞的女人们。他停下来默默地看着,但并不下场。有两个女人跟他略微点了个头,王春玉脸上浮现出会心的微笑,因为频繁加班而攒聚皱纹的额头舒展了一分。

一

"你写写我吧。"

坐在东窑村的马路牙子上,聊过自己在这里做保安的经历,以及和与工友之家的渊源,王春玉说。此前这句话他已说过一次。

在文学小组的工友里,王春玉看上去是最不具有文学气质的一个。当知道他不仅写散文,还会写诗时,我感到惊讶,他的面貌过于憨厚了,似乎与诗句精细的感觉无缘。后来知道他当过兵,而且是火头军,和憨厚的面貌以及壮实的身板,还有常穿的山寨迷彩一致。

但他是文学课时间最长、最忠实的听众之一。为了听课,他在下班后从东窑村出发,步行3千米赶到皮村,往往只能赶上半截。课上他从不出声,如果点名要他发言,他也只是瓮声瓮气地说上一两句,似乎他就是传说中那种不知为什么缘故喜欢上文

王春玉军装照

学，却跟文学其实没什么关系的人。听完课之后他再步行回去，脚蹬一双底帮加厚的解放鞋，下雨飘雪天气莫不如此。如果是张慧瑜讲课，会用车捎上他一程。因为不会用智能手机，春玉连共享单车也不曾扫上一辆。

我和莫晓明骑共享车从皮村去东窑看春玉。他刚才下了班，立在村口跳广场舞的场地旁打望。在这里看到他，我有些意外，他平素有些迟钝的眼神里泛着一丝光，语调也稍稍轻快起来，指着一个在靠边位置跳舞的女人说，这是他教会的。这个女人转过来的时候，对我们投来微微一瞥。虽然她和其他更内圈的女人动作一致，装束也相差无几，在姿态和神情上却似乎有一种区别，让人看出来她不是本地女人。春玉说，她是曾经和他一起栽树的女工，从前这处广场上只有北京本地女人跳，也没有男人跳。他最先加入跳舞，后来也带动了几个外地女人加入，可以说她们都是他的徒弟。

现在春玉跳得少了，没心情。烟和酒也戒了，因为花钱。

我们喊他去吃饭，他说不了，晚上吃了半张大饼，就咸菜。作为一个河北人，这几乎是他每晚固定的食谱。几番劝说之下，我们去了家面馆，在全村仅有的这条街道上，所有馆子的招牌是一律的字体和灯光，是不久前市容改造的成果。坐下来之后王春玉说，几年前中央党校的刘忱教授带学生来找过他，在面馆吃饭聊天。春玉说自己是"高粱地里毕业"，只能聊聊写作经历。刘忱还对学生夸他"这种条件都能坚持写作，你们写个论文有什么为难的"，春玉的脸上带着光。

以后我从刘忱那里知道，那次吃饭中间，春玉特意拿出了一份材料，是退伍时他所在部队给老家武装部开的证明，内容是

"你区王春玉在我部服役期间刻苦钻研自习新闻报道和文学创作,曾在许多报刊发表作品,退伍后望能给予利用",时间是1990年年底。刘忱保留了这张材料的照片,也使我明白王春玉爱好文学的由来。这张盖有"中国人民武装警察部队雁北地区支队二中队"红章的方格稿纸一直被春玉珍藏,却并未对他往后的生涯起到什么作用。

吃过之后想找个地方坐下来,但即使是皮村也没有咖啡馆之类,何况东窑,而春玉的住处也容不下三个人。最主要的是有几位工友上大夜班,这时正在睡觉,不能打扰,我们只好在街上闲逛。后来经过一座厂房虚掩的大铁门,春玉说这是他上一份工作干保安的地方。这一带人流较为稀少,我们就在附近的马路牙子上坐下来。

也许因为附近的灯光晦暗,春玉说到了二十年前在北京站两次遭遇抢劫的经历。他并不是背包急于赶车的乘客,而是骑着自行车送货的快递员,北京第一批。据春玉说,他在遭遇抢劫时的表现很英勇,对方是两个人,想窃取他自行车后篮里的快递,暗偷不成变为明抢。而作为一名快递员,快递是不能丢的,邮政EMS的标准信封里面不知道装着什么贵重货物,戒指、手表,有一次甚至是2万块钱。

危急时刻,春玉身上口外人的尚武和他当兵的功底起了作用,他解下车头缠的链子锁,兜头给了逼上来的人一下,那人顿时扔掉到手的快递,双手捂头蹲在地上,另一人见势不妙跑掉了。王春玉默默捡起地上的快递,骑上车离开了。

另一次没有这样幸运,一伙人逼停了他的自行车,反抗显然没有可能。这伙人对快递没有兴趣,勒令春玉交出身上的钱,但他们显然选错了对象,这个挣一天吃一天的快递员身上只有够吃一张大饼的五元钱。那辆浑身叮当响的破车也没有入他们"法眼",他们抢走了春玉当天的伙食钱,悻悻地勒令他滚蛋,春玉赶忙骑上破车,使劲蹬着弥补被耽误的时间,以免被客户拒收,晚上还少吃了一张大饼。

在马路牙子坐了半天,春玉终于同意我们去他的宿舍。拐入一条黑暗的窄巷,走一截后看到路灯照亮的二层小楼,是工地用的活动板房。春玉的房间在二楼,我们沿着楼房侧面的铁梯爬上去,轻手轻脚地进入走廊,果然两边的薄皮小间里传来工友的呼噜声。春玉无声地打开门锁,按亮灯,大约四平方米的空间呈现在我们面前,果然容不得三个人同时坐下。一张床占据了绝大部分的空间,此外是高耸的一堆衣服,衣服堆上落着两本书,是《平凡的世界》和皮村文学。这样过于单调的内情让人一时失言,似乎主人的情形比先前大街上更为贫乏了。站在屋里,仍旧听见隔壁工友的鼾声,薄板墙壁一点不隔音,想必屋顶也不隔热。唯一的长项,是房租只需要每月100元。

没有人坐下来,我们站在床和墙壁之间狭窄的过道上聊天。屋子冬天没有暖气,只能靠衣服堆下面一个小太阳,不过很费电。春玉尽量跑出去,睡觉时多压两床被子。夏天连电扇也省了,开着窗和门,吹穿堂风。房间里只有一个很小的窗户,不过因为在二楼,晚上可以看见月亮。或许小屋里的时光确实过于单调寂寞了,难怪春玉会去跳似乎北京本地人专属的广场舞。

我不知道王春玉的带头跳广场舞是否引起了某种麻烦,他当时婚姻的危机与此有无关系。毕竟一年中与老婆孩子只见一两次面,这份联系太脆弱了。

不论如何，跳舞的时候，他终究是外地人，不会去到广场中心。而在文学小组，大家围坐在桌旁，即使是和授课的老师之间，也感觉不到明显的分别。比起别的工友，春玉还有一个特殊的身份：和工友之家最有缘分的人。

二

在文学小组里，1967年出生的春玉年纪算是大的，父母都过世了。他出生在张北县的山区，有两个姐姐和一个兄弟。

春玉的文学天分大约来自母亲。母亲出嫁前是村中戏班子的角儿，唱青衣，常常跟着戏班子十里八村去演出，赢得台下后生一片声喝彩，还得过地方上的"梅兰芳戏曲大赛二等奖"。结婚之后，春玉父亲不愿她出去抛头露面，母亲不能再登台唱戏，但仍旧会在空闲时低声哼唱戏文，有时是王宝钏守寒窑，有时是秦香莲的故事，膝下玩耍的春玉从小耳闻这些唱词，慢慢能背下来好多，文学种子就在此刻种下。

上学之后春玉的语文特别好，作文老是满分。但他的数学总是不及格，导致他对上学失去了兴趣，初中才读了几天就辍学了。在家里帮着干了两年活，他十五六岁就下了矿，砸了两年铁矿石，每天砸够一吨得到两块钱。十五六里地的山路，他都是跑着回家。之后他跟着父亲下井，挖土采矿。矿山是国有的，村民们是偷采，两月之后赶上国家征兵，春玉就报名参了军，去了大同。

参军之后春玉才发现，之前辍学是多大的错误，"我后悔了一辈子"。那时部队上已经停止从战士中选拔提干，考军校是唯一的出路，战友们一般是高中或初中毕业，只有春玉连个初中毕业证都没有，虽说在家的几年，他把初中和高中的语文课本都自学了。春玉的岗位是管理伙食，负责出账入账、买菜买粮，数学底子薄常常让春玉遇到困难，得到这份管伙的工作，是由于连长是张北县老乡。在军事训练上，春玉"还可以"，这也是他在北京站打跑抢劫者的功底，但主要投入在"文"上，从支队墙报到总队的《武警报》，他都发表过大大小小豆腐块的作品，虽然没有机会上军校，他却在支队里被视为秀才，还有了自己的笔名。支队长还曾许诺，假如他发表作品达到十篇，就让他留下。不幸的是到退伍时，春玉才接到了《武警报》的第一份用稿通知。

当兵三年之后退伍，春玉回到老家种地，但他已经无法习惯待在土地上，很快又下了矿。当时村子的附近打出了矿，连春玉家自留地里也出了矿，黑口子遍地开花，因为破坏农田，没过两月被国家禁止了。黑矿危险大，春玉的姐夫在一处竖井下干，坐罐笼升井时钢丝绳脱白，罐笼翻了个，把一罐人都倒下了百十米深的井底，姐夫当场身亡。春玉在家里和亲朋合股私采的矿上干了一年，去了县里的机械厂，一干十年，从单纯卖体力的推车发料，到电焊、油漆，几乎什么都干。

电焊和油漆工都伤身体。前者特别刺眼睛，烟气也含毒，春玉干了两年。油漆的气味特别大，墙壁地上都是一层黄澄澄的喷料，车间的空气都是一片浑茫，戴的口罩也很快变成黄色，春玉干了两年多，不敢继续。"工业的活，都有毒"，他说。离开机械厂，春玉上了北京打工。

十年间春玉也经历了结婚成家生孩子的过程，比较特别的是之后他结了离、离了结，反复再三，却都是跟同一个人。主要原因，就是他上北京之后长年的两地分居。至于上北京的原因，春玉说是"潮流,也想出去闯闯"。

来到北京半个月,非典暴发了。偶然干上了快递员的春玉交了300块押金,这对当时的他来说是一笔巨款。他顾不得疫情,顶着漫天如雪喷洒的消毒液,戴副口罩仍旧到处送货,也顾不上收件人的警惕与嫌恶。看着风声日紧,大街小巷一家家关门闭户,他心里也渐渐紧张起来,"说不怕那是假的",但一天送件的任务太重,也没时间去害怕。还好住处附近两家山西面馆没有关门,他有地方吃上饭。倒是五一期间公司放假,因为拖欠工资,王春玉两天吃不上饭,只好以退回押金辞职相威胁,找公司硬借了20元,连买票带混回到老家,却遭遇全村人的如临大敌。他被人举报,连兄弟姐妹都不搭理他,只有老母亲偷偷给他做了顿饭,塞上些钱让他第二天就回了北京。见过一番人情冷暖之后,他也打定了北漂的决心。

一干三年多,他骑着自己买的二手自行车跑遍了北京城:西边到卢沟桥,东边到紫檀宫,北至上地,南边到南苑机场。初代快递员的生计远比后来者辛苦,这么远的距离之外,还要加上雨雪和酷暑天气,雪地骑得快经常撞到别的车,送一趟件要摔几个跟头,下雨天披个雨衣,酷暑天戴个草帽,带个大保温瓶子硬顶。每天雷打不动的两趟,上午国内件,下午市内件,人还经事,自行车先承受不住了,一星期要换一次内胎,一个月换一次外胎。这么辛苦的活,送一件一块钱,一天能送五十件,抢时间闯红灯还挨过不少罚,最多一次罚过50元,一整天白干,扣掉解暑和修车费用,几年下来春玉始终是月光族,没有存下一分钱。三年中春玉没有给老婆寄过一分钱家用,反倒要家里补贴了几回,老婆一个人侍奉两个老的,养两个小的,"撑不起门户",

导致出现家庭危机，最后离婚。

干快递员这份不划算工作的原因，春玉说是因为第一年去，找不到别的活。但更主要的是"对北京比较喜欢，爱到处跑，当成免费旅游"。

另外一宗重要收获，则是因此结识了最初的工友之家。2005年的一天，春玉派送了一份快件，收件人写着"打工艺术团编辑部，刘艳真亲收"，地址在肖家河。和春玉送过件的工人日报社、新华社不同，这个只是用一块木板写着黑字作为招牌的编辑部允许快递员进门，面交编辑本人，春玉因此进了打工艺术团简陋的办公室，在破旧的办公桌后面和混乱堆叠的一堆书报之中见到了刘艳真。她的角色相当于小付的前身，刘身后的墙上还挂着一排乐器，都是春玉不认识的。刘艳真告诉王春玉，这里是打工人自己的编辑部，有了好的文章可以自己拿来发表出版，题材要写自己的生活。"这些话都把我弄晕了，以为自己耳朵听错了。天下会有这样的事？"当时工人艺术团有一份刊物《社区快报》，是打工艺术团和肖家河社区联办的，看着眼前仍旧散发着油墨气息的一本本刊物，上面似曾相识的打工人名字和如同亲历的内容，又不容春玉不信。

一个月之内，春玉去打工艺术团送了三次快件。本来海淀片区的快件并不归他送，但"命运的安排，和工友之家有缘"，跑那个片区的快递员病了，春玉因此去送了第一次，以后两次则是那人母亲去世回家奔丧，春玉主动代班。最后一次送件时，刘艳真告诉春玉，打工之家准备搬迁，去一个叫做皮村的地方。春玉问皮村在哪儿，得知在东边很远的地方，不是春玉跑的片区。那段时间春玉骑车送件太忙，加上老婆闹离婚，没有工夫写东西，这段缘分看起来只好到此为止了。

2006年王春玉告别了快递工作，到了东窑村地毯厂干保安，看大门。工作没有从前辛苦，只需要在门卫室待着，管吃管住，虽然月薪只有一千块，但也有了多余的钱往家里寄。夫妻关系因此好了起来，第一次复了婚。这时王春玉并不知道，东窑村和皮村挨着，中间只有3千米多路。他的业余生活，只有跳广场舞和坐在马路牙子边打望街上行人。有天春玉中午出去买两张大饼，遇到两个女孩站在大街上散发招贴，说是从皮村的工友之家过来，要在东窑开一家二手衣服商店，是打工人自己的公益商店，大家都不信，纷纷说是梦话，"天下哪有这么好的事儿，北京会有打工人的天下"。其中一位姑娘是小付，春玉当时并不认识，他感觉小付说话跟刘艳真很像，"就跟她们套近乎，问她们是不是从海淀过来的"。一问之下，女孩们说你怎么知道，春玉就说你们是不是从前打工艺术团的，女孩们又问你怎么知道，那是我们从前的名字。再提起刘艳真，完全对到了一起，那一刻春玉觉得，"真是天意"。

过了两天，王春玉打听到了皮村的方位，走路到了皮村，在街上挨个问，终于一路找到了工友之家。当时是一片忙乱的工地，正在改建打工博物馆和剧院，满地是打地基的灰土和砖石，只有一个大门上方的铁架子是搭好了的。材料短缺，也没有几个工人，除了带头的大师傅，干活的都是志愿者和工友之家自己的人。工友之家的几个女孩住在对面的琉璃厂，几个发起人孙恒、许多和王德志更是在皮村墓地附近租房，眼前的一片狼藉让王春玉心里凉了半截，感觉"这不是小孩子玩过家家吗"。但他在工地现场遇到了孙恒，孙恒谈了博物馆、剧院的设计和规划，未来还要建打工子弟学校。不仅如此，还要把失业的人组织起来，要学法律、办报纸，将来还要建苹果园、桃园，以工友之家为起点一步步发展，这番蓝图"当时我听着又像做梦"，却把春玉感动了。

这一天春玉是跟领导说外出买大饼，请别人替自己看门，一路吃着大饼去的皮村。回来的路上，他依旧对孙恒说的前景半信半疑，但创办皮村报的希望吸引了他，"只要报纸办起来，我有地方投稿就行"。之后春玉经常抽空走路过去，皮村报也果真办了起来，一边看着博物馆和剧场一点点建起来，沙子和石头一步步砌成房子，帐篷和铁架撑起了剧场，"挺惊喜的"。等到建好的博物馆和剧场出现在自己眼前，春玉感到自己从肖家河到皮村，"没白认识他们"。在厂里，春玉告诉同伴们有这么个工友自己的地方，同伴们都不信，说春玉白天说梦话，他也是始终没有找到一同去皮村的同伴。

在这当中，尽管要24小时看大门，春玉还是请假做过一次志愿者，搬砖头挑沙子，算是出了一份力。帐篷剧场建好后经常演出打工题材的戏剧，春玉会过去看，虽然一眼可见不专业，"但都是发自工人的内心"。

三

春玉在地毯厂一共待了三年多。这份工作的短板一是工资太低，二是没有休假时间，老有卡车半夜进出厂门拉货，需要随时起来开门，没法踏实睡觉。加上没有时间去工友之家和写东西，更使春玉日渐难以忍受。终究他辞了工，在东窑村就近找了一家机械厂，干回了自己的老本行油漆加电焊工。厂里工资高出一截，虽然明知伤害身体，他也别无选择。在一篇散文里，春玉描述自己穿的工作服"硬得像有味道的五彩甲胄"，劳保防尘口罩是他唯一的防护，按要求需要十天更换一次夹心的防尘纸，但老板往往拖上很久。好在四年干下来，王春玉的嗅觉和视力没有出现大的问题，是否有潜在伤害不得而知。

有了正常上下班和每周一天的休息，春玉除了跳广场舞打发时间，也开始捡起搁置多年的纸笔，给《皮村报》写稿子。一开始觉得挺别扭，《皮村报》不是正规的出版物，经常打错字。报纸印出来拿到皮村街上免费去发，春玉也当街发过，手里拿着厚厚的一叠，过往的人有愿意看的，但接了扔到地上的，和不愿接的这些人压抑了春玉的热情。他对写作路数也不适应：从前写东西是当作文，写点人生感悟，写个五十来字就行；给《皮村报》需要写打工题材，篇幅上也不能少于三五百字，这对于春玉来说，真是一道难关。不过他还是写了：买来方格的稿纸，工工整整地每个字都尽量写在格子里，不像其他工友在烟盒纸甚至牙膏壳子上都能写。他在《皮村报》上发过好几篇文章，有散文也有诗歌，文中有他在地毯厂当保安和在村边种树的经历，也有对于老家村子的回忆。

除了《皮村报》的油印版面，春玉也想登上工人剧场的舞台。2012年年底第一届打工春晚，中央党校教授刘忱在博物馆院子里遇到了王春玉，他当时手里拿着一张纸，纸上是自己写的诗，在工人剧场外徘徊，说是想要参加节目，因为报名晚了没能排上。工友之家理事王德志介绍两人相识，中文系出身的刘忱看了王春玉的诗，印象是"有真情实感，未必有多高艺术水准"。眼前这位工友憨厚的外表与他诗歌的对比引起了刘忱的兴趣，过后她专程带了一个学生，坐公交车去东窑村访问春玉。

春玉到村口接她们，在一个小面馆吃饭，聊起来两人都是1963年生人。但刘忱觉得，春玉面相看起来大出自己很多，大约是因为打工辛劳。这次访问在春玉记忆中留下了很深的刻痕，"一个大教授，带着学生来看我，请我吃饭，让我讲话，还当着学生表扬我，批评学生不够努力"。他表示自己是"高粱地里毕业"，形容自己"受宠若惊"，也曾经问刘忱，"你们是当代活雷锋吗，为何总做好事呢？"在刘忱眼里，王春玉能够提起笔来描画，"说明他开始审视自己的生活，哪些是好的，哪些是坏的需要改变，春玉完成了这个过程"，这比他拿出的那张皱巴巴的证明有写作才能的纸更重要。

2014年，皮村工友之家成立了文学小组，春玉成了第一批组员，和听课最认真的人。在决定第一届《皮村文学》编辑名单时，张慧瑜把他放进了名单里。在春玉眼里，相比起别的偶尔前来讲课的学者和作家，慧瑜是"正式老师"。文学小组第一节课，春玉因为用的是老年机，看不到小付发在群里的消息，没有得到信息。第二节课去听张慧瑜讲文学，他开始觉得学者的话语和工人有隔阂，对慧瑜讲的鲁迅也不感兴趣，中途退场了。后来他慢慢习惯了老师的讲课方式，也感动于老师们没有架子，经常问刘忱和张慧瑜一些问题。文学课结束后，张慧瑜总是会用自己的车送春玉和其他几位顺道的工友回去，一边开车一边聊。

春玉写得不算多，一年之中能有个三五篇，有几次被小付拿给微信公号"尖椒部落"发表，得到了2 000多稿费，这是他感到最高兴和有面子的事情。但这个专注于刊载工友故事的公号后来被关了。他也终究登上了工人剧场的舞台，打军体拳成为他在

"劳动者的诗与歌"演出的保留节目。2017年最后一届线下的打工春晚演出，春玉上台朗诵了他的诗《洗车工》。当时我也在台下，目睹了他在著名主持人崔永元介绍之下，走到聚光灯下的第一次亮相，依旧是浓重的乡音和憨厚的面容，除了念纸上的诗句没有多说一个字。似乎直到此时，春玉仍旧对于自己拥有这个机会感到不可置信。

在机械厂度过四年之后油漆和电焊工的生涯之后，由于工厂倒闭，春玉在东窑村换了第三份工作，植了一年的树。植树的活计不算很累，春玉也喜欢这份工作，看着自己春天挖坑浇水种下去的树苗，生长起一片葱绿，算是为首都绿化做了贡献。但是工资老是到不了手，工头要到年底才给一起结算，平时只能借支一些来零用。以至于春玉常常幻想，挖坑时挖到什么宝贝文物，就不用为手头紧发愁了。老板又是外省人，春玉总担心他哪一天卷款跑路。于是春玉到年底就不想干了，换了第四份工作，当洗车工。我曾经和小海一起，去位于东窑村北的洗车行去看他。春玉穿着齐胸口的橡胶服，站在过道拿着水枪对准车辆冲洗，又打沫擦洗拿抹布拭干，时不时要回答司机哪里没有洗干净的疑问，态度必须友善，有问必答，不能让车主感到不适。洗车行是加油站附设的，因为是免费服务，来洗车的车主特别多，总是排着长队，春玉和两个同事一天忙到晚，中午只能随便吃个盒饭大饼，晚上总是要加班。过了下班时间一个小时，往往还有车主赖着不走，他们只好强行下闸停电。一辆车一块五，一天洗200辆，三个人平摊，算下来一个月不休息一个人挣3 000块钱。

我第一次去是秋天，除了业务繁忙，其他感觉还好。但是到了冬天，在冷水里洗车会是什么样子？我又过去看了他一次。情形跟先前果然大不相同，洗车的人少了一些，洗车的难度却成倍增加。洗车通道沟槽结了很多冰，地面即使一直在热水化冰也不能完全消除，春玉里面加了厚衣服，但仍旧穿着秋天的齐胸防水服，脚底结的冰碴踩出咔咔声。他戴着皮手套，水枪喷出的水柱带着飕飕冷气，接触车体的刹那似乎已经结冰，不得不随时拿热水化掉，又怕冰碴刺破高级车涂层，一辆车要耗很长时间。春玉的眉毛和胡子上似乎也有了霜花，我面对他说不出话来，似乎我们的语言也会在雪雾中凝固。因为过于寒冷，我看他洗了一辆车就走了，心里疑惑他如何坚持一个冬天。

春玉说，一开始他也吃不消，习惯了也就坚持下来，也不敢辞职换工作。主要是这时他已经越过五十岁的门槛，工作不好找了，不能跟年轻人比。老婆那头又出了一次状况，两人再次离婚，后来又复合。两个孩子也正在上学用钱的年龄，春玉连基本生活费都不留，除了百八十元的零花，其他都一股脑寄回家里。他以前抽烟喝酒的嗜欲都戒掉，只剩下定期去皮村，上上文学课的一点爱好了。

四

这份爱好也终于走到了尽头。

2019年疫情来临之前，加油站因为大量产生泡沫造成环境污染，停止了洗车服务。再度失业的春玉，没有能在东窑找到别的工作。他没有马上离开北京，仍旧在东窑和皮村之间徘徊，后来他觉得这样下去不是办法，就打电话给刘忱。刘忱建议他，与其这样在北京坐吃山空，不如回老家陪伴家人，守住后方比较现实。无奈之下,春玉听从了刘忱的建议,回家了,文学小组的课程上也从此少了一个壮实又风尘仆仆的身影。

那年年底的新工人文学奖颁奖晚会上,春玉却又风尘仆仆地出现了。晚上十点来钟,晚会已经快要结束,他推开工友之家办公室破旧的屋门,带进来满身寒气,短短的杂乱胡髭上凝结着白霜,让大家都感到吃惊。春玉一边擦嘴一边解释,他是从张家口坐火车换地铁公交赶过来的,路上耽误了点时间。那次他并没有作品获奖,只是想赶来与大家相聚。

当晚他住在皮村宿舍,第二天又坐车回了张家口,这是春玉最后一次出现在皮村和工友之家。此后疫情来临,作为城中村的皮村屡遭封闭,不少工友因为找工作和生活困难也陆续离开了皮村,春玉更没有理由回到北京。

几年之中,我屡次跟春玉联系,最初他说,回乡是因为照顾生病的父亲。后来父亲去世了,母亲又劝他别再出门了,出去快20年,家里需要男人。春玉在北京的年月里,母亲因为思念儿子,天天收看有关北京的新闻节目,春玉一回乡母亲就和他聊这些,后来到了让儿子厌腻的程度。春玉回乡不久,她似乎放下了一桩心事,当年就去世了。两个孩子出外打工,家里只剩了春玉和老婆。这一次,他不能再一走了之。"在家待上两年,和媳妇处处"。在春玉眼里,媳妇仍旧年轻漂亮,男人长期不在家的话,难免有人觊觎。

每次春玉都说要出来,但一直未能成行。老婆不乐意他再上北京,"跟她说到文学小组,她不表态"。春玉说,假如出来了,文学小组的每次课程,他还是会去。即使是到另一个城市打工,每年的颁奖聚会,他也会像那年一样长途跋涉赶到。但他也常常流露出悲观，觉得自己恐怕是出不来了，年龄一年大似一年，"只能走一步看一步"。

春玉和老婆的相处并不融洽。每当他在家里开始写点东西，老婆就不高兴，觉得他不实际，浪费了光阴在这上面，没有挣到钱，比众人都落伍了。即使他主动承担了大部分家务，还是无济于事。这让春玉感到老婆和自己"世界观不同"，和外人的眼光一样，时常觉得痛苦。家里一直还住着父母留下的土坯房，没有装自来水，用水也要走一段路去提，家境落在同村人的后面。这大约也是他一直没有答应我去看看的原因。两个女儿已经出门打工，挣的只够自己吃，"我不向她们要，她们也别要我资助就行。幸亏是女儿，是儿子就麻烦了"。另一宗为难的事是，春玉一直没有交居民社保，打算临到 60 岁时补齐，但到时需要一下子缴纳 10 多万元，这笔巨款他的积蓄连一个零头也达不到。这使他不能不想到再度外出打工。但年近 60 的他，外面的机会已经很少，后方又根基薄弱，危机四伏。

诸般矛盾之下，两口子经常争吵，闹分手，至今也没有补办复婚手续。妻子闹翻了就回娘家，春玉过一段时间再去接。最近一次联系，春玉说他"又是一个人的状态了"，媳妇已经回娘家十天，他在犹豫这次要不要再去接，打算一个人过下去，"或者再找一个"。之后春玉去了妻子娘家，却连她面也没见着，这更让他"心灰意冷"，觉得终究过不到一起，"有媳妇不如没媳妇"，打算离婚再找。两个女儿也觉得烦了，表示随父母怎么着。我问他五十多岁年纪，条件又不好，再找现实吗，他说"用百分百力气再找"，或者就单身，出门打工。

在老家，春玉干干杂活，打些短工，有时给自家种地，有时给别人种，因为早先办了商品粮户口，种的地是别人闲置的，种的大都是高粱和山药，家里的口粮之外能够卖点钱，不欠账就行。自从开奥运会整治环境那年，村里的矿就不让开了，更没有什么经济来源。

老家是寂寞的。条件稍微好些的都搬到了城里，年轻人不愿回来住，几乎十室九空，村头只有几个老年人晒太阳的身影。在春玉的文章中，我最喜欢的是《衰落的故乡》：

> 故乡的一个个老人们，如夕阳西下，用他们最后的光芒，挣扎着照亮这里即将黑暗的天空。我无力回天，也无法改变家乡的境况，只能叹息地看着房倒屋塌、十室九空，再过几十年，这个村庄将不复存在，我疑惑，到那时，故乡没了，我会在哪里落脚？
> ……

只有在这篇怀念故乡的文字里，他似乎摆脱了一直以来"命题作文"的习惯，没有在辛苦的结尾续上一个光明的尾巴。叶落归根的他，也终将成为这种衰败的一部分。

对于不能再来北京，春玉说自己"心里有遗憾"。他觉得北京是自己的第三故乡，第一是老家，第二故乡是部队。这个第三故乡，他做过统计，连同当兵时来北京采购物资，一共来去了30多次。在北京主要留恋的对象，是工友之家和文学小组，"曾经是个家"。

而在以前一首诗的题目里，在"家"这个字前边，他还加上了"圣地"一词。

泥瓦手艺归隐梦

一

"感觉气完全不够用了,要死了。我就说,把我搁在外边儿吧,透口气。"

那是在东莞樟木头收容所一间狭小的房间里,瘦小的徐良园和一群倒霉的工友们一起,被联防队抓来暂时关在这里,等待遣送。十平方米的房子里放了床铺,另外挤了十几个人,被收走了长裤和鞋子,穿着贴身裤头蹲在地上。

天气闷热,只有一扇很小的气窗,有人又在抽烟,空气完全不够用。徐良园感觉大家像鱼,别的鱼活泛点儿,抽烟、聊天或者叹息,自己是条濒死的鱼,使大劲仍旧喘不过气,白天没吃饭,肚子又疼,大热天浑身冰凉,就要憋死过去了。

他好容易挪到门边,伸手无力地拍铁门,也不敢用力,怕惹恼了把门的联防队员。同伴看他面如死灰,瘦巴巴的胸口大幅起伏,手捂肚子跟跟跄跄,喊着说这人已经不行了,快开门。开门时新鲜空气进来,徐良园朝前一冲,差点仆倒在地。在门外坐了几分钟,稍微缓过来一些,看门人打量他,觉得再把他关进去有风险。我放你走,怎么样。他说。徐良园很意外,但他担心有诈,不敢答应,只说让我先在外边坐会,看能不能好些。看门人又说你走吧,在这儿添麻烦,要你干吗。徐良园说再歇会儿,没力气走。看门人去办公室拿来了徐良园的鞋子和裤子，徐良园穿上，不敢问他要皮袋，两手提着裤子走了。

摇摇晃晃走了几十米，经过一家派出所门前，迎面开来一辆警车，看着穿汗衫提裤子走路的徐良园"不像好人"，大约不是醉汉就是吸粉仔，停车下来查问。

"我没劲儿了，从旁边那儿出来的，他不要我了，怕我有风险。"

"你骗人，裤带在哪。"年轻警察说。

"没收了。"

"让他走吧，何必找麻烦。"年长的警察说。

徐良园走了，心里仍然惴惴，怕再遇到什么。看到河边有一处建筑工地的毛坯房，他钻进去躲着，找根绳子当裤带。里面更热，蚊子结成了团，"伸手能抓一把"，徐良园觉得一辈子没遇到那么多蚊子，大约因附近有成熟的香蕉林。背心起不到防御作用，索性脱下来，像武侠小说里的好汉，挥舞着抵挡蚊子。还好夏天亮得早，一直坚持到天明才敢出去，身无分文，坐上一辆公交后说自己没钱，司机让下去。一个乘客看徐良园样子落魄，给了他2块钱，坐到打工所在地长平。他赶快收拾东西，另找工头，不敢露面，藏几天再干活。

在1999年的广东，那是南下打工的人们常有的经历。当时徐良园刚从老家湖北过去，在工地干活，住着荔枝林山坡下看林工人遗弃的窝棚，解手就在树林里，晚上治安联防队来查夜，没有暂住证的统统带走收容，没有关系过硬的房东，即使有暂住证也会被没收。有次徐良园亲眼看见，联防队在大街上查盲流抓人，两个女孩明明有暂住证，也有身份证和厂牌，联防队员拿过暂住证一甩手扔进臭水沟，就带走了她们。临上拉人的铁栅车女孩哭起来，联防队员嬉皮笑脸地催，"你上不上，还要我抱你上吗"。

进收容所之前，徐良园还有过一次历险，当时阴雨天没活干，工友们栖身在一家商店二楼改造成的隔断间里，按床位收费，有几个人在楼下打台球，被联防队抓了，徐良园趁黑从后门跑出去，在山上一块坟地里躲起来，直到半夜。坟地里丛生荆棘，徐良园脸上划开了口子也没知觉，带着一身棘刺回去。半个月之后，那些被带走的伙伴才被放回。

在南方八年的打工生涯中，这是徐良园长久的噩梦。之前他是湖北河南交界的孝感乡下一位普通农民。说起家世血统，他在乡亲中多少有一些特殊：外公是晚清太学生，民国时期的县参议员。父亲高中毕业招工到武汉造船厂，被村支书硬压下来，在村里教过书，有时候会弄点笔墨，写两首古体诗词。徐良园的文化细胞大概由此而来，从记事开始，他就喜欢背古诗词，写毛笔字，所有小学课文都能背下来。村中的放牛班小学，只有徐良园和另一个同学考上了初中。

上初中之后，徐良园严重偏科，语文历史地理名列前茅，数理英却统统完蛋，英文老师说"你只好当文学家"。学习环境也不好，很多人早恋，插班生开后门进来。有个坏同学大徐良园三四岁，老是干扰他，藏他的书，还拿走被子，半夜推醒徐良园，身体比同龄人还要瘦小的他无力反抗。后来徐良园没考上高中，只好回家务农。种田期间，他没有忘记英语老师半是嘲谑的预言，在小字本上写了三篇小说，其中有篇《擂鼓台传奇》，写的是家乡古战场的故事，有"羊敲鼓、马摇铃"的传说，写好后不敢示人，藏在家中阁楼上。后来下了一场大雨，徐良园惦记着上楼去看，手稿已经被老鼠咬碎，撕成纸条垫了窝，什么都没有了。早年的文学生涯就这样告一段落。

几年种地生涯之后，徐良园招工进了县里办的硅铁厂，干了两年。虽然是考了进去，干的却纯是苦力活，身体吃不下来。先是在炼铁炉前捅炉子，脸都被烤糊了，手上又没劲，三班倒熬夜，本来瘦弱的身体更是吃不消。后来有了倒炉机，改成开机器，仍旧受不了热，砖石都烧化了。只好打道回家，仍旧种了几年田，结婚成家，生活似乎能够一眼望到头，直到1994年出门打工。

起初徐良园跟着村中老乡去东北，在工地上打下手，因为人手不够，工头让他跟着大工砌墙糊泥，干了半年学会了瓦工手艺，之后受用了一生。半年之后工程垮台，他找工头要不到工资，回老家没有钱花，下半年初次去了广东，过年也没有回乡，进了东方制衣厂。

在制衣厂的日子只持续了4个月，原因是老板拖欠工资，还老加班，逼着工人辞职。当时招工人的地方多，但有很多这种黑心工厂，工人进厂时要交一个半月工资的押金，进去后挣不到钱只有离开，工厂就扣了押金，徐良园交的85元就没退还。制衣厂一共200多工人，一批走了再招下一批，收下一批押金。收容所惊魂之后，徐良园进过一家香港老板的工厂，没有底薪。没活干时只发生活费，有活时一天16到24小时连轴转，只干了3天就出来，是他打工生涯中最短的一次。到这里纯粹是因为外面抓人厉害，一时找个地方先待着。他还开过三轮车，打过马路，总是拿不到钱。之后徐良园到了工地，跟着一个湖北师傅干了几年，自己的瓦工手艺算是出师了。

在制衣厂期间，徐良园用打油诗的体裁，写了身边几十个工友，其中有两个小年轻，一个18岁，一个只有16岁，每次吃了饭马上又饿了，旁人听得见他们肚子咕咕叫。另外的工友血气方刚，下班没事干，想方设法去找姑娘，工资月月光，徐良园写他们"干工地活不轻松……月上柳梢去约会，月末姑娘影无踪。"工友们喜欢这些打油诗，纷纷让他给自己来上一首。这算是打工期间徐良园创作生涯的开头。

当时广东有很多打工刊物，徐良园打工之余一边看书读报一边写，对徐良园影响最大的诗人是汪国真。他在20世纪90年代火过好几年，徐良园买了他的盗版诗集来看，很多汪的诗他像小学课文一样能背下来，模仿汪国真开始写现代诗。多年以后来到皮村，在和北京文学副主编、诗人师力斌聊天时，徐良园得知师力斌不怎么喜欢汪国真，仍旧感到难以理解。

老婆不喜欢徐良园写东西，说他不好好干活，晚上把他写下的稿纸扔掉，连墨水也泼了，还当面撕掉诗稿。即使偶尔收到稿费单，老婆也会藏起来，说靠这个能挣多少钱？为此两人没少干仗吵架。出外打工后少了争执，活计再辛苦，徐良园还是会写下有感觉的场景。譬如有一次建筑工地正在热火朝天地施工，忽然下起了大雨，工没有停，徐良园在十多层的高楼外边给墙壁收光找平，俯视下面的建筑工地，人人都戴着红色黄色的安全帽，穿着雨衣，像是一群群甲壳虫在攒动，轰鸣的搅拌机也不能停，盖上了一件很大的破雨衣继续转动，像是最大的一只甲壳虫。徐良园身在高处，却感觉自己和所有的人一样都是忙碌的甲壳虫而已。另有一次在建造国际时间大厦挖桩基的时候，挖掘机连续作业累倒了，只好在井口架起辘轳，把工人悬下去在坑底作业，挖出的泥用辘轳吊起来。从深深的井口看，只见挖桩工人的安全帽晃动，汗透的迷彩服染上了南方地底红壤的颜色，就像一群群从地心岩浆里涌出的外星人，却要指靠着悠长的井绳把性命绞上来。

那些年徐良园坐在工棚蚊子堆和淋漓的汗水里写诗，在摊开的牙膏盒和香烟纸上都能来上两句。诗里都是炙热又黏稠的劳动场景，和那些光着膀子挥汗斗地主的工友似乎没有两样。在一首《城里小诗》里，他自白说：

都说
那一群接一群的
男人和女人
涌向远方的这座城
就是为了用汗水和青春
换些有价值的东西

然而
却还有
拿早生华发
去赌几首
小诗的人

这是一场注定不会翻本的赌局，何况还加入了老婆也来东莞打工的辛苦。来广东的头两年，徐良园水土不服患上了"香港脚"，脚底烂出一个大洞，只好回家种田，给砖瓦厂开三轮车赚点小钱。脚渐渐养好了，家里的光景却一天天坏下去。3个孩子生得密，大儿子不到十岁，女孩七八岁，小儿子只有五六岁，靠田里的几亩稻子，实在维持不下去。赶上这年秋天阴雨连绵，稻子烂在地里没收成，性格要强的老婆在家里感到绝望。一场柴米油盐的争吵之后，她抛下孩子出门去广东打工，在制衣厂里上班，后来又去饭店帮忙，挣点钱就寄回家中，供留守的徐良园和一家人敷用。过两年砖瓦厂倒闭，三轮车也卖了，家计仍旧是无法维持。

这一年收割季节，又下了半个月的连阴雨，稻子无法收割烂在田里，徐良园只能挥舞镰刀随意割倒一片稻子，发泄心中的郁闷。正巧妻子来电话说给他找了个玩具厂的工作，徐良园心一横抛下了稻子，还有家里的孩子，返回广东，却终究迟到了三天没能进厂，仍旧在工地上忙活。两人没能租房住在一起，把小儿子和老父亲接过来的想法也没有实现。幸好家里有个一直单身的堂叔，又是妻子的亲舅舅，三个孩子只好托付给他照看。

南方八年，徐良园总是遇到各种拖欠，除了在工地，进过制衣厂、塑料厂、电机厂、木器厂，长的干一年，短的三四个月，"都是黑厂，不给钱，压低工价逼你走"，反正当时不缺打工的人。2002年总算是比较顺，一年下来搞了几千块。2003年开年打算再去，老婆却生了病。原因是在广东天气太热，晚上凉席喷水铺在地上躺着，一边要吹电风扇，长年累月落得脊椎骨质增生。水土不服之下，在南方的日子走到了头，被子行李都扔下了。随着老婆生病就医，以前一切的赚头都要还回去，到手真的只是几首小诗。

二

老婆的病比意料的严重，起初是胳臂抬不起来，到后来只能躺在床上，仰脖子都费劲。徐良园再赴广东的计划就此泡汤，后来老婆病情稍微好转，徐良园跟着亲戚到天津当木工，每天挣30元，供老婆在家乡求医问药。一直不知道是什么病因，老婆连半仙巫婆都请了，徐良园打电话回去也挡不住。

在天津干了两三个月就遇上非典，两三百人的工地走得只剩下十几个人，只好解散。徐良园不能回家，三个孩子都只有十岁上下，老婆待在家不能挣钱，还需要钱治病，他只好顶着疫病的风险上北京，投奔一个干小买卖的表哥。表哥住在望京一个城中村，村子封控得严，徐良园傍晚从一条小胡同豁口钻进去，寄居在表哥那儿，就在村里干零活，砌墙、抹砖缝、拆房子之类。

和在广东的日子相似，暂住证办不了，他一看见治安的警车来巡逻就怕，跑到河边菜地躲着，天黑了才回村。一直没租房子，后来给一个房东干活，房东让他和人一起住二楼一个自搭的棚子，四面是木板，顶上压一张牛毛毡，冬天四面透风，要盖好几床被子。赶上那阵北京改造房子的人多，活不缺，到了八月，身上存了几千块钱，徐良园才回家去收稻谷，看老婆孩子。

回老家看到，妻子几个月胖了二三十斤，行动不便，头仍旧抬不起来，到村头小卖部接个电话都难。眼睛是直的，人是昏的，后来知道大约脊椎增生压迫到了大脑神经。幸亏老婆的亲舅舅就近照料，不然都不知道怎么过来的。带老婆去信阳医院检查，确诊为颈椎骨质增生，有两根骨头横着长。考虑到需要长期康复，北京的医疗条件好一些，徐良园就想把老婆接来。老婆最初说不想上来，干不了活，徐良园说来玩儿就行，勉强把老婆带到了北京，租了一间8平方米的房子同住，开始了夫妻京漂的生活。和在南方打工时一样，三个孩子仍旧留给老舅照看。

到北京之后，去医院开点中药内服外搽，睡木板床低枕头，买了点二手的康复器械，牵引器是外甥从前练肌肉用过的，自己练着，慢慢有好转，但后来脖颈上鼓了一个大包，再也不能消退。玩了一个多月老婆闲不住，找了份工作，在大杂院外边卖汽车油漆的店门里卖货，有时也去市里送货，干了两年多。

两人住着望京村大杂院的一间平房，是一个山东人把倒闭了的厂子改造成平房出租，徐良园给他做隔断，安门窗，顺便租了自己造出来的房子，8平方米夫妻两人住，每月租金80元。石棉瓦屋顶容易漏水，下雨天接个盆子，还好北京雨不多。夏天热得快不行，风吹进来都是热的，白天屋里待不下人，晚上好点。实在坚持不了，后来换了间120元一个月的，依旧是那个院子，石棉瓦平房吊了顶，好一些了。随着奥运会拆迁和"798"出名，望京村一带逐渐繁华起来，盖房子拆房子的都多了，虽说工资不高，但不愁没活干，就在那里长期待了下去。

看到拆迁中的世相，徐良园又想提笔了，写了个剧本《最后的房东》，讲的是越拆越盖，有了拆迁的风声，房东就加紧找人，什么样的破烂房子先立起来再说，等着拆迁时坐地起价。8 000元一平方米的补偿标准，有人拿了几千万的补偿款，一夜暴富，有人为了一个猪圈、一个狗棚子争得动手打架。

大杂院的房东也催着徐良园扒掉院子的山墙，再建一层房，这层房根本就没有人租，只等着将来被扒。作为一名瓦工，那几年徐良园亲手建了无数这样的房子，又亲眼看着它们倒下去，根本不是为了给人住。这使得栖身蜗居的他有一种深深的荒谬感。

他没有放下自己的爱好。来到北京，相当于近水楼台，他在奥运会那年加入了北京诗词学会，会长是个退休少将。休息日去健翔桥附近听课，发课本，学竹枝词，也讲平仄。徐良园听得认真，发下来的几页纸都不够记。平日里亦步亦趋做诗词，正好这时大儿子上北京打工，在印刷厂上班，徐良园借助便利印了一本《良莠园耕吟》，在会员之间传阅，互相唱和，偶尔也在学会办的《北京诗苑》上发表。

冬天一个讲课老师给徐良园送了一筐柿子，红彤彤地放在平房窗台上晒着，徐良园为此写了一首古诗，被《北京诗苑》采用了。老师也唱和了一首，一起发表。这算是难得的一件雅事，更多时候徐良园觉得格律太束缚人，学会里的人也都太老，大都是退休干部，40多岁的徐良园是其中最年轻的，他过了两年就不想再去了。不过写古体诗词的习惯保留了下来，之后他写了不少俳句，格律没那么复杂，又比从前写的打油诗有韵味些。

到2008年奥运前夕，望京村的拆迁终于接近尾声，已经没有可以租来落脚的房子，老婆打工的油漆店也拆掉了，到了离开的时候。两人搬到了东辛店，一年多后搬回北五环转角的环形铁路旁边，之后又搬到费家村。从前住的望京村变成了公园，租房的大杂院被人工湖淹没，再去看时成了茫茫水面。

在东辛店，徐良园仍旧是盖石棉瓦房子，自己也租住这房子。这次的老板是个二房东，仍旧是包的企业用地，地下有电缆一时不好开发，起成小隔间出租，过一阵被当作违建查封拆除，拆除后又建，打游击。最后一次老板找来吊车，直接把预制的水泥房子吊过来安在地上，配上卫生间和小厨房出租，仍旧被拆迁办的人直接给他砸烂。来来回回好几年时间，徐良园也在那干了好几年，感觉和在望京村一样荒诞。老婆转行做了家政工，长年照顾一个独居老太太，早出晚归。

这样自己建房自个儿租的日子持续了八九年，一直到2017年年底大兴聚福缘宾馆火灾，全城治理违建清退人口，石棉瓦房子一律拆掉，二层以上的房子也不让住了。儿女这时也都已成人，来到北京打工，女儿大专毕业在一家证券公司下面类似广告部的地方上班，已经成家。大儿子做房产中介，结了婚。二儿子在一家电商，四处租房都不便。徐良园没有办法，咬咬牙平生第一次租了单元房，在离费家村不远的马南里小区，三室一厅的房子总共百十平方米，索性把一家人都容进去。大儿子媳妇多数在老家，生了孩子过后也来北京住，家里最多时有大小六口，徐良园和老婆在客厅开铺，前后住了两年。因为房子在六楼，老婆腿脚不行，2019年他们又搬到更偏远的康营家园，租了带电梯的房子，老婆辞掉干了八年的家政工，在家带孙子。

在康营家园期间，有一次徐良园曾经让同样住在北边的我去家里玩，回头又犹豫起来。之后我知道了他犹豫的原因。拥挤的屋顶下，大团圆的生活并不总是那么愉快，两个儿子从小跟父母分离，感情上不亲。大儿子上初中时学会了抽烟，老师打电话给在北京的徐良园。徐良园教训了大儿子一通，大儿子说，你从小就不管我，我想干吗就干吗，摔了电话走开。徐良园无言以对。他怀疑孩子抽烟出自舅舅影响，还为此写了一个剧本《隔代传烟》，写一个留守儿童被爷爷影响开始抽烟，学业荒废。但在现实中，他鞭长莫及。

小儿子第一次来北京时，想去天安门玩，徐良园手头有活不敢推掉，去了一个工地，后来儿子跟着别人的爸爸去了。小儿子性格叛逆，到了一起也不爱说话，动不动会吵起来。房租要4 000多一个月，压力之下老婆也脾气不好，正在我要去的那段时间，老婆跟徐良园打了一架，气头上提到了离婚，这是不常有的事。"五十多岁的女人，一家人散不了。"徐良园自我安慰。

坚持了两年多，大儿子添了二胎，老婆不想在外边打工了，和儿媳一起回了老家带孙子。小儿子有天不辞而别，去浙江做电商。大儿子去了孙河乡，另外和人合租，一家人就此散伙。2019年8月，徐良园搬到了皮村，一个人租房居住。

三

皮村是徐良园早就想搬来的地方，他和这里的联系在多年前就开始了。

离开诗词学会之后，在不断造房又搬家的辗转之中，徐良园感觉自己和文学藕断丝连，已经没有了年轻时"赌上一把"的动力。2013年的冬天，他去看望来北京打工的大儿子，在儿子电脑上看到了"打工春晚"举办节目征集大赛的消息，小品和相声节目都可以投稿。徐良园觉得惊讶，世上还有工友之家和打工春晚这种事情，心底那根飘荡的藕丝被牵扯起来，他想到了六年前在孙河乡干活的一段经历。

当时他给一家村民干活，在猪圈顶上建一个澡堂子，村民人长得"像个猪八戒"，行事也霸道，活干完欠了徐良园和工友800块工资。不巧徐良园父亲去世了，他急着回老家，最终只要到了300块。晚上回到租屋很郁闷，就写了首打油诗《猪八戒盖澡堂》骂那人，把自己比喻为承包上当的沙和尚。打油诗不过瘾，徐良园想到把这段经历改写成小品去投稿。

小品写出来，徐良园拿到皮村去，王德志和许多一看说可以，劳资纠纷的题材也合适，让志愿者帮着修改。工友们排练出来，一共五个演员，猪八戒和沙和尚之外，还加上了牛魔王、土地神和高秀英（西游记里猪八戒强娶的高小姐）。在朝阳文化馆演出，节目夺得了北京赛区第六名，也在皮村工人剧场表演了几场。虽然最终没有上打工春晚，这仍旧是徐良园生平未有的高光时刻，也把他和工友之家紧紧绑在了一起。他参加演出，给《皮村报》投稿，因为有写毛笔字的根底，还承担了给工友之家写横幅的义务，自己也借机练练书法。2014年下半年，又赶上了文学小组的成立。

"走了这么多地方，广东、东北、西北我都去过，到处寻找过，都是糊弄你、压制你，你越愚昧越好。没见过这么好的平台，真是想让你开发自己，又有好的老师。"

也许因为这种体会，徐良园听课比谁都认真，讲课的张慧瑜和刘忱都回忆他总是正襟危坐，掏出上衣口袋里插的铅笔，在小本子上不停地记录，几乎全篇记下来。为此他会带上好几支铅笔，用铅笔则是出自他的瓦工职业习惯，时常需要在墙上划道，铅笔比钢笔或水笔更可靠。下课之后也特别想要找老师多聊，请老师看自己写的诗，"想要发表"。从居住的费家村和康营家园出发，每周末徐良园骑上十几二十千米自行车赶往皮村听课，有时逢到下雨，有时下雪，骑不动就推着回家。

2016年一个冬夜，上课时地面越来越冷，大家只好轻轻跺脚取暖，跺重了干扰讲课的慧瑜老师，原来外面下起了雪，雪越下越大，徐良园只好扔掉自己骑来的自行车，挤上了张慧瑜照例送人的车子。车里有三个大学生要去草房地铁，工友王春玉要回东窑，慧瑜却要先送东北方向的徐良园。徐良园当时住在崔各庄，离皮村有15千米。车开到崔各庄306路公交总站，徐良园就说到家了，避开张慧瑜怀疑的眼光下了车，在车灯穿过雪片打出的光柱里离去，一直走了十多里路才到家，鞋子湿透了，心里却不觉得冷。之后他一直不敢把那天的真相告诉张慧瑜。另有一次下课遇到暴风雨，徐良园骑自行车被暴雨和上涨的洪水赶了回来，只好在工友之家宿舍过夜。马路上水位不停上涨，眼看要淹了院子，在工友之家干事王德志的带领下，徐良园和几个工友一起冒雨传沙袋堵住院门，码了三层，才防住大水冲进院子。有段时间在门头沟工地干活，傍晚徐良园请假提前收工，工头有摩托车却不愿意送一程，讥讽"你不是奔波之命，能跑吗"，徐良园只好真的拿出赛跑的劲儿，一路奔跑下山，搭上地铁再倒公交赶往皮村，气喘吁吁赶上文学小组的开课时间，来回行程上百千米。

和王春玉一样，他把文学小组视为某种圣地，"有奔赴延安的激情"。后来搬到更远的地方，他就买了电动车继续上课。有时碰到活计没干完，他请假也要过来，基本上课课不撂。文学小组的工友们都劝他搬来皮村，但因为爱人做家政的地方在望京，徐良园宁愿自己多跑路，一直到2019年全家"散伙"，才算是实现了就近上课的愿望。

文学不是徐良园和工友之家仅有的联系。他上了网络授课的工人大学，学习非常认真，经常要一边干活一边听课。授课老师吕途回忆，他的作业都是用诗写的，拍下照片发过去，让她感叹,"哪里来的这么多的韵律"!因为工棚里人声嘈杂听不清语音,手机又破旧看不了视频,他经常在课后去找小海拿电脑看回放,其中有不少工友维权的知识。态度认真、讨薪经验丰富,让他被选为了工友之家工会组织委员,帮着工友解决一些维权问题。他还被委托和陈年喜等人一起去皮村工厂区做社会调研,调研中看到彩钢厂房下面灰尘很大,对面都看不见人了,还让人干活。宿舍潮湿,吃得差,还拖欠工资。调研报告刊登在《皮村报》上,引起了不小反响,崔永元等名人也出来发声,但也引发了工友之家和皮村本地管理者的某些矛盾。

遇到外边的工友来投诉,徐良园和工会伙伴们会帮忙,打电话或者到场助声势,在工友之家负责人王德志带领下介入欠薪和人身伤害之类的事件,有时候也会跟自己有关。2017年徐良园经历了一次大的讨薪事件,当时他和四个工友一起在门头沟一个别墅区工地干了3个月,那个曾经讥讽徐良园"能跑"的包工头串通甲方跑掉了。甲方说找不着工头,扣下3万多元工资不给,徐良园在其中只占4 000元,但是他在工友之家学习了维权,加上历次被欠薪的积郁,心气大,非常气愤,一定要讨回来,"主要是帮大家"。

当时在文学小组群里常常看到徐良园发为讨薪奔波的消息,前后跑了七八趟,甚至打算违法拉横幅了,工友们在声援之余纷纷劝阻。在从地铁一号线大望路到终点苹果园,再换乘公交931路坐到终点潭柘寺的一再往返路线上,听到乘务员"终点到了"的报站,徐良园写下了一首诗,说"今天是工头赌咒发誓结账的/第五个终点/失望失信失效的终点/是愤怒的工友骂着给工头/送终的终点","是最终黑良心的工头/掂着钱跑掉了的终点/不知所终的终点"。他由此想到了自己长年累月垒墙抹灰打地平贴瓷砖的日子，说"打工之路没有终点/打工讨薪之路没有终点"。好在这一次的讨薪之路终究有了个终点，有一天他发消息召集工友一早在皮村西口等车，一同去门头沟声援讨薪。这次工友之家负责人王德志领头前往，还带上了摄像的记者和志愿者大学生，一行人在潭柘寺下车后还走了快20里地，汗流浃背，到工地后老板看来的人多势大，加上面对摄像机镜头，终于答应支付工资。在徐良园的讨薪生涯中，这是少有的一场胜利。

即使有工友之家作后盾，讨薪也并非总能如愿。2017年下半年，徐良园在皮村帮人改建一家公寓，也是包工头卷款跑掉了。一个老太太房东不给工钱，说包工头还欠她材料钱，这个包工头还欠了村中一家山西面馆3 000块饭钱，房子本身又是违建，事情闹到皮村所在的金盏乡劳动局，最后仍旧不了了之。老太太还声称她在一只塑料桶里藏了5万元钱不知所终。老太太侄子威胁徐良园，可能被当作偷窃嫌疑人。这次失败对徐良园打击很大，他和工友们倚靠的工友之家也面临重重困境。

早在2016年，工友之家便遇到了极大的危机，打工春晚受到阻碍，博物馆被以消防隐患名义要求整改搬迁，后来直接停电几个月。无奈之下，起初买来一台廉价的二手柴油发电机，没几天就趴窝了，找人修也没用，只好又花5万元买来一台大的发电机，工作起来声音很大，整个院子似乎都在颤抖，如此支持了几个月。经常到工友之家帮忙的徐良园，目睹了有人爬到电线杆上掐断打工博物馆电源，以及二手柴油机负荷太大崩溃的场景，写下了《愤怒的机器》，诗中叙述这台尽职尽责的发电机"一来就开始干活，发出高昂的吼叫声"，像是在怒吼不平，结尾警告，

"请你离我远点 / 小心我气炸了肺 / 把你们崩倒"。

冬天到来,有关方面又不让工友之家烧锅炉取暖,说有爆炸隐患,把锅炉砸了;说发电机噪声太大不达标,把输电线拔了。那年元旦晚会,新工人剧场落入一片黑暗,人们点亮蜡烛,徐良园在烛光中朗诵了这首《愤怒的机器》。孙恒听了说写得很有力量,拿走了底稿打算改编成歌曲。

供电终于恢复,这年年底在工人剧场举办的打工春晚上,徐良园和李若、小海、范雨素、郭福来、王春玉一起朗诵了诗歌《劳动者的诉说》。现场没有暖气,主持人崔永元抱着热水袋,大家跺着脚连取暖带鼓劲,这是最后一届线下的打工春晚,之后被迫改到线上,最终在徐良园搬来皮村的2019年作古,剧场关闭成为杂物仓库。

那一年年底的春节,也是新冠肺炎疫情的开端,世界按下暂停键,手停口停的工友们为每一顿饭和房租煎熬。北京四下设卡,到处封停,难以找到活干。没有瓦工活计的时候,徐良园会放下大工身份,跟着皮村的几位工友去布展拆展。这种力气活不太适合身量瘦小的他,同行的工友王海军回忆,太大的展板拆下来后他抬不动,不过能干的活他从不偷懒,老板也不好说什么。北京的展会也受到疫情极大影响,开一阵关一阵,常常没有活干。

身为重灾区朝阳的城中村,皮村一有风声就会封控,咫尺之遥的工友之家没法前往,工友们各自被隔离在租居小屋里难以相见。徐良园就近多参加文学课的愿望落空,疫情中上课几乎只能在网上,还经常停课。他住到了皮村,却感觉离文学小组更远,更冷清。

终于，在 2020 年年底又一波疫情到来之前，他离开了北京。

四

我对徐良园最初的印象来自他的微信昵称"日涉园"，我猜是出自陶渊明的归去来兮辞，果然得到了他的印证。

另一个印象是他爱干净，一顶长年戴着的鸭舌帽和牛仔上装总是洗得发白，尽管从头到脚都来自小海的二手衣服商店，加在一起不到 50 块钱。仪容整洁和上装口袋里插着的铅笔一起，赋予他某种知识分子风度，使他在工友中显得特别。开口时慢悠悠的腔调又有些近似古人，和他的微信昵称相符。知道他的行当是泥瓦匠之后，更觉出这一份整洁来之不易。

他确实很认真，不管是听课，事后聊天交流，还是干活。我曾经跟着他干过半天活，给同心学校粉刷一间儿童活动室。那段时间我发表作品不顺，突发奇想跟他学个手艺，他也正经把我当徒弟教了半天，讲解示范要领，手把手拿刮刀教我和泥、抹灰、刮平。这当然只是最初步的手艺，但他手上很认真，过后因为我算是打了下手，还要请我吃顿饭，我推辞了，但接受了他买来的水。他戴手套干活，即使手里拿着刮刀，他身上仍旧干净，似乎不会被地上和墙上的泥水涂染。那段时间徐良园刚搬到皮村，经常就近过来给同心儿童中心干活，报酬是友情价，带有志愿者的性质。从前打工博物馆院子的地砖，也是他友情铺的。

他租住的屋子在村子很靠北边，在一处工厂大院里，月租 400 元，感觉除了价格便宜，也是特意找了这么个清静地方。门前本来有台阶，徐良园自己凿成了斜坡，方便电动车晚上进屋，免得丢失。一层的房子铺着地砖，陈设简单，收拾得干净齐整，和其他工友的住处很不一样。一张收拾得齐整的单人床，旁边架子上挂着几件洗过的衣服，别的衣服大概放在橱柜里，有些特别的是橱柜顶上有一小架用红丝带悬着的编钟模型，凳子上还摆着一本打开的《李煜词传》，说明着主人的爱好。

一个闲置的婴儿澡盆，是前几年家人共住的遗存，小孙子在北京出生，现在三岁了，刚在老家上幼儿园。一岁多时妈妈和奶奶一起带回老家，因为在北京入园不方便，费用高，这边房子又窄。门边台子上有个煮饭的电饭煲，还有个小冰箱，想必也是从康营家园带来。

房间朝北，像皮村几乎所有的平房一样，冬天没有暖气，电路老化，房东也不敢让用电热毯，除了晚上多盖几床被子睡觉，人在屋子里几乎待不住。好在有个侄子也在村里，他租的公寓房里有暖气，太冷时徐良园就过去玩玩，蹭个暖和。租屋不带厨卫，院子对面有水房，他打来冷水自己烧。阳光好的日子里"晒水"，用几个空的大桶矿泉水瓶子装上自来水，放在阳光不错的院子里晒着，到了下午瓶里的水就热了，用来洗浴，省电省钱。为了少去澡堂，住在城中村的工友们很多都会"晒水"，小海曾告诉我，晒热了的水倒在身上，"有一种特别暖和的阳光的味道"。厕所在院子更远一点的地方，晚上起夜想必非常不便，但我并没有见到如同别的工友租屋内的尿壶。

这一带四面多是废墟，清退拆违过后已人迹罕至，整个大院似乎只租住了他一个人，只有工友王海军和马建东偶尔过来串门。王海军曾经和徐良园搭档表演过相声《老乔说桥》，剧本是徐良园写的，讲北京那些数不清的立交桥，明明是外地工人修出来，却又能把外地人绕晕。马建东常常外出演儿童剧，因此三人算是同道，处得来。有段时间，院子里租住了一个批发饮料的，三人一块去买上一箱冰露矿泉水，合六毛一瓶，再把瓶子攒下来卖上几块钱，比在外边零卖划算。有时候没活干或者封在村里出不去，徐良园会和马建东一起去王海军的租屋玩，三人斗地主，不带彩头纯玩儿。最终离开皮村的时候，徐良园把一个电脑包留给了王海军，被王海军拿来装了几双老家买的布鞋。

那天徐良园骑上电动车，带上所有的物什送往侄子那里，半路车胎没气了，打电话请马建东拿气筒子过去。马建东骑车赶到后发现是他拉的东西太多压塌了轮胎，就帮他驮上了一只纸箱。回来之后，徐良园把空房子里那个用剩的农夫山泉水桶送给了马建东。王海军此后一直用这只桶晒水洗澡。

最终离开之前，徐良园曾经很犹豫。2022年春夏之交，疫情又严重起来，徐良园两个多月只干了20天的活，自己快没生活费了，却接到大儿子的求援信息。大儿子的公司也因为疫情业务锐减，每月只能拿到3 000块底薪，想找父亲借钱还房贷，徐良园爱莫能助。身在老家的妻子一打电话，内容也基本是要钱，讲到后来两人都疲了，因此一周以上才联络一次。虽然如此，一直到五月，他并没有想到很快离开，一面是在北京挣钱，另一面是不想离开皮村。

到了国庆期间，他忽然发来一组《我的家乡十八潭》的古体诗给我，详尽描写了家乡附近的山水，原来他已经回乡数月了，原因是"做核酸累了"。他表示，回家也是玩着干点家务，明年可能会来北京。但第二年他并没有回来，在老家县城打工，县城的活计没有北京多，除了老本行瓦工，他也会干小工的杂活，农忙时回乡除草和收秋,"算是乡土实践"。

归乡隐居是徐良园心底早有的想法,在工人大学上学期间,他听了李昌平和刘忱关于乡村建设的课,产生了极大兴趣,2018年曾经跟新工人乐团一起去乡建基地河南郝堂村参观。第二年,他听说李昌平在郝堂村有一场讲"村社内置金融"的讲座,又自费专程从北京去郝堂,冒雨赶往会场听课。在礼堂他遇到了也去参加论坛的刘忱。两人聊了徐良园回乡做生态农业的想法,刘忱表示不乐观,"乡村建设牵涉面很复杂,要吵很多架,需要强势人物,你不是。"

他只是一个认真的人。谈起打工中遭遇的那些欠薪事件,他会非常生气,像别的工友一样骂,"王八蛋",但比起欠薪本身,他更在意的是心气,"不服气这些坏人,为什么总是剥削人?"在工人之家和文学小组的几年,曾经将他瘦小身板下的心气激励到极致,却又被世态变化和疫情消耗,和很多工友一样终究离开了这里。

眼下他在县城和六十里外的家乡来回,离"日涉园"的梦想算是近了一步,但小儿子结婚买房的欠账和晚年养老的负担,使他还不能彻底放下泥瓦匠的打工手艺,如同不能放下内心对韵脚的爱好。

附录：皮村文学小组成员一览

林巧珍（化名），生于1968年，甘肃平凉人，育儿嫂，擅长写作、画画，喜欢跳舞，文章《我的母亲》收入《劳动者的星辰》。

小海，原名胡留帅，生于1987年，河南商丘民权县人，流水线工人、二手衣服商店店员、皮村文学之家成员、诗人。

史鱼琴（化名），生于1971年，四川简阳市小湾村人，月嫂、皮村文学之家成员。文章《一个四川月嫂的江湖往事》收入《劳动者的星辰》。

王海军，生于1977年，河北易县人，网名"深山里的猛虎"，布展、拆展工人，皮村文学小组成员。

马建东，生于1987年，河北怀安县人，皮村文学小组成员，布展、拆展工人，电焊工，参演儿童剧。

王春玉，河北张北县人，生于1967年，当过兵，后做快递员、保安，皮村文学之家成员，已回乡。

寒雪，原名王成秀，生于1970年，河南信阳人，远嫁辽宁，育儿嫂，皮村文学之家成员，擅长写诗和散文，作品《高楼之下》收入《劳动者的星辰》一书。

范雨素，生于1973年，湖北襄阳人，育儿嫂，作家，皮村文学小组成员，著有《我是范雨素》《久别重逢》。

陈年喜，生于1970年，陕西丹凤人，矿工，诗人，曾在皮村工友之家待过一年时间,著有《微尘》《活着就是冲天一喊》《一地霜白》《陈年喜的诗》。

万华山,生于1989年,河南正阳县人,皮村文学之家成员、流水线工人、图书公司员工、《新工人文学》前主编,作品《我在东莞演坏人》收入《劳动者的星辰》一书。

贾晓燕,1977年生,内蒙古乌兰察布市人,皮村工友之家工作人员,二手商店店员。

张行(化名),七〇后,保安、民办中学老师,精通《庄子》,学术论文曾发表于《文史哲》上,参加过皮村文学小组活动,现居石家庄。

曹草(化名),河南人,打工者,曾在皮村工友之家担任志愿者,创作有千万字以上的作品。

无心(化名),1980年生,广西桂林人,有残疾,参加过文学小组活动,在网络上发表过小说《暖冬·雪凝》《挚爱终生》。

徐良园,1965年生,湖北大悟县人,皮村文学小组成员、泥瓦匠,擅长写诗,已回乡。

王德志,别名特木其乐,生于1977年,内蒙古人,曾为送水工,皮村工友之家和打工博物馆负责人、打工春晚总导演,皮村文学小组成员、擅长相声。

许多,原名许国建,1977年生,浙江海宁县人,曾任协警,现为谷仓乐队乐手,皮村工友之家创始人之一,皮村文学小组成员。

付秋云,1993年生,河南周口人。2010年入职皮村工友之家,是皮村文学小组召集人。

苑长武,1957年生,吉林白山市人,退休干部,皮村文学小组成员，曾在同心打工子弟学校任教。离开皮村后，多年在贵州和四川山区支教。

马大勇，1976年生，广西宾阳县人，爱好插花，曾出版多种研究著作，皮村文学小组成员，现为《新工人文学》主编。

苑伟，1985年生，山东乐陵市人，木匠，现在物业工作。皮村文学小组成员，作品《暗夜前行》收入《劳动者的星辰》。

郭福来，1968年生于河北沧州，当过兵，现为建筑、布展拆展工人，作品《工棚记鼠》等收入《劳动者的星辰》。

徐克铎，1953年生于甘肃庆阳，小学文化，当过兵做过顶棚匠和库管，皮村文学小组成员，作品《媒人段钢嘴》收入《劳动者的星辰》，已回乡。

徐怀远，1983年生，安徽宿州人，曾为电缆厂车间工人，现从事药品销售，著有《浮梦》，皮村文学小组成员。

王博，1987年生，河南安阳人。现为同心图书馆创始人，皮村文学小组成员。

李若，1977年生，河南信阳人，流水线工人，皮村文学小组早期成员，已回乡。作品《穷孩子的学费》等收入《劳动者的星辰》。

张钰，1969年生，山东莒县人，抽油烟机清洗工、布展拆展工人，擅长写作歌词，自称"金牌家政哥"，参加过多档综艺节目，皮村文学小组成员。

杨晶，1971年生，甘肃天水人，曾任棉纺厂工人，后下岗，现为家政工，皮村文学小组成员。

苏木清清，1972年生，山西运城人，裁缝、皮村文学小组成员，已回乡。

谢航程，1993年生，河南周口人，曾任乡村红白喜事乐团乐手，现为同心儿童空间音乐教师，皮村文学小组成员。

蔡诚，笔名对酒当歌，1980年生，江西宜昌人，曾任保健品销售、养老院工作人员，现失业中，皮村文学小组成员。

易静，1987年生，安徽淮南人，曾任销售、零工、群演，在工友之家任志愿者，现为小学教师。

语蝶，1976年生，山东德州人，曾任食堂炊事员，现为园区保洁，皮村文学小组成员。

赵新亚，1970年生，甘肃天水人，月嫂，皮村文学小组成员，2021年生重病回乡，已失联。